8098.1
.L54
H55
2002

HIJA DE LA FORTUNA

ISABEL ALLENDE

HIJA DE LA FORTUNA

rayo
Una rama de HarperCollins*Publishers*

LIBRARY - COLLEGE OF SAN MATEO

Este libro fue publicado originalmente en España por Plaza & Janés Editores, S.A.

HIJA DE LA FORTUNA. Copyright © 1999 por Isabel Allende. Todos los derechos reservados. Impreso en los Estado Unidos de América. Se prohibe reproducir, almacenar, o transmitir cualquier parte de este libro en manera alguna ni por ningún medio sin previo permiso escrito, excepto en el caso de citas cortas para críticas. Para recibir información, diríjase a: HarperCollins Publishers Inc., 10 East 53rd Street, New York, NY 10022.

Libros de HarperCollins pueden ser adquiridos para uso educacional, comercial, o promocional. Para recibir más información, diríjase a: Special Markets Department, HarperCollins Publishers Inc., 10 East 53rd Street, New York, NY 10022.

PRIMERA EDICIÓN RAYO, 2002

Library of Congress ha catalogado la edición en inglés como:

JUL 25 2007

Allende, Isabel.
Daughter of Fortune: a novel / Isabel Allende.
p. cm
ISBN 0-06-093276-7
PQ8098.I.L54H5513 1999
863—dc21

05 RRD 20 19 18 17 16 15 14

ÍNDICE

PRIMERA PARTE
1843-1848

SEGUNDA PARTE
1848-1849

TERCERA PARTE
1850-1853

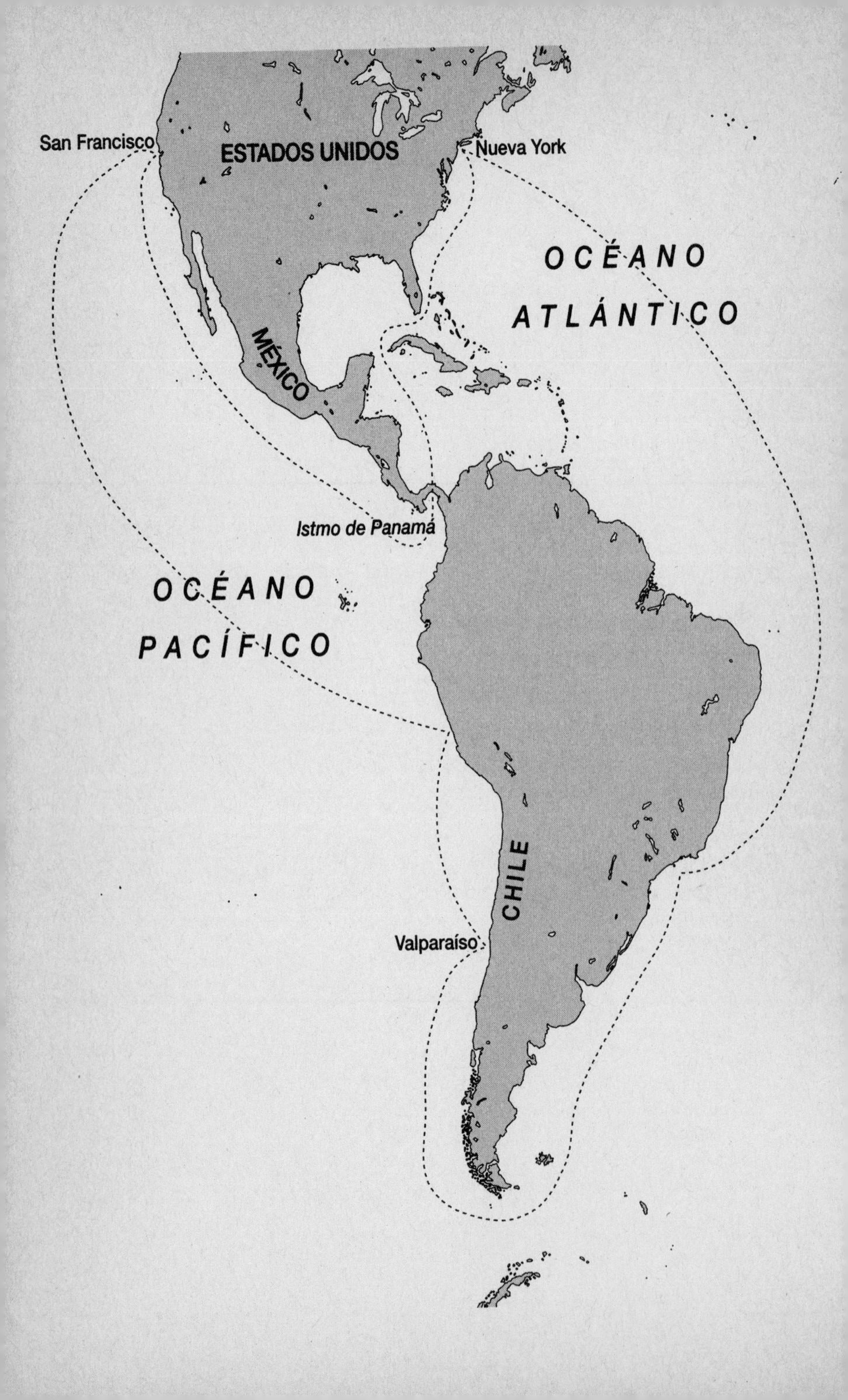
San Francisco
ESTADOS UNIDOS
Nueva York
OCÉANO
ATLÁNTICO
MÉXICO
Istmo de Panamá
OCÉANO
PACÍFICO
CHILE
Valparaíso

PRIMERA PARTE
1843-1848

VALPARAÍSO

Todo el mundo nace con algún talento especial y Eliza Sommers descubrió temprano que ella tenía dos: buen olfato y buena memoria. El primero le sirvió para ganarse la vida y el segundo para recordarla, si no con precisión, al menos con poética vaguedad de astrólogo. Lo que se olvida es como si nunca hubiera sucedido, pero sus recuerdos reales o ilusorios eran muchos y fue como vivir dos veces. Solía decirle a su fiel amigo, el sabio Tao Chi'en, que su memoria era como la barriga del buque donde se conocieron, vasta y sombría, repleta de cajas, barriles y sacos donde se acumulaban los acontecimientos de toda su existencia. Despierta no era fácil encontrar algo en aquel grandísimo desorden, pero siempre podía hacerlo dormida, tal como le enseñó Mama Fresia en las noches dulces de su niñez, cuando los contornos de la realidad eran apenas un trazo fino de tinta pálida. Entraba al lugar de los sueños por un camino muchas veces recorrido y regresaba con grandes precauciones para no despedazar las tenues visiones contra la áspera luz de la consciencia. Confiaba en ese recurso como otros lo hacen en los números y tanto afinó el arte de recordar, que podía ver a Miss Rose inclinada sobre la caja de jabón de Marsella que fuera su primera cuna.

–Es imposible que te acuerdes de eso, Eliza. Los recién nacidos son como los gatos, no tienen sentimientos ni memoria –sostenía Miss Rose en las pocas ocasiones en que hablaron del tema.

Sin embargo, esa mujer mirándola desde arriba, con su vestido color topacio y las hebras sueltas del moño alborotadas por el viento, estaba grabada en la memoria de Eliza y nunca pudo aceptar la otra explicación sobre su origen.

–Tienes sangre inglesa, como nosotros –le aseguró Miss Rose cuando ella tuvo edad para entender–. Sólo a alguien de la colonia británica se le habría ocurrido ponerte en una cesta en la puerta de la *Compañía Británica de Importación y Exportación.* Seguro conocía el buen corazón de mi hermano Jeremy y adivinó que te recogería. En ese tiempo yo estaba loca por tener un hijo y tú caíste en mis brazos enviada por el Señor, para ser educada en los sólidos principios de la fe protestante y el idioma inglés.

–¿Inglesa tú? Niña, no te hagas ilusiones, tienes pelos de india, como yo –refutaba Mama Fresia a espaldas de su patrona.

El nacimiento de Eliza era tema vedado en esa casa y la niña se acostumbró al misterio. Ése, como otros asuntos delicados, no lo mencionaba ante Rose y Jeremy Sommers, pero lo discutía en susurros en la cocina con Mama Fresia, quien mantuvo invariable su descripción de la caja de jabón, mientras que la versión de Miss Rose fue adornándose con los años hasta convertirse en un cuento de hadas. Según ella, la cesta encontrada en la oficina estaba fabricada del mimbre más fino y forrada en batista, su camisa era bordada en punto abeja y las sábanas orilladas con encaje de Bruselas, además iba arropada con una mantita de piel de visón, extravagancia jamás vista en Chile. Con el tiempo se agregaron seis monedas de oro envueltas en un pañuelo de seda y una nota en inglés explicando que la niña, aunque ilegítima, era de muy buena estirpe, pero Eliza nunca vislumbró nada de eso. El visón, las monedas y la nota desaparecieron convenientemente y de su nacimiento no quedó rastro. La explicación de Mama Fresia, sin embargo, se parecía más a sus recuerdos: al abrir la puerta de la casa una mañana a finales del verano, encontraron una criatura de sexo femenino desnuda dentro de una caja.

–De mantita de visón y monedas de oro, nada. Yo estaba allí y me acuerdo muy bien. Venías tiritando en un chaleco de hombre, ni un pañal te habían puesto, y estabas toda cagada. Eras una mocosa colorada como una langosta recocida, con una pelusa de choclo en la coronilla. Ésa eras tú. No te hagas ilusiones, no naciste para princesa y si hubieras tenido el pelo tan negro como lo tienes ahora, los patrones habrían tirado la caja en la basura –sostenía la mujer.

Al menos todos coincidían en que la niña entró en sus vidas el 15 de marzo de 1832, año y medio después de la llegada de los Sommers a Chile, y por esa razón designaron la fecha como la de su cumpleaños. Lo demás siempre fue un cúmulo de contradicciones y Eliza concluyó finalmente que no valía la pena gastar energía dándole vueltas, porque cualquiera que fuese la verdad, de ningún modo podía remediarse. Lo importante es lo que uno hace en este mundo, no cómo se llega a él, solía decirle a Tao Chi'en durante los muchos años de su espléndida amistad, pero él no estaba de acuerdo, le resultaba imposible imaginar su propia existencia separado de la larga cadena de sus antepasados, quienes habían contribuido no sólo a darle sus características físicas y mentales, sino que también le habían legado el karma. Su suerte, creía, estaba determinada por las acciones de los parientes que habían vivido antes, por eso se debía honrarlos con oraciones diarias y temerlos cuando aparecían en espectrales ropajes a reclamar sus derechos. Tao Chi'en podía recitar los nombres de todos sus antepasados, hasta los más remotos y venerables tatarabuelos muertos hacía más de un siglo. Su mayor preocupación en los tiempos del oro consistía en regresar a morir en su pueblo en China para ser enterrado junto a los suyos; de lo contrario su alma vagaría para siempre a la deriva en tierra extranjera. Eliza se inclinaba naturalmente por la historia de la primorosa cesta –a nadie en su sano juicio le gusta aparecer en una caja de jabón ordinario– pero en honor a la verdad no podía aceptarla. Su olfato de perro perdiguero recordaba muy bien el primer olor de su existencia, que no fue el de sábanas limpias de batista, sino de lana, sudor de hombre y tabaco. El segundo fue un hedor montuno de cabra.

Eliza creció mirando el mar Pacífico desde el balcón de la residencia de sus padres adoptivos. Encaramada en las laderas de un cerro del puerto de Valparaíso, la casa pretendía imitar el estilo en boga entonces en Londres, pero las exigencias del terreno, el clima y la vida de Chile habían obligado a hacerle modificaciones sustanciales y el resultado era un adefesio. Al fondo del patio fueron naciendo como tumores orgánicos varios aposentos sin ventanas y con puertas de mazmorra, donde Jeremy Sommers almacenaba la carga más preciosa de la compañía, que en las bodegas del puerto desaparecía.

–Éste es un país de ladrones, en ninguna parte del mundo la oficina gasta tanto en asegurar la mercadería como aquí. Todo se lo roban y lo que se salva de los rateros, se inunda en invierno, se quema en verano o lo aplasta un terremoto –repetía cada vez que las mulas acarreaban nuevos bultos para descargar en el patio de su casa.

De tanto sentarse ante la ventana a ver el mar para contar los buques y las ballenas en el horizonte, Eliza se convenció de que era hija de un naufragio y no de una madre desnaturalizada capaz de abandonarla desnuda en la incertidumbre de un día de marzo. Escribió en su diario que un pescador la encontró en la playa entre los restos de un barco destrozado, la envolvió en su chaleco y la dejó ante la casa más grande del barrio de los ingleses. Con los años concluyó que ese cuento no estaba mal del todo: hay cierta poesía y misterio en lo que devuelve el mar. Si el océano se retirara, la arena expuesta sería un vasto desierto húmedo sembrado de sirenas y peces agónicos, decía John Sommers, hermano de Jeremy y Rose, quien había navegado por todos los mares del mundo y describía vívidamente cómo el agua bajaba en medio de un silencio de cementerio, para volver en una sola ola descomunal, llevándose todo por delante. Horrible, sostenía, pero al menos daba tiempo para escapar hacia las colinas, en cambio en los temblores de tierra las campanas de las iglesias repicaban anunciando la catástrofe cuando ya todo el mundo escapaba entre los escombros.

En la época en que apareció la niña, Jeremy Sommers tenía treinta años y empezaba a labrarse un brillante futuro en la *Compañía Británica de Importación y Exportación*. En los círculos comerciales y bancarios gozaba fama de honorable: su palabra y un apretón de manos equivalían a un contrato firmado, virtud indispensable para toda transacción, porque las cartas de crédito demoraban meses en cruzar los océanos. Para él, carente de fortuna, su buen nombre era más importante que la vida misma. Con sacrificio había logrado una posición segura en el remoto puerto de Valparaíso, lo último que deseaba en su organizada existencia era una criatura recién nacida que viniera a perturbar sus rutinas, pero cuando Eliza cayó en la casa no pudo dejar de acogerla, porque al ver a su hermana Rose aferrada a la chiquilla como una madre, le flaqueó la voluntad.

Entonces Rose tenía sólo veinte años, pero ya era una mujer con pasado y sus posibilidades de hacer un buen matrimonio podían considerarse mínimas. Por otra parte, había sacado sus cuentas y decidido que el matrimonio resultaba, aún en el mejor de los casos, un pésimo negocio para ella; junto a su hermano Jeremy gozaba de la independencia que jamás tendría con un marido. Había logrado acomodar su vida y no se dejaba amedrentar por el estigma de las solteronas, por el contrario, estaba decidida a ser la envidia de las casadas, a pesar de la teoría en boga de que cuando las mujeres se desviaban de su papel de madres y esposas les salían bigotes, como a las sufragistas, pero le faltaban hijos y ésa era la única congoja que no podía transformar en triunfo mediante el ejercicio disciplinado de la imaginación. A veces soñaba con las paredes de su habitación cubiertas de sangre, sangre ensopando la alfombra, sangre salpicada hasta el techo, y ella al centro, desnuda y desgreñada como una lunática, dando a luz una salamandra. Despertaba gritando y pasaba el resto del día desorbitada, sin poder librarse de la pesadilla. Jeremy la observaba preocupado por sus nervios y culpable por haberla arrastrado tan lejos de Inglaterra, aunque no podía evitar cierta satisfacción egoísta con el arreglo que ambos tenían. Como la idea del matrimonio jamás se le había pasado por el corazón, la presencia de Rose resolvía los problemas domésticos y sociales, dos aspectos importantes de su carrera. Su hermana compensaba su naturaleza introvertida y solitaria, por eso soportaba de buen talante sus cambios de humor y sus gastos innecesarios. Cuando apareció Eliza y Rose insistió en quedarse con ella, Jeremy no se atrevió a oponerse o expresar dudas mezquinas, perdió galantemente todas las batallas por mantener al bebé a la distancia, empezando por la primera cuando se trató de darle un nombre.

–Se llamará Eliza, como nuestra madre, y llevará nuestro apellido –decidió Rose apenas la hubo alimentado, bañado y envuelto en su propia mantilla.

–¡De ninguna manera, Rose! ¿Qué crees que dirá la gente?

–De eso me encargo yo. La gente dirá que eres un santo por acoger a esta pobre huérfana, Jeremy. No hay peor suerte que no tener familia. ¿Qué sería de mí sin un hermano como tú? –replicó ella, consciente del espanto de su hermano ante el menor asomo de sentimentalismo.

Los chismes fueron inevitables, también a eso debió resignarse Jeremy Sommers, tal como aceptó que la niña recibiera el nombre de su madre, durmiera los primeros años en la pieza de su hermana e impusiera bullicio en la casa. Rose divulgó el cuento increíble de la lujosa cesta depositada por manos anónimas en la oficina de la *Compañía Británica de Importación y Exportación* y nadie se lo tragó, pero como no pudieron acusarla de un desliz, porque la vieron cada domingo de su vida cantando en el servicio anglicano y su cintura mínima era un desafío a las leyes de la anatomía, dijeron que el bebé era producto de una relación de él con alguna pindonga y por eso la estaban criando como hija de familia. Jeremy no se dio el trabajo de salir al encuentro de los rumores maliciosos. La irracionalidad de los niños lo desconcertaba, pero Eliza se las arregló para conquistarlo. Aunque no lo admitía, le gustaba verla jugando a sus pies por las tardes, cuando se sentaba en su poltrona a leer el periódico. No había demostraciones de afecto entre ambos, él se ponía rígido ante el mero hecho de estrechar una mano humana, la idea de un contacto más íntimo le producía pánico.

Cuando apareció la recién nacida en casa de los Sommers aquel 15 de marzo, Mama Fresia, que hacía las veces de cocinera y ama de llaves, opinó que debían desprenderse de ella.

–Si la propia madre la abandonó, es porque está maldita y más seguro es no tocarla –dijo, pero nada pudo hacer contra la determinación de su patrona.

Apenas Miss Rose la levantó en brazos, la criatura se echó a llorar a pulmón abierto, estremeciendo la casa y martirizando los nervios de sus habitantes. Incapaz de hacerla callar, Miss Rose improvisó una cuna en una gaveta de su cómoda y la cubrió con cobijas, mientras salía disparada a buscar una nodriza. Pronto regresó con una mujer conseguida en el mercado, pero no se le ocurrió examinarla de cerca, le bastó ver sus grandes senos estallando bajo la blusa para contratarla apresuradamente. Resultó ser una campesina algo retardada, quien entró a la casa con su bebé, un pobre niño tan mugriento como ella. Debieron remojar al crío largo rato en agua tibia para desprender la suciedad que llevaba pegada en el trasero y zambullir a la mujer en un cubo de agua con lejía para quitarle los piojos. Los dos infantes, Eliza y el del aya, se iban en cólicos con una diarrea biliosa ante la cual el médico de la familia y el boticario alemán resultaron incompetentes. Vencida por el llanto de los niños, que no era sólo de hambre sino también de dolor o de tristeza, Miss Rose lloraba también. Por fin al tercer día intervino Mama Fresia de mala gana.

–¿No ve que la mujer esa tiene los pezones podridos? Compre una cabra para alimentar a la chiquilla y déle tisana de canela, porque si no se va a despachar antes del viernes –refunfuñó.

En ese entonces Miss Rose apenas chapuceaba español, pero entendió la palabra cabra, mandó al cochero a comprar una y despidió a la nodriza. Apenas llegó el animal la india colocó a Eliza directamente bajo las ubres hinchadas, ante el horror de Miss Rose, quien nunca había visto un espectáculo tan vil, pero la leche tibia y las infusiones de canela aliviaron pronto la situación; la niña dejó de llorar, durmió siete horas seguidas y despertó chupando el aire frenética. A los pocos días tenía la expresión plácida de los bebés sanos y era evidente que estaba subiendo de peso. Miss Rose compró un biberón cuando se dio cuenta que si la cabra balaba en el patio,

Eliza empezaba a olisquear buscando el pezón. No quiso ver crecer a la chica con la idea peregrina de que ese animal era su madre. Esos cólicos fueron de los escasos malestares que soportó Eliza en su infancia, los demás fueron atajados en los primeros síntomas por las yerbas y conjuros de Mama Fresia, incluso la feroz peste de sarampión africano llevada por un marinero griego a Valparaíso. Mientras duró el peligro, Mama Fresia colocaba por las noches un trozo de carne cruda sobre el ombligo de Eliza y la fajaba apretadamente con un paño de lana roja, secreto de naturaleza para prevenir el contagio.

En los años siguientes Miss Rose convirtió a Eliza en su juguete. Pasaba horas entretenida enseñándole a cantar y bailar, recitándole versos que la chiquilla memorizaba sin esfuerzo, trenzándole el pelo y vistiéndola con primor, pero apenas surgía otra diversión o la atacaba el dolor de cabeza, la mandaba a la cocina con Mama Fresia. La niña se crió entre la salita de costura y los patios traseros, hablando inglés en una parte de la casa y una mezcla de español y mapuche –la jerga indígena de su nana– en la otra, vestida y calzada como una duquesa unos días y otros jugando con las gallinas y los perros, descalza y mal cubierta por un delantal de huérfana. Miss Rose la presentaba en sus veladas musicales, la llevaba en coche a tomar chocolate a la mejor pastelería, de compras o a visitar los barcos en el muelle, pero igual podía pasar varios días distraída escribiendo en sus misteriosos cuadernos o leyendo una novela, sin pensar para nada en su protegida. Cuando se acordaba de ella corría arrepentida a buscarla, la cubría de besos, la atiborraba de golosinas y volvía a ponerle sus atuendos de muñeca para llevarla de paseo. Se ocupó de darle la más amplia educación posible, sin descuidar los adornos propios de una señorita. A raíz de una pataleta de Eliza a propósito de ejercicios de piano, la cogió por un brazo y sin esperar al cochero la llevó a la rastra doce cuadras cerro abajo a un convento. En el muro de adobe, sobre un grueso portón de roble con remaches de hierro, se leía en letras desteñidas por el viento salino: Casa de Expósitas.

–Agradece que mi hermano y yo nos hemos hecho cargo de ti. Aquí vienen a parar los bastardos y los críos abandonados. ¿Es esto lo que quieres?

Muda, la chica negó con la cabeza.

–Entonces más vale que aprendas a tocar el piano como una niña decente. ¿Me has entendido?

Eliza aprendió a tocar sin talento ni nobleza, pero a fuerza de disciplina consiguió a los doce años acompañar a Miss Rose durante las veladas musicales. No perdió la destreza, a pesar de largos períodos sin practicar, y varios años más tarde pudo ganarse el sustento en un burdel transhumante, finalidad que jamás pasó por la mente de Miss Rose cuando se empeñaba en enseñarle el sublime arte de la música.

Muchos años después, en una de esas tardes tranquilas tomando té de la China y conversando con su amigo Tao Chi'en en el jardín delicado que ambos cultivaban, Eliza concluyó que aquella inglesa errática fue una muy buena madre y le estaba agradecida por los grandes espacios de libertad interior que le dio. Mama Fresia fue el segundo pilar de su niñez. Se colgaba de sus anchas faldas negras, la acompañaba en sus tareas y de paso la volvía loca a preguntas. Así aprendió leyendas y mitos indígenas, a descifrar los signos de los animales y del mar, a reconocer los hábitos de los espíritus y los mensajes de los sueños y también a cocinar. Con su olfato infatigable era capaz de identificar ingredientes, yerbas y especias a ojos cerrados y, tal como memorizaba poesías, recordaba cómo usarlos. Pronto los complicados platos criollos de Mama Fresia y la delicada pastelería de Miss Rose perdieron su misterio. Poseía una rara vocación culinaria, a los siete años podía sin asco quitar la piel a una lengua de vaca o las tripas a una gallina, amasar veinte *empanadas* sin la menor fatiga y pasar horas perdidas desgranando frijoles, mientras escuchaba boquiabierta las crueles leyendas indígenas de Mama Fresia y sus coloridas versiones sobre las vidas de los santos.

Rose y su hermano John habían sido inseparables desde niños. Ella se entretenía en invierno tejiendo chalecos y calcetas para el capitán y él se esmeraba en traerle de cada viaje maletas repletas de regalos y grandes cajas con libros, varios de los cuales iban a parar bajo llave al armario de Rose. Jeremy, como dueño de casa y jefe de familia, tenía facultad para abrir la correspondencia de su hermana, leer su diario privado y exigir copia de las llaves de sus muebles, pero nunca demostró inclinación por hacerlo. Jeremy y Rose mantenían una relación doméstica basada en la seriedad, poco tenían en común, salvo la mutua dependencia que a ratos les parecía una forma secreta de odio. Jeremy cubría las necesidades de Rose, pero no financiaba sus caprichos ni preguntaba de dónde salía el dinero para sus antojos, asumía que se lo daba John. A cambio, ella manejaba la casa con eficiencia y estilo, siempre clara en las cuentas, pero sin molestarlo con detalles mínimos. Poseía un buen gusto certero y una gracia sin esfuerzo, ponía brillo en la existencia de ambos y con su presencia contrarrestaba la creencia, muy difundida por esos lados, de que un hombre sin familia era un desalmado en potencia.

–La naturaleza del varón es salvaje; el destino de la mujer es preservar los valores morales y la buena conducta –sostenía Jeremy Sommers.

–¡Ay, hermano! Tú y yo sabemos que mi naturaleza es más salvaje que la tuya –se burlaba Rose.

Jacob Todd, un pelirrojo carismático y con la más hermosa voz de predicador que se oyera jamás por esos lados, desembarcó en Valparaíso en 1843 con un cargamento de trescientos ejemplares de la Biblia en español. A nadie le extrañó verlo llegar: era otro misionero de los muchos que andaban por todas partes predicando la fe protestante. En su caso, sin embargo, el viaje fue producto de su curiosidad de aventurero y no de fervor religioso. En una de esas fanfarronadas de hombre vividor con demasiada cerveza en el cuerpo, apostó en una mesa de juego en su club en Londres que podía vender biblias en cualquier punto del planeta. Sus amigos le vendaron los ojos, hicieron girar un globo terráqueo y su dedo cayó en una colonia del Reino de España, perdida en la parte inferior del mundo, donde ninguno de esos alegres compinches sospechaba que hubiera vida. Descubrió pronto que el mapa estaba atrasado, la colonia se había independizado hacía más de treinta años y ahora era la orgullosa República de Chile, un país católico donde las ideas protestantes no tenían entrada, pero ya la apuesta estaba hecha y él no estaba dispuesto a echarse atrás. Era soltero, sin lazos afectivos o profesionales y la extravagancia de semejante viaje lo atrajo de inmediato. Considerando los tres meses de ida y otros tres de vuelta navegando por dos océanos, el proyecto resultaba de largo aliento. Vitoreado por sus amigos, quienes le vaticinaron un final trágico en manos de los papistas de aquel ignoto y bárbaro país, y con el apoyo financiero de la *Sociedad Bíblica Británica y Extranjera*, que le facilitó los libros y le consiguió el pasaje, inició la larga travesía en barco rumbo al puerto de Valparaíso. El desafío consistía en vender las biblias y volver en el plazo de un año con un recibo firmado por cada una. En los archivos de la biblioteca leyó cartas de hombres ilustres, marinos y comerciantes que habían estado en Chile y describían un pueblo mestizo de poco más de un millón de almas y una extraña geografía de impresionantes montañas, costas abruptas, valles fértiles, bosques antiguos y hielos eternos. Tenía la reputación de ser el país más intolerante en materia religiosa de todo el continente americano, según aseguraban quienes lo habían visitado. A pesar de ello, virtuosos misioneros habían intentado difundir el protestantismo y sin hablar palabra de castellano o de idioma de indios llegaron al sur, donde la tierra firme se desgranaba en un rosario de islas. Varios murieron de hambre, frío o, se sospechaba, devorados por sus propios feligreses. En las ciudades no tuvieron mejor suerte. El sentido de hospitalidad, sagrado para los chilenos, pudo más que la intolerancia religiosa y por cortesía les permitían predicar, pero les hacían muy poco caso. Si asistían a las charlas de los escasos pastores protestantes era con la actitud de quien va a un espectáculo, divertidos ante la peculiaridad de que fuesen herejes. Nada de eso logró descorazonar a Jacob Todd, porque no iba como misionero, sino como vendedor de biblias.

En los archivos de la Biblioteca descubrió que desde su independencia en 1810, Chile había abierto sus puertas a los inmigrantes, que llegaron por centenares y se instalaron en aquel largo y angosto territorio bañado de cabo a rabo por el océano Pacífico. Los ingleses hicieron fortuna rápidamente como comerciantes y armadores; muchos llevaron a sus familias y se quedaron. Formaron una pequeña nación dentro del país, con sus costumbres, cultos, periódicos, clubes, escuelas y hospitales, pero lo hicieron con tan buenas maneras, que lejos de producir sospechas eran considerados un ejemplo de civilidad. Acantonaron su escuadra en Valparaíso para controlar el tráfico marítimo del Pacífico y así, de un caserío pobretón y sin destino a comienzos de la República, se convirtió en menos de veinte años en un puerto importante, donde recalaban los veleros provenientes del Atlántico a través del Cabo de Hornos y más tarde los vapores que pasaban por el Estrecho de Magallanes.

Fue una sorpresa para el cansado viajero cuando Valparaíso apareció ante sus ojos. Había más de un centenar de embarcaciones con banderas de medio mundo. Las montañas de cumbres nevadas parecían tan cercanas que daban la impresión de emerger directamente de un mar color azul de tinta, del cual emanaba una fragancia imposible de sirenas. Jacob Todd ignoró siempre que bajo esa apariencia de paz profunda había una ciudad completa de veleros españoles hundidos y esqueletos de patriotas con una piedra de cantera atada a los tobillos, fondeados por los soldados del Capitán General. El barco echó el ancla en la bahía, entre millares de gaviotas que alborotaban el aire con sus alas tremendas y sus graznidos de hambre. Innumerables botes capeaban las olas, algunos cargados con enormes congrios y róbalos aún vivos, debatiéndose en la desesperación del aire. Valparaíso, le dijeron, era el emporio comercial del Pacífico, en sus bodegas se almacenaban metales, lana de oveja y de alpaca, cereales y cueros para los mercados del mundo. Varios botes transportaron los pasajeros y la carga del velero a tierra firme. Al descender al muelle entre marineros, estibadores, pasajeros, burros y carretones, se encontró en una ciudad encajonada en un anfiteatro de cerros empinados, tan poblada y sucia como muchas de buen nombre en Europa. Le pareció un disparate arquitectónico de casas de adobe y madera en calles angostas, que el menor incendio podía convertir en ceniza en pocas horas. Un coche tirado por dos caballos maltrechos lo condujo con los baúles y cajones de su equipaje al Hotel Inglés. Pasó frente a edificios bien plantados en torno a una plaza, varias iglesias más bien toscas y residencias de un piso rodeadas de amplios jardines y huertos. Calculó unas cien manzanas, pero pronto supo que la ciudad engañaba la vista, era un dédalo de callejuelas y pasajes. Atisbó a lo lejos un barrio de pescadores con casuchas expuestas a la ventolera del mar y redes colgando como inmensas telarañas, más allá fértiles campos plantados de hortalizas y frutales. Circulaban coches tan modernos como en Londres, birlochos, fiacres y calesas, también recuas de mulas escoltadas por niños harapientos y carretas tiradas por bueyes por el centro mismo de la ciudad. Por las esquinas, frailes y monjas mendigaban la limosna para los pobres entre levas de perros vagos y gallinas desorientadas. Observó algunas mujeres cargadas de bolsas y canastos, con sus hijos a la rastra, descalzas pero con mantos negros sobre la cabeza, y muchos hombres con sombreros cónicos sentados en los umbrales o charlando en grupos, siempre ociosos.

Una hora después de descender del barco, Jacob Todd se encontraba sentado en el elegante salón del Hotel Inglés fumando cigarros negros importados de El Cairo y hojeando una revista británica bastante atrasada de noticias. Suspiró agradecido: por lo visto no tendría problemas de adaptación y administrando bien su renta podría vivir allí casi tan cómodamente como en Londres. Esperaba que alguien acudiera a servirlo –al parecer nadie se daba prisa por esos lados– cuando se acercó John Sommers, el capitán del velero en que había viajado. Era un hombronazo de pelo oscuro y piel tostada como cuero de zapato, que hacía alarde de su condición de recio bebedor, mujeriego e infatigable jugador de naipes y dados. Habían hecho buena amistad y el juego los mantuvo entretenidos en los noches eternas de navegación en alta mar y en los días tumultosos y helados bordeando el Cabo de Hornos al sur del mundo. John Sommers venía acompañado por un hombre pálido, con una barba bien recortada y vestido de negro de pies a cabeza, a quien presentó como su hermano Jeremy. Difícil sería encontrar dos tipos humanos más diferentes. John parecía la imagen misma de salud y fortaleza, franco, ruidoso y amable, mientras que el otro tenía un aire de espectro atrapado en un invierno eterno. Era una de esas personas que nunca están del todo presentes y a quienes resulta difícil recordar, porque carecen de contornos precisos, concluyó Jacob Todd. Sin esperar invitación ambos se arrimaron a su mesa con la familiaridad de los compatriotas en tierra ajena. Finalmente apareció una criada y el capitán John Sommers ordenó una botella de whisky, mientras su hermano pedía té en la jerigonza inventada por los británicos para entenderse con la servidumbre.

–¿Cómo están las cosas en casa? –inquirió Jeremy. Hablaba en tono bajo, casi en un murmullo, moviendo apenas los labios y con un acento algo afectado.

–Desde hace trescientos años no pasa nada en Inglaterra –dijo el capitán.

–Disculpe mi curiosidad, Mr. Todd, pero lo vi entrar al hotel y no pude dejar de notar su equipaje. Me pareció que había varias cajas marcadas como biblias... ¿me equivoco? –preguntó Jeremy Sommers.

–Efectivamente, son biblias.

–Nadie nos avisó que nos mandaban otro pastor...

–¡Navegamos durante tres meses juntos y no me enteré que era usted pastor, Mr. Todd! –exclamó el capitán.

–En realidad no lo soy –replicó Jacob Todd, disimulando el bochorno tras una bocanada del humo de su cigarro.

–Misionero, entonces. Piensa ir a Tierra del Fuego, supongo. Los indios patagones están listos para la evangelización. De los araucanos olvídese, hombre, ya los atraparon los católicos –comentó Jeremy Sommers.

–Debe quedar un puñado de araucanos. Esa gente tiene la manía de dejarse masacrar –anotó su hermano.

–Eran los indios más salvajes de América, Mr. Todd. La mayoría murió peleando contra los españoles. Eran caníbales.

–Cortaban pedazos de los prisioneros vivos: preferían su cena fresca. –Añadió el capitán–. Lo mismo haríamos usted y yo si alguien nos mata a la familia, nos quema la aldea y nos roba la tierra.

–Excelente, John, ¡ahora defiendes el canibalismo! –replicó su hermano, disgustado–. En todo caso, Mr. Todd, debo advertirle que no interfiera con los católicos. No debemos provocar a los nativos. Esta gente es muy supersticiosa.

–Las creencias ajenas son supersticiones, Mr. Todd. Las nuestras se llaman religión. Los indios de Tierra del Fuego, los patagones, son muy diferentes a los araucanos.

–Igualmente salvajes. Viven desnudos en un clima horrible –dijo Jeremy.

–Llévelos su religión, Mr. Todd, a ver si al menos aprenden a usar calzones –anotó el capitán.

Todd no había oído mentar a aquellos indios y lo último que deseaba era predicar algo en lo cual él mismo no creía, pero no se atrevió a confesarles que su viaje era el resultado de una apuesta de borrachos. Respondió vagamente que pensaba armar una expedición misionera, pero aún debía decidir cómo financiarla.

–Si hubiera sabido que venía a predicar los designios de un dios tiránico entre esas buenas gentes, lo lanzo por la borda en la mitad del Atlántico, Mr. Todd.

Los interrumpió la criada con el whisky y el té. Era una adolescente frutal enfundada en un vestido negro con cofia y delantal almidonados. Al inclinarse con la bandeja dejó en el aire una fragancia perturbadora de flores machacadas y plancha a carbón. Jacob Todd no había visto mujeres en las últimas semanas y se quedó mirándola con un retorcijón de soledad. John Sommers esperó que la muchacha se retirara.

–Tenga cuidado, hombre, las chilenas son fatales –dijo.

–No me lo parecen. Son bajas, anchas de caderas y tienen una voz desagradable –dijo Jeremy Sommers equilibrando su taza de té.

–¡Los marineros desertan de los barcos por ellas! –exclamó el capitán.

–Lo admito, no soy una autoridad en materia de mujeres. No tengo tiempo para eso. Debo ocuparme de mis negocios y de nuestra hermana, ¿lo has olvidado?

–Ni por un momento, siempre me lo recuerdas. Ve usted. Mr. Todd, yo soy la oveja negra de la familia, un tarambana. Si no fuera por el bueno de Jeremy...

–Esa muchacha parece española –interrumpió Jacob Todd siguiendo con la vista a la criada, quien en ese momento atendía otra mesa–. Viví dos meses en Madrid y vi muchas como ella.

–Aquí todos son mestizos, incluso en las clases altas. No lo admiten, por supuesto. La sangre indígena se esconde como la plaga. No los culpo, los indios tienen fama de sucios, ebrios y perezosos. El gobierno trata de mejorar la raza trayendo inmigrantes europeos. En el sur regalan tierras a los colonos.

–Su deporte favorito es matar indios para quitarles las tierras.

–Exageras, John.

–No siempre es necesario eliminarlos a bala, basta con alcoholizarlos. Pero matarlos es mucho más divertido, claro. En todo caso, los británicos no participamos en ese pasatiempo, Mr. Todd. No nos interesa la tierra. ¿Para qué plantar papas si podemos hacer fortuna sin quitarnos los guantes?

–Aquí no faltan oportunidades para un hombre emprendedor. Todo está por hacerse en este país. Si desea prosperar vaya al norte. Hay plata, cobre, salitre, guano...

–¿Guano?

–Mierda de pájaro –aclaró el marino.

–No entiendo nada de eso, Mr. Sommers.

–Hacer fortuna no le interesa a Mr. Todd, Jeremy. Lo suyo es la fe cristiana, ¿verdad?

–La colonia protestante es numerosa y próspera, lo ayudará. Venga mañana a mi casa. Los miércoles mi hermana Rose organiza una tertulia musical y será buena ocasión de hacer amigos. Mandaré mi coche a recogerlo a las cinco de la tarde. Se divertirá –dijo Jeremy Sommers, despidiéndose.

Al día siguiente, refrescado por una noche sin sueños y un largo baño para quitarse la rémora de sal que llevaba pegada en el alma, pero todavía con el paso vacilante por la costumbre de navegar, Jacob Todd salió a pasear por el puerto. Recorrió sin prisa la calle principal, paralela al mar y a tan corta distancia de la orilla que lo salpicaban las olas, bebió unas copas en un café y comió en una fonda del mercado. Había salido de Inglaterra en un gélido invierno de febrero y después de cruzar un eterno desierto de agua y estrellas, donde se le embrolló hasta la cuenta de sus pasados amores, llegó al hemisferio sur a comienzos de otro invierno inmisericorde. Antes de partir no se le ocurrió averiguar sobre el clima. Imaginó a Chile caliente y húmedo como la India, porque así creía que eran los países de los pobres, pero se encontró a merced de un viento helado que le raspaba los huesos y levantaba remolinos de arena y basura. Se perdió varias veces en calles torcidas, daba vueltas y más vueltas para quedar donde mismo había comenzado. Subía por callejones torturados por infinitas escaleras y orillados de casas absurdas colgadas de ninguna parte, procurando discretamente no mirar la intimidad ajena por las ventanas. Tropezó con plazas románticas de aspecto europeo coronadas por glorietas, donde bandas militares tocaban música para enamorados, y recorrió tímidos jardines pisoteados por burros. Soberbios árboles crecían a la orilla de las calles principales alimentados por aguas fétidas que bajaban de los cerros a tajo abierto. En la zona comercial era tan evidente la presencia de los británicos, que se respiraba un aire ilusorio de otras latitudes. Los letreros de varias tiendas estaban en inglés y pasaban sus compatriotas vestidos como en Londres, con los mismos paraguas negros de sepultureros. Apenas se alejó de las calles centrales, la pobreza se le vino encima con el impacto de un bofetón; la gente se veía desnutrida, somnolienta, vio soldados con uniformes raídos y pordioseros en las puertas de los templos. A las doce del día se echaron a volar al unísono las campanas de las iglesias y al instante cesó el barullo, los transeúntes se detuvieron, los hombres se quitaron el sombrero, las pocas mujeres a la vista se arrodillaron y todos se persignaron. La visión duró doce campanas y enseguida se reanudó la actividad en la calle como si nada hubiera ocurrido.

LOS INGLESES

El coche enviado por Sommers llegó al hotel con media hora de atraso. El conductor llevaba bastante alcohol entre pecho y espalda, pero Jacob Todd no estaba en situación de elegir. El hombre lo condujo en dirección al sur. Había llovido durante un par de horas y las calles se habían vuelto intransitables en algunos trechos, donde los charcos de agua y lodo disimulaban las trampas fatales de agujeros capaces de tragarse un caballo distraído. A los costados de la calle aguardaban niños con parejas de bueyes, preparados para rescatar los coches empantanados a cambio de una moneda, pero a pesar de su miopía de ebrio el conductor consiguió eludir los baches y pronto comenzaron a ascender una colina. Al llegar a Cerro Alegre, donde vivía la mayor parte de la colonia extranjera, el aspecto de la ciudad daba un vuelco y desaparecían las casuchas y conventillos de más abajo. El coche se detuvo ante una quinta de amplias proporciones, pero de atormentado aspecto, un engendro de torreones pretenciosos y escaleras inútiles, plantada entre los desniveles del terreno y alumbrada con tantas antorchas, que la noche había retrocedido. Salió a abrir la puerta un criado indígena con un traje de librea que le quedaba grande, recibió su abrigo y sombrero y lo condujo a una sala espaciosa, decorada con muebles de buena factura y cortinajes algo teatrales de terciopelo verde, recargada de adornos, sin un centímetro en blanco para descanso de la vista. Supuso que en Chile, como en Europa, una pared desnuda se consideraba signo de pobreza y salió del error mucho después, cuando visitó las sobrias casas de los chilenos. Los cuadros colgaban inclinados para apreciarlos desde abajo y la vista se perdía en la penumbra de los techos altos. La gran chimenea encendida con gruesos leños y varios braceros con carbón repartían un calor disparejo que dejaba los pies helados y la cabeza afiebrada. Había algo más de una docena de personas vestidas a la moda europea y varias criadas de uniforme circulando bandejas. Jeremy y John Sommers se adelantaron a saludarlo.

–Le presento a mi hermana Rose –dijo Jeremy conduciéndolo hacia el fondo del salón.

Y entonces Jacob Todd vio sentada a la derecha de la chimenea a la mujer que le arruinaría la paz del alma. Rose Sommers lo deslumbró al instante, no tanto por bonita como por segura de sí misma y alegre. Nada tenía de la grosera exuberancia del capitán ni de la fastidiosa solemnidad de su hermano Jeremy, era una mujer de expresión chispeante como si estuviera siempre lista para estallar en una risa coqueta. Cuando lo hacía, una red de finas arrugas aparecía alrededor de sus ojos y por alguna razón eso fue lo que más atrajo a Jacob Todd. No supo calcular su edad, entre veinte y treinta tal vez, pero supuso que dentro de diez años se vería igual, porque tenía buenos huesos y porte de reina. Lucía un vestido de tafetán color durazno e iba sin adornos, salvo sencillos pendientes de coral en las orejas. La cortesía más elemental indicaba que se limitara a sugerir el gesto de besar su mano, sin tocarla con los labios, pero se le turbó el entendimiento y sin saber cómo le plantó un beso. Tan inapropiado resultó aquel saludo, que durante una pausa eterna se quedaron suspendidos en la incertidumbre, él sujetando su mano como quien agarra una espada y ella mirando el rastro de saliva sin atreverse a limpiarlo para no ofender a la visita, hasta que interrumpió una chica vestida como una princesa. Entonces Todd despertó de la zozobra y al enderezarse alcanzó a percibir cierto gesto de burla que intercambiaron los hermanos Sommers. Procurando disimular, se volvió hacia la niña con una atención exagerada, dispuesto a conquistarla.

–Ésta es Eliza, nuestra protegida –dijo Jeremy Sommers.

Jacob Todd cometió la segunda torpeza.

–¿Cómo es eso, protegida? –preguntó.

–Quiere decir que no soy de esta familia –explicó Eliza pacientemente, en el tono de quien le habla a un tonto.

–¿No?

–Si me porto mal me mandan donde las monjas papistas.

–¡Qué dices, Eliza! No le haga caso, Mr. Todd. A los niños se les ocurren cosas raras. Por supuesto que Eliza es de nuestra familia –interrumpió Miss Rose, poniéndose de pie.

Eliza había pasado el día con Mama Fresia preparando la cena. La cocina quedaba en el patio, pero Miss Rose la hizo unir a la casa mediante un cobertizo para evitar el bochorno de servir los platos fríos o salpicados de paloma. Ese cuarto renegrido por la grasa y el hollín del fogón era el reino indiscutible de Mama Fresia. Gatos, perros, gansos y gallinas paseaban a su antojo por el piso de ladrillos rústicos sin encerar; allí rumiaba todo el invierno la cabra que amamantó a Eliza, ya muy anciana, que nadie se atrevió a sacrificar, porque habría sido como asesinar a una madre. A la niña le gustaba el aroma del pan crudo en los moldes cuando la levadura realizaba entre suspiros el misterioso proceso de esponjar la masa; el del azúcar de caramelo batida para decorar tortas; el del chocolate en peñascos deshaciéndose en la leche. Los miércoles de tertulia las mucamas –dos adolescentes indígenas, que vivían en la casa y trabajaban por la comida– pulían la plata, planchaban los manteles y sacaban brillo a los cristales. A mediodía mandaban al cochero a la pastelería a comprar dulces preparados con recetas celosamente guardadas desde los tiempos de la Colonia. Mama Fresia aprovechaba para colgar de un arnés de los caballos una bolsa de cuero con leche fresca, que en el trote de ida y vuelta se convertía en mantequilla.

A las tres de la tarde Miss Rose llamaba a Eliza a su aposento, donde el cochero y el valet instalaban una bañera de bronce con patas de león, que las mucamas forraban con una sábana y llenaban de agua caliente perfumada con hojas de menta y romero. Rose y Eliza chapoteaban en el baño como criaturas hasta que se enfriaba el agua y regresaban las criadas con los brazos cargados de ropa para ayudarlas a ponerse medias y botines, calzones hasta media pierna, camisa de batista, luego un refajo con relleno en las caderas para acentuar la esbeltez de la cintura, enseguida tres enaguas almidonadas y por fin el vestido, que las cubría enteramente, dejando al aire sólo la cabeza y las manos. Miss Rose usaba además un corsé tieso mediante huesos ballena y tan apretado que no podía respirar a fondo ni levantar los brazos por encima de los hombros; tampoco podía vestirse sola ni doblarse porque se quebraban las ballenas y se le clavaban como agujas en el cuerpo. Ése era el único baño de la semana, una ceremonia sólo comparable a la de lavarse los cabellos el sábado, que cualquier pretexto podía cancelar, porque se consideraba peligroso para la salud. Durante la semana Miss Rose usaba jabón con cautela, prefería friccionarse con una esponja empapada en leche y refrescarse con *eau de toilette* perfumada a la vainilla, como había oído que estaba de moda en Francia desde los tiempos de Madame Pompadour; Eliza podía reconocerla a ojos cerrados en medio de una multitud por su peculiar fragancia a postre. Pasados los treinta años mantenía esa piel transparente y frágil de algunas jóvenes inglesas antes de que la luz del mundo y la propia arrogancia la vuelvan pergamino. Cuidaba su apariencia con agua de rosas y limón para aclarar la piel, miel de hamamelis para suavizarla, camomilla para dar luz al cabello y una colección de exóticos bálsamos y lociones traídos por su hermano John del Lejano Oriente, donde estaban las mujeres más hermosas del universo, según decía. Inventaba vestidos inspirados en las revistas de Londres y los hacía ella misma en su salita de costura; a punta de intuición e ingenio modificaba su vestuario con las mismas cintas, flores y plumas que servían por años sin verse añejas. No usaba, como las chilenas, un manto negro para cubrirse cuando salía, costumbre que le parecía una aberración, prefería sus capas cortas y su colección de sombreros, a pesar de que en la calle solían mirarla como si fuera una cortesana.

Encantada de ver un rostro nuevo en la reunión semanal, Miss Rose perdonó el beso impertinente de Jacob Todd y tomándolo del brazo, lo condujo a una mesa redonda situada en un rincón de la sala. Le dio a escoger entre varios licores, insistiendo que probara su *mistela*, un extraño brebaje de canela, aguardiente y azúcar que él fue incapaz de tragar y lo vació disimuladamente en un macetero. Luego le presentó a la concurrencia: Mr. Appelgren, fabricante de muebles, acompañado por su hija, una joven descolorida y tímida; Madame Colbert, directora de un colegio inglés para niñas; Mr. Ebeling dueño de la mejor tienda de sombreros para caballeros y su esposa, quien se abalanzó sobre Todd pidiéndole noticias de la familia real inglesa como si se tratara de sus parientes. También conoció a los cirujanos Page y Poett

–Los doctores operan con cloroformo –aclaró admirada Miss Rose.

–Aquí todavía es una novedad, pero en Europa ha revolucionado la práctica de la medicina –explicó uno de los cirujanos.

–Entiendo que en Inglaterra se emplea regularmente en obstetricia. ¿No lo usó la reina Victoria? –añadió Todd por decir algo, puesto que nada sabía del tema.

–Aquí hay mucha oposición de los católicos para eso. La maldición bíblica sobre la mujer es parir con dolor, Mr. Todd.

–¿No les parece injusto, señores? La maldición del hombre es trabajar con el sudor de su frente, pero en este salón, sin ir más lejos, los caballeros se ganan la vida con el sudor ajeno –replicó Miss Rose sonrojándose violentamente.

Los cirujanos sonrieron incómodos, pero Todd la observó cautivado. Hubiera permanecido a su lado la noche entera, a pesar de que lo correcto en una tertulia de Londres, según recordaba Jacob Todd era partir a la media hora. Se dio cuenta que en esa reunión la gente parecía dispuesta a quedarse y supuso que el círculo social debía ser muy limitado y tal vez la única reunión semanal era la de los Sommers. Estaba en esas dudas cuando Miss Rose anunció la entretención musical. Las criadas trajeron más candelabros, iluminando la sala de día claro, colocaron sillas en torno a un piano, una vihuela y un arpa, las mujeres se sentaron en semicírculo y los hombres se colocaron atrás de pie. Un caballero mofletudo se instaló al piano y de sus manos de matarife brotó una melodía encantadora, mientras la hija del fabricante de muebles interpretaba una antigua balada escocesa con una voz tan exquisita, que Todd olvidó por completo su aspecto de ratón asustado. La directora de la escuela para niñas recitó un heroico poema, innecesariamente largo; Rose cantó un par de canciones pícaras a dúo con su hermano John, a pesar de la evidente desaprobación de Jeremy Sommers, y luego exigió a Jacob Todd que los regalara con algo de su repertorio. Eso dio oportunidad al visitante de lucir su buena voz.

–¡Usted es un verdadero hallazgo, Mr. Todd! No lo soltaremos. ¡Está usted condenado a venir todos los miércoles! –exclamó ella cuando cesó el aplauso, sin hacer caso de la expresión embobada con que la observaba el visitante.

Todd sentía los dientes pegados de azúcar y la cabeza le daba vueltas, no sabía si sólo de admiración por Rose Sommers o también a causa de los licores ingeridos y del potente cigarro cubano fumado en compañía del capitán Sommers. En esa casa no se podía rechazar un vaso o un plato sin ofender; pronto descubriría que ésa era una característica nacional en Chile, donde la hospitalidad se manifestaba obligando a los invitados a beber y comer más allá de toda resistencia humana. A las nueve anunciaron la cena y pasaron en procesión al comedor, donde los aguardaba otra serie de contundentes platos y nuevos postres. Cerca de medianoche las mujeres se levantaron de la mesa y continuaron conversando en el salón, mientras los hombres tomaban brandy y fumaban en el comedor. Por fin, cuando Todd estaba a punto de desmayarse, los invitados comenzaron a pedir sus abrigos y sus coches. Los Ebeling, vivamente interesados en la supuesta misión evangelizadora en Tierra del Fuego, ofrecieron llevarlo a su hotel y él aceptó de inmediato, asustado ante la idea de regresar en plena oscuridad por esas calles de pesadilla con el cochero ebrio de los Sommers. El viaje le pareció eterno, se sentía incapaz de concentrarse en la conversación, iba mareado y con el estómago revuelto.

–Mi esposa nació en África, es hija de misioneros que allí difunden la verdadera fe; sabemos cuántos sacrificios eso significa, Mr. Todd. Esperamos que nos otorgue el privilegio de ayudarlo en su noble tarea entre los indígenas –dijo Mr. Ebeling solemne al despedirse.

Esa noche Jacob Todd no pudo dormir, la visión de Rose Sommers lo aguijoneaba con crueldad y antes del amanecer tomó la decisión de cortejarla en serio. Nada sabía de ella, pero no le importaba, tal vez su destino era perder una apuesta y llegar hasta Chile sólo para conocer a su futura esposa. Lo habría hecho a partir del día siguiente, pero no pudo levantarse de la cama, atacado por cólicos violentos. Así estuvo un día y una noche, inconsciente a ratos y agonizando en otros, hasta que logró reunir fuerzas para asomarse a la puerta y clamar por ayuda. A petición suya, el gerente del hotel mandó avisar a los Sommers, sus únicos conocidos en la ciudad, y llamó un mozo para limpiar la habitación, que olía a muladar. Jeremy Sommers se presentó al hotel a mediodía acompañado por el sangrador más conocido de Valparaíso, quien resultó poseer ciertos conocimientos de inglés y, después de sangrarlo en piernas y brazos hasta dejarlo exangüe, le explicó que todos los extranjeros al pisar Chile por primera vez se enfermaban.

–No hay razón para alarmarse, que yo sepa, son muy pocos los que se mueren –lo tranquilizó.

Le dio a tomar quinina en unas obleas de papel de arroz, pero él no pudo tragarlas, doblado por las náuseas. Había estado en la India y conocía los síntomas de la malaria y otras enfermedades tropicales tratables con quinina, pero este mal no se parecía ni remotamente. Apenas partió el sangrador volvió el mozo a llevarse los trapos y lavar el cuarto nuevamente. Jeremy Sommers había dejado los datos de los doctores Page y Poett, pero no hubo tiempo de llamarlos porque dos horas más tarde apareció en el hotel una mujerona que exigió ver al enfermo. Traía de la mano a una niña vestida de terciopelo azul, con botines blancos y un bonete bordado de flores, como una figura de cuentos. Eran Mama Fresia y Eliza, enviadas por Rose Sommers, quien tenía muy poca fe en las sangrías. Las dos irrumpieron en la habitación con tal seguridad, que el debilitado Jacob Todd no se atrevió a protestar. La primera venía en calidad de curandera y la segunda de traductora.

–Dice mi mamita que le va a quitar el pijama. Yo no voy a mirar –explicó la niña y se volteó contra la pared mientras la india lo desnudaba de dos zarpazos y procedía a friccionarlo entero con aguardiente.

Pusieron en su cama ladrillos calientes, lo envolvieron en mantas y le dieron a beber a cucharaditas una infusión de yerbas amargas endulzada con miel para apaciguar los dolores de la indigestión.

–Ahora mi mamita va a *romancear* la enfermedad –dijo la niña.

–¿Qué es eso?

–No se asuste, no duele.

Mama Fresia cerró los ojos y empezó a pasarle las manos por el torso y la barriga mientras susurraba encantamientos en lengua mapuche. Jacob Todd sintió que lo invadía una modorra insoportable, antes que la mujer terminara dormía profundamente y no supo cuando sus dos enfermeras desaparecieron. Durmió dieciocho horas y despertó bañado en sudor. A la mañana siguiente Mama Fresia y Eliza regresaron para administrarle otra vigorosa fricción y un tazón de caldo de gallina.

–Dice mi mamita que nunca más beba agua. Sólo tome té bien caliente y que no coma fruta, porque le volverán las ganas de morirse –tradujo la chiquilla.

A la semana, cuando pudo ponerse en pie y se miró al espejo, comprendió que no podía presentarse con ese aspecto ante Miss Rose: había perdido varios kilos, estaba demacrado y no podía dar dos pasos sin caer jadeando sobre una silla. Cuando estuvo en condiciones de mandarle una nota para agradecer que le salvara la vida y chocolates para Mama Fresia y Eliza, supo que la joven había partido con una amiga y su mucama a Santiago en un viaje arriesgado, dadas las malas condiciones del camino y del clima. Miss Rose hacía el trayecto de treinta y cuatro leguas una vez al año, siempre a comienzos del otoño o en plena primavera, para ver teatro, escuchar buena música y hacer sus compras anuales en el *Gran Almacén Japonés,* perfumado a jazmín e iluminado con lámparas a gas con globos de vidrio rosado, donde adquiría las bagatelas difíciles de conseguir en el puerto. Esta vez, sin embargo, había una buena razón para ir en invierno: posaría para un retrato. Había llegado al país el célebre pintor francés Monvoisin, invitado por el gobierno para hacer escuela entre los artistas nacionales. El maestro sólo pintaba la cabeza, el resto era obra de sus ayudantes y para ganar tiempo hasta los encajes se aplicaban directamente sobre la tela, pero a pesar de esos recursos truhanes, nada daba tanto prestigio como un retrato firmado por él. Jeremy Sommers insistió en tener uno de su hermana para presidir el salón. El cuadro costaba seis onzas de oro y una más por cada mano, pero no se trataba de ahorrar en un caso así. La oportunidad de tener una obra auténtica del gran Monvoisin no se presentaba dos veces en la vida, como decían sus clientes.

–Si el gasto no es problema, quiero que me pinte con tres manos. Será su cuadro más famoso y acabará colgado en un museo, en vez de hacerlo sobre nuestra chimenea –comentó Miss Rose.

Ése fue el año de las inundaciones, que quedaron registradas en los textos escolares y en la memoria de los abuelos. El diluvio arrasó con centenares de viviendas y cuando finalmente amainó el temporal y empezaron a bajar las aguas, una serie de temblores menores, que se sintieron como un hachazo de Dios, acabaron de destruir lo reblandecido por el aguacero. Rufianes recorrían los escombros y aprovechaban la confusión para robar en las casas y los soldados recibieron instrucciones de ejecutar sin miramientos a quienes sorprendieran en tales tropelías, pero entusiasmados con la crueldad, empezaron a repartir sablazos por el gusto de oír los lamentos y se debió revocar la orden antes que acabaran también con los inocentes. Jacob Todd, encerrado en el hotel cuidándose un resfrío y todavía débil por la semana de cólicos, pasaba las horas desesperado por el incesante ruido de campanas de las iglesias llamando a penitencia, leyendo periódicos atrasados y buscando compañía para jugar naipes. Hizo una salida a la botica en busca de un tónico para fortalecer el estómago, pero la tienda resultó ser un sucucho caótico, atestado de polvorientos frascos de vidrio azules y verdes, donde un dependiente alemán le ofreció aceite de alacranes y espíritu de lombrices. Por primera vez lamentó encontrarse tan lejos de Londres.

Por las noches apenas lograba dormir debido a las parrandas y riñas de borrachos y a los entierros, que se realizaban entre las doce y las tres de la madrugada. El flamante cementerio quedaba en lo alto de un cerro, asomado encima de la ciudad. Con el temporal se abrieron huecos y rodaron tumbas por las laderas en una confusión de huesos que emparejó a todos los difuntos en la misma indignidad. Muchos comentaban que mejor estaban los muertos diez años antes, cuando la gente pudiente se enterraba en las iglesias, los pobres en las quebradas y los extranjeros en la playa. Éste es un país estrafalario, concluyó Todd, con un pañuelo atado en la cara porque el viento acarreaba el tufo nauseabundo de la desgracia, que las autoridades combatieron con grandes hogueras de eucalipto. Apenas se sintió mejor se asomó a ver las procesiones. En general no llamaban la atención, porque cada año se repetían iguales durante los siete días de la Semana Santa y en otras fiestas religiosas, pero en esa ocasión se convirtieron en actos masivos para clamar al cielo el fin del temporal. Salían de las iglesias largas filas de fieles, encabezadas por cofradías de caballeros vestidos de negro, cargando en parihuelas las estatuas de los santos con espléndidos trajes bordados de oro y piedras preciosas. Una columna cargaba un Cristo clavado en la cruz con su corona de espinas en torno al cuello. Le explicaron que se trataba del Cristo de Mayo, traído especialmente de Santiago para la ocasión, porque era la imagen más milagrosa del mundo, única capaz de modificar el clima. Doscientos años antes, un pavoroso terremoto echó por tierra la capital y se desplomó enteramente la iglesia de San Agustín, menos el altar donde se encontraba aquel Cristo. La corona se deslizó de la cabeza al cuello, donde aún permanecía, porque cada vez que intentaban ponerla en su lugar, volvía a temblar. Las procesiones reunían innumerables frailes y monjas, beatas exangües de tanto ayuno, pueblo humilde rezando y cantando a grito herido, penitentes con burdos sayos y flagelantes azotándose las espaldas desnudas con disciplinas de cuero terminadas en filudas rosetas metálicas. Algunos caían desmayados y eran atendidos por mujeres que les limpiaban las carnes abiertas y les daban refrescos, pero apenas se recuperaban los empujaban de vuelta a la procesión. Pasaban filas de indios martirizándose con fervor demente y bandas de músicos tocando himnos religiosos. El rumor de rezos plañideros parecía un torrente de agua brava y el aire húmedo hedía a incienso y sudor. Había procesiones de aristócratas vestidos con lujo, pero de oscuro y sin joyas, y otras de populacho descalzo y en harapos, que se cruzaban en la misma plaza sin tocarse ni confundirse. A medida que avanzaban aumentaba el clamor y las muestras de piedad se volvían más intensas; los fieles aullaban clamando perdón por sus pecados, seguros que el mal tiempo era el castigo divino por sus faltas. Los arrepentidos acudían en masa, las iglesias no daban abasto y se instalaron hileras de sacerdotes bajo tenderetes y paraguas para atender las confesiones. Al inglés el espectáculo le resultó fascinante, en ninguno de sus viajes había presenciado nada tan exótico ni tan tétrico. Acostumbrado a la sobriedad protestante, le parecía haber retrocedido a plena Edad Media; sus amigos en Londres jamás le creerían. Aun a prudente distancia podía percibir el temblor de bestia primitiva y sufriente que recorría en oleadas a la masa humana. Se encaramó con esfuerzo sobre la base de un monumento en la plazuela, frente a la Iglesia de la Matriz, donde podía obtener una visión panorámica de la muchedumbre. De pronto sintió que lo tironeaban de los pantalones, bajó la vista y vio a una niña asustada, con un manto sobre la cabeza y la cara manchada de sangre y lágrimas. Se apartó bruscamente, pero ya era tarde, le había ensuciado los pantalones. Lanzó un juramento y trató de echarla con gestos, ya que no pudo recordar las palabras adecuadas para hacerlo en español, pero se llevó una sorpresa cuando ella replicó en perfecto inglés que estaba perdida y acaso él podía llevarla a su casa. Entonces la miró mejor.

–Soy Eliza Sommers. ¿Se acuerda de mí? –murmuró la niña.

Aprovechando que Miss Rose estaba en Santiago posando para el retrato y Jeremy Sommers escasamente aparecía por la casa en esos días, porque se habían inundado las bodegas de su oficina, había discurrido ir a la procesión y tanto molestó a Mama Fresia, que la mujer acabó por ceder. Sus patrones le habían prohibido mencionar ritos católicos o de indios delante de la niña y mucho menos exponerla a que los viera, pero también ella moría de ganas de ver al Cristo de Mayo al menos una vez en su vida. Los hermanos Sommers no se enterarían nunca, concluyó. De modo que las dos salieron calladamente de la casa, bajaron el cerro a pie, se montaron en una carreta que las dejó cerca de la plaza y se unieron a una columnas de indios penitentes. Todo habría resultado de acuerdo a lo planeado si en el tumulto y el fervor de ese día, Eliza no se hubiera soltado de la mano de Mama Fresia, quien contagiada por la histeria colectiva no se dio cuenta. Empezó a gritar, pero su voz se perdió en el clamor de los rezos y de los tristes tambores de las cofradías. Echó a correr buscando a su nana, pero todas las mujeres parecían idénticas bajo los mantos oscuros y sus pies resbalaban en el empedrado cubierto de lodo, de cera de velas y sangre. Pronto las diversas columnas se juntaron en una sola muchedumbre que se arrastraba como animal herido, mientras repicaban enloquecidas las campanas y sonaban las sirenas de los barcos en el puerto. No supo cuánto rato estuvo paralizada de terror, hasta que poco a poco las ideas empezaron a aclararse en su mente. Entretanto la procesión se había calmado, todo el mundo estaba de rodillas y en un estrado frente a la iglesia el obispo en persona celebraba una misa cantada. Eliza pensó encaminarse hacia Cerro Alegre, pero temió que la sorprendiera la oscuridad antes de dar con su casa, nunca había salido sola y no sabía orientarse. Decidió no moverse hasta que se dispersara la turba, tal vez entonces Mama Fresia la encontraría. En eso sus ojos tropezaron con un pelirrojo alto colgado del monumento de la plaza y reconoció al enfermo que había cuidado con su nana. Sin vacilar se abrio camino hasta él.

–¡Qué haces aquí! ¿Estás herida? –exclamó el hombre.

–Estoy perdida; ¿puede llevarme a mi casa?

Jacob Todd le limpió la cara con su pañuelo y la revisó brevemente, comprobando que no tenía daño visible. Concluyó que la sangre debía ser de los flagelantes.

–Te llevaré a la oficina de Mr. Sommers.

Pero ella le rogó que no lo hiciera, porque si su protector se enteraba que había estado en la procesión, despediría a Mama Fresia. Todd salió en busca de un coche de alquiler, nada fácil de encontrar en esos momentos, mientras la niña caminaba callada y sin soltarle la mano. El inglés sintió por primera vez en su vida un estremecimiento de ternura ante esa mano pequeña y tibia aferrada a la suya. De vez en cuando la miraba con disimulo, conmovido por ese rostro infantil de ojos negros almendrados. Por fin dieron con un carretón tirado por dos mulas y el conductor aceptó llevarlos cerro arriba por el doble de la tarifa acostumbrada. Hicieron el viaje en silencio y una hora más tarde Todd dejaba a Eliza frente a su casa. Ella se despidió dándole las gracias, pero sin invitarlo a entrar. La vio alejarse, pequeña y frágil, cubierta hasta los pies por el manto negro. De pronto la niña dio media vuelta, corrió hacia él, le echó los brazos al cuello y le plantó un beso en la mejilla. Gracias, dijo, una vez más. Jacob Todd regresó a su hotel en el mismo carretón. De vez en cuando se tocaba la mejilla, sorprendido por ese sentimiento dulce y triste que la chica le inspiraba.

Las procesiones sirvieron para aumentar el arrepentimiento colectivo y también, como pudo comprobarlo el mismo Jacob Todd, para atajar las lluvias, justificando una vez más la espléndida reputación del Cristo de Mayo. En menos de cuarenta y ocho horas se despejó el cielo y asomó un sol tímido, poniendo una nota optimista en el concierto de desdichas de esos días. Por culpa de los temporales y las epidemias pasaron en total nueve semanas antes que se reanudaran las tertulias de los miércoles en casa de los Sommers y varias más antes que Jacob Todd se atreviera a insinuar sus sentimientos románticos a Miss Rose. Cuando por fin lo hizo, ella fingió no haberlo oído, pero ante su insistencia salió con una respuesta apabullante.

–Lo único bueno de casarse es enviudar –dijo.

–Un marido, por tonto que sea, siempre viste –replicó él, sin perder el buen humor.

–No es mi caso. Un marido sería un estorbo y no podría darme nada que ya no tenga.

–¿Hijos, tal vez?

–Pero ¿cuántos años cree usted que tengo, Mr. Todd?

–¡No más de diecisiete!

–No se burle. Por suerte tengo a Eliza.

–Soy testarudo, Miss Rose, nunca me doy por vencido.

–Se lo agradezco, Mr. Todd. No es un marido lo que viste, sino muchos pretendientes.

En todo caso, Rose fue la razón por la cual Jacob Todd se quedó en Chile mucho más de los tres meses designados para vender sus biblias. Los Sommers fueron el contacto social perfecto, gracias a ellos se le abrieron de par en par las puertas de la próspera colonia extranjera, dispuesta a ayudarlo en la supuesta misión religiosa en Tierra del Fuego. Se propuso aprender sobre los indios patagones, pero después de echar una mirada somnolienta a unos libracos en la biblioteca, comprendió que daba lo mismo saber o no saber, porque la ignorancia al respecto era colectiva. Bastaba decir aquello que la gente deseaba oír y para eso él contaba con su lengua de oro. Para colocar el cargamento de biblias entre potenciales clientes chilenos debió mejorar su precario español. Con los dos meses vividos en España y su buen oído, logró aprender más rápido y mejor que muchos británicos llegados al país veinte años antes. Al comienzo disimuló sus ideas políticas demasiado liberales, pero notó que en cada reunión social lo acosaban a preguntas y siempre lo rodeaba un grupo de asombrados oyentes. Sus discursos abolicionistas, igualitarios y democráticos sacudían la modorra de aquellas buenas gentes, daban motivo para eternas discusiones entre los hombres y horrorizadas exclamaciones entre las damas maduras, pero atraían irremediablemente a las más jóvenes. La opinión general lo catalogaba de chiflado y sus incendiarias ideas resultaban divertidas, en cambio sus burlas a la familia real británica cayeron pésimo entre los miembros de la colonia inglesa, para quienes la reina Victoria, como Dios y el Imperio, era intocable. Su renta modesta, pero no despreciable, le permitía vivir con cierta holgura sin haber trabajado jamás en serio, eso lo colocaba en la categoría de los caballeros. Apenas descubrieron que estaba libre de ataduras, no faltaron muchachas en edad de casarse esmeradas en atraparlo, pero después de conocer a Rose Sommers, él no tenía ojos para otras. Se preguntó mil veces por qué la joven permanecía soltera y la única respuesta que se le ocurrió a aquel agnóstico racionalista fue que el cielo se la tenía destinada.

–¿Hasta cuándo me atormenta, Miss Rose? ¿No teme que me aburra de perseguirla? –bromeaba con ella.

–No se aburrirá, Mr. Todd. Perseguir al gato es mucho más divertido que atraparlo –replicaba ella.

La elocuencia del falso misionero fue una novedad en aquel ambiente y tan pronto se supo que había estudiado a conciencia las Sagradas Escrituras, le ofrecieron la palabra. Existía un pequeño templo anglicano, mal visto por la autoridad católica, pero la comunidad protestante se juntaba también en casas particulares. «¿Dónde se ha visto una iglesia sin vírgenes y diablos? Los gringos son todos herejes, no creen en el Papa, no saben rezar, se lo pasan cantando y ni siquiera comulgan», mascullaba Mama Fresia escandalizada cuando tocaba el turno de realizar el servicio dominical en casa de los Sommers. Todd se preparó para leer brevemente sobre la salida de los judíos de Egipto y enseguida referirse a la situación de los inmigrantes que, como los judíos bíblicos, debían adaptarse en tierra extraña, pero Jeremy Sommers lo presentó a la concurrencia como misionero y le pidió que hablara de los indios en Tierra del Fuego. Jacob Todd no sabía ubicar la región ni por qué tenía ese nombre sugerente, pero logró conmover a los oyentes hasta las lágrimas con la historia de tres salvajes cazados por un capitán inglés para llevarlos a Inglaterra. En menos de tres años esos infelices, que vivían desnudos en el frío glacial y solían cometer actos de canibalismo, dijo, andaban vestidos con propiedad, se habían transformado en buenos cristianos y aprendido costumbres civilizadas, incluso toleraban la comida inglesa. No aclaró, sin embargo, que apenas fueron repatriados volvieron de inmediato a sus antiguos hábitos, como si jamás hubieran sido tocados por Inglaterra o la palabra de Jesús. Por sugerencia de Jeremy Sommers se organizó allí mismo una colecta para la empresa de divulgación de la fe, con tan buenos resultados que al día siguiente Jacob Todd pudo abrir una cuenta en la sucursal del Banco de Londres en Valparaíso. La cuenta se alimentaba semanalmente con las contribuciones de los protestantes y crecía a pesar de los giros frecuentes de Todd para financiar sus propios gastos, cuando su renta no alcanzaba a cubrirlos. Mientras más dinero entraba, más se multiplicaban los obstáculos y pretextos para postergar la misión evangelizadora. Así transcurrieron dos años.

Jacob Todd llegó a sentirse tan cómodo en Valparaíso como si hubiera nacido allí. Chilenos e ingleses tenían varios rasgos de carácter en común: todo lo resolvían con síndicos y abogados; sentían un apego absurdo por la tradición, los símbolos patrios y las rutinas; se jactaban de individualistas y enemigos de la ostentación, que despreciaban como un signo de arribismo social; parecían amables y controlados, pero eran capaces de gran crueldad. Sin embargo, a diferencia de los ingleses, los chilenos sentían horror de la excentricidad y nada temían tanto como hacer el ridículo. Si hablara correcto castellano, pensó Jacob Todd, estaría como en mi casa. Se había instalado en la pensión de una viuda inglesa que amparaba gatos y horneaba las más célebres tartas del puerto. Dormía con cuatro felinos sobre la cama, mejor acompañado de lo que nunca antes estuvo, y desayunaba a diario con las tentadoras tartas de su anfitriona. Se conectó con chilenos de todas clases, desde los más humildes, que conocía en sus andanzas por los barrios bajos del puerto, hasta los más empingorotados. Jeremy Sommers lo presentó en el *Club de la Unión*, donde fue aceptado como miembro invitado. Sólo los extranjeros de reconocida importancia social podían vanagloriarse de tal privilegio, pues se trataba de un enclave de terratenientes y políticos conservadores, donde se medía el valor de los socios por el apellido. Se le abrieron las puertas gracias a su habilidad con barajas y dados; perdía con tanta gracia, que pocos se daban cuenta de lo mucho que ganaba. Allí se hizo amigo de Agustín del Valle, dueño de tierras agrícolas en esa zona y rebaños de ovejas en el sur, donde jamás había puesto los pies, porque para eso contaba con capataces traídos de Escocia. Esa nueva amistad le dio ocasión de visitar las austeras mansiones de familias aristocráticas chilenas, edificios cuadrados y oscuros de grandes piezas casi vacías, decoradas sin refinamiento, con muebles pesados, candelabros fúnebres y una corte de crucifijos sangrantes, vírgenes de yeso y santos vestidos como antiguos nobles españoles. Eran casas volcadas hacia adentro, cerradas a la calle, con altas rejas de hierro, incómodas y toscas, pero provistas de frescos corredores y patios internos sembrados de jazmines, naranjos y rosales.

Al despuntar la primavera Agustín del Valle invitó a los Sommers y a Jacob Todd a uno de sus fundos. El camino resultó una pesadilla; un jinete podía hacerlo a caballo en cuatro o cinco horas, pero la caravana con la familia y sus huéspedes salió de madrugada y no llegó hasta bien entrada la noche. Los del Valle se trasladaban en carretas tiradas por bueyes, donde colocaban mesas y divanes de felpa. Seguían una recua de mulas con el equipaje y peones a caballo, armados de primitivos trabucos para defenderse de los bandoleros, que solían esperar agazapados en las curvas de los cerros. A la enervante lentitud de los animales se sumaban los baches del camino, donde se trancaban las carretas, y las frecuentes paradas a descansar, en que los sirvientes servían las viandas de los canastos en medio de una nube de moscas. Todd nada sabía de agricultura, pero bastaba una mirada para comprender que en esa tierra fértil todo se daba en abundancia; la fruta caía de los árboles y se pudría en el suelo sin que nadie se diera el trabajo de recogerla. En la hacienda encontró el mismo estilo de vida que había observado años antes en España: una familia numerosa unida por intrincados lazos de sangre y un inflexible código de honor. Su anfitrión era un patriarca poderoso y feudal que manejaban en un puño los destinos de su descendencia y ostentaba, arrogante, un linaje trazable hasta los primeros conquistadores españoles. Mis tatarabuelos, contaba, anduvieron más de mil kilómetros enfundados en pesadas armaduras de hierro, cruzaron montañas, ríos y el desierto más árido del mundo, para fundar la ciudad de Santiago. Entre los suyos era un símbolo de autoridad y decencia, pero fuera de su clase se lo conocía como un rajadiablos. Contaba con una prole de bastardos y con la mala fama de haber liquidado a más de uno de sus inquilinos en sus legendarios arrebatos de mal humor, pero esas muertes, como tantos otros pecados, no se ventilaban jamás. Su esposa estaba en los cuarenta, pero parecía una anciana trémula y cabizbaja, siempre vestida de luto por los hijos fallecidos en la infancia y sofocada por el peso del corsé, la religión y aquel marido que le tocó en suerte. Los hijos varones pasaban sus ociosas existencias entre misas, paseos, siestas, juegos y parrandas, mientras las hijas flotaban como ninfas misteriosas por aposentos y jardines, entre susurros de enaguas, siempre bajo el ojo vigilante de sus dueñas. Las habían preparado desde pequeñas para una existencia de virtud, fe y abnegación; sus destinos eran matrimonios de conveniencia y la maternidad.

En el campo asistieron a una corrida de toros que no se parecía ni remotamente al brillante espectáculo de valor y muerte de España; nada de trajes de luces, fanfarria, pasión y gloria, sino una pelotera de borrachos atrevidos atormentando al animal con lanzas e insultos, revolcados a cornadas en el polvo entre maldiciones y carcajadas. Lo más peligroso de la corrida fue sacar del ruedo a la bestia enfurecida y maltrecha, pero con vida. Todd agradeció que ahorraran al toro la indignidad última de una ejecución pública, pues su buen corazón de inglés prefería ver muerto al torero que al animal. Por las tardes los hombres jugaban *tresillo* y *rocambor,* atendidos como príncipes por un verdadero ejército de criados oscuros y humildes, cuyas miradas no se elevaban del suelo ni sus voces por encima de un murmullo. Sin ser esclavos, lo parecían. Trabajaban a cambio de protección, techo y una parte de las siembras; en teoría eran libres, pero se quedaban con el patrón, por déspota que éste fuese y por duras que resultaran las condiciones, dado que no tenían adónde ir. La esclavitud se había abolido hacía más de diez años sin mayor bulla. El tráfico de africanos nunca fue rentable por esos lados, donde no existían grandes plantaciones, pero nadie mencionaba la suerte de los indios, despojados de sus tierras y reducidos a la miseria, ni de los inquilinos en los campos, que se vendían y se heredaban con los fundos, como los animales. Tampoco se hablaba de los cargamentos de esclavos chinos y polinésicos destinados a las guaneras de las Islas Chinchas. Si no desembarcaban no había problema: la ley prohibía la esclavitud en tierra firme, pero nada decía del mar. Mientras los hombres jugaban naipes, Miss Rose se aburría discretamente en compañía de la señora del Valle y sus numerosas hijas. Eliza, en cambio, galopaba a campo abierto con Paulina, la única hija de Agustín del Valle que escapaba al modelo lánguido de las mujeres de esa familia. Era varios años mayor que Eliza, pero ese día se divirtió con ella como si fueran de la misma edad, ambas con el pelo al viento y la cara al sol fustigando sus cabalgaduras.

SEÑORITAS

Eliza Sommers era una chiquilla delgada y pequeña, con facciones delicadas como un dibujo a plumilla. En 1845, cuando cumplió trece años y comenzaron a insinuarse pechos y cintura, todavía parecía una mocosa, aunque ya se vislumbraba la gracia en los gestos que habría de ser su mejor atributo de belleza. La implacable vigilancia de Miss Rose dio a su esqueleto la rectitud de una lanza: la obligaba a mantenerse derecha con una varilla metálica sujeta a la espalda durante las interminables horas de ejercicios de piano y bordado. No creció mucho y mantuvo el mismo engañoso aspecto infantil, que le salvó la vida más de una vez. Tan niña era en el fondo, que en la pubertad seguía durmiendo encogida en la misma camita de su infancia, rodeada por sus muñecas, y chupándose el dedo. Imitaba la actitud desganada de Jeremy Sommers, porque pensaba que era signo de fortaleza interior. Con los años se cansó de fingirse aburrida, pero el entrenamiento le sirvió para dominar su carácter. Participaba en las tareas de los sirvientes: un día para hacer pan, otro para moler el maíz, uno para asolear los colchones y otro para hervir la ropa blanca. Pasaba horas acurrucada detrás de la cortina de la sala devorando una a una las obras clásicas de la biblioteca de Jeremy Sommers, las novelas románticas de Miss Rose, los periódicos atrasados y toda lectura a su alcance, por fastidiosa que fuese. Consiguió que Jacob Todd le regalara una de sus biblias en español y procuraba descifrarla con enorme paciencia, porque su escolaridad había sido en inglés. Se sumergía en el Antiguo Testamento con morbosa fascinación por los vicios y pasiones de reyes que seducían esposas ajenas, profetas que castigaban con rayos terribles y padres que engendraban descendencia en sus hijas. En el cuarto de los trastos, donde se acumulaban vejestorios, encontró mapas, libros de viajes y documentos de navegación de su tío John, que le sirvieron para precisar los contornos del mundo. Los preceptores contratados por Miss Rose le enseñaron francés, escritura, historia, geografía y algo de latín, bastante más de lo que inculcaban en los mejores colegios para niñas de la capital, donde a fin de cuentas lo único que se aprendía eran rezos y buenos modales. Las lecturas desordenadas, tanto como los cuentos del capitán Sommers, echaron a volar su imaginación. Ese tío navegante aparecía en la casa con su cargamento de regalos, alborotándole la fantasía con sus historias inauditas de emperadores negros en tronos de oro macizo, de piratas malayos que juntaban ojos humanos en cajitas de madreperla, de princesas quemadas en la pira funeraria de sus ancianos maridos. En cada visita suya todo se postergaba, desde las tareas escolares hasta las clases de piano. El año se iba en esperarlo y en poner alfileres en el mapa imaginando las latitudes de altamar por donde iba su velero. Eliza tenía poco contacto con otras criaturas de su edad, vivía en el mundo cerrado de la casa de sus benefactores, en la ilusión eterna de no estar allí, sino en Inglaterra. Jeremy Sommers encargaba todo por catálogo, desde el jabón hasta sus zapatos, y se vestía con ropa liviana en invierno y con abrigo en verano, porque se regía por el calendario del hemisferio norte. La chica escuchaba y observaba con atención, tenía un temperamento alegre e independiente, nunca pedía ayuda y poseía el raro don de volverse invisible a voluntad, perdiéndose entre los muebles, las cortinas y las flores del papel mural. El día que despertó con la camisa de dormir manchada por una sustancia rojiza fue donde Miss Rose a comunicarle que se estaba desangrando por abajo.

–No hables de esto con nadie, es muy privado. Ya eres una mujer y tendrás que conducirte como tal, se acabaron las chiquilladas. Es hora que vayas al colegio para niñas de Madame Colbert –fue toda la explicación de su madre adoptiva, lanzada de un tirón y sin mirarla, mientras producía del armario una docena de pequeñas toallas ribeteadas por ella misma.

–Ahora te fregaste, niña, te cambiará el cuerpo, se te nublarán las ideas y cualquier hombre, podrá hacer contigo lo que le venga en gana –le advirtió más tarde Mama Fresia, a quien Eliza no pudo ocultar la novedad.

La india sabía de plantas capaces de cortar para siempre el flujo menstrual, pero se abstuvo de dárselas por temor a sus patrones. Eliza tomó esa advertencia en serio y decidió mantenerse vigilante para impedir que se cumpliera. Se vendó apretadamente el torso con una faja de seda, segura que si ese método había funcionado por siglos para reducir los pies de las chinas, como decía su tío John, no había razón para que fallara en el intento de aplastar los senos. También se propuso escribir; por años había visto a Miss Rose escribiendo en sus cuadernos y supuso que lo hacía para combatir la maldición de las ideas nubladas. En cuanto a la última parte de la profecía –que cualquier hombre podría hacer con ella lo que le viniera en gana– no le dio la misma importancia, porque simplemente fue incapaz de ponerse en el caso que hubiera hombres en su futuro. Todos eran ancianos de por lo menos veinte años; el mundo estaba desprovisto de seres de sexo masculino de su misma generación. Los únicos que le gustaban para marido, el capitán John Sommers y Jacob Todd, estaban fuera de su alcance, porque el primero era su tío y el segundo estaba enamorado de Miss Rose, como todo Valparaíso sabía.

Años después, recordando su niñez y su juventud, Eliza pensaba que Miss Rose y Mr. Todd habrían hecho buena pareja, ella habría suavizado las asperezas de Todd y él la habría rescatado del tedio, pero las cosas se dieron de otro modo. A la vuelta de los años, cuando los dos peinaban canas y habían hecho de la soledad un largo hábito, se encontrarían en California bajo extrañas circunstancias; entonces él volvería a cortejarla con la misma intensidad y ella volvería a rechazarlo con igual determinación. Pero todo eso fue mucho más tarde.

Jacob Todd no perdía oportunidad de acercarse a los Sommers, no hubo visitante más asiduo y puntual a las tertulias, más atento cuando Miss Rose cantaba con sus trinos impetuosos ni más dispuesto a celebrar sus humoradas, incluso aquellas algo crueles con que solía atormentarlo. Era una persona llena de contradicciones, pero ¿no lo era él también? ¿No era acaso un ateo vendiendo biblias y embaucando a medio mundo con el cuento de una supuesta misión evangelizadora? Se preguntaba por qué siendo tan atrayente no se había casado; una mujer soltera a esa edad no tenía futuro ni lugar en la sociedad. En la colonia extranjera se murmuraba sobre un cierto escándalo en Inglaterra, años atrás, eso explicaría su presencia en Chile convertida en ama de llaves de su hermano, pero él nunca quiso averiguar los detalles, prefiriendo el misterio a la certeza de algo que tal vez no habría podido tolerar. El pasado no importaba mucho, se repetía. Bastaba un solo error de discreción o de cálculo para manchar la reputación de una mujer e impedirle hacer un buen matrimonio. Habría dado años de su futuro por verse correspondido, pero ella no daba señales de ceder al asedio, aunque tampoco intentaba desanimarlo; se divertía con el juego de darle rienda para luego frenarlo de golpe.

–Mr. Todd es un pajarraco de mal agüero con ideas raras, dientes de caballo y las manos sudadas. Nunca me casaría con él, aunque fuera el último soltero en el universo –le confesó riendo Miss Rose a Eliza.

A la chica el comentario no le hizo gracia. Estaba en deuda con Jacob Todd, no sólo por haberla rescatado en la procesión del Cristo de Mayo, también porque calló el incidente como si jamás hubiera sucedido. Le gustaba ese extraño aliado: olía a perro grande, como su tío John. La buena impresión que le causaba se convirtió en cariño leal cuando, oculta tras la pesada cortina de terciopelo verde de la sala, lo escuchó hablar con Jeremy Sommers.

–Debo tomar una decisión respecto a Eliza, Jacob. No tiene la menor noción de su lugar en la sociedad. La gente empieza a hacer preguntas y Eliza seguramente se imagina un futuro que no le corresponde. Nada hay tan peligroso como el demonio de la fantasía agazapado en el alma femenina.

–No exagere, mi amigo. Eliza todavía es una chiquilla, pero es inteligente y seguro encontrará su lugar.

–La inteligencia es un estorbo para la mujer. Rose quiere enviarla a la escuela de señoritas de Madame Colbert, pero no soy partidario de educar tanto a las muchachas, se ponen inmanejables. Cada uno en su lugar, es mi lema.

–El mundo está cambiando, Jeremy. En Estados Unidos los hombres libres son iguales ante la ley. Se han abolido las clases sociales.

–Estamos hablando de mujeres, no de hombres. Por lo demás,

Estados Unidos es un país de comerciantes y pioneros, sin tradición ni sentido de la historia. La igualdad no existe en ninguna parte, ni siquiera entre los animales y mucho menos en Chile.

–Somos extranjeros, Jeremy, apenas chapuceamos el castellano. ¿Qué nos importan las clases sociales chilenas? Nunca perteneceremos a este país...

–Debemos dar buen ejemplo. Si los británicos somos incapaces de mantener nuestra propia casa en orden ¿qué se puede esperar de los demás?

–Eliza se ha criado en esta familia. No creo que Miss Rose acepte destituirla sólo porque está creciendo.

Así fue. Rose desafió a su hermano con el repertorio completo de sus males. Primero fueron cólicos y luego una jaqueca alarmante, que de la noche a la mañana la dejó ciega. Durante varios días la casa entró en estado de quietud: se cerraron las cortinas, se caminaba en puntillas y se hablaba en murmullos. No se cocinó más, porque el olor de comida aumentaba los síntomas, Jeremy Sommers comía en el Club y regresaba a la casa con la actitud desconcertada y tímida de quien visita un hospital. La extraña ceguera y múltiples malestares de Rose, así como el silencio taimado de los empleados de la casa, fueron minando rápidamente su firmeza. Para colmo Mama Fresia, enterada misteriosamente de las discusiones privadas de los hermanos, se constituyó en formidable aliada de su patrona. Jeremy Sommers se consideraba un hombre culto y pragmático, invulnerable a la intimidación de una bruja supersticiosa como Mama Fresia, pero cuando la india encendió velas negras y echó humo de salvia por todas partes con el pretexto de espantar a los mosquitos, se encerró en la biblioteca entre atemorizado y furioso. Por las noches la oía arrastrando los pies descalzos al otro lado de su puerta y canturreando a media voz ensalmos y maldiciones. El miércoles encontró una lagartija muerta en su botella de brandy y decidió actuar de una vez por todas. Golpeó por primera vez la puerta del aposento de su hermana y fue admitido en aquel santuario de misterios femeninos que él prefería ignorar, tal como ignoraba la salita de costura, la cocina, la lavandería, las celdas oscuras del ático donde dormían las criadas y la casucha de Mama Fresia al fondo del patio; su mundo eran los salones, la biblioteca con anaqueles de caoba pulida y su colección de grabados de caza, la sala de billar con la ostentosa mesa tallada, su aposento amueblado con sencillez espartana y una pequeña habitación de baldosas italianas para su aseo personal, donde algún día pensaba instalar un excusado moderno como los de los catálogos de Nueva York, porque había leído que el sistema de bacinicas y de recolectar los excrementos humanos en baldes para ser usados como fertilizante, era fuente de epidemias. Debió aguardar que sus ojos se acostumbraran a la penumbra, mientras aspiraba turbado una mezcla de olor a medicamentos y de persistente perfume de vainilla. Rose apenas se vislumbraba, demacrada y sufriente, de espaldas en su cama sin almohada, con los brazos cruzados sobre el pecho como si estuviera practicando su propia muerte. A su lado Eliza estrujaba un paño con infusión de té verde para colocarle en los ojos.

–Déjanos solos, niña –dijo Jeremy Sommers, sentándose en una silla junto a la cama.

Eliza hizo una discreta venia y salió, pero conocía al dedillo las flaquezas de la casa y con la oreja pegada al delgado tabique divisorio pudo oír la conversación, que después repitió a Mama Fresia y anotó en su diario.

–Está bien, Rose. No podemos seguir en guerra. Pongámonos de acuerdo. ¿Qué es lo que quieres? –preguntó Jeremy, vencido de antemano.

–Nada, Jeremy... –suspiró ella con una voz apenas audible.

–Jamás aceptarán a Eliza en el colegio de Madame Colbert. Allí sólo van las niñas de clase alta y hogares bien constituidos. Todo el mundo sabe que Eliza es adoptada.

–¡Yo me encargaré que la acepten! –exclamó ella con una pasión inesperada en una agonizante.

–Escúchame Rose, Eliza no necesita educarse más. Debe aprender un oficio para ganarse la vida. ¿Qué será de ella cuando tú y yo no estemos para protegerla?

–Si tiene educación, se casará bien –dijo Rose, lanzando la compresa de té verde al suelo e incorporándose en la cama.

–Eliza no es precisamente una belleza, Rose.

–No la has mirado bien, Jeremy. Está mejorando día a día, será bonita, te lo aseguro. ¡Le sobrarán pretendientes!

–¿Huérfana y sin dote?

–Tendrá dote –replicó Miss Rose, saliendo de la cama a trastabillones y dando unos pasitos de ciega, desgreñada y descalza.

–¿Cómo así? Nunca habíamos hablado de esto...

–Porque no había llegado el momento, Jeremy. Una muchacha casadera requiere joyas, un ajuar con suficiente ropa para varios años y todo lo indispensable para su casa, además de una buena suma de dinero que le sirva a la pareja para iniciar algún negocio.

–¿Y puedo saber cuál es la contribución del novio?

–La casa y además tendrá que mantener a la mujer por el resto de sus días. En todo caso, faltan varios años para que Eliza esté en edad de casarse y para entonces tendrá dote. John y yo nos encargaremos de dársela, no te pediremos ni un real, pero no vale la pena perder tiempo hablando de eso ahora. Debes considerar a Eliza como si fuera tu hija.

–No lo es, Rose.

–Entonces trátala como si fuera hija mía. ¿Estás de acuerdo en eso, al menos?

–Sí, lo estoy –cedió Jeremy Sommers.

Las infusiones de té resultaron milagrosas. La enferma mejoró por completo y a las cuarenta y ocho horas había recuperado la vista y estaba radiante. Se dedicó a atender a su hermano con una solicitud encantadora; nunca había sido más dulce y risueña con él. La casa volvió a su ritmo normal y de la cocina salieron rumbo al comedor los deliciosos platos criollos de Mama Fresia, los panes aromáticos amasados por Eliza y los finos pasteles, que tanto habían contribuido a la fama de buenos anfitriones de los Sommers. A partir de ese momento Miss Rose modificó drásticamente su conducta errática con Eliza y se esmeró con una dedicación maternal nunca antes demostrada en prepararla para el colegio, mientras al mismo tiempo iniciaba un irresistible asedio a Madame Colbert. Había decidido que Eliza tendría estudios, dote y reputación de bella, aunque no lo fuera, porque la belleza, según ella, es cuestión de estilo. Cualquier mujer que se comporte con la soberana seguridad de una beldad, acaba por convencer a todo el mundo de que lo es, sostenía. El primer paso para emancipar a Eliza sería un buen matrimonio, en vista de que la chica no contaba con un hermano mayor para servirle de pantalla, como en su propio caso. Ella misma no veía la ventaja de casarse, una esposa era propiedad del marido, con menos derechos que un sirviente o un niño; pero por otra parte, una mujer sola y sin fortuna estaba a merced de los peores abusos. Una casada, si contaba con astucia, al menos podía manejar al marido y con algo de suerte hasta podía enviudar temprano...

–Yo daría contenta la mitad de mi vida por disponer de la misma libertad de un hombre, Eliza. Pero somos mujeres y estamos fritas. Lo único que podemos hacer es tratar de sacarle partido a lo poco que tenemos.

No le dijo que la única vez que ella intentó volar sola se estrelló de narices contra la realidad, porque no quería plantar ideas subversivas en la mente de la chiquilla. Estaba decidida a darle un destino mejor que el suyo, la entrenaría en las artes del disimulo, la manipulación y la artimaña, porque eran más útiles que la ingenuidad, de eso estaba cierta. Se encerraba con ella tres horas en la mañana y otras tres en la tarde a estudiar los textos escolares importados de Inglaterra; intensificó la enseñanza del francés con un profesor, porque ninguna muchacha bien educada podía ignorar esa lengua. El resto del tiempo supervisaba personalmente cada puntada de Eliza para su ajuar de novia, sábanas, toallas, mantelería y ropa interior bordada con primor, que luego guardaban en baúles envueltas en lienzos y perfumadas con lavanda. Cada tres meses sacaban el contenido de los baúles y lo tendían al sol, evitando así la devastación de la humedad y las polillas durante los años de espera hasta el matrimonio. Compró un cofre para las joyas de la dote y encargó a su hermano John la tarea de llenarlo con regalos de sus viajes. Se juntaron zafiros de la India, esmeraldas y amatistas de Brasil, collares y pulseras de oro veneciano y hasta un pequeño prendedor de diamantes. Jeremy Sommers no se enteró de los detalles y permaneció ignorante de la forma en que sus hermanos financiaban tales extravagancias.

Las clases de piano –ahora con un profesor llegado de Bélgica que usaba una palmeta para golpear los dedos torpes de sus estudiantes– se convirtieron en un martirio diario para Eliza. También asistía a una academia de bailes de salón y por sugerencia del maestro de danza, Miss Rose la obligaba a caminar por horas equilibrando un libro sobre la cabeza con el fin de hacerla crecer derecha. Ella cumplía con sus tareas, hacía sus ejercicios de piano y caminaba recta como una vela aunque no llevara el libro sobre la cabeza, pero de noche se deslizaba descalza al patio de los sirvientes y a menudo el amanecer la sorprendía durmiendo sobre un jergón abrazada a Mama Fresia.

Dos años después de las inundaciones cambió la suerte y el país gozaba de buen clima, tranquilidad política y bienestar económico. Los chilenos andaban en ascuas; estaban acostumbrados a las desgracias naturales y tanta bonanaza podía ser la preparación de un cataclismo mayor. Además se descubrieron ricos yacimientos de oro y plata en el norte. Durante la Conquista, cuando los españoles recorrían América buscando esos metales y llevándose todo lo que encontraban al paso, Chile se consideraba el culo del mundo, porque comparado con las riquezas del resto del continente tenía muy poco que ofrecer. En la marcha forzada por sus inmensas montañas y por el desierto lunar del norte se agotaba la codicia en el corazón de aquellos conquistadores y si algo quedaba, los indómitos indios se encargaban de transformarla en arrepentimiento. Los capitanes, exhaustos y pobres, maldecían esa tierra donde no les quedaba más remedio que plantar sus banderas y echarse a morir, porque regresar sin gloria era peor. Trescientos años más tarde esas minas, ocultas a los ojos de los ambiciosos soldados de España y surgidas de pronto por obra de encantamiento, fueron un premio inesperado para sus descendientes. Se formaron nuevas fortunas, a las que se unieron otras de la industria y el comercio. La antigua aristocracia de la tierra, que había tenido siempre la sartén por el mango, se sintió amenazada en sus privilegios y el desprecio por los ricos de reciente factura pasó a ser un signo de distinción.

Uno de esos ricachos se enamoró de Paulina, la hija mayor de Agustín del Valle. Se trataba de Feliciano Rodríguez de Santa Cruz, próspero en pocos años gracias a una mina de oro explotada a medias con su hermano. De sus orígenes poco se conocía, salvo la sospecha de que sus antepasados eran judíos conversos y su sonoro apellido cristiano había sido adoptado para quitarle el cuerpo a la Inquisición, razón de sobra para ser rechazado de plano por los soberbios del Valle. Jacob Todd distinguía a Paulina entre las cinco hijas de Agustín, porque su carácter atrevido y alegre le recordaba a Miss Rose. La joven tenía una manera sincera de reírse que contrastaba con las sonrisas veladas tras los abanicos y las mantillas de sus hermanas. Al enterarse de la intención del padre de encerrarla en un convento de clausura para impedir sus amores, Jacob Todd decidió, contra toda prudencia, ayudarla. Antes de que se la llevaran, se las arregló para cruzar un par de frases a solas con ella en un descuido de su dueña. Consciente de que no disponía de tiempo para explicaciones, Paulina se sacó del escote una carta tan doblada y vuelta a doblar que parecía un peñasco y le rogó que la hiciera llegar a su enamorado. Al día siguiente la joven partió, secuestrada por su padre, en un viaje de varios días por caminos imposibles hacia Concepción, una ciudad del sur cerca de las reservas indígenas, donde las monjas cumplirían con el deber de devolverle el juicio a punta de rezos y ayunos. Para evitar que tuviera la peregrina idea de rebelarse o escapar, el padre ordenó que le afeitaran la cabeza. La madre recogió las trenzas, las envolvió en un paño de batista bordada y las llevó de regalo a las beatas de la Iglesia de la Matriz para destinarlas a pelucas de santos. Entretanto Todd no sólo logró entregar la misiva, también averiguó con los hermanos de la muchacha la ubicación exacta del convento y pasó el dato al atribulado Feliciano Rodríguez de Santa Cruz. Agradecido, el pretendiente se quitó el reloj de bolsillo con su cadena de oro macizo e insistió en dárselo al bendito emisario de sus amores, pero éste lo rechazó, ofendido.

–No tengo cómo pagarle lo que ha hecho –murmuró Feliciano, turbado.

–No tiene que hacerlo.

Jacob Todd no supo de la infortunada pareja por un buen tiempo, pero dos meses más tarde la sabrosa noticia de la huida de la señorita era el comidillo de toda reunión social y el orgulloso Agustín del Valle no pudo impedir que se le agregaran más detalles pintorescos, cubriéndolo de ridículo. La versión que Paulina relató a Jacob Todd meses después, fue que una tarde de junio, de esas tardes invernales de lluvia fina y oscuridad temprana, logró burlar la vigilancia y huyó del convento vestida con hábito de novicia, llevándose los candelabros de plata del altar mayor. Gracias a la información de Jacob Todd, Feliciano Rodríguez de Santa Cruz se trasladó al sur y mantuvo contacto secreto con ella desde el comienzo, esperando la oportunidad de reencontrarse. Esa tarde la aguardaba a corta distancia del convento y al verla tardó varios segundos en reconocer a esa novicia medio calva que se desmoronó en sus brazos sin soltar los candelabros.

–No me mires así, hombre, el pelo crece –dijo ella besándolo de lleno en los labios.

Feliciano se la llevó en un coche cerrado de vuelta a Valparaíso y la instaló temporalmente en la casa de su madre viuda, el más respetable escondite que pudo imaginar, con la intención de proteger su honra hasta donde fuera posible, aunque no había forma de evitar que el escándalo los mancillara. El primer impulso de Agustín fue enfrentar en duelo al seductor de su hija, pero cuando quiso hacerlo se enteró que andaba en viaje de negocios en Santiago. Se dio entonces a la tarea de encontrar a Paulina, ayudado por sus hijos y sobrinos armados y decididos a vengar el honor de la familia, mientras la madre y las hermanas rezaban a coro el rosario por la hija descarriada. El tío obispo, que había recomendado enviar a Paulina a las monjas, intentó poner algo de cordura en los ánimos, pero esos protomachos no estaban para sermones de buen cristiano. El viaje de Feliciano era parte de la estrategia planeada con su hermano y Jacob Todd. Se fue sin bulla a la capital mientras los otros dos echaban a rodar el plan de acción en Valparaíso, publicando en un periódico liberal la desaparición de la señorita Paulina del Valle, noticia que la familia se había guardado muy bien de divulgar. Eso salvó la vida de los enamorados.

Por fin Agustín del Valle aceptó que ya no estaban los tiempos para desafiar la ley y en vez de un doble asesinato más valía lavar la honra con una boda pública. Se establecieron las bases de una paz forzada y una semana después, cuando todo estuvo preparado, regresó Feliciano. Los fugitivos se presentaron en la residencia de los del Valle acompañados por el hermano del novio, un abogado y el obispo. Jacob Todd se mantuvo discretamente ausente. Paulina apareció vestida con un traje muy sencillo, pero al quitarse el manto pudieron ver que llevaba desafiante una diadema de reina. Avanzó del brazo de su futura suegra, quien estaba dispuesta a responder por su virtud, pero no la dieron ocasión de hacerlo. Como lo último que la familia deseaba era otra noticia en el periódico, Agustín del Valle no tuvo más remedio que recibir a la hija rebelde y a su indeseable pretendiente. Lo hizo rodeado de sus hijos y sobrinos en el comedor, convertido en tribunal para la ocasión, mientras las mujeres de la familia, recluidas en el otro extremo de la casa, se enteraban de los detalles por las criadas, quienes atisbaban tras las puertas y corrían llevando cada palabra. Dijeron que la chica se presentó con todos esos diamantes brillando entre los pelos parados de su cabeza de tiñosa y enfrentó a su padre sin asomo de modestia o temor, anunciando que aún tenía los candelabros, en realidad los había tomado sólo para jorobar a las monjas. Agustín del Valle levantó una fusta para caballos, pero el novio se puso por delante para recibir el castigo, entonces el obispo, muy cansado, pero con el peso de su autoridad intacto, intervino con el argumento irrefutable de que no podría haber casamiento público para acallar los chismes si los novios estaban con la cara machucada.

–Pide que nos sirvan una taza de chocolate, Agustín, y sentémonos a conversar como gente decente –propuso el dignatario de la Iglesia.

Así lo hicieron. Ordenaron a la hija y a la viuda Rodríguez de Santa Cruz que aguardaran afuera, porque ése era un asunto de hombres, y tras consumir varias jarras de espumoso chocolate llegaron a un acuerdo. Redactaron un documento mediante el cual los términos económicos quedaron claros y el honor de ambas partes a salvo, firmaron ante el notario y procedieron a planear los detalles de la boda. Un mes más tarde Jacob Todd asistió a un sarao inolvidable en que la pródiga hospitalidad de la familia del Valle se desbordó; hubo baile, canto y comilona hasta el día siguiente y los invitados se fueron comentando la hermosura de la novia, la felicidad del novio y la suerte de los suegros, que casaban a su hija con una sólida, aunque reciente, fortuna. Los esposos partieron de inmediato al norte del país.

MALA REPUTACIÓN

Jacob Todd lamentó la partida de Feliciano y Paulina, había hecho una buena amistad con el millonario de las minas y su chispeante esposa. Se sentía tan a sus anchas entre los jóvenes empresarios, como incómodo empezaba a sentirse entre los miembros del *Club de la Unión*. Como él, los nuevos industriales estaban imbuidos de ideas europeas, eran modernos y liberales, a diferencia de la antigua oligarquía de la tierra, que permanecía atrasada en medio siglo. Le quedaban aún ciento setenta biblias arrumbadas bajo su cama de las cuales ya no se acordaba, porque la apuesta estaba perdida desde hacía tiempo. Había logrado dominar suficientemente el español como para arreglarse sin ayuda y, a pesar de no ser correspondido, seguía enamorado de Rose Sommers, dos buenas razones para quedarse en Chile. Los continuos desaires de la joven se habían convertido en una dulce costumbre y ya no lograban humillarlo. Aprendió a recibirlos con ironía y devolvérselos sin malicia, como un juego de pelota cuyas misteriosas reglas sólo ellos conocían. Se relacionó con algunos intelectuales y pasaba noches enteras discutiendo a los filósofos franceses y alemanes, así como los descubrimientos científicos que abrían nuevos horizontes al conocimiento humano. Disponía de largas horas para pensar, leer y discutir.

Había ido decantando ideas que anotaba en un grueso cuaderno ajado por el uso y gastaba buena parte del dinero de su pensión en libros encargados a Londres y otros que compraba en la Librería Santos Tornero, en el barrio El Almendral donde también vivían los franceses y estaba ubicado el mejor burdel de Valparaíso. La librería era el punto de reunión de intelectuales y aspirantes a escritores. Todd solía pasar días enteros leyendo; después entregaba los libros a sus compinches, quienes con penuria los traducían y publicaban en modestos panfletos circulados de mano en mano.

Del grupo de intelectuales, el más joven era Joaquín Andieta, de apenas dieciocho años, pero compensaba su falta de experiencia con una fluida vocación de liderazgo. Su personalidad electrizante resultaba aún más notable, dadas su juventud y pobreza. No era hombre de muchas palabras este Joaquín, sino de acción, uno de los pocos con claridad y valor suficientes para transformar en impulso revolucionario las ideas de los libros, los demás preferían discutirlas eternamente en torno a una botella en la trastienda de la librería. Todd distinguió a Andieta desde un comienzo, ese joven tenía algo inquietante y patético que lo atraía. Había notado su aporreado maletín y la tela gastada de su traje, transparente y quebradiza como piel de cebolla. Para ocultar los huecos en las suelas de las botas, nunca se sentaba pierna arriba; tampoco se quitaba la chaqueta porque, Todd presumía, su camisa debía estar cubierta de zurcidos y parches. No poseía un abrigo decente, pero en invierno era el primero en madrugar para salir a repartir panfletos y pegar pancartas llamando a los trabajadores a la rebelión contra los abusos de los patrones, o a los marineros contra los capitanes y las empresas navieras, labor a menudo inútil, porque los destinatarios eran en su mayoría analfabetos. Sus llamados a la justicia quedaban a merced del viento y la indiferencia humana.

Mediante discretas indagaciones, Jacob Todd descubrió que su amigo estaba empleado en la *Compañía Británica de Importación y Exportación.* A cambio de un sueldo mísero y un horario agotador, registraba los artículos que pasaban por la oficina del puerto. También se le exigía cuello almidonado y zapatos lustrados. Su existencia transcurría en una sala sin ventilación y mal alumbrada, donde los escritorios se alineaban unos tras otros hasta el infinito y se apilaban legajos y libracos empolvados que nadie revisaba en años. Todd preguntó por él a Jeremy Sommers, pero éste no lo ubicaba; seguramente lo veía a diario, dijo, pero no tenía relación personal con sus subordinados y escasamente podía identificarlos por sus nombres. Por otros conductos supo que Andieta vivía con su madre, pero del padre nada pudo averiguar; supuso que sería un marinero de paso y la madre una de aquellas mujeres desafortunadas que no calzaban en ninguna categoría social, tal vez bastarda o repudiada por su familia. Joaquín Andieta tenía facciones andaluzas y la gracia viril de un joven torero; todo en él sugería firmeza, elasticidad, control; sus movimientos eran precisos, su mirada intensa y su orgullo conmovedor. A los ideales utópicos de Todd oponía un pétreo sentido de la realidad. Todd predicaba la creación de una sociedad comunitaria, sin sacerdotes ni policías, gobernada democráticamente bajo una ley moral única e inapelable.

–Está usted en la luna, Mr. Todd. Tenemos mucho que hacer, no vale la pena perder tiempo discutiendo fantasías –lo interrumpía Joaquín Andieta.

–Pero si no empezamos por imaginar la sociedad perfecta ¿cómo vamos a crearla? –replicaba el otro enarbolando su cuaderno, cada vez más voluminoso, al cual había agregado planos de ciudades ideales, donde cada habitante cultivaba su alimento y los niños crecían sanos y felices, cuidados por la comunidad, puesto que si no existía la propiedad privada, tampoco se podía reclamar la posesión de los hijos.

–Debemos mejorar el desastre en que vivimos aquí. Lo primero es incorporar a los trabajadores, los pobres y los indios, dar tierra a los campesinos y quitar poder a los curas. Es necesario cambiar la Constitución, Mr. Todd. Aquí sólo votan los propietarios, es decir, gobiernan los ricos. Los pobres no cuentan.

Al principio Jacob Todd ideaba rebuscados caminos para ayudar a su amigo, pero pronto debió desistir porque sus iniciativas lo ofendían. Le encargaba algunos trabajos para tener pretexto de darle dinero, pero Andieta cumplía a conciencia y luego rechazaba de plano cualquier forma de pago. Si Todd le ofrecía tabaco, una copa de brandy o su paraguas en una noche de tormenta, Andieta reaccionaba con arrogancia helada, dejando al otro desconcertado y a veces ofendido. El joven jamás mencionaba su vida privada o su pasado, parecía encarnarse brevemente para compartir unas horas de conversación revolucionaria o lecturas enardecidas en la librería, antes de volverse humo al término de esas veladas. No disponía de unas monedas para ir con los otros a la taberna y no aceptaba una invitación que no podía retribuir.

Una noche Todd no pudo soportar por más tiempo la incertidumbre y lo siguió por el laberinto de calles del puerto, donde podía ocultarse en las sombras de los portales y en las curvas de esas absurdas callejuelas, que según la gente eran tortuosas a propósito, para impedir que se metiera el Diablo. Vio a Joaquín Andieta arremangarse los pantalones, quitarse los zapatos, envolverlos en una hoja de periódico y guardarlos cuidadosamente en su gastado maletín, de donde extrajo unas chancletas de campesino para calzarse. A esa hora tardía sólo circulaban unas pocas almas perdidas y gatos vagos escarbando en la basura. Sintiéndose como un ladrón, Todd avanzó en la oscuridad casi pisando los talones de su amigo; podía escuchar su respiración agitada y el roce de sus manos, que frotaba sin cesar para combatir los aguijonazos del viento helado. Sus pasos lo condujeron a un conventillo, cuyo acceso era uno de esos callejones estrechos típicos de la ciudad. Una fetidez de orines y excrementos le dio en la cara; por esos barrios la policía de aseo, con sus largos garfios para destapar las acequias, pasaba rara vez. Comprendió la precaución de Andieta de quitarse sus únicos zapatos: no supo lo que pisaba, los pies se le hundían en un caldo pestilente. En la noche sin luna la escasa luz se filtraba entre los postigos destartalados de las ventanas, muchas sin vidrios, tapiadas con cartón o tablas. Se podía atisbar por las ranuras hacia el interior de cuartos miserables alumbrados por velas. La suave neblina daba a la escena un aire irreal. Vio a Joaquín Andieta encender un fósforo, protegiéndolo de la brisa con su cuerpo, sacar una llave y abrir una puerta a la luz trémula de la llama. ¿Eres tú, hijo? Oyó nítidamente una voz femenina, más clara y joven de lo esperado. Enseguida la puerta se cerró. Todd permaneció largo rato en la oscuridad observando la casucha con un deseo inmenso de golpear la puerta, deseo que no era sólo curiosidad, sino un afecto abrumador por su amigo. Carajo, me estoy volviendo idiota, masculló finalmente. Dio media vuelta y se fue al *Club de la Unión* a tomar un trago y leer los periódicos, pero antes de llegar se arrepintió, incapaz de enfrentar el contraste entre la pobreza que acababa de dejar atrás y esos salones con muebles de cuero y lámparas de cristal. Regresó a su cuarto, abrasado por un fuego de compasión bastante parecido a aquella fiebre que casi lo despachó durante su primera semana en Chile.

Así estaban las cosas a finales de 1845, cuando la flota comercial marítima de Gran Bretaña asignó en Valparaíso un capellán para atender las necesidades espirituales de los protestantes. El hombre llegó dispuesto a desafiar a los católicos, construir un sólido templo anglicano y dar nuevos bríos a su congregación. Su primer acto oficial fue examinar las cuentas del proyecto misionero en Tierra del Fuego, cuyos resultados no se vislumbraban por parte alguna. Jacob Todd se hizo invitar al campo por Agustín del Valle, con la idea de dar tiempo al nuevo pastor de desinflarse, pero cuando regresó dos semanas más tarde, comprobó que el capellán no había olvidado el asunto. Por un tiempo Todd encontró nuevos pretextos para evitarlo, pero finalmente debió enfrentarse a un auditor y luego a una comisión de la Iglesia Anglicana. Se enredó en explicaciones que se tornaron más y más fantásticas a medida que los números probaban el desfalco con claridad meridiana. Devolvió el dinero que le quedaba en la cuenta, pero su reputación sufrió un revés irremediable. Se terminaron para él las tertulias de los miércoles en casa de los Sommers y nadie en la colonia extranjera volvió a invitarlo; lo eludían en la calle y quienes tenían negocios con él, los dieron por concluidos. La noticia del engaño alcanzó a sus amigos chilenos, quienes le sugirieron discreta, pero firmemente, que no apareciera más por el *Club de la Unión* si deseaba evitar el bochorno de ser expulsado. No volvieron a aceptarlo en los juegos de cricket ni en el bar del Hotel Inglés, pronto estuvo aislado y hasta sus amigos liberales le dieron la espalda. La familia del Valle en bloque le quitó el saludo, salvo Paulina, con quien Todd mantenía un esporádico contacto epistolar.

Paulina había dado a luz a su primer hijo en el norte y en sus cartas se revelaba satisfecha de su vida de casada. Feliciano Rodríguez de Santa Cruz, cada vez más rico según decía la gente, había resultado ser un marido poco usual. Estaba convencido de que la audacia demostrada por Paulina al fugarse del convento y doblar la mano de su familia para casarse con él no debía diluirse en tareas domésticas, sino aprovecharse para beneficio de los dos. Su mujer, educada como señorita, escasamente sabía leer y sumar, pero había desarrollado una verdadera pasión por los negocios. Al principio a Feliciano le extrañó su interés por indagar detalles sobre el proceso de excavación y transporte de los minerales, así como los vaivenes de la Bolsa de Comercio, pero pronto aprendió a respetar la descomunal intuición de su mujer. Mediante sus consejos, a los siete meses de casados obtuvo grandes beneficios especulando con azúcar. Agradecido, le obsequió un servicio para el té de plata labrada en el Perú, que pesaba diecinueve kilos. Paulina, quien apenas podía moverse con el denso bulto de su primer hijo en la barriga, rechazó el regalo sin levantar la vista de los escarpines que estaba tejiendo.

–Prefiero que abras una cuenta a mi nombre en un banco de Londres y de ahora en adelante me deposites el veinte por ciento de las ganancias que yo consiga para ti.

–¿Para qué? ¿No te doy todo lo que deseas y mucho más? –preguntó Feliciano ofendido.

–La vida es larga y llena de sobresaltos. No quiero ser nunca una viuda pobre y menos con hijos –explicó ella, sobándose la panza.

Feliciano salió dando un portazo, pero su innato sentido de justicia pudo más que su mal humor de marido desafiado. Además, aquel veinte por ciento sería un incentivo poderoso para Paulina, decidió. Hizo lo que ella le pedía, a pesar de que nunca había oído de una mujer casada con dinero propio. Si una esposa no podía desplazarse sola, firmar documentos legales, acudir a la justicia, vender o comprar nada sin la autorización del marido, mucho menos podía disponer de una cuenta bancaria y usarla a su antojo. Sería difícil explicárselo al banco y a los socios.

–Venga al norte con nosotros, el futuro está en la minas y allí puede empezar de nuevo –sugirió Paulina a Jacob Todd, cuando se enteró en una de sus breves visitas a Valparaíso que había caído en desgracia.

–¿Qué haría yo allí, amiga mía? –murmuró el otro.

–Vender sus biblias –se burló Paulina, pero de inmediato se conmovió ante la abismal tristeza del otro y le ofreció su casa, amistad y trabajo en las empresas del marido.

Pero Todd estaba tan desanimado por la mala suerte y la vergüenza pública, que no encontró fuerzas para iniciar otra aventura en el norte. La curiosidad y la inquietud que lo impulsaban antes, habían sido reemplazadas por la obsesión de recuperar el buen nombre perdido.

–Estoy derrotado, señora, ¿que no lo ve? Un hombre sin honor es un hombre muerto.

–Los tiempos han cambiado –lo consoló Paulina–. Antes la honra mancillada de una mujer sólo se lavaba con sangre. Pero ya ve, Mr. Todd, en mi caso se lavó con una jarra de chocolate. El honor de los hombres es mucho más resistente que el nuestro. No se desespere.

Feliciano Rodríguez de Santa Cruz, quien no había olvidado su intervención en tiempos de sus amores frustrados con Paulina, quiso prestarle dinero para que devolviera hasta el último centavo de las misiones, pero Todd decidió que entre deberle a un amigo o deberle al capellán protestante, prefería lo último, puesto que su reputación de todos modos ya estaba destruida. Poco después debió despedirse de los gatos y las tartas, porque la viuda inglesa de la pensión lo expulsó con una cantaleta interminable de reproches. La buena mujer había duplicado sus esfuerzos en la cocina para financiar la propagación de su fe en aquellas regiones de invierno inmutable, donde un viento espectral ululaba día y noche, como decía Jacob

Todd, ebrio de elocuencia. Al enterarse del destino de sus ahorros en manos del falso misionero, montó en justa cólera y lo echó de su casa. Mediante la ayuda de Joaquín Andieta, quien le buscó otro alojamiento, pudo trasladarse a un cuarto pequeño, pero con vista al mar, en uno de los barrios modestos del puerto. La casa pertenecía a una familia chilena y no tenía las pretensiones europeas de la anterior, era de construcción antigua, de adobe blanqueado a la cal y techo de tejas rojas, compuesta de un zaguán a la entrada, un cuarto grande casi desprovisto de muebles, que servía de sala, comedor y dormitorio de los padres, uno más pequeño y sin ventana donde dormían todos los niños y otro al fondo, que alquilaban. El propietario trabajaba como maestro de escuela y su mujer contribuía al presupuesto con una industria artesanal de velas fabricadas en la cocina. El olor de la cera impregnaba la casa. Todd sentía ese aroma dulzón en sus libros, su ropa, su cabello y hasta en su alma; tanto se le había metido bajo la piel, que muchos años más tarde, al otro lado del mundo, seguiría oliendo a velas. Frecuentaba sólo los barrios bajos del puerto, donde a nadie importaba la reputación buena o mala de un gringo con los pelos rojos. Comía en las fondas de los pobres y pasaba días enteros entre los pescadores, afanado con las redes y los botes. El ejercicio físico le hacía bien y por algunas horas lograba olvidar su orgullo herido. Sólo Joaquín Andieta continuó visitándolo. Se encerraban a discutir de política e intercambiar textos de los filósofos franceses, mientras al otro lado de la puerta correteaban los hijos del maestro y fluía como un hilo de oro derretido la cera de las velas. Joaquín Andieta no se refirió jamás al dinero de las misiones, aunque no podía ignorarlo, dado que el escándalo se comentó a viva voz durante semanas. Cuando Todd quiso explicarle que sus intenciones nunca fueron las de estafar y todo había sido producto de su mala cabeza para los números, su proverbial desorden y su mala suerte, Joaquín Andieta se llevó un dedo a la boca en el gesto universal de callar. En un impulso de vergüenza y afecto, Jacob Todd lo abrazó torpemente y el otro lo estrechó por un instante, pero enseguida se desprendió con brusquedad, rojo hasta las orejas. Los dos retrocedieron simultáneamente, aturdidos, sin comprender cómo habían violado la regla elemental de conducta que prohíbe contacto físico entre los hombres, excepto en batallas o deportes brutales. En los meses siguientes el inglés fue perdiendo el rumbo, descuidó su apariencia y solía vagar con una barba de varios días, oliendo a velas y alcohol. Cuando se propasaba con la ginebra, despotricaba como un maniático, sin pausa ni respiro contra los gobiernos, la familia real inglesa, los militares y policías, el sistema de privilegios de clases, que comparaba al de castas en la India, la religión en general y el cristianismo en particular.

–Tiene que irse de aquí, Mr. Todd, se está poniendo chiflado –se atrevió a decirle Joaquín Andieta un día que lo rescató de una plaza cuando estaba a punto de llevárselo la guardia.

Exactamente así lo encontró, predicando como un orate en la calle, el capitán John Sommers, quien había desembarcado de su goleta en el puerto hacía ya varias semanas. Su nave había sufrido tanto vapuleo en la travesía por el Cabo de Hornos, que debió someterse a largas reparaciones. John Sommers había pasado un mes completo en casa de sus hermanos Jeremy y Rose. Eso lo decidió a buscar trabajo en uno de los modernos barcos a vapor apenas regresara a Inglaterra, porque no estaba dispuesto a repetir la experiencia de cautiverio en la jaula familiar. Amaba a los suyos, pero los prefería a la distancia. Se había resistido hasta entonces a pensar en los vapores, porque no concebía la aventura del mar sin el desafío de las velas y del clima, que probaban la buena cepa de un capitán, pero debió admitir finalmente que el futuro estaba en las nuevas embarcaciones, más grandes, seguras y rápidas. Cuando notó que perdía pelo, culpó naturalmente a la vida sedentaria. Pronto el tedio llegó a pesarle como una armadura y escapaba de la casa para pasear por el puerto con impaciencia de fiera atrapada. Al reconocer al capitán, Jacob Todd bajó el ala del sombrero y fingió no verlo para ahorrarse la humillación de otro desaire, pero el marino lo detuvo en seco y lo saludó con afectuosas palmadas en los hombros.

–¡Vamos a tomar unos tragos, mi amigo! –y lo arrastró a un bar cercano.

Resultó ser uno de esos rincones del puerto conocido entre los parroquianos por la bebida honesta, donde además ofrecían un plato único de bien ganada fama: congrio frito con papas y ensalada de cebolla cruda. Todd, quien solía olvidarse de comer en esos días y siempre andaba corto de dinero, sintió el aroma delicioso de la comida y creyó que iba a desmayarse. Una oleada de agradecimiento y placer le humedeció los ojos. Por cortesía, John Sommers desvió la vista mientras el otro devoraba hasta la última migaja del plato.

–Nunca me pareció buena idea ese asunto de las misiones entre los indios –dijo, justamente cuando Todd empezaba a preguntarse si el capitán se habría enterado del escándalo financiero–. Esa pobre gente no merece la desgracia de ser evangelizada. ¿Qué piensa hacer ahora?

–Devolví lo que quedaba en la cuenta, pero aún debo una buena cantidad.

–Y no tiene cómo pagarla, ¿verdad?

–Por el momento no, pero...

–Pero nada, hombre. Usted dio a esos buenos cristianos un pretexto para sentirse virtuosos y ahora les ha dado motivo de escándalo por un buen tiempo. La diversión les salió barata. Cuando le pregunté qué piensa hacer me refería a su futuro, no a sus deudas.

–No tengo planes.

–Vuelva conmigo a Inglaterra. Aquí no hay lugar para usted. ¿Cuántos extranjeros hay en este puerto? Cuatro pelagatos y todos se conocen. Créame, no lo dejarán en paz. En Inglaterra, en cambio, puede perderse en la muchedumbre.

Jacob Todd se quedó mirando el fondo de su vaso con una expresión tan desesperada, que el capitán soltó una de sus risotadas.

–¡No me diga que se queda aquí por mi hermana Rose!

Era verdad. El repudio general habría sido algo más soportable para Todd, si Miss Rose hubiera demostrado un mínimo de lealtad o comprensión, pero ella se negó a recibirlo y devolvió sin abrir las cartas con que él intentaba limpiar su nombre. Nunca se enteró que sus misivas jamás llegaron a manos de la destinataria, porque Jeremy Sommers, violando el acuerdo de mutuo respeto con su hermana, había decidido protegerla de su propio buen corazón e impedir que cometiera otra irreparable tontería. El capitán tampoco lo sabía, pero adivinó las precauciones de Jeremy y concluyó que seguramente él habría hecho lo mismo en tales circunstancias. La idea de ver al patético vendedor de biblias convertido en aspirante a la mano de su hermana Rose le parecía desastrosa: por una vez estaba en pleno acuerdo con Jeremy.

–¿Tan evidentes han sido mis intenciones con Miss Rose? –preguntó Jacob Todd, turbado.

–Digamos que no son un misterio, mi amigo.

–Me temo que no tengo la menor esperanza de que algún día ella me acepte...

–Me temo lo mismo.

–¿Me haría usted el inmenso favor de interceder por mí, capitán? Si al menos Miss Rose me recibiera una vez, yo podría explicarle...

–No cuente conmigo para hacer de alcahuete, Todd. Si Rose

correspondiera sus sentimientos, usted ya lo sabría. Mi hermana no es tímida, se lo aseguro. Le repito, hombre, lo único que le queda es irse de este maldito puerto, aquí va a terminar convertido en un mendigo. Mi barco parte dentro de tres días rumbo a Hong Kong y de allí a Inglaterra. La travesía será larga, pero usted no tiene apuro. El aire fresco y el trabajo duro son remedios infalibles contra la estupidez del amor. Se lo digo yo, que me enamoro en cada puerto y me sano apenas vuelvo al mar.

–No tengo dinero para el pasaje.

–Tendrá que trabajar como marinero y por las tardes jugar naipes conmigo. Si no ha olvidado los trucos de tahúr que sabía cuando lo traje a Chile hace tres años, seguro me esquilmará en el viaje.

Pocos días después Jacob Todd se embarcó mucho más pobre de lo que había llegado. El único que lo acompañó al muelle fue Joaquín Andieta. El sombrío joven había pedido permiso en su trabajo para ausentarse por una hora. Se despidió de Jacob Todd con un firme apretón de mano.

–Nos volveremos a ver, amigo –dijo el inglés.

–No lo creo –replicó el chileno, quien tenía una intuición más clara del destino.

LOS PRETENDIENTES

Dos años después de la partida de Jacob Todd, se produjo la metamorfosis definitiva de Eliza Sommers. Del insecto anguloso que había sido en la infancia, se transformó en una muchacha de contornos suaves y rostro delicado. Bajo la tutela de Miss Rose pasó los ingratos años de la pubertad balanceando un libro sobre la cabeza y estudiando piano, mientras al mismo tiempo cultivaba las yerbas autóctonas en el huerto de Mama Fresia y aprendía las antiguas recetas para curar males conocidos y otros por conocer, incluyendo mostaza para la indiferencia de los asuntos cotidianos, hoja de hortensia para madurar tumores y devolver la risa, violeta para soportar la soledad y verbena, con que sazonaba la sopa a Miss Rose, porque esta planta noble cura los exabruptos de mal humor. Miss Rose no logró destruir el interés de su protegida por la cocina y finalmente se resignó a verla perder horas preciosas entre las negras ollas de Mama Fresia. Consideraba los conocimientos culinarios sólo un adorno en la educación de una joven, porque la capacitaban para dar órdenes a los sirvientes, tal como hacía ella, pero de allí a ensuciarse con pailas y sartenes había una gran distancia. Una dama no podía oler a ajo y cebolla, pero Eliza prefería la práctica a la teoría y recurría a las amistades en busca de recetas que copiaba en un cuaderno y luego mejoraba en su cocina. Podía pasar días enteros moliendo especias y nueces para tortas o maíz para pasteles criollos, limpiando tórtolas para escabeche y frutas para conserva. A los catorce años había superado a Miss Rose en su tímida pastelería y había aprendido el repertorio de Mama Fresia; a los quince estaba a cargo del festín en las tertulias de los miércoles y cuando los platos chilenos dejaron de ser un desafío, se interesó en la refinada cocina de Francia, que le enseñó Madame Colbert, y en las exóticas especias de la India, que su tío John solía traer y ella identificaba por el olor, aunque no conocía sus nombres. Cuando el cochero dejaba un mensaje donde las amistades de los Sommers, presentaba el sobre acompañado por una golosina recién salida de las manos de Eliza, quien había elevado la costumbre local de intercambiar guisos y postres a la categoría de arte. Tanta era su dedicación, que Jeremy Sommers llegó a imaginarla dueña de su propio salón de té, proyecto que, como todos los demás de su hermano concernientes a la muchacha, Miss Rose descartó sin la más breve consideración. Una mujer que se gana la vida desciende de clase social, por muy respetable que sea su oficio, opinaba. Ella pretendía, en cambio, un buen marido para su protegida y se había dado dos años de plazo para encontrarlo en Chile, después se llevaría a Eliza a Inglaterra, no podía correr el riesgo de que cumpliera veinte años sin novio y se quedara soltera. El candidato debía ser alguien capaz de ignorar su oscuro origen y entusiasmarse con sus virtudes. Entre los chilenos, ni pensarlo, la aristocracia se casaba entre primos y la clase media no le interesaba, no deseaba ver a Eliza pasar penurias de dinero. De vez en cuando tenía contacto con empresarios del comercio o las minas, que hacían negocios con su hermano Jeremy, pero ésos andaban detrás de los apellidos y blasones de la oligarquía. Resultaba improbable que se fijaran en Eliza, pues poco en su físico podía encender pasiones: era pequeña y delgada, carecía de la palidez lechosa o la opulencia de busto y caderas tan de moda. Sólo a la segunda mirada se descubría su belleza discreta, la gracia de sus gestos y la expresión intensa de sus ojos; parecía una muñeca de porcelana que el capitán John Sommers había traído de China. Miss Rose buscaba un pretendiente capaz de apreciar el claro discernimiento de su protegida, así como la firmeza de carácter y habilidad para dar vuelta las situaciones a su favor, eso que Mama Fresia llamaba suerte y ella prefería llamar inteligencia; un hombre con solvencia económica y buen carácter, que le ofreciera seguridad y respeto, pero a quien Eliza pudiera manejar con soltura. Pensaba enseñarle a su debido tiempo la disciplina sutil de las atenciones cuotidianas que alimentan en el hombre el hábito de la vida doméstica; el sistema de caricias atrevidas para premiarlo y de silencio taimado para castigarlo; los secretos para robarle la voluntad, que ella misma no había tenido ocasión de practicar, y también el arte milenario del amor físico. Jamás se habría atrevido a hablar de eso con ella, pero contaba con varios libros sepultados bajo doble llave en su armario, que le prestaría cuando llegara el momento. Todo se puede decir por escrito, era su teoría, y en materia de teoría nadie más sabia que ella. Miss Rose podía dictar cátedra sobre todas las formas posibles e imposibles de hacer el amor.

–Debes adoptar a Eliza legalmente para que tenga nuestro apellido –le exigió a su hermano Jeremy.

–Lo ha usado por años, qué más quieres, Rose.

–Que pueda casarse con la cabeza en alto.

–¿Casarse con quién?

Miss Rose no se lo dijo en esa ocasión, pero ya tenía a alguien en mente. Se trataba de Michael Steward, de veintiocho años, oficial de la flota naval inglesa acantonada en el puerto de Valparaíso.

Había averiguado a través de su hermano John que el marino pertenecía a una antigua familia. No verían con buenos ojos al hijo mayor y único heredero desposado con una desconocida sin fortuna proveniente de un país cuyo nombre jamás habían escuchado. Era indispensable que Eliza contara con una dote atractiva y Jeremy la adoptara, así al menos la cuestión de su origen no sería un impedimento.

Michael Steward era de porte atlético, con una inocente mirada de pupilas azules, patillas y bigotes rubios, buenos dientes y nariz aristocrática. El mentón huidizo le quitaba prestancia y Miss Rose esperaba entrar en confianza para sugerirle que lo disimulara dejándose crecer la barba. Según el capitán Sommers, el joven daba ejemplo de moralidad y su impecable hoja de servicio le garantizaba una brillante carrera en la marina. A los ojos de Miss Rose, el hecho de que pasara tanto tiempo navegando constituía una enorme ventaja para quien se casara con él. Mientras más lo pensaba, más se convencía de haber descubierto al hombre ideal, pero dado el carácter de Eliza, no lo aceptaría sólo por conveniencia, debía enamorarse. Había esperanza: el hombre se veía guapo en su uniforme y nadie lo había visto sin él todavía.

–Steward no es más que un tonto con buenos modales. Eliza se moriría de aburrimiento casada con él –opinó el capitán John Sommers cuando le contó sus planes.

–Todos los maridos son aburridos, John. Ninguna mujer con dos dedos de frente se casa para que la entretengan, sino para que la mantengan.

Eliza todavía parecía una niña, pero había terminado su educación y pronto estaría en edad de casarse. Quedaba algo de tiempo por delante, concluyó Miss Rose, pero debía actuar con determinación, para impedir que entretanto otra más avispada le arrebatara el candidato. Una vez tomada la decisión, se empeñó en la tarea de atraer al oficial usando cuanto pretexto fue capaz de imaginar. Acomodó las tertulias musicales para hacerlas coincidir con las ocasiones en que Michael Steward desembarcaba, sin consideración hacia los demás participantes, quienes por años habían reservado los miércoles para esa sagrada actividad. Molestos, algunos dejaron de ir. Eso justamente pretendía ella, así pudo transformar las apacibles veladas musicales en alegres saraos y renovar la lista de invitados con jóvenes solteros y señoritas casaderas de la colonia extranjera, en vez de los fastidiosos Ebeling, Scott y Appelgren, que se estaban convirtiendo en fósiles. Los recitales de poesía y canto dieron paso a juegos de salón, bailes informales, competencias de ingenio y charadas. Organizaba complicados almuerzos campestres y paseos a la playa. Partían en coches, precedidos al amanecer por pesadas carretas con piso de cuero y toldo de paja, llevando a los sirvientes encargados de instalar los innumerables canastos de la merienda bajo carpas y quitasoles. Se extendían ante la vista valles fértiles plantados de árboles frutales, viñas, potreros de trigo y maíz, costas abruptas donde el océano Pacífico reventaba en nubes de espuma y a lo lejos el perfil soberbio de la cordillera nevada. De algún modo Miss Rose se las arreglaba para que Eliza y Steward viajaran en el mismo coche, se sentaran juntos y fueran compañeros naturales en los juegos de pelota y de pantomima, pero en naipes y dominó procuraba separarlos, porque Eliza se negaba rotundamente a dejarse ganar.

–Debes conseguir que el hombre se sienta superior, niña –le explicó pacientemente Miss Rose.

–Eso cuesta mucho trabajo –replicó Eliza inconmovible.

Jeremy Sommers no logró impedir la ola de gastos de su hermana. Miss Rose compraba telas al por mayor y mantenía dos muchachas de servicio cosiendo todo el día nuevos vestidos copiados de las revistas. Se endeudaba más allá de lo razonable con los marineros del contrabando para que no les faltaran perfumes, carmín de Turquía, belladona y khol para el misterio de los ojos y crema de perlas vivas para aclarar la piel. Por primera vez no disponía de tiempo para escribir, afanada con las atenciones al oficial inglés, incluyendo galletas y conservas para que se llevara a alta mar, todo hecho en la casa y presentado en preciosos frascos.

–Eliza preparó esto para usted, pero es demasiado tímida para entregárselo personalmente –le decía, sin aclarar que Eliza cocinaba lo que le pidieran sin preguntar a quién iba destinado y por lo mismo se sorprendía cuando él le daba las gracias.

Michael Steward no fue indiferente a la campaña de seducción. Parco de palabra, manifestaba su agradecimiento con cartas breves y formales en papel con membrete de la marina y cuando estaba en tierra solía presentarse con ramos. Había estudiado el lenguaje de las flores, pero esa delicadeza caía en el vacío, porque ni Miss Rose ni nadie por esos lados, tan lejos de Inglaterra, había oído hablar de la diferencia entre una rosa y un clavel, y mucho menos sospechaba el significado del color del lazo. Los esfuerzos de Steward por encontrar flores que subieran gradualmente de tono, desde el rosa pálido, pasando por todas las variedades de encarnado, hasta el rojo más encendido, como indicio de su creciente pasión, se perdieron por completo. Con el tiempo el oficial logró superar su timidez y del silencio penoso, que lo caracterizaba al principio, pasó a una locuacidad incómoda para los oyentes. Exponía eufórico sus opiniones morales sobre nimiedades y solía perderse en explicaciones inútiles a propósito de corrientes marítimas y mapas de navegación. Donde verdaderamente se lucía era en los deportes bruscos, que ponían de manifiesto su arrojo y su buena musculatura. Miss Rose lo provocaba para que hiciera demostraciones acrobáticas colgado de una rama en el jardín y hasta logró, con cierta insistencia, que las deleitara con los zapateos, flexiones y saltos mortales de una danza ucraniana aprendida de otro marino. Miss Rose todo lo aplaudía con exagerado entusiasmo, mientras Eliza observaba callada y seria sin ofrecer su opinión. Así pasaron semanas, mientras Michael Steward pesaba y medía las consecuencias del paso que deseaba dar y se comunicaba por carta con su padre para discutir sus planes. Los atrasos inevitables del correo prolongaron la incertidumbre por varios meses. Se trataba de la decisión más grave de su existencia y necesitaba mucho más valor para enfrentarla que para combatir a los enemigos potenciales del Imperio Británico en el Pacífico. Por fin en una de las tertulias musicales, después de cien ensayos ante el espejo, logró reunir el coraje que se le deshacía en hilachas y afirmar la voz que se aflautaba de susto, para atrapar a Miss Rose en el pasillo.

–Necesito hablar con usted en privado –le susurró.

Ella lo condujo a la salita de costura. Presentía lo que iba a oír y se sorprendió de su propia emoción, sintió las mejillas encendidas y el corazón al galope. Se acomodó un crespo que se le escapaba del moño y se secó discretamente la transpiración de la frente. Michael Steward pensó que nunca la había visto tan hermosa.

–Creo que ya ha adivinado lo que tengo que decirle, Miss Rose.

–Adivinar es peligroso, Mr. Steward. Lo escucho...

–Se trata de mis sentimientos. Sin duda usted sabe de lo que hablo. Deseo manifestarle que mis intenciones son de la más irreprochable seriedad.

–No espero menos de una persona como usted. ¿Cree que es correspondido?

–Sólo usted puede contestar eso –tartamudeó el joven oficial.

Quedaron mirándose, ella con las cejas levantadas en un gesto expectante y él temiendo que el techo se desplomara sobre su cabeza. Decidido a actuar antes que la magia del momento se volviera ceniza, el galán la tomó por los hombros y se inclinó para besarla. Helada por la sorpresa, Miss Rose no atinó a moverse. Sintió los labios húmedos y los bigotes suaves del oficial en su boca, sin comprender qué diablos había salido mal y cuando por fin pudo reaccionar, lo apartó con violencia.

–¡Qué hace! ¡No ve que tengo muchos años más que usted! –exclamó secándose la boca con el reverso de la mano.

–¿Qué importa la edad? –balbuceó el oficial desconcertado, porque en realidad había calculado que Miss Rose no tenía más de unos veintisiete años.

–¡Cómo se atreve! ¿Ha perdido el juicio?

–Pero usted... usted me ha dado a entender... ¡no puedo estar tan equivocado! –murmuró el pobre hombre aturdido de vergüenza.

–¡Lo quiero para Eliza, no para mí! –exclamó Miss Rose espantada y salió corriendo a encerrarse en su habitación, mientras el desafortunado pretendiente pedía su capa y su gorra y partía sin despedirse de nadie, para nunca más volver a esa casa.

Desde un rincón del pasillo Eliza había oído todo a través de la puerta entreabierta de la salita de costura. También ella se había confundido con las atenciones hacia el oficial. Miss Rose había demostrado siempre tanta indiferencia ante sus pretendientes, que se acostumbró a considerarla una anciana. Sólo en los últimos meses, cuando la vio dedicada en cuerpo y alma a los juegos de seducción, había notado su porte magnífico y su piel luminosa. La supuso perdida de amor por Michael Steward y no se le pasó por la mente que los bucólicos almuerzos campestres bajo quitasoles japoneses y las galletas de mantequilla para aliviar los inconvenientes de la navegación, fueran una estratagema de su protectora para atrapar al oficial y entregárselo a ella en bandeja. La idea la golpeó como un puñetazo en el pecho y le cortó el aire, porque lo último que deseaba en este mundo era un matrimonio arreglado a sus espaldas. Estaba atrapada en la ventolera reciente del primer amor y había jurado, con certeza irrevocable, que no se casaría con otro.

Eliza Sommers vio a Joaquín Andieta por primera vez un viernes de mayo en 1848, cuando llegó a la casa al mando de una carreta tirada por varias mulas y cargada hasta el tope con bultos de la *Compañía Británica de Importación y Exportación.* Contenían alfombras persas, lámparas de lágrimas y una colección de figuras de marfil, encargo de Feliciano Rodríguez de Santa Cruz para adornar la mansión que se había construido en el norte, una de aquellas preciosas cargas que peligraban en el puerto y era más seguro almacenar en la casa de los Sommers hasta el momento de enviarlas a su destino final. Si el resto del viaje era por tierra, Jeremy contrataba guardias armados para protegerla, pero en este caso debía mandarla a su destino final en una goleta chilena que zarpaba dentro de una semana. Andieta vestía su único traje, pasado de moda, oscuro y gastado, iba sin sombrero ni paraguas. Su palidez fúnebre contrastaba con sus ojos llameantes y su cabello negro relucía con la humedad de una de las primeras lloviznas del otoño. Miss Rose salió a recibirlo y Mama Fresia, quien siempre llevaba las llaves de la casa colgadas de una argolla en la cintura, lo guió hasta el último patio, donde se encontraba la bodega. El joven organizó a los peones en una fila y fueron pasando los bultos de mano en mano por los vericuetos del atormentado terreno, las escalas torcidas, terrazas sobrepuestas y glorietas inútiles. Mientras él contaba, marcaba y anotaba en su cuaderno, Eliza aprovechó su facultad de tornarse invisible y pudo observarlo a su antojo. Hacía dos meses que había cumplido dieciséis años y estaba pronta para el amor. Cuando vio las manos de largos dedos manchados de tinta de Joaquín Andieta y oyó su voz profunda, pero también clara y fresca como rumor de río, impartiendo secas órdenes a los peones, se sintió conmovida hasta los huesos y un deseo tremendo de acercarse y olerlo la obligó a salir de su escondite tras las palmas de un gran macetero. Mama Fresia, rezongando porque las mulas del carretón habían ensuciado la entrada y ocupada con las llaves, no se fijó en nada, pero Miss Rose alcanzó a ver con el rabillo del ojo el rubor de la muchacha. No le dio importancia, el empleado de su hermano le pareció un pobre diablo insignificante, apenas una sombra entre las muchas sombras de ese día nublado. Eliza desapareció rumbo a la cocina y a los pocos minutos regresó con vasos y una jarra de jugo de naranja endulzado con miel. Por primera vez en su vida ella, que había pasado años equilibrando un libro sobre la cabeza sin pensar en lo que hacía, estuvo consciente de sus pasos, de la ondulación de sus caderas, el balanceo del cuerpo, el ángulo de los brazos, la distancia entre los hombros y el mentón. Quiso ser tan bella como Miss Rose cuando era la joven espléndida que la rescató de su improvisada cuna en una caja de jabón de Marsella; quiso cantar con la voz de ruiseñor con que la señorita Appelgren entonaba sus baladas escocesas; quiso bailar con la ligereza imposible de su maestra de danza y quiso morirse allí mismo, derrotada por un sentimiento cortante e indómito como una espada, que le llenaba de sangre caliente la boca y que aún antes de poder formularlo, la oprimía con el peso terrible del amor idealizado. Muchos años más tarde, frente a una cabeza humana preservada en un frasco de ginebra, Eliza recordaría ese primer encuentro con Joaquín Andieta y volvería a sentir la misma insoportable zozobra. Se preguntaría mil veces a lo largo de su camino si tuvo oportunidad de huir de esa pasión abrumadora que torcería su vida, si acaso en esos breves instantes pudo dar media vuelta y salvarse, pero cada vez que se formuló aquella pregunta concluyó que su destino estaba trazado desde el comienzo de los tiempos. Y cuando el sabio Tao Chi'en la introdujo en la poética posibilidad de la reencarnación, se convenció de que en cada una de sus vidas se repetía el mismo drama: si ella hubiera nacido mil veces antes y tuviera que nacer mil veces más en el futuro, siempre vendría al mundo con la misión de amar a ese hombre de igual manera. No había escapatoria para ella. Tao Chi'en entonces le enseñó las fórmulas mágicas para deshacer los nudos del karma y liberarse de seguir repitiendo la misma desgarradora incertidumbre amorosa en cada encarnación.

Ese día de mayo Eliza colocó la bandeja sobre una banca y ofreció el refresco primero a los trabajadores, para ganar tiempo mientras afirmaba las rodillas y dominaba la rigidez de mula taimada que le paralizaba el pecho, impidiendo el paso del aire, y luego a Joaquín Andieta, quien seguía absorto en su tarea y apenas levantó la vista cuando ella le tendió el vaso. Al hacerlo, Eliza se colocó lo más cerca posible de él, calculando la dirección de la brisa para que le llevara el aroma del hombre quien, estaba decidido, era suyo. Con los ojos entrecerrados aspiró su olor a ropa húmeda, a jabón ordinario y sudor fresco. Un río de lava ardiente la recorrió por dentro, le flaquearon los huesos y en un instante de pánico creyó que en verdad se estaba muriendo. Esos segundos fueron de tal intensidad, que a Joaquín Andieta se le cayó el cuaderno de las manos como si una fuerza incontenible se lo hubiera arrebatado, mientras el calor de hoguera lo alcanzaba también a él, quemándolo con el reflejo. Miró a Eliza sin verla, el rostro de la muchacha era un espejo pálido donde creyó vislumbrar su propia imagen. Tuvo apenas una idea vaga del tamaño de su cuerpo y de la aureola oscura del cabello, pero no sería hasta el segundo encuentro, unos días más tarde, cuando podría por fin sumergirse en la perdición de sus ojos negros y en la gracia acuática de sus gestos. Ambos se agacharon al mismo tiempo a recoger el cuaderno, chocaron sus hombros y el contenido del vaso fue a dar sobre el vestido de ella.

–¡Mira lo que haces, Eliza! –exclamó Miss Rose alarmada, porque el impacto de ese amor súbito también la había golpeado.

–Anda a cambiarte y remoja ese vestido en agua fría, a ver si sale la mancha –agregó secamente.

Pero Eliza no se movió, prendida de los ojos de Joaquín Andieta, trémula, con las narices dilatadas, oliéndolo sin disimulo, hasta que Miss Rose la tomó por un brazo y se la llevó a la casa.

–Te dije, niña: cualquier hombre, por miserable que sea, puede hacer contigo lo que quiera –le recordó la india esa noche.

–No sé de qué me hablas, Mama Fresia –replicó Eliza.

Al conocer a Joaquín Andieta aquella mañana de otoño en el patio de su casa, Eliza creyó encontrar su destino: sería su esclava para siempre. Aún no había vivido lo suficiente para entender lo ocurrido, expresar en palabras el tumulto que la ahogaba o trazar un plan, pero no le falló la intuición de lo inevitable. De manera vaga, pero dolorosa, se dio cuenta de que estaba atrapada y tuvo una reacción física similar a la peste. Por una semana, hasta que volvió a verlo, se debatió entre cólicos espasmódicos sin que de nada sirvieran las yerbas prodigiosas de Mama Fresia ni los polvos de arsénico diluidos en licor de cerezas del boticario alemán. Bajó de peso y se le pusieron los huesos livianos como los de una tórtola, ante el espanto de Mama Fresia, quien andaba cerrando ventanas para evitar que un viento marino arrebatara a la muchacha y se la llevara rumbo al horizonte. La india le administró varias mixturas y conjuros de su vasto repertorio y cuando comprendió que nada surtía efecto, recurrió al santoral católico. Sacó del fondo de su baúl unos míseros ahorros, compró doce velas y partió a negociar con el cura. Después de hacerlas bendecir en la misa mayor del domingo, encendió una ante cada santo en las capillas laterales de la iglesia, ocho en total, y colocó tres ante la imagen de San Antonio, patrono de las muchachas solteras sin esperanza, de las casadas infelices y de otras causas perdidas. La sobrante se la llevó, junto con un mechón de cabellos y una camisa de Eliza a la *machi* más acreditada de los alrededores. Era una mapuche anciana y ciega de nacimiento, hechicera de magia blanca, famosa por sus predicciones inapelables y su buen juicio para curar males del cuerpo y zozobras del alma. Mama Fresia había pasado sus años de adolescente sirviendo a esa mujer de aprendiz y sirvienta, pero no pudo seguir sus pasos, como tanto deseaba, porque no tenía el don. Nada se podía hacer: se nace con el don o se nace sin él. Una vez quiso explicárselo a Eliza y lo único que se le ocurrió fue que el don era la facultad de ver lo que hay detrás de los espejos. A falta de ese misterioso talento, Mama Fresia debió renunciar a sus aspiraciones de curandera y emplearse al servicio de los ingleses.

La *machi* vivía sola al fondo de una quebrada entre dos cerros, en una cabaña de barro con techo de paja, que parecía a punto de desmoronarse. Alrededor de la vivienda había un desorden de roqueríos, leños, plantas en tarros, perros en los huesos y pajarracos negros que escarbaban inútilmente en el suelo buscando algo de comer. En el sendero de acceso se alzaba un pequeño bosque de dádivas y amuletos plantado por clientes satisfechos para indicar los favores recibidos. La mujer olía a la suma de todas las cocciones que había preparado en su vida, vestía un manto del mismo color de tierra seca del paisaje, iba descalza y mugrienta, pero adornada con profusión de collares de plata de baja ley. Su rostro era una máscara oscura de arrugas, con sólo dos dientes en la boca y los ojos muertos. Recibió a su antigua discípula sin dar muestras de reconocerla, aceptó los regalos de comida y la botella de licor de anís, le hizo una señal para que se sentara frente a ella y se quedó en silencio, esperando. Ardían unos vacilantes tizones al centro de la choza y el humo escapaba por un agujero en el techo. En las paredes negras de hollín colgaban cacharros de barro y latón, plantas y una colección de alimañas disecadas. La fragancia densa de yerbas secas y cortezas medicinales se mezclaba con el hedor de animales muertos. Hablaron en mapudungo, la lengua de los mapuches. Durante largo rato la maga escuchó la historia de Eliza, desde su llegada en la caja de jabón de Marsella, hasta la reciente crisis, después tomó la vela, el cabello y la camisa y despidió a su visitante con instrucciones de volver cuando ella hubiera completado sus encantamientos y ritos de adivinación.

–Sabido es que para esto no hay cura –anunció apenas Mama Fresia cruzó el umbral de su vivienda dos días más tarde.

–¿Se va a morir mi niña, acaso?

–De eso no sé dar razón, pero que ha de sufrir mucho, duda no tengo.

–¿Qué es lo que le pasa?

–Empecinamiento en el amor. Es un mal muy firme. Seguro dejó la ventana abierta en una noche clara y se le metió en el cuerpo durante el sueño. No hay conjuro contra eso.

Mama Fresia volvió a la casa resignada: si el arte de esa *machi* tan sabia no alcanzaba para cambiar la suerte de Eliza, mucho menos servirían sus escasos conocimientos o las velas de los santos.

MISS ROSE

Miss Rose observaba a Eliza con más curiosidad que compasión, porque conocía bien los síntomas y en su experiencia el tiempo y las contrariedades apagan aún los peores incendios de amor. Ella tenía apenas diecisiete años cuando se enamoró con una pasión descabellada de un tenor vienés. Entonces vivía en Inglaterra y soñaba con ser una diva, a pesar de la oposición tenaz de su madre y de su hermano Jeremy, jefe de la familia desde la muerte del padre. Ninguno de los dos consideraba el canto operático como una ocupación deseable para una señorita, principalmente porque se practicaba en teatros, de noche y con vestidos escotados. Tampoco contaba con el apoyo de su hermano John, quien se había incorporado a la marina mercante y apenas asomaba un par de veces al año por la casa, siempre de prisa. Llegaba a trastornar las rutinas de la pequeña familia, exuberante y tostado por el sol de otras partes, luciendo algún nuevo tatuaje o cicatriz. Repartía regalos, los abrumaba con sus cuentos exóticos y desaparecía de inmediato rumbo a los barrios de las rameras, donde permanecía hasta el momento de volver a embarcarse. Los Sommers eran gentilhombres de provincia sin grandes ambiciones. Poseyeron tierra por varias generaciones, pero el padre, aburrido de ovejas torpes y cosechas pobres, prefirió tentar fortuna en Londres. Amaba tanto los libros, que era capaz de quitar el pan a su familia y endeudarse para adquirir primeras ediciones firmadas por sus autores preferidos, pero carecía de la codicia de los verdaderos coleccionistas. Después de infructuosos intentos en el comercio decidió dar curso a su verdadera vocación y acabó abriendo una tienda de libros usados y de otros editados por él mismo. En la parte de atrás de la librería instaló una pequeña imprenta, que manipulaba con dos ayudantes, y en un altillo del mismo local prosperaba a paso de tortuga su negocio de volúmenes raros. De sus tres hijos, sólo Rose se interesaba en su oficio, creció con la pasión de la música y la lectura y si no estaba sentada al piano o en sus ejercicios de vocalización, podían encontrarla en un rincón leyendo. El padre lamentaba que fuera ella la única enamorada de los libros y no Jeremy o John, quienes hubieran heredado su negocio. A su muerte los hijos varones liquidaron la imprenta y la librería, John se echó al mar y Jeremy se hizo cargo de su madre viuda y de su hermana. Disponía de un sueldo modesto como empleado de la *Compañía Británica de Importación y Exportación* y una reducida renta dejada por el padre, además de las esporádicas contribuciones de su hermano John, que no siempre llegaban en dinero contante y sonante, sino en contrabando. Jeremy, escandalizado, guardaba esas cajas de perdición en el desván sin abrirlas hasta la próxima visita de su hermano, quien se encargaba de vender su contenido. La familia se trasladó a un piso pequeño y caro para su presupuesto, pero bien ubicado en el corazón de Londres, porque lo consideraron una inversión. Debían casar bien a Rose.

A los diecisiete años la belleza de la joven empezaba a florecer y le sobraban pretendientes de buena situación dispuestos a morir de amor, pero mientras sus amigas se afanaban buscando marido, ella buscaba un profesor de canto. Así conoció al Karl Bretzner, un tenor vienés llegado a Londres para actuar en varias obras de Mozart, que culminarían en una noche estelar con *Las bodas de Fígaro*, con asistencia de la familia real. Su aspecto nada revelaba de su inmenso talento: parecía un carnicero. Su cuerpo, ancho de barriga y enclenque de las rodillas para abajo carecía de elegancia y su rostro sanguíneo, coronado por una mata de crespos descoloridos, resultaba más bien vulgar, pero cuando abría la boca para deleitar al mundo con el torrente de su voz, se transformaba en otro ser, crecía en estatura, la panza desaparecía en la anchura del pecho y la cara colorada de teutón se llenaba de una luz olímpica. Al menos así lo veía Rose Sommers, quien se las arregló para conseguir entradas para cada función. Llegaba al teatro mucho antes que lo abrieran y, desafiando las miradas escandalizadas de los transeúntes, poco acostumbrados a ver una muchacha de su condición sola, aguardaba en la puerta de los actores durante horas para divisar al maestro descender del coche. En la noche del domingo el hombre se fijó en la beldad apostada en la calle y se acercó a hablarle. Trémula, ella respondió a sus preguntas y confesó su admiración por él y sus deseos de seguir sus pasos en el arduo, pero divino sendero del *bel canto*, como fueron sus palabras.

–Venga después de la función a mi camerino y veremos qué puedo hacer por usted –dijo él con su preciosa voz y un fuerte acento austríaco.

Así lo hizo ella, transportada a la gloria. Cuando finalizó la ovación de pie brindada por el público, un ujier enviado por Karl Bretzner la condujo tras bambalinas. Ella nunca había visto las entrañas de un teatro, pero no perdió tiempo admirando las ingeniosas máquinas de hacer tempestades ni los paisajes pintados en telones, su único propósito era conocer a su ídolo. Lo encontró cubierto con una bata de terciopelo azul real ribeteada en oro, la cara aún maquillada y una elaborada peluca de rizos blancos. El ujier los dejó solos y cerró la puerta. La habitación, atiborrada de espejos, muebles y cortinajes, olía a tabaco, afeites y moho. En un rincón había un biombo pintado con escenas de mujeres rubicundas en un harén turco y de los muros colgaban en perchas las vestimentas de la ópera. Al ver a su ídolo de cerca, el entusiasmo de Rose se desinfló por algunos momentos, pero pronto él recuperó el terreno perdido. Le tomó ambas manos entre las suyas, se las llevó a los labios y las besó largamente, luego lanzó un do de pecho que estremeció el biombo de las odaliscas. Los últimos remilgos de Rose se desmoronaron, como las murallas de Jericó en una nube de polvo, que salió de la peluca cuando el artista se la quitó con un gesto apasionado y viril, lanzándola sobre un sillón, donde quedó inerte como un conejo muerto. Tenía el pelo aplastado bajo una tupida malla que, sumada al maquillaje, le daba un aire de cortesana decrépita.

Sobre el mismo sillón donde cayó la peluca, le ofrecería Rose su virginidad un par de días después, exactamente a las tres y cuarto de la tarde. El tenor vienés la citó con el pretexto de mostrarle el teatro ese martes, que no habría espectáculo. Se encontraron secretamente en una pastelería, donde él saboreó con delicadeza cinco *éclaires* de crema y dos tazas de chocolate, mientras ella revolvía su té sin poder tragarlo de susto y anticipación. Fueron enseguida al teatro. A esa hora sólo había un par de mujeres limpiando la sala y un iluminador preparando lámparas de aceite, antorchas y velas para el día siguiente. Karl Bretzner, ducho en trances de amor, produjo por obra de ilusionismo una botella de champaña, sirvió una copa para cada uno, que bebieron al seco brindando por Mozart y Rossini. Enseguida instaló a la joven en el palco de felpa imperial donde sólo el rey se sentaba, adornado de arriba abajo con amorcillos mofletudos y rosas de yeso, mientras él partía hacia el escenario. De pie sobre un trozo de columna de cartón pintado, alumbrado por las antorchas recién encendidas, cantó sólo para ella un aria de *El barbero de Sevilla*, luciendo toda su agilidad vocal y el suave delirio de su voz en interminables florituras. Al morir la última nota de su homenaje, oyó los sollozos distantes de Rose Sommers, corrió hacia ella con inesperada agilidad, cruzó la sala, trepó al palco de dos saltos y cayó a sus pies de rodillas. Sin aliento, colocó su cabezota sobre la falda de la joven, hundiendo la cara entre los pliegues de la falda de seda color musgo. Lloraba con ella, porque sin proponérselo también se había enamorado; lo que comenzó como otra conquista pasajera se había transformado en pocas horas en una incandescente pasión.

Rose y Karl se levantaron apoyándose el uno en el otro, trastabillando y aterrados ante lo inevitable, y avanzaron sin saber cómo por un largo pasillo en penumbra, subieron una breve escalinata y llegaron a la zona de los camerinos. El nombre del tenor aparecía escrito con letras cursivas en una de las puertas. Entraron a la habitación atiborrada de muebles y trapos de lujo, polvorientos y sudados, donde dos días antes habían estado solos por primera vez. No tenía ventanas y por un momento se sumieron en el refugio de la oscuridad, donde alcanzaron a recuperar el aire perdido en los sollozos y suspiros previos, mientras él encendía primero una cerilla y luego las cinco velas de un candelabro. En la trémula luz amarilla de las llamas se admiraron, confundidos y torpes, con un torrente de emociones por expresar y sin poder articular ni una palabra. Rose no resistió las miradas que la traspasaban y escondió el rostro entre las manos, pero él se las apartó con la misma delicadeza empleada antes en desmenuzar los pastelillos de crema. Empezaron por darse besitos llorosos en la cara como picotones de palomas, que naturalmente derivaron hacia besos en serio. Rose había tenido encuentros tiernos, pero vacilantes y escurridizos, con algunos de sus pretendientes y un par de ellos llegaron a rozarla en la mejilla con los labios, pero jamás imaginó que fuera posible llegar a tal grado de intimidad, que una lengua de otro podía trenzarse con la suya como una culebra traviesa y la saliva ajena mojarla por fuera e invadirla por dentro, pero la repugnancia inicial fue vencida pronto por el impulso de su juventud y su entusiasmo por la lírica. No sólo devolvió las caricias con igual intensidad, sino que tomó la iniciativa de desprenderse del sombrero y la capita de piel de astracán gris que le cubría los hombros. De allí a dejarse desabotonar la chaquetilla y luego la blusa hubo sólo unos cuantos acomodos. La joven supo seguir paso a paso la danza de la copulación guiada por el instinto y las calientes lecturas prohibidas, que antes sustraía sigilosa de los anaqueles de su padre. Ése fue el día más memorable de su existencia y lo recordaría hasta en sus más ínfimos pormenores, adornados y exagerados, en los años venideros. Ésa sería su única fuente de experiencia y conocimiento, único motivo de inspiración para alimentar sus fantasías y crear, años más tarde, el arte que la haría famosa en ciertos círculos muy secretos. Ese día maravilloso sólo podía compararse en intensidad con aquel otro de marzo, dos años más tarde en Valparaíso, cuando cayó en sus brazos Eliza recién nacida, como consuelo por los hijos que no habría de tener, por los hombres que no podría amar y por el hogar que jamás formaría.

El tenor vienés resultó ser un amante refinado. Amaba y conocía a las mujeres a fondo, pero fue capaz de borrar de su memoria los amores desperdigados del pasado, la frustración de múltiples adioses, los celos, desmanes y engaños de otras relaciones, para entregarse con total inocencia a la breve pasión por Rose Sommers. Su experiencia no provenía de abrazos patéticos con putillas escuálidas; Bretzner se preciaba de no haber tenido que pagar por el placer, porque mujeres de variados pelajes, desde camareras humildes hasta soberbias condesas, se le rendían sin condiciones al oírlo cantar. Aprendió las artes del amor al mismo tiempo que aprendía las del canto. Diez años contaba cuando se enamoró de él quien habría de ser su mentora, una francesa con ojos de tigre y senos de alabastro puro, con edad suficiente para ser su madre. A su vez, ella había sido iniciada a los trece años en Francia por Donatien-Alphonse-François de Sade. Hija de un carcelero de La Bastilla, había conocido al famoso marqués en una celda inmunda, donde escribía sus perversas historias a la luz de una vela. Ella iba a observarlo a través de los barrotes por simple curiosidad de niña, sin saber que su padre se la había vendido al preso a cambio de un reloj de oro, última posesión del noble empobrecido. Una mañana en que ella atisbaba por la mirilla, su padre se quitó el manojo de grandes llaves del cinturón, abrió la puerta y de un empujón lanzó a la chica a la celda, como quien da de comer a los leones. Qué sucedió allí, no podía recordarlo, basta saber que se quedó junto a Sade, siguiéndolo de la cárcel a la miseria peor de la libertad y aprendiendo todo lo que él podía enseñarle. Cuando en 1802 el marqués fue internado en el manicomio de Charenton, ella se quedó en la calle y sin un peso, pero poseedora de una vasta sabiduría amatoria que le sirvió para obtener un marido cincuenta y dos años mayor que ella y muy rico. El hombre se murió al poco tiempo, agotado por los excesos de su joven mujer y ella quedó por fin libre y con dinero para hacer lo que le diera la gana. Tenía treinta y cuatro años, había sobrevivido su brutal aprendizaje junto al marqués, la pobreza de mendrugos de pan de su juventud, el revoltijo de la revolución francesa, el espanto de las guerras napoleónicas y ahora tenía que soportar la represión dictatorial del Imperio. Estaba harta y su espíritu pedía tregua. Decidió buscar un lugar seguro donde pasar el resto de sus días en paz y optó por Viena. En ese período de su vida conoció a Karl Bretzner, hijo de sus vecinos, cuando éste era un niño de apenas diez años, pero ya entonces cantaba como un ruiseñor en el coro de la catedral. Gracias a ella, convertida en amiga y confidente de los Bretzner, el chiquillo no fue castrado ese año para preservar su voz de querubín, como sugirió el director del coro.

–No lo toquen y en poco tiempo será el tenor mejor pagado de Europa –pronosticó la bella. No se equivocó.

A pesar de la enorme diferencia de edad, creció entre ella y el pequeño Karl una relación inusitada. Ella admiraba la pureza de sentimientos y la dedicación a la música del niño; él había encontrado en ella a la musa que no sólo le salvó la virilidad, sino que también le enseñó a usarla. Para la época en que cambió definitivamente la voz y empezó a afeitarse, había desarrollado la proverbial habilidad de los eunucos para satisfacer a una mujer en formas no previstas por la naturaleza y la costumbre, pero con Rose Sommers no corrió riesgos. Nada de atacarla con fogosidad en un desmadre de caricias demasiado atrevidas, pues no se trataba de chocarla con trucos de serrallo, decidió, sin sospechar que en menos de tres lecciones prácticas su alumna lo aventajaría en inventiva. Era hombre cuidadoso de los detalles y conocía el poder alucinante de la palabra precisa a la hora del amor. Con la mano izquierda le soltó uno a uno los pequeños botones de madreperla en la espalda, mientras con la derecha le quitaba las horquillas del peinado, sin perder el ritmo de los besos intercalados con una letanía de halagos. Le habló de la brevedad de su talle, la blancura prístina de su piel, la redondez clásica de su cuello y hombros, que provocaban en él un incendio, una excitación incontrolable.

–Me tienes loco... No sé lo que me sucede, nunca he amado ni volveré a amar a nadie como a ti. Éste es un encuentro hecho por los dioses, estamos destinados a amarnos –murmuraba una y otra vez.

Le recitó su repertorio completo, pero lo hizo sin malicia, profundamente convencido de su propia honestidad y deslumbrado por Rose. Desató los lazos del corsé y la fue despojando de las enaguas hasta dejarla sólo con los calzones largos de batista y una camisita de nada que revelaba las fresas de los pezones. No le quitó los botines de cordobán con tacones torcidos ni las medias blancas sujetas en las rodillas con ligas bordadas. En ese punto se detuvo, acezando, con un estrépito telúrico en el pecho, convencido de que Rose Sommers era la mujer más bella del universo, un ángel, y que el corazón iba a estallarle en petardos si no se calmaba. La levantó en brazos sin esfuerzo, cruzó la habitación y la depositó de pie ante un espejo grande de marco dorado. La luz parpadeante de las velas y el vestuario teatral colgando de las paredes, en una confusión de brocados, plumas, terciopelos y encajes desteñidos, daban a la escena un aire de irrealidad.

Inerme, ebria de emociones, Rose se miró en el espejo y no reconoció a esa mujer en ropa interior, con el pelo alborotado y las mejillas en llamas, a quien un hombre también desconocido besaba en el cuello y le acariciaba los pechos a manos llenas. Esa pausa anhelante dio tiempo al tenor para recuperar el aliento y algo de la lucidez perdida en los primeros embistes. Empezó a quitarse la ropa frente al espejo, sin pudor y, hay que decirlo, se veía mucho mejor desnudo que vestido. Necesita un buen sastre, pensó Rose, quien no había visto nunca un hombre desnudo, ni siquiera a sus hermanos en la infancia, y su información provenía de las exageradas descripciones de los libros picantes y unas postales japonesas que descubrió en el equipaje de John, donde los órganos masculinos tenían proporciones francamente optimistas. La perinola rosada y tiesa que apareció ante sus ojos no la espantó, como temía Karl Bretzner, sino que le provocó una irreprimible y alegre carcajada. Eso dio el tono a lo que vino después. En vez de la solemne y más bien dolorosa ceremonia que la desfloración suele ser, ellos se deleitaron en corcoveos juguetones, se persiguieron por el aposento saltando como chiquillos por encima de los muebles, bebieron el resto de la champaña y abrieron otra botella para echársela encima en chorros espumantes, se dijeron porquerías entre risas y juramentos de amor en susurros, se mordieron y lamieron y hurgaron desaforados en la marisma sin fondo del amor recién estrenado, durante toda la tarde y hasta bien entrada la noche, sin acordarse para nada de la hora ni del resto del universo. Sólo ellos existían. El tenor vienés condujo a Rose a alturas épicas y ella, alumna aplicada, lo siguió sin vacilar y una vez en la cima echó a volar sola con un sorprendente talento natural, guiándose por indicios y preguntando lo que no lograba adivinar, deslumbrando al maestro y por último venciéndolo con su destreza improvisada y el regalo apabullante de su amor. Cuando lograron separarse y aterrizar en la realidad, el reloj marcaba las diez de la noche. El teatro estaba vacío, afuera reinaba la oscuridad y para colmo se había instalado una bruma espesa como merengue.

Comenzó entre los amantes un intercambio frenético de misivas, flores, bombones, versos copiados y pequeñas reliquias sentimentales mientras duró la temporada lírica en Londres. Se encontraban donde podían, la pasión los hizo perder de vista toda prudencia. Para ganar tiempo buscaban piezas de hotel cerca del teatro, sin importarles la posibilidad de ser reconocidos. Rose escapaba de la casa con excusas ridículas y su madre, aterrada, nada decía a Jeremy de sus sospechas, rezando para que el desenfreno de su hija fuera pasajero y desapareciera sin dejar rastro. Karl Bretzner llegaba tarde a los ensayos y de tanto desnudarse a cualquier hora cogió un resfrío y no pudo cantar en dos funciones, pero lejos de lamentarlo, aprovechó el tiempo para hacer el amor exaltado por los tiritones de la fiebre. Se presentaba a la habitación de alquiler con flores para Rose, champaña para brindar y bañarse, pasteles de crema, poemas escritos a las volandas para leer en la cama, aceites aromáticos para frotárselos por lugares hasta entonces sellados, libros eróticos que hojeaban buscando las escenas más inspiradas, plumas de avestruz para hacerse cosquillas y un sinfín de otros adminículos destinados a sus juegos. La joven sintió que se abría como una flor carnívora, emanaba perfumes de perdición para atraer al hombre como a un insecto, triturarlo, tragárselo, digerirlo y finalmente escupir sus huesitos convertidos en astillas. La dominaba una energía insoportable, se ahogaba, no podía estar quieta ni un instante, devorada por la impaciencia. Entretanto Karl Bretzner chapoteaba en la confusión, a ratos exaltado hasta el delirio y otros exangüe, tratando de cumplir con sus obligaciones musicales, pero estaba deteriorándose a ojos vistas y los críticos, implacables, dijeron que seguro Mozart se revolcaba en el sepulcro al oír al tenor vienés ejecutar –literalmente– sus composiciones.

Los amantes veían acercarse con pánico el momento de la separación y entraron en la fase del amor contrariado. Discurrían escapar al Brasil o suicidarse juntos, pero nunca mencionaron la posibilidad de casarse. Por fin el apetito por la vida pudo más que la tentación trágica y después de la última función tomaron un coche y se fueron de vacaciones al norte de Inglaterra a una hostería campestre. Habían decidido gozar esos días de anonimato, antes que Karl Bretzner partiera a Italia, donde debía cumplir con otros contratos. Rose se le reuniría en Viena, una vez que él consiguiera una vivienda apropiada, se organizara y le enviara dinero para el viaje.

Estaban tomando desayuno bajo un toldo en la terraza del hotelito, con las piernas cubiertas por una manta de lana, porque el aire de la costa era cortante y frío, cuando los interrumpió Jeremy Sommers, indignado y solemne como un profeta. Rose había dejado tal rastro de pistas, que fue fácil para su hermano mayor ubicar su paradero y seguirla hasta ese apartado balneario. Al verlo ella dio un grito de sorpresa, más que de susto, porque estaba envalentonada por el alboroto del amor. En ese instante tuvo por primera vez idea de lo cometido y el peso de las consecuencias se le reveló en toda su magnitud. Se puso de pie resuelta a defender su derecho a vivir a su regalado antojo, pero su hermano no le dio tiempo de hablar y se dirigió directamente al tenor.

–Le debe una explicación a mi hermana. Supongo que no le ha dicho que es casado y tiene dos hijos –le espetó al seductor.

Eso era lo único que Karl Bretzner había omitido contar a Rose. Habían hablado hasta la saciedad, él le había entregado incluso los más íntimos detalles de sus amoríos anteriores, sin olvidar las extravagancias del Marqués de Sade que le había contado su mentora, la francesa con ojos de tigre, porque ella demostraba una curiosidad morbosa por saber cuándo, con quién y especialmente cómo había hecho el amor, desde los diez años hasta el día anterior de conocerla a ella. Y todo se lo dijo sin escrúpulos al percatarse de cuánto le gustaba a ella oírlo y cómo lo incorporaba a la propia teoría y práctica. Pero de la esposa y los críos nada había mencionado por compasión hacia esa virgen hermosa que se le había ofrecido sin condiciones. No deseaba destruir la magia de ese encuentro: Rose Sommers merecía gozar su primer amor a plenitud.

–Me debe una reparación –lo desafió Jeremy Sommers cruzándole la cara de un guantazo.

Karl Bretzner era un hombre de mundo y no iba a cometer la barbaridad de batirse a duelo. Comprendió que había llegado el momento de retirarse y lamentó no tener unos momentos en privado para tratar de explicar las cosas a Rose. No deseaba dejarla con el corazón destrozado y con la idea de que él la había seducido en mala conciencia para luego abandonarla. Necesitaba decirle una vez más cuánto de verdad la quería y lamentaba no ser libre para cumplir los sueños de ambos, pero leyó en la cara de Jeremy Sommers que no iba a permitírselo. Jeremy tomó de un brazo a su hermana, quien parecía alelada, y se la llevó con firmeza al coche, sin darle oportunidad de despedirse del amante o recoger su breve equipaje. La condujo a casa de una tía en Escocia, donde debía permanecer hasta que se revelara su estado. Si ocurría la peor desgracia, como llamó Jeremy al embarazo, su vida y el honor de la familia estaban arruinados para siempre.

–Ni una palabra de esto a nadie, ni siquiera a mamá o a John, ¿has entendido? –fue lo único que dijo durante el viaje.

Rose pasó unas semanas de incertidumbre, hasta comprobar que no estaba encinta. La noticia le trajo un soplo de inmenso alivio, como si el cielo la hubiera absuelto. Pasó tres meses más de castigo tejiendo para los pobres, leyendo y escribiendo a escondidas, sin derramar una sola lágrima. Durante ese tiempo reflexionó sobre su destino y algo se le dio vuelta por dentro, porque cuando terminó su clausura en casa de la tía era otra persona. Sólo ella se dio cuenta del cambio. Reapareció en Londres igual como se había ido, risueña, tranquila, interesada por el canto y la lectura, sin una palabra de rencor contra Jeremy por haberla arrebatado de los brazos del amante o de nostalgia por el hombre que la había engañado, olímpica en su actitud de ignorar la maledicencia ajena y las caras de duelo de su familia. En la superficie parecía la misma muchacha de antes, ni su madre pudo encontrar una grieta en su perfecta compostura que le permitiera un reproche o un consejo. Por otra parte, la viuda no estaba en condiciones de ayudar a su hija o protegerla; un cáncer la estaba devorando rápidamente. La única modificación en la conducta de Rose fue ese capricho de pasar horas escribiendo encerrada en su pieza. Llenaba docenas de cuadernos con una letra minúscula, que guardaba bajo llave. Como nunca intentó enviar una carta, Jeremy Sommers, quien nada temía tanto como el escarnio, dejó de preocuparse por el vicio de la escritura y supuso que su hermana había tenido el buen juicio de olvidar al nefasto tenor vienés. Pero ella no sólo no lo había olvidado, sino que recordaba con claridad meridiana cada detalle de lo ocurrido y cada palabra dicha o susurrada. Lo único que borró de su mente fue el desencanto de haber sido engañada. La mujer y los hijos de Karl Bretzner simplemente desaparecieron, porque nunca tuvieron lugar en el fresco inmenso de sus recuerdos de amor.

El retiro en casa de la tía en Escocia no logró evitar el escándalo, pero como los rumores no pudieron ser confirmados, nadie osó hacer un desaire abierto a la familia. Uno a uno retornaron los numerosos pretendientes que antes acosaban a Rose, pero los alejó con el pretexto de la enfermedad de su madre. Lo que se calla es como si no hubiera sucedido, sostenía Jeremy Sommers, dispuesto a matar con el silencio todo vestigio de ese episodio. La bochornosa escapada de Rose quedó suspendida en el limbo de las cosas sin nombrar, aunque a veces los hermanos hacían referencias tangenciales que mantenían fresco el rencor, pero también los unían en el secreto compartido. Años más tarde, cuando ya a nadie le importaba, Rose se atrevió a contárselo a su hermano John, ante quien siempre había asumido el papel de niña mimada e inocente. Poco después de la muerte de la madre, a Jeremy Sommers le ofrecieron hacerse cargo de la oficina de la *Compañía Británica de Importación y Exportación* en Chile. Partió con su hermana Rose, llevándose el secreto intacto hasta el otro lado del mundo.

Llegaron a fines del invierno de 1830, cuando Valparaíso era todavía una aldea, pero ya existían compañías y familias europeas. Rose consideró a Chile como su penitencia y lo asumió estoica, resignada a pagar su falta con ese destierro irremediable, sin permitir que nadie, mucho menos su hermano Jeremy, sospechara su desesperación. Su disciplina para no quejarse y no hablar ni en sueños del amante perdido la sostuvo cuando los inconvenientes la agobiaban. Se instaló en el hotel lo mejor posible, dispuesta a cuidarse de las ventoleras y la humedad, porque se había desatado una epidemia de difteria, que los barberos locales combatían con crueles e inútiles operaciones quirúrgicas practicadas a navajazos. La primavera y luego el verano aliviaron en algo su mala impresión del país. Decidió olvidarse de Londres y sacar partido a su nueva situación, a pesar del ambiente provinciano y el viento marítimo que le calaba los huesos incluso en los mediodías asoleados. Convenció a su hermano, y éste a la oficina, de la necesidad de adquirir una casa decente a nombre de la firma y traer muebles de Inglaterra. Lo planteó como una cuestión de autoridad y prestigio: no era posible que el representante de tan importante oficina se albergara en un hotel de mala muerte. Dieciocho meses más tarde, cuando la pequeña Eliza entró en sus vidas, los hermanos vivían en una gran casa en el Cerro Alegre, Miss Rose había relegado el antiguo amante a un compartimento sellado de la memoria y estaba dedicada enteramente a conquistar un lugar de privilegio en la sociedad donde vivía. En los años siguientes Valparaíso creció y se modernizó con la misma rapidez con que ella dejó atrás el pasado y se convirtió en la mujer exuberante y de apariencia feliz, que once años después conquistaría a Jacob Todd. El falso misionero no fue el primero en ser rechazado, pero ella no tenía interés en casarse. Había descubierto una fórmula extraordinaria para permanecer en un idílico romance con Karl Bretzner, reviviendo cada uno de los momentos de su incendiaria pasión y otros delirios inventados en el silencio de sus noches de soltera.

EL AMOR

Nadie mejor que Miss Rose podía saber lo que ocurría en el alma enferma de amor de Eliza. Adivinó de inmediato la identidad del hombre, porque sólo un ciego podía dejar de ver la relación entre los desvaríos de la muchacha y la visita del empleado de su hermano con las cajas del tesoro para Feliciano Rodríguez de Santa Cruz. Su primer impulso fue descartar al joven de un plumazo por insignificante y pobretón, pero pronto comprendió que ella también había sentido su peligroso atractivo y no lograba sacárselo de la cabeza. Cierto, se fijó primero en su ropa remendada y su palidez lúgubre, pero una segunda mirada le bastó para apreciar su aura trágica de poeta maldito. Mientras bordaba furiosamente en su salita de costura, daba mil vueltas a este revés de la suerte que alteraba sus planes de conseguir para Eliza un marido complaciente y adinerado. Sus pensamientos eran una urdimbre de trampas para derrotar ese amor antes que comenzara, desde enviar a Eliza interna a Inglaterra a una escuela para señoritas o a Escocia donde su anciana tía, hasta zamparle la verdad a su hermano para que se deshiciera de su empleado. Sin embargo, en el fondo de su corazón germinaba, muy a su pesar, el deseo secreto de que Eliza viviera su pasión hasta extenuarla, para compensar el tremendo vacío que el tenor había dejado dieciocho años antes en su propia existencia.

Entretanto para Eliza las horas transcurrían con aterradora lentitud en un remolino de sentimientos confusos. No sabía si era de día o de noche, si era martes o viernes, si habían pasado unas horas o varios años desde que conociera a ese joven. De repente sentía que la sangre se le volvía espumosa y se le llenaba la piel de ronchas, que se esfumaban tan súbita e inexplicablemente como habían aparecido. Veía al amado por todas partes: en las sombras de los rincones, en las formas de las nubes, en la taza del té y sobre todo en sueños. No sabía cómo se llamaba y no se atrevía a preguntar a Jeremy Sommers porque temía desencadenar una ola de sospechas, pero se entretenía por horas imaginando un nombre apropiado para él. Necesitaba desesperadamente hablar con alguien de su amor, analizar cada detalle de la breve visita del joven, especular sobre lo que callaron, lo que debieron decirse y lo que se transmitieron con las miradas, los sonrojos y las intenciones, pero no había nadie en quien confiar. Añoraba una visita del capitán John Sommers, ese tío con vocación de filibustero que había sido el personaje más fascinante de su infancia, el único capaz de entender y ayudarla en semejante trance. No le cabía duda de que Jeremy Sommers, si llegaba a enterarse, declararía una guerra sin tregua contra el modesto empleado de su firma, y no podía predecir la actitud de Miss Rose. Decidió que mientras menos se supiera en su casa, más libertad de acción tendrían ella y su futuro novio. Nunca se puso en el caso de no ser correspondida con la misma intensidad de sentimientos, pues le resultaba simplemente imposible que un amor de tal magnitud la hubiera aturdido sólo a ella. La lógica y la justicia más elementales indicaban que en algún lugar de la ciudad él estaba sufriendo el mismo delicioso tormento.

Eliza se escondía para tocarse el cuerpo en sitios secretos nunca antes explorados. Cerraba los ojos y entonces era la mano de él que la acariciaba con delicadeza de pájaro, eran sus labios los que ella besaba en el espejo, su cintura la que abrazaba en la almohada, sus murmullos de amor los que traía el viento. Ni sus sueños escaparon al poder de Joaquín Andieta. Lo veía aparecer como una sombra inmensa que se abalanzaba sobre ella a devorarla de mil maneras disparatadas y turbadoras. Enamorado, demonio, arcángel, no lo sabía. No deseaba despertar y practicaba con fanática determinación la habilidad aprendida de Mama Fresia para entrar y salir de los sueños a voluntad. Llegó a tener tanto dominio en ese arte, que su amante ilusorio aparecía de cuerpo presente, podía tocarlo, olerlo y oír su voz perfectamente nítida y cercana. Si pudiera estar siempre dormida, no necesitaría nada más: podría seguir amándolo desde su cama para siempre, pensaba. Habría perecido en el desvarío de esa pasión, si Joaquín Andieta no se hubiera presentado una semana más tarde en la casa, a sacar los bultos del tesoro para mandarlos al cliente en el norte.

La noche anterior ella supo que vendría, pero no por instinto ni premonición, como insinuaría años más tarde cuando se lo contó a Tao Chi'en, sino porque a la hora de la cena escuchó a Jeremy Sommers dar las instrucciones a su hermana y a Mama Fresia.

–Vendrá a buscar la carga el mismo empleado que la trajo –agregó al pasar, sin sospechar el huracán de emociones que sus palabras, por diferentes razones, desataban en las tres mujeres.

La muchacha pasó la mañana en la terraza oteando el camino que ascendía por el cerro hacia la casa. Cerca del mediodía vio llegar el carretón tirado por seis mulas y seguido por peones a caballo y armados. Sintió una paz helada, como si se hubiera muerto, sin darse cuenta que Miss Rose y Mama Fresia la observaban desde la casa.

–¡Tanto esfuerzo para educarla y se enamora del primer mequetrefe que se cruza por su camino! –masculló Miss Rose entre dientes.

Había decidido hacer lo posible por impedir el desastre, sin demasiada convicción, porque conocía de sobra el temple empedernido del primer amor.

–Yo entregaré la carga. Dile a Eliza que entre a la casa y no la dejes salir por ningún motivo –ordenó.

–¿Y cómo quiere que haga eso? –preguntó Mama Fresia de mal talante.

–Enciérrala, si es necesario.

–Enciérrela usted, si puede. No me meta a mí –replicó y salió arrastrando las chancletas.

Fue imposible impedir que la chica se acercara a Joaquín Andieta y le entregara una carta. Lo hizo sin disimulo, mirándolo a los ojos y con tal feroz determinación, que Miss Rose no tuvo agallas para interceptarla ni Mama Fresia para ponerse por delante. Entonces las mujeres comprendieron que el hechizo era mucho más potente de lo imaginado y no habría puertas con llave ni velas benditas suficientes para conjurarlo. El joven también había pasado esa semana obsesionado por el recuerdo de la muchacha, a quien creía hija de su patrón, Jeremy Sommers, y por lo tanto absolutamente inalcanzable. No sospechaba la impresión que le había causado y no se le pasó por la mente que al ofrecerle aquel memorable vaso de jugo en la visita anterior, le declaraba su amor, por lo mismo se llevó un susto formidable cuando ella le entregó un sobre cerrado. Desconcertado, se lo puso en el bolsillo y continuó vigilando la faena de cargar las cajas en el carretón, mientras le ardían las orejas, se le mojaba la ropa de sudor y una fiebre de tiritones le recorría la espalda. De pie, inmóvil y silenciosa, Eliza lo observaba fijamente a pocos pasos de distancia, sin darse por enterada de la expresión furiosa de Miss Rose y compungida de Mama Fresia. Cuando la última caja estuvo amarrada en la carreta y las mulas dieron media vuelta para empezar el descenso del cerro, Joaquín Andieta se disculpó ante Miss Rose por las molestias, saludó a Eliza con una brevísima inclinación de cabeza y se fue tan de prisa como pudo.

La esquela de Eliza contenía sólo dos líneas para indicarle dónde y cómo encontrarse. La estratagema era de una sencillez y audacia tales, que cualquiera podría confundirla con una experta en desvergüenzas: Joaquín debía presentarse dentro de tres días a las nueve de noche en la ermita de la Virgen del Perpetuo Socorro, una capilla erguida en Cerro Alegre como protección para los caminantes, a corta distancia de la casa de los Sommers. Eliza escogió el lugar por la cercanía y la fecha por ser miércoles. Miss Rose, Mama Fresia y los criados estarían pendientes de la cena y nadie notaría si ella salía por un rato. Desde la partida del despechado Michael Steward ya no había razón para bailes ni el invierno prematuro se prestaba para ellos, pero Miss Rose mantuvo la costumbre para desarmar los chismes que circulaban a costa suya y del oficial de la marina. Suspender las veladas musicales en ausencia de Steward equivalía a confesar que él era el único motivo para llevarlas a cabo.

A las siete ya se había apostado Joaquín Andieta a esperar impaciente. De lejos vio el resplandor de la casa iluminada, el desfile de carruajes con los convidados y los faroles encendidos de los cocheros que aguardaban en el camino. Un par de veces debió esconderse al paso de los serenos revisando las lámparas de la ermita, que el viento apagaba. Se trataba de una pequeña construcción rectangular de adobe coronada por una cruz de madera pintada, apenas un poco más grande que un confesionario, que albergaba una imagen de yeso de la Virgen. Había una bandeja con hileras de velas votivas apagadas y un ánfora con flores muertas. Era una noche de luna llena, pero el cielo estaba cruzado de gruesos nubarrones, que a ratos ocultaban por completo la claridad lunar. A las nueve en punto sintió la presencia de la muchacha y percibió su figura envuelta de la cabeza a los pies en un manto oscuro.

–La estaba esperando, señorita –fue lo único que se le ocurrió tartamudear, sintiéndose como un idiota.

–Yo te he esperado siempre –replicó ella sin la menor vacilación.

Se quitó el manto y Joaquín vio que estaba vestida de fiesta, llevaba la falda arremangada y chancletas en los pies. Traía en la mano sus medias blancas y sus zapatillas de gamuza, para no embarrarlas por el camino. El cabello negro, partido al centro, iba recogido a ambos lados de la cabeza en trenzas bordadas con cintas de raso. Se sentaron al fondo de la ermita, sobre el manto que ella puso en el suelo, ocultos detrás de la estatua, en silencio, muy juntos pero sin tocarse. Por un rato largo no se atrevieron a mirarse en la dulce penumbra, aturdidos por la mutua cercanía, respirando el mismo aire y ardiendo a pesar de las ráfagas que amenazaban con dejarlos a oscuras.

–Me llamo Eliza Sommers –dijo ella por fin.

–Y yo Joaquín Andieta –respondió él.

–Se me ocurrió que te llamabas Sebastián.

–¿Por qué?

–Porque te pareces a San Sebastián, el mártir. No voy a la iglesia papista, soy protestante, pero Mama Fresia me ha llevado algunas veces a pagar sus promesas.

Ahí terminó la conversación porque no supieron qué más decirse; se lanzaban miradas de reojo y ambos se ruborizaban al mismo tiempo. Eliza percibía su olor a jabón y sudor, pero no se atrevía a acercarle la nariz, como deseaba. Los únicos sonidos en la ermita eran el susurro del viento y de la respiración agitada de ambos. A los pocos minutos ella anunció que debía volver a su casa, antes que notaran su ausencia, y se despidieron estrechándose la mano. Así se encontrarían los miércoles siguientes, siempre a diferentes horas y por cortos intervalos. En cada uno de esos alborozados encuentros avanzaban a pasos de gigante en los delirios y tormentos del amor. Se contaron apresurados lo indispensable, porque las palabras parecían una pérdida de tiempo, y pronto se tomaron de las manos y siguieron hablando, los cuerpos cada vez más próximos a medida que las almas se acercaban, hasta que en la noche del quinto miércoles se besaron en los labios, primero tentando, luego explorando y finalmente perdiéndose en el deleite hasta desatar por completo el fervor que los consumía. Para entonces ya habían intercambiado apretados resúmenes de los dieciséis años de Eliza y los veintiuno de Joaquín. Discutieron sobre la improbable cesta con sábanas de batista y cobija de visón, tanto como de la caja de jabón de Marsella, y fue un alivio para Andieta que ella no fuera hija de ninguno de los Sommers y tuviera un origen incierto, como el suyo, aunque de todos modos un abismo social y económico los separaba. Eliza se enteró que Joaquín era fruto de un amor de paso, el padre se hizo humo con la misma prontitud con que plantó su semilla y el niño creció sin saber su nombre, con el apellido de su madre y marcado por su condición de bastardo, que habría de limitar cada paso de su camino. La familia expulsó de su seno a la hija deshonrada e ignoró al niño ilegítimo. Los abuelos y los tíos, comerciantes y funcionarios de una clase media empantanada en prejuicios, vivían en la misma ciudad, a pocas cuadras de distancia, pero jamás se cruzaban. Iban los domingos a la misma iglesia, pero a diferentes horas, porque los pobres no acudían a la misa del mediodía. Marcado por el estigma, Joaquín no jugó en los mismos parques ni se educó en las escuelas de sus primos, pero usó sus trajes y juguetes descartados, que una tía compasiva hacía llegar por torcidos conductos a la hermana repudiada. La madre de Joaquín Andieta había sido menos afortunada que Miss Rose y pagó su debilidad mucho más cara. Ambas mujeres tenían casi la misma edad, pero mientras la inglesa lucía joven, la otra estaba desgastada por la miseria, la consunción y el triste oficio de bordar ajuares de novia a la luz de una vela. La mala suerte no había mermado su dignidad y formó a su hijo en los principios inquebrantables del honor. Joaquín había aprendido desde muy temprano a llevar la cabeza en alto, desafiando cualquier asomo de escarnio o de lástima.

–Un día podré sacar a mi madre de ese conventillo –prometió Joaquín en los cuchicheos de la ermita–. Le daré una vida decente, como la que tenía antes de perderlo todo...

–No lo perdió todo. Tiene un hijo –replicó Eliza.

–Yo fui su desgracia.

–La desgracia fue enamorarse de un mal hombre. Tú eres su redención –determinó ella.

Las citas de los jóvenes eran muy cortas y como nunca se llevaban a cabo a la misma hora, Miss Rose no pudo mantener la vigilancia durante noche y día. Sabía que algo pasaba a su espalda, pero no le alcanzó la perfidia para encerrar a Eliza bajo llave o mandarla al campo, como el deber le indicaba, y se abstuvo de mencionar sus sospechas frente a su hermano Jeremy. Suponía que Eliza y su enamorado intercambiaban cartas, pero no logró interceptar ninguna, a pesar de que alertó a todos los criados. Las cartas existían y eran de tal intensidad, que de haberlas visto, Miss Rose hubiera quedado anonadada. Joaquín no las enviaba, se las entregaba a Eliza en cada uno de sus encuentros. En ellas le decía en los términos más febriles, aquello que frente a frente no se atrevía, por orgullo y por pudor. Ella las escondía en una caja, treinta centímetros bajo tierra en el pequeño huerto de la casa, donde a diario fingía afanarse en las matas de yerbas medicinales de Mama Fresia. Esas páginas, releídas mil veces en ratos robados, constituían el alimento principal de su pasión, porque revelaban un aspecto de Joaquín Andieta que no surgía cuando estaban juntos. Parecían escritas por otra persona. Ese joven altivo, siempre a la defensiva, sombrío y atormentado, que la abrazaba enloquecido y enseguida la empujaba como si el contacto lo quemara, por escrito abría las compuertas de su alma y describía sus sentimientos como un poeta. Más tarde, cuando Eliza perseguiría durante años las huellas imprecisas de Joaquín Andieta, esas cartas serían su único asidero a la verdad, la prueba irrefutable de que aquel amor desenfrenado no fue un engendro de su imaginación de adolescente, sino que existió como una breve bendición y un largo suplicio.

Después del primer miércoles en la ermita a Eliza se le quitaron sin dejar rastro los arrebatos de cólicos y nada en su conducta o su aspecto revelaba su secreto, salvo el brillo demente de sus ojos y el uso algo más frecuente de su talento para volverse invisible. A veces daba la impresión de estar en varios lugares al mismo tiempo, confundiendo a todo el mundo, o bien nadie podía recordar dónde o cuándo la habían visto y justamente cuando empezaban a llamarla, ella se materializaba con la actitud de quien ignora que la están buscando. En otras ocasiones se encontraba en la salita de costura con Miss Rose o preparando un guiso con Mama Fresia, pero se había vuelto tan silenciosa y transparente, que ninguna de las dos mujeres tenía la sensación de verla. Su presencia era sutil, casi imperceptible, y cuando se ausentaba nadie se daba cuenta hasta varias horas después.

–¡Pareces un espíritu! Estoy harta de buscarte. No quiero que salgas de la casa ni te alejes de mi vista –le ordenaba Miss Rose repetidamente.

–No me he movido de aquí en toda la tarde –replicaba Eliza impávida, apareciendo suavemente en un rincón con un libro o un bordado en la mano.

–¡Mete ruido, niña, por Dios! ¿Cómo voy a verte si eres más callada que un conejo? –alegaba a su vez Mama Fresia.

Ella decía que sí y luego hacía lo que le daba gana, pero se las arreglaba para parecer obediente y caer en gracia. En pocos días adquirió una pasmosa pericia para embrollar la realidad, como si hubiera practicado la vida entera el arte de los magos. Ante la imposibilidad de atraparla en una contradicción o una mentira comprobable, Miss Rose optó por ganar su confianza y recurría al tema del amor a cada rato. Los pretextos sobraban: chismes sobre las amigas, lecturas románticas que compartían o libretos de las nuevas óperas italianas, que ellas aprendían de memoria, pero Eliza no soltaba palabra que traicionara sus sentimientos. Miss Rose entonces buscó en vano por la casa signos delatores; escarbó en la ropa y la habitación de la joven, dio vuelta al revés y al derecho su colección de muñecas y cajitas de música, libros y cuadernos, pero no pudo encontrar su diario. De haberlo hecho, se habría llevado un desencanto, porque en esas páginas no existía mención alguna de Joaquín Andieta. Eliza sólo escribía para recordar. Su diario contenía de todo, desde los sueños pertinaces hasta la lista inacabable de recetas de cocina y consejos domésticos, como la forma de engordar una gallina o quitar una mancha de grasa. Había también especulaciones sobre su nacimiento, la canastilla lujosa y la caja de jabón de Marsella, pero ni una palabra sobre Joaquín Andieta. No necesitaba un diario para recordarlo. Sería varios años más tarde cuando comenzaría a contar en esas páginas sus amores de los miércoles.

Por fin una noche los jóvenes no se encontraron en la ermita, sino en la residencia de los Sommers. Para llegar a ese instante Eliza pasó por el tormento de infinitas dudas, porque comprendía que era un paso definitivo. Sólo por juntarse en secreto sin vigilancia perdía la honra, el más preciado tesoro de una muchacha, sin la cual no había futuro posible. «Una mujer sin virtud nada vale, nunca podrá convertirse en esposa y madre, mejor sería que se atara una piedra al cuello y se lanzara al mar», le habían machacado. Pensó que no tenía atenuante para la falta que iba a cometer, lo hacía con premeditación y cálculo. A la dos de la madrugada, cuando no quedaba un alma despierta en la ciudad y sólo rondaban los serenos oteando en la oscuridad, Joaquín Andieta se las arregló para introducirse como un ladrón por la terraza de la biblioteca, donde lo esperaba Eliza en camisa de dormir y descalza, tiritando de frío y ansiedad. Lo tomó de la mano y lo condujo a ciegas a través de la casa hasta un cuarto trasero, donde se guardaban en grandes armarios el vestuario de la familia y en cajas diversas los materiales para vestidos y sombreros, usados y vueltos a usar por Miss Rose a lo largo de los años. En el suelo, envueltas en trozos de lienzo, mantenían estiradas las cortinas de la sala y el comedor aguardando la próxima estación. A Eliza le pareció el sitio más seguro, lejos de las otras habitaciones. De todos modos, como precaución, había puesto valeriana en la copita de anisado, que Miss Rose bebía antes de dormir, y en la de brandy, que saboreaba Jeremy mientras fumaba su cigarro de Cuba después de cenar. Conocía cada centímetro de la casa, sabía exactamente dónde crujía el piso y cómo abrir las puertas para que no chirriaran, podía guiar a Joaquín en la oscuridad sin más luz que su propia memoria, y él la siguió, dócil y pálido de miedo, ignorando la voz de la conciencia, confundida con la de su madre, que le recordaba implacable el código de honor de un hombre decente. Jamás haré a Eliza lo que mi padre hizo a mi madre, se decía mientras avanzaba a tientas de la mano de la muchacha, sabiendo que toda consideración era inútil, pues ya estaba vencido por ese deseo impetuoso que no lo dejaba en paz desde la primera vez que la vio. Entretanto Eliza se debatía entre las voces de advertencia retumbando en su cabeza y el impulso del instinto, con sus prodigiosos artilugios. No tenía una idea clara de lo que ocurriría en el cuarto de los armarios, pero iba entregada de antemano.

La casa de los Sommers, suspendida en el aire como una araña a merced del viento, era imposible de mantener abrigada, a pesar de los braceros a carbón que las criadas encendían durante siete meses del año. Las sábanas estaban siempre húmedas por el aliento perseverante del mar y se dormía con botellas de agua caliente a los pies. El único lugar siempre tibio era la cocina, donde el fogón a leña, un artefacto enorme de múltiples usos, nunca se apagaba. Durante el invierno crujían las maderas, se desprendían tablas y el esqueleto de la casa parecía a punto de echarse a navegar, como una antigua fragata. Miss Rose nunca se acostumbró a las tormentas del Pacífico, igual como no pudo habituarse a los temblores. Los verdaderos terremotos, ésos que ponían el mundo patas arriba, ocurrían más o menos cada seis años y en cada oportunidad ella demostró sorprendente sangre fría, pero el trepidar diario que sacudía la vida la ponía de pésimo humor. Nunca quiso colocar la porcelana y los vasos en repisas a ras de suelo, como hacían los chilenos, y cuando el mueble del comedor tambaleaba y sus platos caían en pedazos, maldecía al país a voz en cuello. En la planta baja se encontraba el cuarto de guardar donde Eliza y Joaquín se amaban sobre el gran paquete de cortinas de cretona floreada, que reemplazaban en verano los pesados cortinajes de terciopelo verde del salón. Hacían el amor rodeados de armarios solemnes, cajas de sombreros y bultos con los vestidos primaverales de Miss Rose. Ni el frío ni el olor a naftalina los mortificaba porque estaban más allá de los inconvenientes prácticos, más allá del miedo a las consecuencias y más allá de su propia torpeza de cachorros. No sabían cómo hacer, pero fueron inventando por el camino, atolondrados y confundidos, en completo silencio, guiándose mutuamente sin mucha destreza. A los veintiún años él era tan virgen como ella. Había optado a los catorce por convertirse en sacerdote para complacer a su madre, pero a los dieciséis se inició en las lecturas liberales, se declaró enemigo de los curas, aunque no de la religión, y decidió permanecer casto hasta cumplir el propósito de sacar a su madre del conventillo. Le parecía una retribución mínima por los innumerables sacrificios de ella. A pesar de la virginidad y del susto tremendo de ser soprendidos, los jóvenes fueron capaces de encontrar en la oscuridad lo que buscaban. Soltaron botones, desataron lazos, se despojaron de pudores y se descubrieron desnudos bebiendo el aire y la saliva del otro. Aspiraron fragancias desaforadas, pusieron febrilmente esto aquí y aquello allá en un afán honesto de descifrar los enigmas, alcanzar el fondo del otro y perderse los dos en el mismo abismo. Las cortinas de verano quedaron manchadas de sudor caliente, sangre virginal y semen, pero ninguno de los dos se percató de esas señales del amor. En la oscuridad apenas podían percibir el contorno del otro y medir el espacio disponible para no derrumbar las pilas de cajas y las perchas de los vestidos en el estrépito de sus abrazos. Bendecían al viento y a la lluvia sobre los tejados, porque disimulaba los crujidos del piso, pero era tan atronador el galope de sus propios corazones y el arrebato de sus jadeos y suspiros de amor, que no entendían cómo no despertaba la casa entera.

En la madrugada Joaquín Andieta salió por la misma ventana de la biblioteca y Eliza regresó exangüe a su cama. Mientras ella dormía arropada con varias mantas, él echó dos horas caminando cerro abajo en la tormenta. Atravesó sigiloso la ciudad sin llamar la atención de la guardia, para llegar a su casa justo cuando echaban a volar las campanas de la iglesia llamando a la primera misa. Planeaba entrar discretamente, lavarse un poco, cambiar el cuello de la camisa y partir al trabajo con el traje mojado, puesto que no tenía otro, pero su madre lo aguardaba despierta con agua caliente para el *mate* y pan añejo tostado, como todas las mañanas.

–¿Dónde has estado, hijo? –le preguntó con tanta tristeza, que él no pudo engañarla.

–Descubriendo el amor, mamá –replicó, abrazándola radiante.

Joaquín Andieta vivía atormentado por un romanticismo político sin eco en ese país de gente práctica y prudente. Se había convertido en un fanático de las teorías de Lamennais, que leía en mediocres y confusas traducciones del francés, tal como leía a los enciclopedistas. Como su maestro, propiciaba el liberalismo católico en política y la separación del Estado y la Iglesia. Se declaraba cristiano primitivo, como los apóstoles y mártires, pero enemigo de los curas, traidores de Jesús y su verdadera doctrina, como decía, comparándolos a sanguijuelas alimentadas por la credulidad de los fieles. Se cuidaba mucho, sin embargo, de explayarse en tales ideas delante de su madre, a quien el disgusto hubiera matado. También se consideraba enemigo de la oligarquía, por inútil y decadente, y del gobierno, porque no representaba los intereses del pueblo, sino de los ricos, como podían probar con innumerables ejemplos sus contertulios en las reuniones de la Librería Santos Tornero y como él explicaba pacientemente a Eliza, aunque ella apenas lo oía, más interesada en olerlo que en sus discursos. El joven estaba dispuesto a jugarse la vida por la gloria inútil de un relámpago de heroísmo, pero tenía un miedo visceral de mirar a Eliza a los ojos y hablar de sus sentimientos. Establecieron la rutina de hacer el amor al menos una vez por semana en el mismo cuarto de los armarios, convertido en nido. Disponían de tan escasos y preciosos momentos juntos, que a ella le parecía una insensatez perderlos filosofando; si de hablar se trataba, prefería oír de sus gustos, su pasado, su madre y sus planes para casarse con ella algún día. Habría dado cualquier cosa porque él le dijera cara a cara las frases magníficas que le escribía en sus cartas. Decirle, por ejemplo, que sería más fácil medir las intenciones del viento o la paciencia de las olas en la playa, que la intensidad de su amor; que no había noche invernal capaz de enfriar la hoguera inacabable de su pasión; que pasaba el día soñando y las noches insomne, atormentado sin tregua por la locura de los recuerdos y contando, con la angustia de un condenado, las horas que faltaban para abrazarla otra vez; «eres mi ángel y mi perdición, en tu presencia alcanzo el éxtasis divino y en tu ausencia desciendo al infierno, ¿en qué consiste este dominio que ejerces sobre mí, Eliza? No me hables de mañana ni de ayer, sólo vivo para este instante de hoy en que vuelvo a sumergirme en la noche infinita de tus ojos oscuros». Alimentada por las novelas de Miss Rose y los poetas románticos, cuyos versos conocía de memoria, la muchacha se perdía en el deleite intoxicante de sentirse adorada como una diosa y no percibía la incongruencia entre esas declaraciones inflamadas y la persona real de Joaquín Andieta. En las cartas él se transformaba en el amante perfecto, capaz de describir su pasión con tal angélico aliento, que la culpa y temor desaparecían para dar paso a la exaltación absoluta de los sentidos. Nadie había amado antes de esa manera, ellos habían sido señalados entre todos los mortales para una pasión inimitable, decía Joaquín en las cartas y ella lo creía. Sin embargo, hacía el amor apurado y famélico, sin saborearlo, como quien sucumbe ante un vicio, atormentado por la culpa. No se daba tiempo de conocer el cuerpo de ella ni de revelar el propio; lo vencía la urgencia del deseo y del secreto. Le parecía que nunca les alcanzaba el tiempo, a pesar de que Eliza lo tranquilizaba explicándole que nadie iba a ese cuarto de noche, que los Sommers dormían drogados, Mama Fresia lo hacía en su casucha al fondo del patio y las habitaciones del resto de la servidumbre estaban en el ático. El instinto atizaba la audacia de la muchacha incitándola a descubrir las múltiples posibilidades del placer, pero pronto aprendió a reprimirse. Sus iniciativas en el juego amoroso ponían a Joaquín a la defensiva; se sentía criticado, herido o amenazado en su virilidad. Las peores sospechas lo atormentaban, pues no podía imaginar tanta sensualidad natural en una niña de dieciséis años cuyo único horizonte eran las paredes de su casa. El temor de una preñez empeoraba la situación, porque ninguno de los dos sabía cómo evitarla. Joaquín entendía vagamente la mecánica de la fecundación y suponía que si se retiraba a tiempo estaban a salvo, pero no siempre lo lograba. Se daba cuenta de la frustración de Eliza, pero no sabía cómo consolarla y en vez de intentarlo, se refugiaba de inmediato en su papel de mentor intelectual, donde se sentía seguro. Mientras ella ansiaba ser acariciada o al menos descansar en el hombro de su amante, él se separaba, se vestía de prisa y gastaba el tiempo precioso que aún les quedaba en barajar nuevos argumentos para las mismas ideas políticas cien veces repetidas. Esos abrazos dejaban a Eliza en ascuas, pero no se atrevía a admitirlo ni en lo más profundo de su conciencia, porque equivalía a cuestionar la calidad del amor. Entonces caía en la trampa de compadecer y disculpar al amante, pensando que si tuvieran más tiempo y un lugar seguro, se amarían bien. Mucho mejor que los brincos compartidos, eran las horas posteriores inventando lo que no pasó y las noches soñando lo que tal vez sucedería la próxima vez en el cuarto de los armarios.

Con la misma seriedad que ponía en todos sus actos, Eliza se dio a la tarea de idealizar a su enamorado hasta convertirlo en una obsesión. Sólo deseaba servirlo incondicionalmente por el resto de su existencia, sacrificarse y sufrir para probar su abnegación, morir por él de ser necesario. Ofuscada por el embrujo de esa primera pasión, no percibía que no era correspondida con igual intensidad. Su galán nunca estaba completamente presente. Aún en los más encabritados abrazos sobre el cúmulo de cortinas, su espíritu andaba en otra parte, presto a partir o ya ausente. Se revelaba sólo a medias, fugazmente, en un juego exasperante de sombras chinescas, pero al despedirse, cuando ella estaba a punto de echarse a llorar por hambre de amor, le entregaba una de sus prodigiosas cartas. Para Eliza entonces el universo entero se convertía en un cristal cuya finalidad única consistía en reflejar sus sentimientos. Sometida a la ardua tarea del enamoramiento absoluto, no dudaba de su capacidad de entrega sin reservas y por lo mismo no reconocía la ambigüedad de Joaquín. Había inventado un amante perfecto y nutría esa quimera con invencible porfía. Su imaginación compensaba los ingratos abrazos con su amante, que la dejaban perdida en el limbo oscuro del deseo insatisfecho.

SEGUNDA PARTE
1848-1849

LA NOTICIA

El 21 de setiembre, día inaugural de la primavera según el calendario de Miss Rose, ventilaron las habitaciones, asolearon los colchones y las mantas, enceraron los muebles de madera y cambiaron las cortinas de la sala. Mama Fresia lavó las de cretona floreada sin comentarios, convencida que las manchas secas eran orines de ratón. Preparó en el patio grandes tinajas de colada caliente con corteza de *quillay*, remojó las cortinas durante un día completo, las almidonó con agua de arroz y las secó al sol; luego dos mujeres las plancharon y cuando estuvieron como nuevas, las colgaron para recibir a la nueva estación. Mientras tanto Eliza y Joaquín, indiferentes a la turbulencia primaveral de Miss Rose, retozaban sobre las cortinas de terciopelo verde, más mullidas que las de cretona. Ya no hacía frío y las noches eran claras. Llevaban tres meses de amores y las cartas de Joaquín Andieta, salpicadas de giros poéticos y flamígeras declaraciones, se habían espaciado notablemente. Eliza sentía a su enamorado ausente, a veces abrazaba a un fantasma. A pesar de la congoja del deseo insatisfecho y de la carga debilitante de tantos secretos, la muchacha había recuperado una calma aparente. Pasaba las horas del día en las mismas ocupaciones de antes, entretenida en sus libros y ejercicios de piano o afanada en la cocina y la salita de costura, sin demostrar el menor interés por salir de la casa, pero si Miss Rose se lo pedía, la acompañaba con la buena disposición de quien no tiene algo mejor que hacer. Se acostaba y levantaba temprano, como siempre; tenía apetito y parecía saludable, pero esos síntomas de perfecta normalidad levantaban horribles sospechas en Miss Rose y Mama Fresia. No le quitaban los ojos de encima. Dudaban que la embriaguez de amor se le hubiera evaporado de súbito, pero como pasaron varias semanas y Eliza no daba señales de perturbación, fueron aflojando poco a poco la vigilancia. Tal vez las velas a San Antonio sirvieron de algo, especuló la india; tal vez no era amor, después de todo, pensó Miss Rose sin mucha convicción.

La noticia del oro descubierto en California llegó a Chile en agosto. Primero fue un rumor alucinado en boca de navegantes borrachos en los burdeles de El Almendral, pero unos días más tarde el capitán de la goleta *Adelaida* anunció que la mitad de sus marineros había desertado en San Francisco.

–¡Hay oro por todas partes, se puede recoger a paladas, se han visto pepas del tamaño de naranjas! ¡Cualquiera con algo de maña se hará millonario! –contó ahogado de entusiasmo.

En enero de ese año, en las proximidades del molino de un granjero suizo a orillas del Río Americano, un individuo de apellido Marshall había encontrado en el agua una escama de oro. Esa partícula amarilla, que desató la locura, fue descubierta nueve días después que terminó la guerra entre México y los Estados Unidos con la firma de Tratado de Guadalupe Hidalgo. Cuando se regó la noticia, California ya no pertenecía a México. Antes que se supiera que ese territorio estaba sentado sobre un tesoro de nunca acabar, a nadie le importaba demasiado; para los americanos era región de indios y los pioneros preferían conquistar Oregón, donde creían que se daba mejor la agricultura. México lo consideraba un peladero de ladrones y no se dignó enviar sus tropas para defenderlo durante la guerra. Poco después Sam Brannan, editor de un periódico y predicador mormón enviado a propagar su fe, recorría las calles de San Francisco anunciando la nueva. Tal vez no le habrían creído, pues su fama era algo turbia –se rumoreaba que había dado mal uso al dinero de Dios y cuando la iglesia mormona le exigió devolverlo, replicó que lo haría... contra un recibo firmado por Dios– pero respaldaba sus palabras con un frasco lleno de polvo de oro, que pasó de mano en mano enardeciendo a la gente. Al grito de ¡oro! ¡oro! tres de cada cuatro hombres abandonaron todo y partieron a los placeres. Hubo que cerrar la única escuela, porque no quedaron ni los niños. En Chile la noticia tuvo el mismo impacto. El sueldo promedio era de veinte centavos al día y los periódicos hablaban de que por fin se había descubierto El Dorado, la ciudad soñada por los Conquistadores, donde las calles estaban pavimentadas del metal precioso: «La riqueza de las minas es como las de los cuentos de Simbad o de la lámpara de Aladino; se fija sin temor a exageración que el lucro por día es de una onza de oro puro», publicaban los diarios y añadían que había suficiente para enriquecer a miles de hombres durante décadas. El incendio de la codicia prendió de inmediato entre los chilenos, que tenían alma de mineros, y la estampida rumbo a California comenzó al mes siguiente. Además estaban a mitad de camino con respecto a cualquier aventurero que navegara desde el Atlántico. El viaje de Europa a Valparaíso demoraba tres meses y luego dos más para llegar a California. La distancia entre Valparaíso y San Francisco no alcanzaba a las siete mil millas, mientras que entre la costa este de Norteamérica, pasando por el Cabo de Hornos, era casi veinte mil. Eso, como calculó Joaquín Andieta, representaba una considerable delantera para los chilenos, puesto que los primeros en llegar reclamarían los mejores filones.

Feliciano Rodríguez de Santa Cruz sacó la misma cuenta y decidió embarcarse de inmediato con cinco de sus mejores y más leales mineros, prometiéndoles una recompensa como incentivo para que dejaran a sus familias y se lanzaran en esa empresa llena de riesgos. Demoró tres semanas en preparar el equipaje para una permanencia de varios meses en aquella tierra al norte del continente, que imaginaba desolada y salvaje. Aventajaba con creces a la mayoría de los incautos que partían a ciegas con una mano por delante y otra por detrás, azuzados por la tentación de una fortuna fácil, pero sin tener idea de los peligros y esfuerzos de la empresa. No iba dispuesto a partirse la espalda trabajando como un gañán, para eso viajaba bien abastecido y llevaba servidores de confianza, explicó a su mujer, quien esperaba el segundo niño, pero insistía en acompañarlo. Paulina pensaba viajar con dos niñeras, su cocinero, una vaca y gallinas vivas para proveer leche y huevos a las criaturas durante la travesía, pero por una vez su marido se plantó firme en su negativa. La idea de partir en semejante odisea con la familia a cuestas correspondía definitivamente al plano de la locura. Su mujer había perdido el seso.

–¿Cómo se llamaba ese capitán amigo de Mr. Todd? –lo interrumpió Paulina en la mitad de su perorata, equilibrando una taza de chocolate sobre su enorme vientre, mientras mordisqueaba un pastelito de hojaldre con dulce de leche, receta de las monjas Clarisas.

–¿John Sommers, tal vez?

–Me refiero a ése que estaba harto de navegar a vela y hablaba de los barcos a vapor.

–El mismo.

Paulina se quedó pensando un rato, echándose pastelillos a la boca y sin prestar ni la menor atención a la lista de peligros que invocaba su marido. Había engordado y poco quedaba de la grácil muchacha escapada de un convento con la cabeza pelada.

–¿Cuánto tengo en mi cuenta en Londres? –preguntó al fin.

–Cincuenta mil libras. Eres una señora muy rica.

–No es suficiente. ¿Puedes prestarme el doble a un interés de diez por ciento pagadero en tres años?

–¡Las cosas que se te ocurren, mujer por Dios! ¿Para qué diablos quieres tanto?

–Para un barco a vapor. El gran negocio no es el oro, Feliciano, que en el fondo es sólo caca amarilla. El gran negocio son los mineros. Necesitan de todo en California y pagarán al contado. Dicen que los vapores navegan derecho, no tienen que someterse a los caprichos del viento, son más grandes y rápidos. Los veleros son cosa del pasado.

Feliciano siguió adelante con sus planes, pero la experiencia le había enseñado a no desdeñar las premoniciones financieras de su mujer. Durante varias noches no pudo dormir. Se paseaba insomne por los ostentosos salones de su mansión, entre sacos de provisiones, cajas de herramientas, barriles de pólvora y pilas de armas para el viaje, midiendo y pesando las palabras de Paulina. Mientras más lo pensó, más acertada le pareció la idea de invertir en transporte, pero antes de tomar ninguna decisión consultó con su hermano, con quien estaba asociado en todos sus negocios. El otro escuchó boquiabierto y cuando Feliciano terminó de explicar el asunto, se dio una palmada en la frente.

–¡Caramba, hermano! ¿Cómo no se nos ocurrió antes?

Entretanto Joaquín Andieta soñaba, como miles de otros chilenos de su edad y de cualquier condición, con bolsas de oro en polvo y pepas tiradas por el suelo. Varios conocidos suyos ya habían partido, incluso uno de sus compinches de la Librería Santos Tornero, un joven liberal que despotricaba contra los ricos y era el primero en denunciar la corrupción del dinero, pero no pudo resistir el llamado y se fue sin despedirse de nadie. California representaba para Joaquín la única oportunidad de salir de la miseria, sacar a su madre del conventillo y buscar cura para sus pulmones enfermos; de plantarse ante Jeremy Sommers con la cabeza en alto y los bolsillos repletos a pedir la mano de Eliza. Oro... oro a su alcance... Podía ver los sacos del metal en polvo, los canastos de pepas enormes, los billetes en sus bolsillos, el palacio que se haría construir, más firme y con más mármoles que el *Club de la Unión*, para tapar la boca a los parientes que habían humillado a su madre. Se veía también saliendo de la Iglesia de la Matriz del brazo de Eliza Sommers, los novios más dichosos del planeta. Sólo era cuestión de atreverse. ¿Qué futuro le ofrecía Chile? En el mejor de los casos envejecería contando los productos que pasaban por el escritorio de la *Compañía Británica de Importación y Exportación*. Nada podía perder, puesto que en todo caso, nada poseía. La fiebre del oro lo trastornó, se le fue el apetito y no podía dormir, andaba en ascuas y con ojos de loco oteando el mar. Su amigo librero le prestó mapas y libros sobre California y un folleto sobre la forma de lavar el metal, que leyó ávido mientras sacaba cuentas desesperadas tratando de financiar el viaje. Las noticias en los periódicos no podían ser más tentadoras: «En una parte de las minas llamada el *dry diggins* no se necesitan otros utensilios que un cuchillo ordinario para desprender el metal de las rocas. En otras está ya separado y sólo se usa una maquinaria muy sencilla, que consiste en una batea ordinaria de tablas, de fondo redondo de unos diez pies de largo y dos de ancho en la parte superior. No siendo necesario capital, la competencia en el trabajo es grande, y hombres que apenas eran capaces de procurarse lo muy preciso para un mes, tienen ahora miles de pesos del metal precioso.»

Cuando Andieta mencionó la posibilidad de embarcarse rumbo al norte, su madre reaccionó tan mal como Eliza. Sin haberse visto nunca, las dos mujeres dijeron exactamente lo mismo: si te vas, Joaquín, yo me muero. Ambas intentaron hacerle ver los innumerables peligros de semejante empresa y le juraron que preferían mil veces la pobreza irremediable a su lado, que una fortuna ilusoria con el riesgo de perderlo para siempre. La madre le aseguró que ella no saldría del conventillo aunque fuera millonaria, porque allí estaban sus amistades y no tenía adónde ir en este mundo. Y en cuanto a sus pulmones no había nada que hacer, dijo, sólo esperar que terminaran de reventar. Por su parte Eliza ofreció fugarse, en caso que no los dejaran casarse; pero él no las escuchaba, perdido en sus desvaríos, seguro de que no tendría otra oportunidad como ésa y dejarla pasar era una imperdonable cobardía. Puso al servicio de su nueva manía la misma intensidad empleada antes en propagar las ideas liberales, pero le faltaban los medios para realizar sus planes. No podía cumplir su destino sin una cierta suma para el pasaje y para apertrecharse de lo indispensable. Se presentó al banco a pedir un pequeño préstamo, pero no tenía cómo respaldarlo y al ver su pinta de pobre diablo lo rechazaron glacialmente. Por primera vez pensó en acudir a los parientes de su madre, con quienes hasta entonces nunca había cruzado palabra, pero era demasiado orgulloso para ello. La visión de un futuro deslumbrante no lo dejaba en paz, a duras penas lograba cumplir con su trabajo, las largas horas en el escritorio se convirtieron en un castigo. Se quedaba con la pluma en el aire mirando sin ver la página en blanco, mientras repetía de memoria los nombres de los navíos que podían conducirlo al norte. Las noches se le iban entre sueños borrascosos y agitados insomnios, amanecía con el cuerpo agotado y la imaginación hirviendo. Cometía errores de principiante, mientras a su alrededor la exaltación alcanzaba niveles de histeria. Todos querían partir y quienes no podían ir en persona, habilitaban empresas, invertían en compañías formadas de prisa o enviaban un representante de confianza en su lugar con el acuerdo de repartirse las ganancias. Los solteros fueron los primeros en zarpar; pronto los casados dejaban a sus hijos y se embarcaban también sin mirar hacia atrás, a pesar de las historias truculentas de enfermedades desconocidas, accidentes desastrosos y crímenes brutales. Los hombres más pacíficos estaban dispuestos a enfrentar los riesgos de pistolazos y puñaladas, los más prudentes abandonaban la seguridad conseguida en años de esfuerzo y se lanzaban a la aventura con su bagaje de delirios. Unos gastaban sus ahorros en pasajes, otros costeaban el viaje empleándose de marineros o empeñando su trabajo futuro, pero eran tantos los postulantes, que Joaquín Andieta no encontró lugar en ningún barco, a pesar de que indagaba día tras día en el muelle.

En diciembre no aguantó más. Al copiar el detalle de una carga arribada al puerto, como hacía meticulosamente cada día, alteró las cifras en el libro de registro, luego destruyó los documentos originales de desembarco. Así, por arte de ilusionismo contable, hizo desaparecer varios cajones con revólveres y balas provenientes de Nueva York. Durante tres noches seguidas logró burlar la vigilancia de la guardia, violar las cerraduras e introducirse a la bodega de la *Compañía Británica de Importación y Exportación* para robar el contenido de esos cajones. Debió hacerlo en varios viajes, porque la carga era pesada. Primero sacó las armas en los bolsillos y otras atadas a piernas y brazos bajo la ropa; después se llevó las balas en bolsas. Varias veces estuvo a punto de ser visto por los serenos que circulaban de noche, pero lo acompañó la suerte y en cada oportunidad logró escabullirse a tiempo. Sabía que contaba con un par de semanas antes de que alguien reclamara los cajones y se descubriera el robo; suponía también que sería muy fácil seguir el hilo de los documentos ausentes y las cifras cambiadas hasta dar con el culpable, pero para entonces esperaba hallarse en alta mar. Y cuando tuviera su propio tesoro devolvería hasta el último centavo con intereses, puesto que la única razón para cometer tal fechoría, se repitió mil veces, había sido la desesperación. Se trataba de un asunto de vida o muerte: vida, como él la entendía, estaba en California; quedarse atrapado en Chile equivalía a una muerte lenta. Vendió una parte de su botín a precio vil en los barrios bajos del puerto y la otra entre sus amigos de la Librería Santos Tornero, después de hacerlos jurar que guardarían el secreto. Aquellos enardecidos idealistas no habían tenido jamás un arma en la mano, pero llevaban años preparándose de palabra para una utópica revuelta contra el gobierno conservador. Habría sido una traición a sus propias intenciones no comprar los revólveres del mercado negro, sobre todo teniendo en cuenta el precio de ganga. Joaquín Andieta se guardó dos para él, decidido a usarlos para abrirse camino, pero a sus camaradas nada dijo de sus planes de marcharse. Esa noche en la trastienda de la librería, también él se llevó la mano derecha al corazón para jurar en nombre de la patria que daría su vida por la democracia y la justicia. A la mañana siguiente compró un pasaje de tercera clase en la primera goleta que zarpaba en esos días y unas bolsas de harina tostada, frijoles, arroz, azúcar, carne seca de caballo y lonjas de tocino, que distribuidas con avaricia podrían sostenerlo a duras penas durante la travesía. Los escasos reales que le sobraron se los amarró a la cintura mediante una apretada faja.

La noche del 22 de diciembre se despidió de Eliza y de su madre y al día siguiente partió rumbo a California.

Mama Fresia descubrió las cartas de amor por casualidad, cuando estaba arrancando cebollas en su estrecho huerto del patio y la horqueta tropezó con la caja de lata. No sabía leer, pero le bastó una ojeada para comprender de qué se trataba. Estuvo tentada de entregárselas a Miss Rose, porque le bastaba tenerlas en la mano para sentir la amenaza, habría jurado que el paquete atado con una cinta latía como un corazón vivo, pero el cariño por Eliza pudo más que la prudencia y en vez de acudir a su patrona, colocó las cartas de vuelta en la caja de galletas, la escondió bajo su amplia falda negra y fue a la pieza de la muchacha suspirando. Encontró a Eliza sentada en una silla, con la espalda recta y las manos sobre la falda como si estuviera en misa, mirando el mar desde la ventana, tan agobiada que el aire a su alrededor se sentía espeso y lleno de premoniciones. Puso la caja sobre las rodillas de la joven y se quedó esperando en vano una explicación.

–Ese hombre es un demonio. Sólo desgracia te traerá –le dijo finalmente.

–Las desgracias ya empezaron. Se fue hace seis semanas a California y a mí no me ha llegado la regla.

Mama Fresia se sentó en el suelo con las piernas cruzadas, como hacía cuando no daba más con sus huesos, y comenzó a mecer el tronco hacia adelante y hacia atrás, gimiendo suavemente.

–Cállate, mamita, nos puede oír Miss Rose –suplicó Eliza.

–¡Un hijo de la alcantarilla! ¡Un *huacho*! ¿Qué vamos a hacer, mi niña? ¿Qué vamos a hacer? –siguió lamentándose la mujer.

–Voy a casarme con él.

–¿Y cómo, si el hombre se fue?

–Tendré que ir a buscarlo.

–¡Ay, Niño Dios bendito! ¿Te has vuelto loca? Yo te haré remedio y en pocos días vas a estar como nueva.

La mujer preparó una infusión a base de *borraja* y una pócima de excremento de gallina en cerveza negra, que dio a beber a Eliza tres veces al día; además la hizo tomar baños de asiento con azufre y le puso compresas de mostaza en el vientre. El resultado fue que se puso amarilla y andaba empapada en una transpiración pegajosa que olía a gardenias podridas, pero a la semana aún no se producía ningún síntoma de aborto. Mama Fresia determinó que la criatura era macho y estaba sin duda maldita, por eso se aferraba de tal manera a las tripas de su madre. Este descalabro la superaba, era asunto del Diablo y sólo su maestra, la *machi*, podría vencer tan poderoso infortunio. Esa misma tarde pidió permiso a sus patrones para salir y una vez más hizo a pie el penoso camino hasta la quebrada para presentarse cabizbaja ante la anciana hechicera ciega. Le llevó de regalo dos moldes de dulce de membrillo y un pato estofado al estragón.

La *machi* escuchó los últimos acontecimientos asintiendo con aire de fastidio, como si supiera de antemano lo sucedido.

–Ya dije, el empecinamiento es un mal muy fuerte: agarra el cerebro y rompe el corazón. Empecinamientos hay muchos, pero el peor es de amor.

–¿Puede hacerle algo a mi niña para que bote al *huacho*?

–De poder, puedo. Pero eso no la cura. Tendrá que seguir a su hombre no más.

–Se fue muy lejos a buscar oro.

–Después del amor, el empecinamiento más grave es del oro –sentenció la *machi*.

Mama Fresia comprendió que sería imposible sacar a Eliza para llevarla a la quebrada de la *machi*, hacerle un aborto y regresar con ella a la casa, sin que Miss Rose se enterara. La hechicera tenía cien años y no había salido de su mísera vivienda en cincuenta, de modo que tampoco podría acudir al domicilio de los Sommers a tratar a la joven. No quedaba otra solución que hacerlo ella misma. La *machi* le entregó un palo fino de colihue y una pomada oscura y fétida, luego le explicó en detalle cómo untar la caña en esa pócima e insertarla en Eliza. Enseguida le enseñó las palabras del encantamiento que habrían de eliminar al niño del Diablo y al mismo tiempo proteger la vida de la madre. Se debía realizar esta operación la noche del viernes, único día de la semana autorizado para eso, le advirtió. Mama Fresia regresó muy tarde y exhausta, con el colihue y la pomada bajo el manto.

–Reza, niña, porque dentro de dos noches te haré remedio –le notificó a Eliza cuando le llevó el chocolate del desayuno a la cama.

El capitán John Sommers desembarcó en Valparaíso el día señalado por la *machi*. Era el segundo viernes de febrero de un verano abundante. La bahía hervía de actividad con medio centenar de barcos anclados y otros aguardando turno en alta mar para acercarse a tierra. Como siempre, Jeremy, Rose y Eliza recibieron en el muelle a ese tío admirable, quien llegaba cargado de novedades y regalos. La burguesía, que se daba cita para visitar los barcos y comprar contrabando, se mezclaba con hombres de mar, viajeros, estibadores y empleados de la aduana, mientras las prostitutas apostadas a cierta distancia, sacaban sus cuentas. En los últimos meses, desde que la noticia del oro aguijoneaba la codicia de los hombres en cada orilla del mundo, los buques entraban y salían a un ritmo demente y los burdeles no daban a basto. Las mujeres más intrépidas, sin embargo, no se conformaban con la buena racha del negocio en Valparaíso y calculaban cuánto más podrían ganar en California, donde había doscientos hombres por cada mujer, según se oía. En el puerto la gente tropezaba con carretas, animales y bultos; se hablaban varias lenguas, sonaban las sirenas de las naves y los silbatos de los guardias. Miss Rose, con un pañuelo perfumado a vainilla en la nariz, escudriñaba a los pasajeros de los botes buscando a su hermano predilecto, mientras Eliza aspiraba el aire en sorbos rápidos, tratando de separar e identificar los olores. El hedor del pescado en grandes cestas al sol se mezclaba con el tufo de excremento de bestias de carga y sudor humano. Fue la primera en ver al capitán Sommers y sintió un alivio tan grande que por poco se echa a llorar. Lo había esperado durante varios meses, segura que sólo él podría entender la angustia de su amor contrariado. No había dicho palabra sobre Joaquín Andieta a Miss Rose y mucho menos a Jeremy Sommers, pero tenía la certeza de que su tío navegante, a quien nada podía sorprender o asustar, la ayudaría.

Apenas el capitán puso los pies en suelo firme, Eliza y Miss Rose se le fueron encima alborozadas; él las cogió a ambas por la cintura con sus fornidos brazos de corsario, las levantó al mismo tiempo y empezó a girar como un trompo en medio de los gritos de júbilo de Miss Rose y de protesta de Eliza, quien estaba a punto de vomitar. Jeremy Sommers lo saludó con un apretón de mano, preguntándose cómo era posible que su hermano no hubiera cambiado nada en los últimos veinte años, continuaba siendo el mismo tarambana.

–¿Qué pasa, chiquilla? Tienes muy mala cara –dijo el capitán examinando a Eliza.

–Comí fruta verde, tío –explicó ella apoyándose en él para no caerse de mareo.

–Sé que no han venido al puerto a recibirme. Lo que ustedes quieren es comprar perfumes, ¿verdad? Les diré quién tiene los mejores, traídos del corazón de París.

En ese momento un forastero pasó por su lado y lo golpeó accidentalmente con una maleta que llevaba al hombro. John Sommers se volvió indignado, pero al reconocerlo lanzó una de sus características maldiciones en tono de chanza y lo detuvo por un brazo.

–Ven para presentarte a mi familia, chino –lo llamó cordial.

Eliza lo observó sin disimulo, porque nunca había visto a un asiático de cerca y al fin tenía ante sus ojos un habitante de la China, ese fabuloso país que figuraba en muchos de los cuentos de su tío. Se trataba de un hombre de edad impredecible y más bien alto, comparado con los chilenos, aunque junto al corpulento capitán inglés parecía un niño. Caminaba sin gracia, tenía el rostro liso, el cuerpo delgado de un muchacho y una expresión antigua en sus ojos rasgados. Contrastaba su parsimonia doctoral con la risa infantil, que brotó desde el fondo de su pecho cuando Sommers se dirigió a él. Vestía un pantalón a la altura de las canillas, una blusa suelta de tela basta y una faja en la cintura, donde llevaba un gran cuchillo; iba calzado con unas breves zapatillas, lucía un aporreado sombrero de paja y a la espalda le colgaba una larga trenza. Saludó inclinando la cabeza varias veces, sin soltar la maleta y sin mirar a nadie a la cara. Miss Rose y Jeremy Sommers, desconcertados por la familiaridad con que su hermano trataba a una persona de rango indudablemente inferior, no supieron cómo actuar y respondieron con un gesto breve y seco. Ante el horror de Miss Rose, Eliza le tendió la mano, pero el hombre fingió no verla.

–Éste es Tao Chi'en, el peor cocinero que he tenido nunca, pero sabe curar casi todos las enfermedades, por eso no lo he lanzado todavía por la borda –se burló el capitán.

Tao Chi'en repitió una nueva serie de inclinaciones, lanzó otra risa sin razón aparente y enseguida se alejó retrocediendo. Eliza se preguntó si entendería inglés. A espaldas de las dos mujeres, John Sommers le susurró a su hermano que el chino podía venderle opio de la mejor calidad y polvos de cuerno de rinoceronte para la impotencia, en el caso de que algún día decidiera terminar con el mal hábito del celibato. Ocultándose tras su abanico, Eliza escuchó intrigada.

Esa tarde en la casa, a la hora del té, el capitán repartió los regalos que había traído: crema de afeitar inglesa, un juego de tijeras toledanas y habanos para su hermano, peines de concha de tortuga y un mantón de Manila para Rose y, como siempre, una alhaja para el ajuar de Eliza. Esta vez se trataba de un collar de perlas, que la chica agradeció conmovida y puso en su joyero, junto a las otras prendas que había recibido. Gracias a la porfía de Miss Rose y a la generosidad de ese tío, el baúl del casamiento se iba llenando de tesoros.

–La costumbre del ajuar me parece estúpida, sobre todo cuando ni siquiera se tiene un novio a la mano –sonrió el capitán–. ¿O acaso ya hay uno en el horizonte?

La muchacha intercambió una mirada de terror con Mama Fresia, quien en ese momento había entrado con la bandeja del té. Nada dijo el capitán, pero se preguntó cómo su hermana Rose no había notado los cambios en Eliza. De poco servía la intuición femenina, por lo visto.

El resto de la tarde se fue en oír los maravillosos relatos del capitán sobre California, a pesar de que no había ido por esos lados después del fantástico descubrimiento y sólo podía decir de San Francisco que era un caserío más bien mísero, pero situado en la bahía más hermosa del mundo. La batahola del oro era el único tema en Europa y Estados Unidos, hasta las lejanas orillas del Asia había llegado la noticia. Su barco venía repleto de pasajeros rumbo a California, la mayoría ignorantes de la más elemental noción sobre minería, muchos sin haber visto en su vida oro ni en un diente. No había forma cómoda o rápida de llegar a San Francisco, la navegación duraba meses en las más precarias condiciones, explicó el capitán, pero por tierra a través del continente americano, desafiando la inmensidad del paisaje y la agresión de los indios, el viaje demoraba más y había menos probabilidades de salvar la vida. Quienes se aventuraban hasta Panamá en barco, cruzaban el istmo en parihuelas por ríos infectados de alimañas, en mula por la selva y al llegar a la costa del Pacífico tomaban otra embarcación hacia el norte. Debían soportar un calor de diablos, sabandijas ponzoñosas, mosquitos, peste de cólera y fiebre amarilla, además de la incomparable maldad humana. Los viajeros que sobrevivían ilesos a los resbalones de las cabalgaduras por los precipicios y los peligros de los pantanos, se encontraban al otro lado víctimas de bandidos que los despojaban de sus pertenencias, o de mercenarios que les cobraban una fortuna por llevarlos a San Francisco, amontonados como ganado en destartaladas naves.

–¿Es muy grande California? –preguntó Eliza, procurando que su voz no traicionara la ansiedad de su corazón.

–Tráeme el mapa para mostrártela. Es mucho más grande que Chile.

–¿Y cómo se llega hasta el oro?

–Dicen que hay por todas partes...

–Pero si uno quisiera, digamos por ejemplo, encontrar a una persona en California...

–Eso sería bien difícil –replicó el capitán estudiando la expresión de Eliza con curiosidad.

–¿Vas para allá en tu próximo viaje, tío?

–Tengo un ofrecimiento tentador y creo que lo aceptaré. Unos inversionistas chilenos quieren establecer un servicio regular de carga y pasajeros a California. Necesitan un capitán para su barco a vapor.

–¡Entonces te veremos más seguido, John! –exclamó Rose

–Tú no tienes experiencia en vapores –anotó Jeremy.

–No, pero conozco el mar mejor que nadie.

La noche del viernes señalado, Eliza esperó que la casa estuviera en silencio para ir a la casita del último patio a su encuentro con Mama Fresia. Dejó su cama y descendió descalza, vestida sólo con una camisa de dormir de batista. No sospechaba qué clase de remedio recibiría, pero estaba segura que iba a pasar un mal rato; en su experiencia todas las medicinas resultaban desagradables, pero las de la india eran además asquerosas. «No te preocupes, niña, te voy a dar tanto aguardiente que cuando despiertes de la borrachera no te vas a acordar del dolor. Eso sí, vamos a necesitar muchos paños para sujetar la sangre», le había dicho la mujer. Eliza había hecho a menudo ese mismo camino a oscuras a través de la casa para recibir a su amante y no necesitaba tomar precauciones, pero esa noche avanzaba muy lento, demorándose, deseando que viniera uno de esos terremotos chilenos capaces de echar todo por tierra para tener un buen pretexto de faltar a la cita con Mama Fresia. Sintió los pies helados y un estremecimiento le recorrió la espalda. No supo si era frío, miedo por lo que iba a ocurrirle o la última advertencia de su conciencia. Desde la primera sospecha de embarazo, sintió la voz llamándola. Era la voz del niño en el fondo de su vientre, clamando por su derecho a vivir, estaba segura. Procuraba no oírla y no pensar, estaba atrapada y apenas empezara a notarse su condición, no habría esperanza ni perdón para ella. Nadie podría entender su falta; no había manera alguna de recuperar la honra perdida. Ni los rezos ni las velas de Mama Fresia impedirían la desgracia; su amante no daría media vuelta a medio camino para regresar de súbito a casarse con ella antes que el embarazo fuera evidente. Ya era tarde para eso. La aterrorizaba la idea de terminar como la madre de Joaquín, marcada por un estigma infamante, expulsada de su familia y viviendo en la pobreza y la soledad con un hijo ilegítimo; no podría resistir el repudio, prefería morirse de una vez por todas. Y morir podía esta misma noche, en manos de la buena mujer que la crió y la quería más que nadie en este mundo.

La familia se retiró temprano, pero el capitán y Miss Rose estuvieron encerrados en la salita de costura cuchicheando por horas. En cada viaje John Sommers traía libros para su hermana y al partir se llevaba misteriosos paquetes que, Eliza sospechaba, contenían los escritos de Miss Rose. La había visto envolviendo cuidadosamente sus cuadernos, los mismos que llenaba con su apretada caligrafía en sus tardes ociosas. Por respeto o por una especie de extraño pudor, nadie los mencionaba, igual como no se comentaban sus pálidas acuarelas. La escritura y la pintura se trataban como desviaciones menores, nada de qué avergonzarse realmente, pero tampoco nada de lo cual hacer alarde. Las artes culinarias de Eliza eran recibidas con la misma indiferencia por los Sommers, quienes saboreaban sus platos en silencio y cambiaban de tema si las visitas los comentaban, en cambio se le daba un aplauso inmerecido a sus esforzadas ejecuciones en el piano, aunque apenas servían para acompañar al trote las canciones ajenas. Toda su vida Eliza había visto a su protectora escribiendo y nunca le había preguntado qué escribía, tal como tampoco había oído que lo hicieran Jeremy o John. Sentía curiosidad por saber por qué su tío se llevaba sigilosamente los cuadernos de Miss Rose, pero sin que nadie se lo hubiera dicho, sabía que ése era uno de los secretos fundamentales en los cuales se sostenía el equilibrio de la familia y violarlo podía desmoronar de un soplo el castillo de naipes donde vivían. Hacía ya un buen rato que Jeremy y Rose dormían en sus habitaciones y suponía que su tío John había salido a caballo después de cenar. Conociendo los hábitos del capitán, la muchacha lo imaginó de parranda con algunas de sus amigas livianas de cascos, las mismas que lo saludaban en la calle cuando Miss Rose no iba con ellos. Sabía que bailaban y bebían, pero como apenas había oído hablar en susurros de prostitutas, la idea de algo más sórdido no se le ocurrió. La posibilidad de hacer por dinero o deporte lo mismo que ella había hecho con Joaquín Andieta por amor, estaba fuera de su mente. Según sus cálculos, su tío no volvería hasta bien entrada la mañana del día siguiente, por lo mismo se llevó un tremendo susto cuando al llegar a la planta baja alguien la agarró de un brazo en la oscuridad. Sintió el calor de un cuerpo grande contra el suyo, un aliento de licor y tabaco en la cara e identificó de inmediato a su tío. Trató de soltarse mientras barajaba a la carrera alguna explicación por encontrarse allí en camisón a esa hora, pero el capitán la condujo con firmeza a la biblioteca, apenas alumbrada por unos rayos de luna a través de la ventana. La obligó a sentarse en el sillón de cuero inglés de Jeremy, mientras buscaba cerillas para encender la lámpara.

–Bien, Eliza, ahora vas a decirme qué diablos te pasa –le ordenó en un tono que no había empleado jamás con ella.

En un destello de lucidez Eliza supo que el capitán no sería su aliado, como había esperado. La tolerancia, de la cual hacía alarde, no serviría en este caso: si del buen nombre de la familia se trataba, su lealtad estaría con sus hermanos. Muda, la joven sostuvo su mirada, desafiándolo.

–Rose dice que andas en amores con un mentecato de zapatos rotos, ¿es cierto?

–Lo vi dos veces, tío John. De eso hace meses. Ni siquiera sé su nombre.

–Pero no lo has olvidado, ¿verdad? El primer amor es como la viruela, deja huellas imborrables. ¿Lo viste a solas?

–No.

–No te creo. ¿Crees que soy tonto? Cualquiera puede ver cómo has cambiado, Eliza.

–Estoy enferma, tío. Comí fruta verde y tengo las tripas revueltas, es todo. Justamente ahora iba a la letrina.

–¡Tienes ojos de perra en celo!

–¡Por qué me insulta, tío!

–Discúlpame, niña. ¿No ves que te quiero mucho y estoy preocupado? No puedo permitir que arruines tu vida. Rose y yo tenemos un plan excelente... ¿te gustaría ir a Inglaterra? Puedo arreglar para que las dos se embarquen dentro de un mes, eso les da tiempo para comprar lo que necesitan para el viaje.

–¿Inglaterra?

–Viajarán en primera clase, como reinas, y en Londres se instalarán en una pensión encantadora a pocas cuadras del Palacio de Buckingham.

Eliza comprendió que los hermanos ya habían decidido su suerte. Lo último que deseaba era partir en dirección contraria a la de Joaquín, poniendo dos océanos de distancia entre ellos.

–Gracias, tío. Me encantaría conocer Inglaterra –dijo con la mayor dulzura que logró amañar.

El capitán se sirvió un brandy tras otro, encendió su pipa y pasó las dos horas siguientes enumerando las ventajas de la vida en Londres, donde una señorita como ella podía frecuentar la mejor sociedad, ir a bailes, al teatro y a conciertos, comprar los vestidos más lindos y realizar un buen matrimonio. Ya estaba en edad de hacerlo. ¿Y no le gustaría ir también a París o a Italia? Nadie debía morir sin haber visto Venecia y Florencia. Él se encargaría de darle gusto en sus caprichos, ¿no lo había hecho siempre? El mundo estaba lleno de hombres guapos, interesantes y de buena posición; podría comprobarlo por sí misma apenas saliera del hoyo en que estaba sumida en ese puerto olvidado. Valparaíso no era lugar para una joven tan linda y bien educada como ella. No era su culpa enamorarse del primero que se le cruzaba por delante, vivía encerrada. Y en cuanto a ese mozo ¿cómo es que se llamaba?, ¿empleado de Jeremy, no?, pronto lo olvidaría. El amor, aseguró, muere inexorablemente por su propia combustión o se extirpa de raíz con la distancia. Nadie mejor que él podía aconsejarla, mal que mal, era un experto en distancias y en amores convertidos en ceniza.

–No sé de qué me habla, tío. Miss Rose ha inventado una novela romántica a partir de un vaso de jugo de naranja. Vino un tipo a dejar unos bultos, le ofrecí un refresco, se lo tomó y después se fue. Es todo. No pasó nada y no lo he vuelto a ver.

–Si es como dices, tienes suerte: no tendrás que arrancarte esa fantasía de la cabeza.

John Sommers siguió bebiendo y hablando hasta la madrugada, mientras Eliza, encogida en el sillón de cuero, se abandonaba al sueño pensando que sus ruegos fueron escuchados en el cielo, después de todo. No fue un oportuno terremoto lo que la salvó del horrible remedio de Mama Fresia: fue su tío. En la casucha del patio la india esperó la noche entera.

LA DESPEDIDA

El sábado por la tarde John Sommers invitó a su hermana Rose a visitar el buque de los Rodríguez de Santa Cruz. Si todo salía bien en las negociaciones de esos días, le tocaría capitanearlo, cumpliendo al fin su sueño de navegar a vapor. Más tarde Paulina los recibió en el salón del Hotel Inglés, donde estaba hospedada. Había viajado del norte para echar a andar su proyecto, mientras su marido estaba en California desde hacía varios meses. Aprovechaban el tráfico continuo de barcos de ida y vuelta para comunicarse mediante una vigorosa correspondencia, en la cual las declaraciones de afecto conyugal iban tejidas con planes comerciales. Paulina escogió a John Sommers para incorporarlo a su empresa sólo por intuición. Se acordaba vagamente de que era hermano de Jeremy y Rose Sommers, unos gringos invitados por su padre a la hacienda en un par de ocasiones, pero lo había visto sólo una vez y apenas había cruzado con él unas cuantas palabras de cortesía. Su única referencia era la amistad común con Jacob Todd, pero en las últimas semanas había hecho indagaciones y estaba muy satisfecha de lo que había escuchado. El capitán gozaba de una sólida reputación entre las gentes de mar y en los escritorios comerciales. Se podía confiar en su experiencia y en su palabra, más de lo usual en esos días de demencia colectiva, cuando cualquiera podía alquilar un barco, formar una compañía de aventureros y zarpar. En general eran unos pinganillas y las naves estaban medio desvencijadas, pero no importaba demasiado, porque al llegar a California las sociedades fenecían, los barcos quedaban abandonados y todos disparaban hacia los yacimientos auríferos. Paulina, sin embargo, tenía una visión a largo plazo. Para empezar, no estaba obligada a acatar exigencias de extraños, pues sus únicos socios eran su marido y su cuñado, y enseguida la mayor parte del capital le pertenecía, de modo que podía tomar sus decisiones en plena libertad. Su vapor, bautizado *Fortuna* por ella, aunque más bien pequeño y con varios años de vapuleo en el mar, se encontraba en impecables condiciones. Estaba dispuesta a pagar bien a la tripulación para que no desertara en la francachela del oro, pero presumía que sin la mano férrea de un buen capitán no habría salario capaz de mantener la disciplina a bordo. La idea de su marido y su cuñado consistía en exportar herramientas de minería, madera para viviendas, ropa de trabajo, utensilios domésticos, carne seca, cereales, frijoles y otros productos no perecibles, pero apenas ella puso los pies en Valparaíso comprendió que a muchos se les había ocurrido el mismo plan y la competencia sería feroz. Echó una mirada a su alrededor y vio el escándalo de verduras y frutas de aquel verano generoso. Tanta había, que no se podía vender. Las hortalizas crecían en los patios y los árboles se quebraban bajo el peso de la fruta; pocos estaba dispuestos a pagar por lo que conseguían gratis. Pensó en el fundo de su padre, donde los productos se pudrían en el suelo porque nadie tenía interés en cosecharlos. Si pudiera llevarlos a California, serían más valiosos que el mismísimo oro, dedujo. Productos frescos, vino chileno, medicamentos, huevos, ropa fina, instrumentos musicales y ¿por qué no? espectáculos de teatro, operetas, zarzuelas. San Francisco recibía cientos de inmigrantes diarios. Por el momento se trataba de aventureros y bandidos, pero sin duda llegarían colonos del otro lado de los Estados Unidos, honestos granjeros, abogados, médicos, maestros y toda suerte de gente decente dispuesta a establecerse con sus familias. Donde hay mujeres, hay civilización, y apenas ésta empiece en San Francisco, mi vapor estará allí con todo lo necesario, decidió.

Paulina recibió al capitán John Sommers y a su hermana Rose a la hora del té, cuando había bajado algo el calor del mediodía y empezaba a soplar una brisa fresca del mar. Iba vestida con lujo excesivo para la sobria sociedad del puerto, de pies a cabeza en muselina y encaje color mantequilla, con una corona de rizos sobre las orejas y más joyas de las aceptables a esa hora del día. Su hijo de dos años pataleaba en brazos de una niñera uniformada y un perrito lanudo a sus pies recibía los trozos de pastel que ella le daba en el hocico. La primera media hora se fue en presentaciones, tomar té y hacer recuerdos de Jacob Todd.

–¿Qué ha sido de ese buen amigo? –quiso saber Paulina, quien no olvidaría nunca la intervención del estrafalario inglés en sus amores con Feliciano.

–Nada he sabido de él en un buen tiempo –la informó el capitán–. Partió conmigo a Inglaterra hace un par de años. Iba muy deprimido, pero el aire de mar le hizo bien y al desembarcar había recuperado su buen humor. Lo último que supe es que pensaba formar una colonia utópica.

–¿Una qué? –exclamaron al unísono Paulina y Miss Rose.

–Un grupo para vivir fuera de la sociedad, con sus propias leyes y gobierno, guiados por principios de igualdad, amor libre y trabajo comunitario, me parece. Al menos así lo explicó mil veces durante el viaje.

–Está más chiflado de lo que todos pensábamos –concluyó Miss Rose con algo de lástima por su fiel pretendiente.

–La gente con ideas originales siempre acaba con fama de loca –anotó Paulina–. Yo, sin ir más lejos, tengo una idea que me gustaría discutir con usted, capitán Sommers. Ya conoce el *Fortuna*. ¿Cuánto demora a todo vapor entre Valparaíso y el Golfo de Penas?

–¿El Golfo de Penas? ¡Eso queda al sur del sur!

–Cierto. Más abajo de Puerto Aisén.

–¿Y qué voy a hacer por allí? No hay nada más que islas, bosque y lluvia, señora.

–¿Conoce por esos lados?

–Sí, pero pensé que se trataba de ir a San Francisco...

–Pruebe estos pastelitos de hojaldre, son una delicia –ofreció ella acariciando al perro.

Mientras John y Rose Sommers conversaban con Paulina en el salón del Hotel Inglés, Eliza recorría el barrio El Almendral con Mama Fresia. A esa hora comenzaban a juntarse los alumnos e invitados para las reuniones de baile en la academia y, en forma excepcional, Miss Rose la había dejado ir por un par de horas con su nana como chaperona. Habitualmente no le permitía asomarse por la academia sin ella, pero el profesor de danza no ofrecía bebidas alcohólicas hasta después de la puesta de sol, eso mantenía alejados a los jóvenes revoltosos durante las primeras horas de la tarde. Eliza, decidida a aprovechar esa oportunidad única de salir a la calle sin Miss Rose, convenció a la india de que la ayudara en sus planes.

–Dame tu bendición, mamita. Tengo que ir a California a buscar a Joaquín –le pidió.

–¡Pero cómo te vas a ir sola y preñada! –exclamó la mujer con horror.

–Si no me ayudas, lo haré igual.

–¡Le voy a decir todo a Miss Rose!

–Si lo haces, me mato. Y después vendré a penarte por el resto de tus noches. Te lo juro –replicó la muchacha con feroz determinación.

El día anterior había visto un grupo de mujeres en el puerto negociando para embarcarse. Por su aspecto tan diferente a las que normalmente cruzaban por la calle, cubiertas invierno y verano por mantos negros, supuso que serían las mismas pindongas con las cuales se divertía su tío John. «Son zorras, se acuestan por plata y se van a ir de patitas al infierno», le había explicado Mama Fresia en una ocasión. Había captado unas frases del capitán, contándole a Jeremy Sommers de las chilenas y peruanas que partían a California con planes de apoderarse del oro de los mineros, pero no podía imaginar cómo se las arreglaban para hacerlo. Si esas mujeres podían realizar el viaje solas y sobrevivir sin ayuda, también podía hacerlo ella, resolvió. Caminaba de prisa, con el corazón agitado y media cara tapada con su abanico, sudando en el calor de diciembre. Llevaba las joyas del ajuar en una pequeña bolsa de terciopelo. Sus botines nuevos resultaron una verdadera tortura y el corsé le apretaba la cintura; el hedor de las zanjas abiertas por donde corrían las aguas servidas de la ciudad, aumentaba sus náuseas, pero caminaba tan derecha como había aprendido en los años de equilibrar un libro sobre la cabeza y tocar el piano con una varilla metálica atada a la espalda. Mama Fresia, gimiendo y mascullando letanías en su lengua, apenas podía seguirla con sus várices y su gordura. Adónde vamos, niña por Dios, pero Eliza no podía contestarle porque no lo sabía. De una cosa estaba segura: no era cuestión de empeñar sus joyas y comprar un pasaje a California, porque no había forma de hacerlo sin que se enterara su tío John. A pesar de las decenas de barcos que recalaban a diario, Valparaíso era una ciudad pequeña y en el puerto todos conocían al capitán John Sommers. Tampoco contaba con documentos de identidad, mucho menos un pasaporte, imposible de obtener porque en esos días se había cerrado la Legación de los Estados Unidos en Chile por un asunto de amores contrariados del diplomático norteamericano con una dama chilena. Eliza resolvió que la única forma de seguir a Joaquín Andieta a California sería embarcándose como polizón. Su tío John le había contado que a veces se introducían viajeros clandestinos al barco con la complicidad de algún tripulante. Tal vez algunos lograban permanecer ocultos durante la travesía, otros morían y sus cuerpos iban a dar al mar sin que él se enterara, pero si llegaba a descubrirlos castigaba por igual al polizón y a quienes lo hubieran ayudado. Ése era uno de los casos, había dicho, en que ejercía con el mayor rigor su incuestionable autoridad de capitán: en alta mar no había más ley ni justicia que la suya.

La mayor parte de las transacciones ilegales del puerto, según su tío, se llevaban a cabo en las tabernas. Eliza jamás había pisado tales lugares, pero vio a una figura femenina dirigirse a un local cercano y la reconoció como una de las mujeres que estaban el día anterior en el muelle buscando la forma de embarcarse. Era una joven rechoncha con dos trenzas negras colgando a la espalda, vestida con falda de algodón, blusa bordada y una pañoleta en los hombros. Eliza la siguió sin pensarlo dos veces, mientras Mama Fresia se quedaba en la calle recitando advertencias: «Ahí sólo entran las putas, mi niña, es pecado mortal.» Empujó la puerta y necesitó varios segundos para acostumbrarse a la oscuridad y al tufo de tabaco y cerveza rancia que impregnaba el aire. El lugar estaba atestado de hombres y todos los ojos se volvieron a mirar a las dos mujeres. Por un instante reinó un silencio expectante y luego empezó un coro de rechiflas y comentarios soeces. La otra avanzó con paso aguerrido hacia una mesa del fondo, lanzando manotazos a derecha e izquierda cuando alguien intentaba tocarla, pero Eliza retrocedió a ciegas, horrorizada, sin entender muy bien lo que ocurría ni por qué esos hombres le gritaban. Al llegar a la puerta se estrelló contra un parroquiano que iba entrando. El individuo lanzó una exclamación en otra lengua y alcanzó a sujetarla cuando ella resbalaba al suelo. Al verla quedó desconcertado: Eliza, con su vestido virginal y su abanico estaba completamente fuera de lugar. Ella lo miró a su vez y reconoció al punto al cocinero chino que su tío había saludado el día anterior.

–¿Tao Chi'en? –preguntó, agradecida de su buena memoria.

El hombre la saludó juntando las manos ante la cara e inclinándose repetidamente, mientras la rechifla continuaba en el bar. Dos marineros se pusieron de pie y se aproximaron tambaleantes. Tao Chi'en señaló la puerta a Eliza y ambos salieron.

–¿Miss Sommers? –inquirió afuera.

Eliza asintió, pero no alcanzó a decir más porque fueron interrumpidos por los dos marineros del bar, que aparecieron en la puerta, a todas luces ebrios y buscando camorra.

–¿Cómo te atreves a molestar a esta preciosa señorita, chino de mierda? –amenazaron.

Tao Chi'en agachó la cabeza, dio media vuelta e hizo ademán de irse, pero uno de los hombres lo interceptó cogiéndolo por la trenza y dándole un tirón, mientras el otro mascullaba piropos echando su aliento pasado a vino en la cara de Eliza. El chino se volvió con rapidez de felino y enfrentó al agresor. Tenía su descomunal cuchillo en la mano y la hoja brillaba como un espejo en el sol del verano. Mama Fresia lanzó un alarido y sin pensarlo más dio un empujón de caballo al marinero que estaba más cerca, cogió a Eliza por un brazo y echó a trotar calle abajo con una agilidad insospechada en alguien de su peso. Corrieron varias cuadras, alejándose de la zona roja, sin detenerse hasta llegar a la plazuela de San Agustín, donde Mama Fresia cayó temblando en el primer banco a su alcance.

–¡Ay, niña! ¡Si se enteran de esto los patrones, me matan! Vámonos para la casa ahora mismo...

–Todavía no he hecho lo que vine a hacer, mamita. Tengo que volver a esa taberna.

Mama Fresia se cruzó de brazos, negándose de frentón a moverse de allí, mientras Eliza se paseaba a grandes zancadas, procurando organizar un plan en medio de su confusión. No disponía de mucho tiempo. Las instrucciones de Miss Rose habían sido muy claras: a las seis en punto las recogería el coche frente a la academia de baile para llevarlas de vuelta a casa. Debía actuar pronto, decidió, pues no se presentaría otra oportunidad. En eso estaban cuando vieron al chino avanzar serenamente hacia ellas, con su paso vacilante y su imperturbable sonrisa. Reiteró las venias usuales a modo de saludo y luego se dirigió a Eliza en buen inglés para preguntarle si la honorable hija del capitán John Sommers necesitaba ayuda. Ella aclaró que no era su hija, sino su sobrina, y en un arrebato de súbita confianza o desesperación le confesó que en verdad necesitaba su ayuda, pero se trataba de un asunto muy privado.

–¿Algo que no puede saber el capitán?

–Nadie puede saberlo.

Tao Chi'en se disculpó. El capitán era buen hombre, dijo, lo había secuestrado de mala manera para subirlo a su barco, es cierto, pero se había portado bien con él y no pensaba traicionarlo. Abatida, Eliza se desplomó en el banco con la cara entre las manos, mientras Mama Fresia los observaba sin entender palabra de inglés, pero adivinando las intenciones. Por fin se acercó a Eliza y le dio unos tirones a la bolsa de terciopelo donde iban las joyas del ajuar.

–¿Tú crees que en este mundo alguien hace algo gratis, niña? –dijo.

Eliza comprendió al punto. Se secó el llanto y señaló el banco a su lado, invitando al hombre a sentarse. Metió la mano en su bolsa, extrajo el collar de perlas, que su tío John le había regalado el día anterior, y lo colocó sobre las rodillas de Tao Chi'en.

–¿Puede esconderme en un barco? Necesito ir a California –explicó.

–¿Por qué? No es lugar para mujeres, sólo para bandidos.

–Voy a buscar algo.

–¿Oro?

–Más valioso que el oro.

El hombre se quedó boquiabierto, pues jamás había visto a una mujer capaz de llegar a tales extremos en la vida real, sólo en las novelas clásicas donde las heroínas siempre morían al final.

–Con este collar puede comprar su pasaje. No necesita viajar escondida –le indicó Tao Chi'en, quien no pensaba embrollar su vida violando la ley.

–Ningún capitán me llevará sin avisar antes a mi familia.

La sorpresa inicial de Tao Chi'en se convirtió en franco estupor: ¡esa mujer pensaba nada menos que deshonrar a su familia y esperaba que él la ayudara! Se le había metido un demonio en el cuerpo, no había duda. Eliza volvió introducir la mano en la bolsa, sacó un broche de oro con turquesas y lo depositó sobre la pierna del hombre junto al collar.

–¿Usted ha amado alguna vez a alguien más que a su propia vida, señor? –dijo.

Tao Chi'en la miró a los ojos por primera vez desde que se conocieron y algo debe haber visto en ellos, porque tomó el collar y se lo escondió debajo de la camisa, luego le devolvió el broche. Se puso de pie, se acomodó los pantalones de algodón y el cuchillo de matarife en la faja de la cintura, y de nuevo se inclinó ceremonioso.

–Ya no trabajo para el capitán Sommers. Mañana zarpa el bergantín *Emilia* hacia California. Venga esta noche a las diez y la subiré a bordo.

–¿Cómo?

–No sé. Ya veremos.

Tao Chi'en hizo otra cortés venia de despedida y se fue tan sigilosa y rápidamente que pareció haberse esfumado. Eliza y Mama Fresia regresaron a la academia de baile justo a tiempo para encontrar al cochero, quien las esperaba desde hacía media hora bebiendo de su cantimplora.

El *Emilia* era una nave de origen francés, que alguna vez fuera esbelta y veloz, pero había surcado muchos mares y perdido hacía siglos el ímpetu de la juventud. Estaba cruzada de viejas cicatrices marineras, llevaba una rémora de moluscos incrustada en sus caderas de matrona, sus fatigadas coyunturas gemían en el vapuleo de las olas y su velamen manchado y mil veces remendado parecía el último vestigio de antiguas enaguas. Zarpó de Valparaíso la mañana radiante del 18 de febrero de 1849, llevando ochenta y siete pasajeros de sexo masculino, cinco mujeres, seis vacas, ocho cerdos, tres gatos, dieciocho marineros, un capitán holandés, un piloto chileno y un cocinero chino. También iba Eliza, pero la única persona que sabía de su existencia a bordo era Tao Chi'en.

Los pasajeros de la primera cámara se amontonaban en el puente de proa sin mucha privacidad, pero bastante más cómodos que los demás, ubicados en cabinas mínimas con cuatro camarotes cada una, o en el suelo de las cubiertas, despues de haber echado suerte para ver dónde acomodaban sus bultos. Una cabina bajo la línea de flotación se asignó a las cinco chilenas que iban a tentar fortuna en California. En el puerto del Callao subirían dos peruanas, quienes se juntarían con ellas sin mayores remilgos, de a dos por litera. El capitán Vincent Katz instruyó a la marinería y a los pasajeros que no debían tener el menor contacto social con las damas, pues no estaba dispuesto a tolerar comercio indecente en su barco y a sus ojos resultaba evidente que aquellas viajeras no eran de las más virtuosas, pero lógicamente sus órdenes fueron violadas una y otra vez durante el trayecto. Los hombres echaban de menos la compañía femenina y ellas, humildes meretrices lanzadas a la aventura, no tenían ni un peso en los bolsillos. Las vacas y cerdos, bien amarrados en pequeños corrales del segundo puente, debían proveer de leche fresca y carne a los navegantes, cuya dieta consistiría básicamente en frijoles, galleta dura y negra, carne seca salada y lo que pudieran pescar. Para compensar tanta escasez, los pasajeros de más recursos llevaban sus propias vituallas, sobre todo vino y cigarros, pero la mayoría aguantaba el hambre. Dos de los gatos andaban sueltos para mantener a raya las ratas, que de otro modo se reproducían sin control durante los dos meses de travesía. El tercero viajaba con Eliza.

En la panza del *Emilia* se apilaban el variado equipaje de los viajeros y el cargamento destinado al comercio en California, organizados de manera de sacar el máximo de partido al limitado espacio. Nada de eso se tocaba hasta la destinación final y nadie entraba allí excepto el cocinero, el único con acceso autorizado a los alimentos secos, racionados severamente. Tao Chi'en guardaba las llaves colgadas a la cintura y respondía personalmente ante el capitán por el contenido de las bodegas. Allí, en lo más profundo y oscuro de la cala, en un hueco de dos por dos metros, iba Eliza. Las paredes y el techo de su cuchitril estaban formados por baúles y cajones de mercadería, su cama era un saco y no había más luz que un cabo de vela. Disponía de una escudilla para la comida, una jarro de agua y un orinal. Podía dar un par de pasos y estirarse entre los bultos y podía llorar y gritar a su antojo, porque el azote de las olas contra el barco se tragaba su voz. Su único contacto con el mundo exterior era Tao Chi'en, quien bajaba con diversos pretextos cuando podía para alimentarla y vaciar la bacinilla. Por toda compañía contaba con un gato, encerrado en la bodega para controlar las ratas, pero en las terribles semanas de navegación el infortunado animal se fue volviendo loco y al final, por lástima, Tao Chi'en le rebanó el cuello con su cuchillo.

Eliza entró al barco en un saco al hombro de un estibador, de los muchos que subieron la carga y el equipaje en Valparaíso. Nunca supo cómo se las arregló Tao Chi'en para obtener la complicidad del hombre y burlar la vigilancia del capitán y el piloto, quienes anotaban en un libro todo lo que entraba. Había escapado pocas horas antes mediante un complicado ardid, que incluía falsificar una invitación escrita de la familia del Valle para visitar su hacienda por unos días. No era una idea descabellada. En un par de ocasiones anteriores las hijas de Agustín del Valle la habían convidado al campo y Miss Rose le había permitido ir, siempre acompañada por Mama Fresia. Se despidió de Jeremy, Miss Rose y su tío John con fingida liviandad, mientras sentía en el pecho el peso de una roca. Los vio sentados a la mesa del desayuno leyendo periódicos ingleses, completamente inocentes de sus planes, y una dolorosa incertidumbre estuvo a punto de hacerla desistir. Eran su única familia, representaban seguridad y bienestar, pero ella había cruzado la línea de la decencia y no había vuelta atrás. Los Sommers la habían educado con estrictas normas de buen comportamiento y una falta tan grave ensuciaba el prestigio de todos. Con su huida la reputación de la familia quedaba manchada, pero al menos existiría la duda: siempre podían decir que ella había muerto. Cualquiera que fuese la explicación que dieran al mundo, no estaría allí para verlos sufrir la vergüenza. La odisea de salir en busca de su amante le parecía el único camino posible, pero en aquel momento de silenciosa despedida la asaltó tanta tristeza, que estuvo a punto de echarse a llorar y confesarlo todo. Entonces la última imagen de Joaquín Andieta en la noche de su partida acudió con una precisión atroz para recordarle su deber de amor. Se acomodó unas mechas sueltas del peinado, se colocó el bonete de paja italiana y salió diciendo adiós con un gesto de la mano.

Llevaba la maleta preparada por Miss Rose con sus mejores vestidos de verano, unos reales sustraídos de la habitación de Jeremy Sommers y las joyas de su ajuar. Tuvo la tentación de apoderarse también de las de Miss Rose, pero en el último instante la derrotó el respeto por esa mujer que le había servido de madre. En su habitación, dentro del cofre vacío, dejó una breve nota agradeciendo lo mucho que había recibido y reiterando cuánto los quería. Agregó una confesión de lo que se llevaba, para proteger a los sirvientes de cualquier sospecha. Mama Fresia había puesto en la maleta sus botas más firmes, así como sus cuadernos y el atado de cartas de amor de Joaquín Andieta. Llevaba además una pesada manta de lana de Castilla, regalo de su tío John. Salieron sin provocar sospechas. El cochero las dejó en la calle de la familia del Valle y sin esperar que les abrieran la puerta, se perdió de vista. Mama Fresia y Eliza enfilaron rumbo al puerto para encontrarse con Tao Chi'en en el sitio y a la hora convenidos.

El hombre las estaba aguardando. Tomó la maleta de manos de

Mama Fresia e indicó a Eliza que lo siguiera. La muchacha y su nana se abrazaron largamente. Tenían la certeza de que no volverían a verse, pero ninguna de las dos vertió lágrimas.

–¿Qué le dirás a Miss Rose, mamita?

–Nada. Ahora mismo me voy donde mi gente en el sur, donde nadie me encuentre nunca más.

–Gracias, mamita. Siempre me acordaré de ti...

–Y yo voy a rezar para que te vaya bien, mi niña –fue lo último que oyó Eliza de labios de Mama Fresia, antes de entrar a una casucha de pescadores tras los pasos del cocinero chino.

En la sombría habitación de madera sin ventanas, olorosa a redes húmedas, cuya única ventilación provenía de la puerta, Tao Chi'en entregó a Eliza unos pantalones calzonudos y un blusón muy usado, indicándole que se los pusiera. No hizo ademán de retirarse o de volverse por discreción. Eliza vaciló, jamás se había quitado la ropa delante de un hombre, sólo de Joaquín Andieta, pero Tao Chi'en no percibió su confusión, pues carecía del sentido de la privacidad; el cuerpo y sus funciones le resultaban naturales y consideraba el pudor un inconveniente, más que una virtud. Ella comprendió que no era buen momento para escrúpulos, el barco partía esa misma mañana y los últimos botes estaban llevando el equipaje rezagado. Se quitó el sombrerito de paja, desabotonó sus botines de cordobán y el vestido, soltó las cintas de sus enaguas y, muerta de vergüenza, le señaló al chino que la ayudara a desatar el corsé. A medida que sus atuendos de niña inglesa se amontonaban en el suelo, iba perdiendo uno a uno los contactos con la realidad conocida y entrando inexorablemente en la extraña ilusión que sería su vida en los próximos años. Tuvo claramente la sensación de empezar otra historia en la que ella era protagonista y narradora a la vez.

EL CUARTO HIJO

Tao Chi'en no siempre tuvo ese nombre. En verdad no tuvo nombre hasta los once años, sus padres eran demasiado pobres para ocuparse de detalles como ése: se llamaba simplemente el Cuarto Hijo. Había nacido nueve años antes que Eliza, en una aldea de la provincia de Kuangtung, a un día y medio de marcha a pie de la ciudad de Cantón. Venía de una familia de curanderos. Por incontables generaciones los hombres de su sangre se transmitieron de padres a hijos conocimiento sobre plantas medicinales, arte para extraer malos humores, magia para espantar demonios y habilidad para regular la energía, *qi*. El año en que nació el Cuarto Hijo la familia se encontraba en la mayor miseria, había ido perdiendo la tierra en manos de prestamistas y tahúres. Los oficiales del Imperio recaudaban impuestos, se guardaban el dinero y luego aplicaban nuevos tributos para cubrir sus robos, además de cobrar comisiones ilegales y sobornos. La familia del Cuarto Hijo, como la mayoría de los campesinos, no podía pagarles. Si lograban salvar de los mandarines unas monedas de sus magros ingresos, las perdían de inmediato en el juego, una de las pocas diversiones al alcance de los pobres. Se podía apostar en carreras de sapos y saltamontes, peleas de cucarachas o en el *fan tan*, amén de muchos otros juegos populares.

El Cuarto Hijo era un niño alegre, que se reía por nada, pero también tenía una tremenda capacidad de atención y curiosidad por aprender. A los siete años sabía que el talento de un buen curandero consiste en mantener el equilibrio del *yin* y el *yang*; a los nueve conocía las propiedades de las plantas de la región y podía ayudar a su padre y hermanos mayores en la engorrosa preparación de los emplastos, pomadas, tónicos, bálsamos, jarabes, polvos y píldoras de la farmacopea campesina. Su padre y el Primer Hijo viajaban a pie de aldea en aldea ofreciendo curaciones y remedios, mientras los hijos Segundo y Tercero cultivaban un mísero pedazo de tierra, único capital de la familia. El Cuarto Hijo tenía la misión de recolectar plantas y le gustaba hacerlo, porque le permitía vagar por los alrededores sin vigilancia, inventando juegos e imitando las voces de los pájaros. A veces, si le quedaban fuerzas después de cumplir con las inacabables tareas de la casa, lo acompañaba su madre, quien por su condición de mujer no podía trabajar la tierra sin atraer las burlas de los vecinos. Habían sobrevivido a duras penas, cada vez más endeudados, hasta ese año fatal de 1834, cuando los peores demonios se abatieron sobre la familia. Primero se volcó una olla de agua hirviendo sobre la hermana menor, de apenas dos años, escaldándola de la cabeza a los pies. Le aplicaron clara de huevo sobre las quemaduras y la trataron con las yerbas indicadas para esos casos, pero en menos de tres días la niña se agotó de sufrir y murió. La madre no se repuso. Había perdido otros hijos en la infancia y cada uno le dejó una herida en el alma, pero el accidente de la pequeña fue como el último grano de arroz que vuelca el tazón. Empezó a decaer a ojos vista, cada día más flaca, la piel verdosa y los huesos quebradizos, sin que los brebajes de su marido lograran demorar el avance inexorable de su misteriosa enfermedad, hasta que una mañana la encontraron rígida, con una sonrisa de alivio y los ojos en paz, porque al fin iba a reunirse con sus niños muertos. Los ritos funerarios fueron muy simples, por tratarse de una mujer. No pudieron contratar a un monje ni tenían arroz para ofrecer a los parientes y vecinos durante la ceremonia, pero al menos se cercioraron de que su espíritu no se refugiara en el techo, el pozo o las cuevas de las ratas, desde donde podría acudir más tarde a penarles. Sin la madre, quien con su esfuerzo y su paciencia a toda prueba mantuvo a la familia unida, fue imposible detener la calamidad. Fue un año de tifones, malas cosechas y hambruna, el vasto territorio de la China se pobló de pordioseros y bandidos. La niña de siete años que quedaba en la familia, fue vendida a un agente y no se volvió a saber de ella. El Primer Hijo, destinado a reemplazar al padre en el oficio de médico ambulante, fue mordido por un perro enfermo y murió poco después con el cuerpo tenso como un arco y echando espumarajos por la boca. Los hijos Segundo y Tercero estaban ya en edad de trabajar y en ellos recayó la tarea de cuidar a su padre en vida, cumplir con los ritos funarios a su muerte y honrar su memoria y la de sus otros antepasados varones por cinco generaciones. El Cuarto Hijo no era particularmente útil y tampoco había cómo alimentarlo, de modo que su padre lo vendió en servidumbre por diez años a unos comerciantes que pasaban en caravana por las cercanías de la aldea. El niño tenía once años.

Gracias a uno de esos eventos fortuitos que a menudo habrían de hacerlo cambiar de rumbo, ese tiempo de esclavitud, que pudo ser un infierno para el muchacho, resultó en realidad mucho mejor que los años transcurridos bajo el techo paterno. Dos mulas arrastraban una carreta donde iba la carga más pesada de la caravana. Un enervante quejido acompañaba cada vuelta de las ruedas, que adrede no engrasaban con el fin de espantar a los demonios. Para evitar que escapara, ataron al Cuarto Hijo, que lloraba desconsolado desde que se separó de su padre y hermanos, con una cuerda a uno de los animales. Descalzo y sediento, con la bolsa de sus escasas pertenencias a la espalda, vio desaparecer los techos de su aldea y el paisaje familiar. La vida en esa choza era lo único que conocía y no había sido mala, sus padres lo trataban con dulzura, su madre le contaba historias y cualquier pretexto había servido para reírse y celebrar, aún en los tiempos de mayor pobreza. Trotaba tras la mula convencido de que cada paso lo adentraba más y más en el territorio de los espíritus malignos y temía que el chirrido de las ruedas y las campanillas colgadas de la carreta no fueran suficientes para protegerlo. Apenas lograba entender el dialecto de los viajeros, pero las pocas palabras agarradas al vuelo le iban metiendo en los huesos un miedo pavoroso. Comentaban de los muchos genios descontentos que deambulaban por la región, almas perdidas de muertos sin recibir un funeral apropiado. La hambruna, el tifus y el cólera habían sembrado la región de cadáveres y no quedaban vivos suficientes para honrar a tantos difuntos. Por suerte los espectros y demonios tenían reputación de lerdos: no sabían voltear una esquina y se distraían fácilmente con ofrecimientos de comida o regalos de papel. A veces, sin embargo, nada lograba apartarlos y podían materializarse dispuestos a ganar su libertad asesinando a los forasteros o introduciéndose en sus cuerpos para obligarlos a realizar impensables fechorías. Habían pasado unas horas de marcha; el calor del verano y la sed eran intensos, el chiquillo tropezaba cada dos pasos y sus nuevos amos impacientes lo azuzaban sin verdadera maldad con varillazos por las piernas. Al ponerse el sol decidieron detenerse y acampar. Aliviaron a los animales de la carga, hicieron un fuego, prepararon té y se dividieron en pequeños grupos para jugar *fan tan* y *mah jong*. Por fin alguien se acordó del Cuarto Hijo y le pasó una escudilla con arroz y un vaso de té, que él atacó con la voracidad acumulada en meses y meses de hambre. En eso los sorprendió un clamor de aullidos y se vieron rodeados por una polvareda. Al griterío de los asaltantes se sumó el de los viajeros y el chiquillo aterrorizado se arrastró bajo la carreta hasta donde dio la cuerda que llevaba atada. No se trataba de una legión infernal, como se supo de inmediato, sino una banda de salteadores de las muchas que, burlándose de los ineficientes soldados imperiales, azotaban los caminos en esos tiempos de tanta desesperanza. Apenas los mercaderes se recuperaron del primer impacto, cogieron sus armas y enfrentaron a los forajidos en una batahola de gritos, amenazas y disparos que duró tan sólo unos minutos. Al asentarse el polvo uno de los bandidos había escapado y los otros dos yacían por tierra mal heridos. Les quitaron los trapos de la cara y comprobaron que se trataba de adolescentes cubiertos de harapos y armados de garrotes y primitivas lanzas. Entonces procedieron a decapitarlos a toda prisa, para que sufrieran la humillación de dejar este mundo en pedazos y no enteros como llegaron, y empalaron las cabezas en picotas a ambos lados del camino. Cuando se tranquilizaron los ánimos, se vio que un miembro de la caravana se revolcaba por tierra con una brutal herida de lanza en un muslo. El Cuarto Hijo, quien había permanecido paralizado de terror bajo la carreta, salió reptando de su escondrijo y pidió respetuosamente permiso a los honorables comerciantes para atender al herido y, como no había alternativa, lo autorizaron a proceder. Pidió té para lavar la sangre, luego abrió su bolso y produjo un pomo con *bai yao*. Aplicó esa pasta blanca en la herida, vendó la pierna apretadamente y anunció sin la menor vacilación que en menos de tres días el corte habría cerrado. Así fue. Ese incidente lo salvó de pasar los diez años siguientes trabajando como esclavo y tratado peor que un perro, porque dada su habilidad, los comerciantes lo vendieron en Cantón a un afamado médico tradicional y maestro de acupuntura –un *zhong yi*– que necesitaba un aprendiz. Con ese sabio el Cuarto Hijo adquirió los conocimientos que jamás habría obtenido de su rústico padre.

El anciano maestro era un hombre plácido, con la cara lisa de la luna, voz lenta y manos huesudas y sensibles, sus mejores instrumentos. Lo primero que hizo con su sirviente fue darle un nombre. Consultó libros astrológicos y adivinos para averiguar el nombre correspondiente al muchacho: Tao. La palabra tenía varios significados, como vía, dirección, sentido y armonía, pero sobre todo representaba el viaje de la vida. El maestro le dio su propio apellido.

–Te llamarás Tao Chi'en. Ese nombre te inicia en el camino de la medicina. Tu destino será aliviar el dolor ajeno y alcanzar la sabiduría. Serás un *zhong yi,* como yo.

Tao Chi'en... El joven aprendiz recibió su nombre agradecido. Besó las manos a su amo y sonrió por primera vez desde que saliera de su hogar. El impulso de alegría, que antes lo hacía bailar de contento sin motivo ninguno, volvió a palpitar en su pecho y la sonrisa no se le borró en semanas. Andaba por la casa a saltos, saboreando su nombre con fruición, como un caramelo en la boca, repitiéndolo en voz alta y soñándolo, hasta que se identificó plenamente con él. Su maestro, seguidor de Confucio en los aspectos prácticos y de Buda en materia ideológica, le enseñó con mano firme, pero con gran suavidad, la disciplina conducente a hacer de él un buen médico.

–Si logro enseñarte todo lo que pretendo, algún día serás un hombre ilustrado –le dijo.

Sostenía que los ritos y ceremonias son tan necesarios como las normas de buena educación y el respeto por las jerarquías. Decía que de poco sirve el conocimiento sin sabiduría, no hay sabiduría sin espiritualidad y la verdadera espiritualidad incluye siempre el servicio a los demás. Tal como le explicó muchas veces, la esencia de un buen médico consiste en la capacidad de compasión y el sentido de la ética, sin los cuales el arte sagrado de la sanación degenera en simple charlatanería. Le gustaba la sonrisa fácil de su aprendiz.

–Tienes un buen trecho ganado en el camino de la sabiduría, Tao. El sabio es siempre alegre –sostenía.

El año entero Tao Chi'en se levantaba al amanecer, como cualquier estudiante, para cumplir con una hora de meditación, cánticos y oraciones. Contaba con un solo día de descanso para la celebración del Año Nuevo, trabajar y estudiar eran sus únicas ocupaciones. Antes que nada, debió dominar a la perfección el chino escrito, medio oficial de comunicación en ese inmenso territorio de centenares de pueblos y lenguas. Su maestro era inflexible respecto a la belleza y precisión de la caligrafía, que distinguía al hombre refinado del truhán. También insistía en desarrollar en Tao Chi'en la sensibilidad artística que, según él, caracterizaba al ser superior. Como todo chino civilizado, sentía un desprecio irreprimible por la guerra y se inclinaba, en cambio, hacia las artes de la música, pintura y literatura. A su lado Tao Chi'en aprendió a apreciar el encaje delicado de una telaraña perlada de gotas de rocío a la luz de la aurora y expresar su deleite en inspirados poemas escritos en elegante caligrafía. En opinión del maestro, lo único peor que no componer poesía, era componerla mal. En esa casa el muchacho asistió a frecuentes reuniones donde los invitados creaban versos en la inspiración del instante y admiraban el jardín, mientras él servía té y escuchaba, maravillado. Se podía obtener la inmortalidad escribiendo un libro, sobre todo de poesía, decía el maestro, quien había escrito varios. A los rústicos conocimientos prácticos que Tao Chi'en había adquirido viendo trabajar a su padre, añadió el impresionante volumen teórico de la ancestral medicina china. El joven aprendió que el cuerpo humano se compone de cinco elementos, madera, fuego, tierra, metal y agua, que están asociados a cinco planetas, cinco condiciones atmosféricas, cinco colores y cinco notas. Mediante el uso adecuado de las plantas medicinales, acupuntura y ventosas, un buen médico podía prevenir y curar diversos males, y controlar la energía masculina, activa y ligera, y la energía femenina, pasiva y oscura –*yin* y *yang*. Sin embargo, el propósito de ese arte no era tanto eliminar enfermedades como mantener la armonía. «Debes escoger tus alimentos, orientar tu cama y conducir tu meditación según la estación del año y la dirección del viento. Así estarás siempre en resonancia con el universo», le aconsejaba el maestro.

El *zhong yi* estaba contento de su suerte, aunque la falta de descendientes pesaba como una sombra en la serenidad de su espíritu. No había tenido hijos, a pesar de las yerbas milagrosas ingeridas regularmente durante una vida entera para limpiar la sangre y fortalecer el miembro, y de los remedios y encantamientos aplicados a sus dos esposas, muertas en la juventud, así como a las numerosas concubinas que las siguieron. Debía aceptar con humildad que no había sido culpa de esas abnegadas mujeres, sino de la apatía de su licor viril. Ninguno de los remedios para la fertilidad que le habían servido para ayudar a otros dio resultado en él y por fin se resignó al hecho innegable de que sus riñones estaban secos. Dejó de castigar a sus mujeres con exigencias inútiles y las gozó a plenitud, de acuerdo con los preceptos de los hermosos *libros de almohada* de su colección. Sin embargo, el anciano se había alejado de esos placeres hacía mucho tiempo, más interesado en adquirir nuevos conocimientos y explorar el angosto sendero de la sabiduría, y se había deshecho una a una de las concubinas, cuya presencia lo distraía en sus afanes intelectuales. No necesitaba tener ante sus ojos a una muchacha para describirla en elevados poemas, le bastaba el recuerdo. También había desistido de los hijos propios, pero debía ocuparse del futuro. ¿Quién lo ayudaría en la última etapa y a la hora de morir? ¿Quién limpiaría su tumba y veneraría su memoria? Había entrenado aprendices antes y con cada uno alimentó la secreta ambición de adoptarlo, pero ninguno fue digno de tal honor. Tao Chi'en no era más inteligente ni más intuitivo que los otros, pero llevaba por dentro una obsesión por aprender que el maestro reconoció al punto, porque era idéntica a la suya. Además era un chiquillo dulce y divertido, resultaba fácil encariñarse con él. En los años de convivencia le tomó tanto aprecio, que a menudo se preguntaba cómo era posible que no fuese hijo de su sangre. Sin embargo, la estima por su aprendiz no lo cegaba, en su experiencia los cambios en la adolescencia suelen ser muy profundos y no podía predecir qué clase de hombre sería. Como dice el proverbio chino: «Si eres brillante de joven, no significa que de adulto sirvas para algo.» Temía equivocarse de nuevo, como le había sucedido antes, y prefería esperar con paciencia que la verdadera naturaleza del chico se revelara. Entretanto lo guiaría, tal como hacía con los árboles jóvenes de su jardín, para ayudarlo a crecer derecho. Al menos éste aprende rápido, pensaba el anciano médico, calculando cuántos años de vida le quedaban. De acuerdo a los signos astrales y a la observación cuidadosa de su propio cuerpo, no tendría tiempo para entrenar a otro aprendiz.

Pronto Tao Chi'en supo escoger los materiales en el mercado y en las tiendas de yerbas –regateando como correspondía– y pudo preparar los remedios sin ayuda. Observando trabajar al médico llegó a conocer los intrincados mecanismos del organismo humano, los procedimientos para refrescar a los afiebrados y a los de temperamento fogoso, dar calor a los que padecían el frío anticipado de la muerte, promover los jugos en los estériles y secar a aquellos agotados por flujos. Hacía largas excursiones por los campos buscando las mejores plantas en su punto preciso de máxima eficacia, que luego transportaba envueltas en trapos húmedos para preservar frescas durante el camino a la ciudad. Cuando cumplió los catorce años su maestro lo consideró maduro para practicar y lo mandaba regularmente a atender prostitutas, con la orden terminante de abstenerse de comercio con ellas, porque tal como él mismo podía comprobarlo al examinarlas, llevaban la muerte encima.

–Las enfermedades de los burdeles matan más gente que el opio y el tifus. Pero si cumples con tus obligaciones y aprendes a buen ritmo, en su debido momento te compraré una muchacha virgen –le prometió el maestro.

Tao Chi'en había pasado hambre de niño, pero su cuerpo estiró hasta alcanzar mayor altura que cualquier otro miembro de su familia. A los catorce años no sentía atracción por las muchachas de alquiler, sólo curiosidad científica. Eran tan diferentes a él, vivían en un mundo tan remoto y secreto, que no podía considerarlas realmente humanas. Más tarde, cuando el súbito asalto de su naturaleza lo sacó de quicio y andaba como un ebrio tropezando con su sombra, su preceptor lamentó haberse desprendido de las concubinas. Nada distraía tanto a un buen estudiante de sus responsabilidades como el estallido de las fuerzas viriles. Una mujer lo tranquilizaría y de paso serviría para darle conocimientos prácticos, pero como la idea de comprar una le resultaba engorrosa –estaba cómodo en su universo únicamente masculino– obligaba a Tao a tomar infusiones para calmar los ardores. El *zhong yi* no recordaba el huracán de las pasiones carnales y con la mejor intención daba a leer a su alumno los *libros de almohada* de su biblioteca como parte de su educación, sin medir el efecto enervante que tenían sobre el pobre muchacho. Lo hacía memorizar cada una de las doscientas veintidós posturas del amor con sus poéticos nombres y debía identificarlas sin vacilar en las exquisitas ilustraciones de los libros, lo cual contribuía notablemente a la distracción del joven.

Tao Chi'en se familiarizó con Cantón tan bien como antes había conocido su pequeña aldea. Le gustaba esa antigua ciudad amurallada, caótica, de calles torcidas y canales, donde los palacios y las chozas se mezclaban en total promiscuidad y había gente que vivía y moría en botes en el río, sin pisar jamás tierra firme. Se acostumbró al clima húmedo y caliente del largo verano azotado por tifones, pero agradable en el invierno, desde octubre hasta marzo. Cantón estaba cerrado a los forasteros, aunque solían caer de sorpresa piratas con banderas de otras naciones. Existían algunos puestos de comercio, donde los extranjeros podían intercambiar mercancía solamente de noviembre a mayo, pero eran tantos los impuestos, regulaciones y obstáculos, que los comerciantes internacionales preferían establecerse en Macao. Temprano en las mañanas, cuando Tao Chi'en partía al mercado, solía encontrar niñas recién nacidas tiradas en la calle o flotando en los canales, a menudo destrozadas a dentelladas por perros o ratas. Nadie las quería, eran desechables. ¿Para qué alimentar a una hija que nada valía y cuyo destino era terminar sirviendo a la familia de su marido? «Preferible es un hijo deforme que una docena de hijas sabias como Buda», sostenía el dicho popular. De todos modos había demasiados niños y seguían naciendo como ratones. Burdeles y fumaderos de opio proliferaban por todas partes. Cantón era una ciudad populosa, rica y alegre, llena de templos, restaurantes y casas de juego, donde se celebraban ruidosamente las festividades del calendario. Incluso los castigos y ejecuciones se convertían en motivo de fiesta. Se juntaban multitudes a vitorear a los verdugos, con sus delantales ensangrentados y colecciones de afilados cuchillos, rebanando cabezas de un solo tajo certero. La justicia se aplicaba en forma expedita y simple, sin apelación posible ni crueldad innecesaria, excepto en el caso de traición al emperador, el peor crimen posible, pagado con muerte lenta y relegación de todos los parientes, reducidos a la esclavitud. Las faltas menores se castigaban con azotes o con una plataforma de madera ajustada al cuello de los culpables por varios días, así no podían descansar ni tocarse la cabeza con las manos para comer o rascarse. En plazas y mercados se lucían los contadores de historias que, como los monjes mendicantes, viajaban por el país preservando una milenaria tradición oral. Los malabaristas, acróbatas, encantadores de serpientes, trasvestis, músicos itinerantes, magos y contorsionistas se daban cita en las calles, mientras bullía a su alrededor el comercio de seda, té, jade, especias, oro, conchas de tortuga, porcelana, marfil y piedras preciosas. Los vegetales, las frutas y las carnes se ofrecían en alborotada mezcolanza: repollos y tiernos brotes de bambú junto a jaulas de gatos, perros y mapaches que el carnicero mataba y descueraba de un solo movimiento a pedido de los clientes. Había largos callejones sólo de pájaros, pues en ninguna casa podían faltar aves y jaulas, desde las más simples hasta las de fina madera con incrustaciones de plata y nácar. Otros pasajes del mercado se destinaban a peces exóticos, que atraían la buena suerte. Tao Chi'en, siempre curioso, se distraía observando y haciendo amigos y luego debía correr para cumplir su cometido en el sector donde se vendían los materiales de su oficio. Podía identificarlo a ojos cerrados por el penetrante olor de especias, plantas y cortezas medicinales. Las serpientes disecadas se apilaban enrolladas como polvorientas madejas; sapos, salamandras y extraños animales marinos colgaban ensartados en cuerdas, como collares; grillos y grandes escarabajos de duras conchas fosforescentes languidecían en cajas; monos de todas clases aguardaban turno de morir; patas de oso y de orangután, cuernos de antílopes y rinocerontes, ojos de tigre, aletas de tiburón y garras de misteriosas aves nocturnas se compraban al peso.

Para Tao Chi'en los primeros años en Cantón se fueron en estudio, trabajo y servicio a su anciano preceptor, a quien llegó a estimar como a un abuelo. Fueron años felices. El recuerdo de su propia familia se esfumó y llegó a olvidar los rostros de su padre y sus hermanos, pero no el de su madre, porque ella se le aparecía con frecuencia. El estudio pronto dejó de ser una tarea y se convirtió en una pasión. Cada vez que aprendía algo nuevo volaba donde el maestro a contárselo a borbotones. «Mientras más aprendas, más pronto sabrás cuán poco sabes» se reía el anciano. Por propia iniciativa Tao Chi'en decidió dominar mandarín y cantonés, porque el dialecto de su aldea resultaba muy limitado. Absorbía los conocimientos de su maestro a tal velocidad, que el viejo solía acusarlo en broma de robarle hasta los sueños, pero su propia pasión por la enseñanza lo hacía generoso. Compartió con el muchacho cuanto éste quiso averiguar, no sólo en materia de medicina, también otros aspectos de su vasta reserva de conocimiento y su refinada cultura. Bondadoso por naturaleza, era sin embargo severo en la crítica y exigente en el esfuerzo, porque como decía, «no me queda mucho tiempo y al otro mundo no puedo llevarme lo que sé, alguien ha de usarlo a mi muerte». Sin embargo, también lo advertía contra la voracidad de conocimientos, que puede encadenar a un hombre tanto como la gula o la lujuria. «El sabio nada desea, no juzga, no hace planes, mantiene su mente abierta y su corazón en paz», sostenía. Lo reprendía con tal tristeza cuando fallaba, que Tao Chi'en hubiera preferido una azotaina, pero esa práctica repugnaba al temperamento del *zhong yi*, quien jamás permitía que la cólera guiara sus acciones. Las únicas ocasiones en que lo golpeó ceremoniosamente con una varilla de bambú, sin enfado pero con firme ánimo didáctico, fue cuando pudo comprobar sin la menor duda que su aprendiz había cedido a la tentación del juego o pagado por una mujer. Tao Chi'en solía embrollar las cuentas del mercado para hacer apuestas en las casas de juego, cuya atracción le resultaba imposible de resistir, o para un consuelo breve con descuento de estudiante en brazos de alguna de sus pacientes en los burdeles. Su amo no demoraba en descubrirlo, porque si perdía en el juego no podía explicar dónde estaba el dinero del vuelto y si ganaba resultaba incapaz de disimular su euforia. A las mujeres las olía en la piel del muchacho.

–Quítate la camisa, tendré que darte unos vergajazos, a ver si por fin entiendes, hijo. ¿Cuántas veces te he dicho que los peores males de la China son el juego y el burdel? En el primero los hombres pierden el producto de su trabajo y en el segundo pierden la salud y la vida. Nunca serás buen médico ni buen poeta con tales vicios.

Tao Chi'en tenía dieciséis años en 1839, cuando estalló la Guerra del Opio entre China y Gran Bretaña. Para entonces el país estaba invadido de mendigos. Masas humanas abandonaban los campos y aparecían con sus harapos y sus pústulas en las ciudades, donde eran repelidas a la fuerza, obligándolos a vagar como manadas de perros famélicos por los caminos del Imperio. Bandas de forajidos y rebeldes se batían con las tropas del gobierno en una interminable guerra de emboscadas. Era un tiempo de destrucción y pillaje. Los debilitados ejércitos imperiales, al mando de oficiales corruptos que recibían de Pekín órdenes contradictorias, no pudieron hacer frente a la poderosa y bien disciplinada flota naval inglesa. No contaban con apoyo popular, porque los campesinos estaban cansados de ver sus sembrados destruidos, sus villorrios en llamas y sus hijas violadas por la soldadesca. Al cabo de casi cuatro años de lucha, China debió aceptar una humillante derrota y pagar el equivalente a veintiún millones de dólares a los vencedores, entregarles Hong Kong y otorgarles el derecho a establecer «concesiones», barrios residenciales amparados por leyes de extraterritorialidad. Allí vivían los extranjeros con su policía, servicios, gobierno y leyes, protegido por sus propias tropas; eran verdaderas naciones foráneas dentro del territorio chino, desde las cuales los europeos controlaban el comercio, principalmente del opio. A Cantón no entraron hasta cinco años más tarde, pero al comprobar la degradante derrota de su venerado emperador y ver la economía y la moral de su patria desplomarse, el maestro de acupuntura decidió que no había razón para seguir viviendo.

En los años de la guerra al viejo *zhong yi* se le descompuso el alma y perdió la serenidad tan arduamente conseguida a lo largo de su existencia. Su desprendimiento y distracción respecto a los asuntos materiales se agudizó al punto que Tao Chi'en debía darle de comer en la boca cuando pasaban los días sin alimentarse. Se le enmarañaron las cuentas y empezaron los acreedores a golpear su puerta, pero los desdeñó sin mayores consideraciones, pues todo lo referente al dinero le parecía una carga oprobiosa de la cual los sabios estaban naturalmente libres. En la confusión senil de esos últimos años olvidó las buenas intenciones de adoptar a su aprendiz y conseguirle una esposa; en verdad estaba tan ofuscado que a menudo se quedaba mirando a Tao Chi'en con expresión perpleja, incapaz de recordar su nombre o de ubicarlo en el laberinto de rostros y eventos que asaltaban su mente sin orden ni concierto. Pero tuvo ánimo sobrado para decidir los detalles de su entierro, porque para un chino ilustre el evento más importante en la vida era su propio funeral. La idea de poner fin a su desaliento por medio de una muerte elegante lo rondaba desde hacía tiempo, pero esperó hasta el desenlace de la guerra con la secreta e irracional esperanza de ver el triunfo de los ejércitos del Celeste Imperio. La arrogancia de los extranjeros le resultaba intolerable, sentía un gran desprecio por esos brutales *fan güey*, fantasmas blancos que no se lavaban, bebían leche y alcohol, eran totalmente ignorantes de las normas elementales de buena educación e incapaces de honrar a sus antepasados en la forma debida. Los acuerdos comerciales le parecían un favor otorgado por el emperador a esos bárbaros ingratos, que en vez de doblarse en alabanzas y gratitud, exigían más. La firma del tratado de Nanking fue el último golpe para el *zhong yi.* El emperador y cada habitante de la China, hasta el más humilde, habían perdido el honor. ¿Cómo se podría recuperar la dignidad después de semejante afrenta?

El anciano sabio se envenenó tragando oro. Al regresar de una de sus excursiones al campo a buscar plantas, su discípulo lo encontró en el jardín reclinado en cojines de seda y vestido de blanco, como señal de su propio luto. Al lado estaban el té aún tibio y la tinta del pincel fresca. Sobre su pequeño escritorio había un verso inconcluso y una libélula se perfilaba en la suavidad del pergamino. Tao Chi'en besó las manos de ese hombre que tanto le había dado, luego se detuvo un instante para apreciar el diseño de las alas transparentes del insecto en la luz del atardecer, tal como su maestro hubiera deseado.

Al funeral del sabio acudió un enorme gentío, porque en su larga vida había ayudado a miles de personas a vivir en salud y a morir sin angustia. Los oficiales y dignatarios del gobierno desfilaron con la mayor solemnidad, los literatos recitaron sus mejores poemas y las cortesanas se presentaron ataviadas de seda. Un adivino determinó el día propicio para el entierro y un artista de objetos funerarios visitó la casa del difunto para copiar sus posesiones. Recorrió la propiedad lentamente sin tomar medidas ni notas, pero bajo sus voluminosas mangas hacía marcas con la uña en una tablilla de cera; luego construyó miniaturas en papel de la casa, con sus habitaciones y muebles, además de los objetos favoritos del difunto, para ser quemados junto con fajos de dinero también de papel. No debía faltarle en el otro mundo lo que había gozado en éste. El ataúd, enorme y decorado como un carruaje imperial, pasó por las avenidas de la ciudad entre dos filas de soldados en uniforme de gala, precedidos por jinetes ataviados de brillantes colores y una banda de músicos provistos de címbalos, tambores, flautas, campanas, triángulos metálicos y una serie de instrumentos de cuerda. La algarabía resultaba insoportable, tal como correspondía a la importancia del extinto. En la tumba apilaron flores, ropa y comida; encendieron velas e incienso y quemaron finalmente el dinero y los prolijos objetos de papel. La tablilla ancestral de madera cubierta de oro y grabada con el nombre del maestro se colocó sobre la tumba para recibir al espíritu, mientras el cuerpo volvía a la tierra. Al hijo mayor correspondía recibir la tablilla, colocarla en su hogar en un sitio de honor junto a las de sus otros antepasados masculinos, pero el médico no tenía quien cumpliera esa obligación. Tao Chi'en era sólo un sirviente y hubiera sido una absoluta falta de etiqueta ofrecerse para hacerlo. Estaba genuinamente conmovido, en la multitud era el único cuyas lágrimas y gemidos correspondían a un auténtico dolor, pero la tablilla ancestral fue a parar a manos de un sobrino lejano, quien tendría la obligación moral de colocar ofrendas y rezar ante ella cada quince días y en cada festividad anual.

Una vez realizados los solemnes ritos funerarios, los acreedores se dejaron caer como chacales sobre las posesiones del maestro. Violaron los sagrados textos y el laboratorio, revolvieron las yerbas, arruinaron las preparaciones medicinales, destrozaron los cuidadosos poemas, se llevaron los muebles y objetos de arte, pisotearon el bellísimo jardín y remataron la antigua mansión. Poco antes Tao Chi'en había puesto a salvo las agujas de oro para la acupuntura, una caja con instrumentos médicos y algunos remedios esenciales, así como algo de dinero sustraído poco a poco en los últimos tres años, cuando su patrón comenzó a perderse en los vericuetos de la demencia senil. Su intención no fue robar al venerable *zhong yi*, a quien estimaba como a un abuelo, sino usar ese dinero para alimentarlo, porque veía acumularse las deudas y temía por el futuro. El suicidio precipitó las cosas y Tao Chi'en se encontró en posesión de un recurso inesperado. Apoderarse de esos fondos podía costarle la cabeza, pues sería considerado crimen de un inferior a un superior, pero estaba seguro de que nadie lo sabría, salvo el espíritu del difunto, quien sin duda aprobaría su acción. ¿No preferiría premiar a su fiel sirviente y discípulo en vez de pagar una de las muchas deudas de sus feroces acreedores? Con ese modesto tesoro y una muda de ropa limpia, Tao Chi'en escapó de la ciudad. La idea de volver a su aldea natal se le ocurrió fugazmente, pero la descartó al punto. Para su familia él sería siempre el Cuarto Hijo, debía sumisión y obediencia a sus hermanos mayores. Tendría que trabajar para ellos, aceptar la esposa que le escogieran y resignarse a la miseria. Nada lo llamaba en esa dirección, ni siquiera las obligaciones filiales con su padre y sus antepasados, que recaían en sus hermanos mayores. Necesitaba irse lejos, donde no lo alcanzara el largo brazo de la justicia china. Tenía veinte años, le faltaba uno para cumplir los diez de servidumbre y cualquiera de los acreedores podía reclamar el derecho a utilizarlo como esclavo por ese tiempo.

TAO CHI'EN

Tao Chi'en tomó un sampán rumbo a Hong Kong con la intención de comenzar su nueva vida. Ahora era un *zhong yi*, entrenado en la medicina tradicional china por el mejor maestro de Cantón. Debía eterno agradecimiento a los espíritus de sus venerables antepasados, que habían enderezado su karma de manera tan gloriosa. Lo primero, decidió, era conseguir una mujer, pues estaba en edad sobrada de casarse y el celibato le pesaba demasiado. La falta de esposa era signo de indisimulable pobreza. Acariciaba la ambición de adquirir una joven delicada y con hermosos pies. Sus *lirios dorados* no debían tener más de tres o cuatro pulgadas de largo y debían ser regordetes y mórbidos al tacto, como de un niño de pocos meses. Le fascinaba la manera de andar de una joven sobre sus minúsculos pies, con pasos muy breves y vacilantes, como si estuviera siempre a punto de caer, las caderas echadas hacia atrás y meciéndose como los juncos a la orilla del estanque en el jardín de su maestro. Detestaba los pies grandes, musculosos y fríos, como los de una campesina. En su aldea había visto de lejos algunas niñas vendadas, orgullo de sus familias que sin duda podrían casarlas bien, pero sólo al relacionarse con las prostitutas en Cantón tuvo entre sus manos un par de aquellos *lirios dorados* y pudo extasiarse ante las pequeñas zapatillas bordadas que siempre los cubrían, pues por años y años los huesos destrozados desprendían una sustancia maloliente. Después de tocarlos comprendió que su elegancia era fruto de constante dolor, eso los hacía tanto más valiosos. Entonces apreció debidamente los libros dedicados a los pies femeninos, que su maestro coleccionaba, donde enumeraban cinco clases y dieciocho estilos diversos de *lirios dorados*. Su mujer también debía ser muy joven, pues la belleza es de breve duración, comienza alrededor de los doce años y termina poco después de cumplir los veinte. Así se lo había explicado su maestro. Por algo las heroínas más celebradas en la literatura china morían siempre en el punto exacto de su mayor encanto; benditas aquellas que desaparecían antes de verse destruidas por la edad y podían ser recordadas en la plenitud de su frescura. Además había razones prácticas para preferir una joven núbil: le daría hijos varones y sería fácil domar su carácter para hacerla verdaderamente sumisa. Nada tan desagradable como una mujer chillona, había visto algunas que escupían y daban bofetones a sus maridos y a sus hijos, incluso en la calle delante de los vecinos. Tal afrenta de manos de una mujer era el peor desprestigio para un hombre. En el sampán que lo conducía lentamente a través de las noventa millas entre Cantón y Hong Kong, alejándolo por minutos de su vida pasada, Tao Chi'en iba soñando con esa muchacha, el placer y los hijos que le daría. Contaba una y otra vez el dinero de su bolsa, como si por medio de cálculos abstractos pudiera incrementarlo, pero resultaba claro que no alcanzaría para una esposa de esa calidad. Sin embargo, por mucha que fuese su urgencia, no pensaba conformarse con menos y vivir para el resto de sus días con una esposa de pies grandes y carácter fuerte.

La isla de Hong Kong apareció de súbito ante sus ojos, con su perfil de montañas y verde naturaleza, emergiendo como una sirena en las aguas color añil del Mar de la China. Tan pronto la ligera embarcación que lo transportaba atracó en el puerto, Tao Chi'en percibió la presencia de los odiados extranjeros. Antes había divisado algunos a lo lejos, pero ahora los tenía tan cerca, que de haberse atrevido los hubiera tocado para comprobar si esos seres grandes y sin ninguna gracia, eran realmente humanos. Con asombro descubrió que muchos de los *fan güey* tenían pelos rojos o amarillos, los ojos desteñidos y la piel colorada como langostas hervidas. Las mujeres, muy feas a su parecer, llevaban sombreros con plumas y flores, tal vez con la intención de disimular sus diabólicos cabellos. Iban vestidos de una manera extraordinaria, con ropas tiesas y ceñidas al cuerpo; supuso que por eso se movían como autómatas y no saludaban con amables inclinaciones, pasaban rígidos, sin ver a nadie, sufriendo en silencio el calor del verano bajo sus incómodos atuendos. Había una docena de barcos europeos en el puerto, en medio de millares de embarcaciones asiáticas de todos los tamaños y colores. En las calles vio algunos coches con caballos guiados por hombres en uniforme, perdidos entre los vehículos de transporte humano, literas, palanquines, parihuelas y simplemente individuos llevando a sus clientes a la espalda. El olor a pescado le dio en la cara como una palmada, recordándole su hambre. Primero debía ubicar una casa de comida, señalada con largas tiras de tela amarilla.

Tao Chi'en comió como un príncipe en un restaurante atestado de gente hablando y riendo a gritos, señal inequívoca de contento y buena digestión, donde saboreó los platillos delicados que en casa del maestro de acupuntura habían pasado al olvido. El *zhong yi* había sido un gran goloso durante su vida y se vanagloriaba de haber tenido los mejores cocineros de Cantón a su servicio, pero en sus últimos años se alimentaba de té verde y arroz con unas briznas de vegetales. Para la época en que escapó de su servidumbre, Tao Chi'en estaba tan flaco como cualquiera de los muchos enfermos de tuberculosis en Hong Kong. Ésa fue su primera comida decente en mucho tiempo y el asalto de los sabores, los aromas y las texturas lo llevó al éxtasis. Concluyó el festín fumando una pipa con el mayor gozo. Salió a la calle flotando y riéndose solo, como un loco: no se había sentido tan pleno de entusiasmo y buena suerte en toda su vida. Aspiró el aire a su alrededor, tan parecido al de Cantón, y decidió que sería fácil conquistar esa ciudad, tal como nueve años antes había llegado a dominar la otra. Primero buscaría el mercado y el barrio de los curanderos y yerbateros, donde podría encontrar hospedaje y ofrecer sus servicios profesionales. Luego pensaría en el asunto de la mujer de pies pequeños...

Esa misma tarde Tao Chi'en consiguió hospedaje en el ático de una casona dividida en compartimentos, que albergaba una familia por habitación, un verdadero hormiguero. Su pieza, un tenebroso túnel de un metro de ancho por tres de largo, sin ventana, oscuro y caliente, atraía los efluvios de comidas y bacinicas de otros inquilinos, mezclados con la inconfundible pestilencia de la suciedad. Comparada con la refinada casa de su maestro equivalía a vivir en un agujero de ratas, pero recordó que la choza de sus padres había sido más pobre. En su calidad de hombre soltero, no necesitaba más espacio ni lujo, decidió, sólo un rincón para colocar su esterilla y guardar sus mínimas pertenencias. Más adelante, cuando se casara, buscaría una vivienda apropiada, donde pudiera preparar sus medicamentos, atender a sus clientes y ser servido por su mujer en la forma debida. Por el momento, mientras conseguía algunos contactos indispensables para trabajar, aquel espacio al menos le ofrecía techo y algo de privacidad. Dejó sus cosas y fue a darse un buen baño, afeitarse la frente y rehacer su trenza. Apenas estuvo presentable, partió de inmediato en busca de una casa de juego, resuelto a duplicar su capital en el menor tiempo posible, así podría iniciarse en el camino del éxito.

En menos de dos horas apostando al *fan tan*, Tao Chi'en perdió todo el dinero y no perdió también sus instrumentos de medicina porque no se le ocurrió llevarlos. El griterío en la sala de juego era tan atronador que las apuestas se hacían con señales a través del espeso humo de tabaco. El *fan tan* era muy simple, consistía en un puñado de botones bajo una taza. Se hacían las apuestas, se contaban los botones de a cuatro a la vez y quien adivinara cuantos quedaban, uno, dos, tres o ninguno, ganaba. Tao Chi'en apenas podía seguir con la vista las manos del hombre que echaba los botones y los contaba. Le pareció que hacía trampa, pero acusarlo en público habría sido una ofensa de tal magnitud, que de estar equivocado podía pagarla con la vida. En Cantón se recogían a diario cadáveres de perdedores insolentes en las cercanías de las casas de juego; no podía ser diferente en Hong Kong. Regresó al túnel del ático y se echó en su esterilla a llorar como un crío, pensando en los varillazos recibidos de mano de su anciano maestro de acupuntura. La desesperación le duró hasta el día siguiente, cuando comprendió con abismante claridad su impaciencia y su soberbia. Entonces se echó a reír de buena gana ante la lección, convencido que el espíritu travieso de su maestro se la había puesto por delante para enseñarle algo más. Había despertado en medio de una oscuridad profunda con el bullicio de la casa y de la calle. Era tarde en la mañana, pero ninguna luz natural entraba a su cuchitril. Se vistió a tientas con su única muda de ropa limpia, todavía riéndose solo, tomó su maletín de médico y partió al mercado. En la zona donde se alineaban los tenderetes de los tatuadores, cubiertos de arriba abajo con trozos de tela y papel exhibiendo los dibujos, se podía escoger entre miles de diseños, desde discretas flores en tinta azul índigo, hasta fantásticos dragones en cinco colores, capaces de decorar con sus alas desplegadas y su aliento de fuego la espalda completa de un hombre robusto. Pasó media hora regateando y por fin hizo un trato con un artista deseoso de cambiar un modesto tatuaje por un tónico para limpiar el hígado. En menos de diez minutos le grabó en el dorso de la mano derecha, la mano de apostar, la palabra NO en simples y elegantes trazos.

–Si le va bien con el jarabe, recomiende mis servicios a sus amigos –le pidió Tao Chi'en.

–Si le va bien con mi tatuaje, haga lo mismo –replicó el artista.

Tao Chi'en siempre sostuvo que aquel tatuaje le trajo suerte. Salió del tenderete al bochinche del mercado, avanzando a empujones y codazos por los estrechos callejones atestados de humanidad. No se veía un solo extranjero y el mercado parecía idéntico al de Cantón. El ruido era como una cascada, los vendedores pregonaban los méritos de sus productos y los clientes regateaban a grito pelado en medio de la ensordecedora bullaranga de los pájaros enjaulados y los gemidos de los animales esperando turno para el cuchillo. Era tan densa la pestilencia de sudor, animales vivos y muertos, excremento y basura, especias, opio, cocinerías y toda clase de productos y criaturas de tierra, aire y agua, que podía palparse con los dedos. Vio a una mujer ofreciendo cangrejos. Los sacaba vivos de un saco, los hervía unos minutos en un caldero cuya agua tenía la consistencia pastosa del fondo del mar, los extraía con un colador, los ensopaba en salsa de soya y los servía a los pasantes en un trozo de papel. Tenía las manos llenas de verrugas. Tao Chi'en negoció con ella el almuerzo de un mes a cambio del tratamiento para su mal.

–¡Ah! Veo que le gustan mucho los cangrejos –dijo ella.

–Los detesto, pero los comeré como penitencia, para que no se me olvide una lección que debo recordar siempre.

–Y si al cabo de un mes no me he curado, ¿quién me devuelve los cangrejos que usted se ha comido?

–Si en un mes usted sigue con verrugas, yo me desprestigio. ¿Quién compraría entonces mis medicinas? –sonrió Tao.

–Está bien.

Así comenzó su nueva vida de hombre libre en Hong Kong. En dos o tres días la inflamación cedió y el tatuaje apareció como nítido diseño de venas azules. Durante ese mes, mientras recorría los puestos del mercado ofreciendo sus servicios profesionales, comió una sola vez al día, siempre cangrejos hervidos, y bajó tanto de peso que podía sujetar una moneda entre las ranuras de las costillas. Cada animalito que se echaba a la boca venciendo la repugnancia, lo hacía sonreír pensando en su maestro, a quien tampoco le gustaban los cangrejos. Las verrugas de la mujer desaparecieron en veintiséis días y ella, agradecida, repartió la buena nueva por el vecindario. Le ofreció otro mes de cangrejos si le curaba las cataratas de los ojos, pero Tao consideró que su castigo era suficiente y podía darse el lujo de no volver a probar esos bichos por el resto de su existencia. Por las noches regresaba extenuado a su cuchitril, contaba sus monedas a la luz de la vela, las escondía bajo una tabla del piso y luego calentaba agua en la hornilla a carbón para pasar el hambre con té. De vez en cuando, si comenzaban a flaquearle las piernas o la voluntad, compraba una escudilla de arroz, algo de azúcar o una pipa de opio, que saboreaba lentamente, agradecido de que hubieran en el mundo regalos tan deslumbrantes como el consuelo del arroz, la dulzura del azúcar y los sueños perfectos del opio. Sólo gastaba en su alquiler, clases de inglés, afeitarse la frente y mandar lavar su muda de ropa, porque no podía andar como un pordiosero. Su maestro se vestía como un mandarín. «La buena presencia es signo de civilidad, no es lo mismo un *zhong yi* que un curandero de campo. Mientras más pobre el enfermo, más ricas deben ser tus vestiduras, por respeto» le enseñó. Poco a poco se extendió su reputación, primero entre la gente del mercado y sus familias, luego hacia el barrio del puerto, donde trataba a los marineros por heridas de riñas, escorbuto, pústulas venéreas e intoxicación.

Al cabo de seis meses Tao Chi'en contaba con una clientela fiel y empezaba a prosperar. Se cambió a una habitación con ventana, la amuebló con una cama grande, que le serviría cuando se casara, un sillón y un escritorio inglés. También adquirió unas piezas de ropa, hacía años que deseaba vestirse bien. Se había propuesto aprender inglés, porque pronto averiguó donde estaba el poder. Un puñado de británicos controlaba Hong Kong, hacía las leyes y las aplicaba, dirigía el comercio y la política. Los *fan güey* vivían en barrios exclusivos y sólo tenían relación con los chinos ricos para hacer negocios, siempre en inglés. La inmensa multitud china compartía el mismo espacio y tiempo, pero era como si no existiera. Por Hong Kong salían los más refinados productos directamente a los salones de una Europa fascinada por esa milenaria y remota cultura. Las «chinerías» estaban de moda. La seda hacía furor en el vestuario; no podían faltar graciosos puentes con farolitos y sauces tristes imitando los maravillosos jardines secretos de Pekín; los techos de pagoda se usaban en glorietas y los motivos de dragones y flores de cerezo se repetían hasta las náuseas en la decoración. No había mansión inglesa sin un salón oriental con un biombo Coromandel, una colección de porcelanas y marfiles, abanicos bordados por manos infantiles con la *puntada prohibida* y canarios imperiales en jaulas talladas. Los barcos que acarreaban esos tesoros hacia Europa no regresaban vacíos, traían opio de la India para vender de contrabando y baratijas que arruinaron las pequeñas industrias locales. Los chinos debían competir con ingleses, holandeses, franceses y norteamericanos para comerciar en su propio país. Pero la gran desgracia fue el opio. Se usaba en China desde hacía siglos como pasatiempo y con fines medicinales, pero cuando los ingleses inundaron el mercado se convirtió en un mal incontrolable. Atacó a todos los sectores de la sociedad, debilitándola y desmigajándola como pan podrido.

Al principio los chinos vieron a los extranjeros con desprecio, asco y la inmensa superioridad de quienes se sienten los únicos seres verdaderamente civilizados del universo, pero en pocos años aprendieron a respetarlos y a temerlos. Por su parte los europeos actuaban imbuidos del mismo concepto de superioridad racial, seguros de ser heraldos de la civilización en una tierra de gente sucia, fea, débil, ruidosa, corrupta y salvaje, que comía gatos y culebras y mataba a sus propias hijas al nacer. Pocos sabían que los chinos habían empleado la escritura mil años antes que ellos. Mientras los comerciantes imponían la cultura de la droga y la violencia, los misioneros procuraban evangelizar. El cristianismo debía propagarse a cualquier costo, era la única fe verdadera y el hecho de que Confucio hubiera vivido quinientos años antes que Cristo nada significaba. Consideraban a los chinos apenas humanos, pero intentaban salvar sus almas y les pagaban las conversiones en arroz. Los nuevos cristianos consumían su ración de soborno divino y partían a otra iglesia a convertirse de nuevo, muy divertidos ante esa manía de los *fan güey* de predicar sus creencias como si fueran las únicas. Para ellos, prácticos y tolerantes, la espiritualidad estaba más cerca de la filosofía que de la religión; era una cuestión de ética, jamás de dogma.

Tao Chi'en tomó clases con un compatriota que hablaba un inglés gelatinoso y desprovisto de consonantes, pero lo escribía con la mayor corrección. El alfabeto europeo comparado con los caracteres chinos resultaba de una sencillez encantadora y en cinco semanas Tao Chi'en podía leer los periódicos británicos sin atascarse en las letras, aunque cada cinco palabras necesitaba recurrir al diccionario. Por las noches pasaba horas estudiando. Echaba de menos a su venerable maestro, quien lo había marcado para siempre con la sed del conocimiento, tan perseverante como la sed de alcohol para el ebrio o la de poder para el ambicioso. Ya no contaba con la biblioteca del anciano ni su fuente inagotable de experiencia, no podía acudir a él para pedir consejo o discutir los síntomas de un paciente, carecía de un guía, se sentía huérfano. Desde la muerte de su preceptor no había vuelto a escribir ni leer poesía, no se daba tiempo para admirar la naturaleza, para la meditación ni para observar los ritos y ceremonias cuotidianas que antes enriquecían su existencia. Se sentía lleno de ruido por dentro, añoraba el vacío del silencio y la soledad, que su maestro le había enseñado a cultivar como el más precioso don. En la práctica de su oficio aprendía sobre la compleja naturaleza de los seres humanos, las diferencias emocionales entre hombres y mujeres, las enfermedades tratables solamente con remedios y las que requerían además la magia de la palabra justa, pero le faltaba con quien compartir sus experiencias. El sueño de comprar una esposa y tener una familia estaba siempre en su mente, pero esfumado y tenue, como un hermoso paisaje pintado sobre seda, en cambio el deseo de adquirir libros, de estudiar y de conseguir otros maestros dispuestos a ayudarlo en el camino del conocimiento se iba convirtiendo en una obsesión.

Así estaban las cosas cuando Tao Chi'en conoció al doctor Ebanizer Hobbs, un aristócrata inglés que nada tenía de arrogante y, al contrario de otros europeos, se interesaba en el color local de la ciudad. Lo vio por primera vez en el mercado escarbando entre las yerbas y pócimas de una tienda de curanderos. Hablaba sólo diez palabras de mandarín, pero las repetía con voz tan estentórea y con tal irrevocable convicción, que a su alrededor se había juntado una pequeña muchedumbre entre burlona y asustada. Era fácil verlo desde lejos, porque su cabeza sobresalía por encima de la masa china. Tao Chi'en nunca había visto a un extranjero por esos lados, tan lejos de los sectores por donde normalmente circulaban, y se aproximó para mirarlo de cerca. Era un hombre todavía joven, alto y delgado, con facciones nobles y grandes ojos azules. Tao Chi'en comprobó encantado que podía traducir las diez palabras de aquel *fan güey* y él mismo conocía por lo menos otras tantas en inglés, de modo que tal vez sería posible comunicarse. Lo saludó con una cordial reverencia y el otro contestó imitando las inclinaciones con torpeza. Los dos sonrieron y luego se echaron a reír, coreados por las amables carcajadas de los espectadores. Comenzaron un anhelante diálogo de veinte palabras mal pronunciadas de lado y lado y una cómica pantomima de saltimbanquis, ante la creciente hilaridad de los curiosos. Pronto había un grupo considerable de gente impidiendo el paso del tráfico, todos muertos de la risa, lo cual atrajo a un policía británico a caballo, quien ordenó disolver la aglomeración de inmediato. Así nació una sólida alianza entre los dos hombres.

Ebanizer Hobbs estaba tan consciente de las limitaciones de su oficio, como lo estaba Tao Chi'en de las suyas. El primero deseaba aprender los secretos de la medicina oriental, vislumbrados en sus viajes por Asia, especialmente el control del dolor mediante agujas insertadas en los terminales nerviosos y el uso de combinaciones de plantas y yerbas para el tratamiento de diversas enfermedades que en Europa se consideraban fatales. El segundo sentía fascinación por la medicina occidental y sus métodos agresivos de curar, lo suyo era un arte sutil de equilibrio y armonía, una lenta tarea de enderezar la energía desviada, prevenir las enfermedades y buscar las causas de los síntomas. Tao Chi'en nunca había practicado cirugía y sus conocimientos de anatomía, muy precisos en lo referente a los diversos pulsos y a los puntos de acupuntura, se reducían a lo que podía ver y palpar. Sabía de memoria los dibujos anatómicos de la biblioteca de su antiguo maestro, pero no se le había ocurrido abrir un cadáver. La costumbre era desconocida en la medicina china; su sabio maestro, quien había practicado el arte de sanar toda su vida, rara vez había visto los órganos internos y era incapaz de diagnosticar si se topaba con síntomas que no calzaban en el repertorio de los males conocidos. Ebanizer Hobbs, en cambio, abría cadáveres y buscaba la causa, así aprendía. Tao Chi'en lo hizo por vez primera en el sótano del hospital de los ingleses, en una noche de tifones, como ayudante del doctor Hobbs, quien esa misma mañana había colocado sus primeras agujas de acupuntura para aliviar una migraña en el consultorio donde Tao Chi'en atendía a su clientela. En Hong Kong había algunos misioneros tan interesados en curar el cuerpo como en convertir el alma de sus feligreses, con quienes el doctor Hobbs mantenía excelentes relaciones. Estaban mucho más cerca de la población local que los médicos británicos de la colonia y admiraban los métodos de la medicina oriental. Abrieron las puertas de sus pequeños hospitales al *zhong yi.* El entusiasmo de Tao Chi'en y Ebanizer Hobbs por el estudio y la experimentación los condujo inevitablemente al afecto. Se juntaban casi en secreto, porque de haberse conocido su amistad, arriesgaban su reputación. Ni los pacientes europeos ni los chinos aceptaban que otra raza tuviera algo que enseñarles.

El anhelo de comprar una esposa volvió a ocupar los sueños de Tao Chi'en apenas se le acomodaron un poco las finanzas. Cuando cumplió veintidós años sumó una vez más sus ahorros, como hacía a menudo, y comprobó encantado que le alcanzaban para una mujer de pies pequeños y carácter dulce. Como no disponía de sus padres para ayudarlo en la gestión, tal como exigía la costumbre, debió recurrir a un agente. Le mostraron retratos de varias candidatas, pero le parecieron todas iguales; le resultaba imposible adivinar el aspecto de una muchacha –y mucho menos su personalidad– a partir de esos modestos dibujos a tinta. No le estaba permitido verla con sus propios ojos o escuchar su voz, como hubiera deseado; tampoco tenía un miembro femenino de su familia que lo hiciera por él. Eso sí, podía ver sus pies asomando bajo una cortina, pero le habían contado que ni siquiera eso era seguro, porque los agentes solían hacer trampa y mostrar los *lirios dorados* de otra mujer. Debía confiar en el destino. Estuvo a punto de dejar la decisión a los dados, pero el tatuaje en su mano derecha le recordó sus pasadas desventuras en los juegos de azar y prefirió encomendar la tarea al espíritu de su madre y al de su maestro de acupuntura. Después de recorrer cinco templos haciendo ofrendas, echó la suerte con los palitos del I Chin, donde leyó que el momento era propicio, y así escogió la novia. El método no le falló. Cuando levantó el pañuelo de seda roja de la cabeza de su flamante esposa, después de cumplir las ceremonias mínimas, pues no tenía dinero para un casamiento más espléndido, se encontró ante un rostro armonioso, que miraba obstinadamente al suelo. Repitió su nombre tres veces antes que ella se atreviera a mirarlo con los ojos llenos de lágrimas, temblando de pavor.

–Seré bueno contigo –le prometió él, tan emocionado como ella.

Desde el instante en que levantó esa tela roja, Tao adoró a la joven que le había tocado en suerte. Ese amor lo tomó por sorpresa: no imaginaba que tales sentimientos pudieran existir entre un hombre y una mujer. Jamás había oído manifestar tal clase de amor, sólo había leído vagas referencias en la literatura clásica, donde las doncellas, como los paisajes o la luna, eran temas obligados de inspiración poética. Sin embargo, creía que en el mundo real las mujeres eran sólo criaturas de trabajo y reproducción, como las campesinas entre las cuales se había criado, o bien objetos caros de decoración. Lin no correspondía a ninguna de esas categorías, era una persona misteriosa y compleja, capaz de desarmarlo con su ironía y desafiarlo con sus preguntas. Lo hacía reír como nadie, le inventaba historias imposibles, lo provocaba con juegos de palabras. En presencia de Lin todo parecía iluminarse con un fulgor irresistible. El prodigioso descubrimiento de la intimidad con otro ser humano fue la experiencia más profunda de su vida. Con prostitutas había tenido encuentros de gallo apresurado, pero nunca había dispuesto del tiempo y del amor para conocer a fondo a ninguna. Abrir los ojos por las mañanas y ver a Lin durmiendo a su lado lo hacía reír de dicha y un instante después temblar de angustia. ¿Y si una mañana ella no despertaba? El dulce olor de su transpiración en las noches de amor, el trazo fino de sus cejas elevadas en un gesto de perpetua sorpresa, la esbeltez imposible de su cintura, toda ella lo agobiaba de ternura. ¡Ah! Y la risa de los dos. Eso era lo mejor de todo, la alegría desenfadada de ese amor. Los *libros de almohada* de su viejo maestro, que tanta exaltación inútil le habían causado en la adolescencia, probaron ser de gran provecho a la hora del placer. Como correspondía a una joven virgen bien criada, Lin era modesta en su comportamiento diario, pero apenas perdió el temor de su marido emergió su naturaleza femenina espontánea y apasionada. En corto tiempo esa alumna ávida aprendió las doscientas veintidós maneras de amar y siempre dispuesta a seguirlo en esa alocada carrera, sugirió a su marido que inventara otras. Por fortuna para Tao Chi'en, los refinados conocimientos adquiridos en teoría en la biblioteca de su preceptor incluían innumerables formas de complacer a una mujer y sabía que el vigor cuenta mucho menos que la paciencia. Sus dedos estaban entrenados para percibir los diversos pulsos del cuerpo y ubicar a ojos cerrados los puntos más sensibles; sus manos calientes y firmes, expertas en aliviar los dolores de sus pacientes, se convirtieron en instrumentos de infinito gozo para Lin. Además había descubierto algo que su honorable *zhong yi* olvidó enseñarle: que el mejor afrodisíaco es el amor. En la cama podían ser tan felices, que los demás inconvenientes de la vida se borraban durante la noche. Pero esos inconvenientes eran muchos, como fue evidente al poco tiempo.

Los espíritus invocados por Tao Chi'en para ayudarlo en su decisión matrimonial cumplieron a la perfección: Lin tenía los pies vendados y era tímida y dulce como una ardilla. Pero a Tao Chi'en no se le ocurrió pedir también que su esposa tuviera fortaleza y salud. La misma mujer que parecía inagotable por las noches, durante el día se transformaba en una inválida. Apenas podía caminar un par de cuadras con sus pasitos de mutilada. Es cierto que al hacerlo se movía con la gracia tenue de un junco expuesto a la brisa, como hubiera escrito el anciano maestro de acupuntura en algunas de sus poesías, pero no era menos cierto que un breve viaje al mercado a comprar un repollo para la cena significaba un tormento para sus *lirios dorados.* Ella no se quejaba jamás en alta voz, pero bastaba verla transpirar y morderse los labios para adivinar el esfuerzo de cada movimiento. Tampoco tenía buenos pulmones. Respiraba con un silbido agudo de jilguero, pasaba la estación de las lluvias moquillando y la temporada seca ahogándose porque el aire caliente se le quedaba atascado entre los dientes. Ni las yerbas de su marido ni los tónicos de su amigo, el doctor inglés, lograban aliviarla. Cuando quedó encinta sus males empeoraron, pues su frágil esqueleto apenas soportaba el peso del niño. Al cuarto mes dejó de salir por completo y se sentó lánguida frente a la ventana a ver pasar la vida por la calle. Tao Chi'en contrató dos sirvientas para hacerse cargo de las tareas domésticas y acompañarla, porque temía que Lin muriera en su ausencia. Duplicó sus horas de trabajo y por primera vez acosaba a sus pacientes para cobrarles, lo cual lo llenaba de vergüenza. Sentía la mirada crítica de su maestro recordándole el deber de servir sin esperar recompensa, pues «quien más sabe, más obligación tiene hacia la humanidad». Sin embargo, no podía atender gratis o a cambio de favores, como había hecho antes, pues necesitaba cada centavo para mantener a Lin con comodidad. Para entonces disponía del segundo piso de una casa antigua, donde instaló a su mujer con refinamientos que ninguno de los dos había gozado antes, pero no estaba satisfecho. Se le puso en la mente conseguir una vivienda con jardín, así ella tendría belleza y aire puro. Su amigo Ebanizer Hobbs le explicó –en vista que él mismo se negaba a contemplar las evidencias– que la tuberculosis estaba muy avanzada y no habría jardín capaz de curar a Lin.

–En vez de trabajar de la madrugada hasta la medianoche para comprarle vestidos de seda y muebles de lujo, quédese con ella lo más posible, doctor Chi'en. Debe gozarla mientras la tenga –le aconsejaba Hobbs.

Los dos médicos acordaron, cada uno desde la perspectiva de su propia experiencia, que el parto sería para Lin una prueba de fuego. Ninguno era entendido en esa materia, pues tanto en Europa como en China había estado siempre en manos de comadronas, pero se propusieron estudiar. No confiaban en la pericia de una mujerona burda, como juzgaban a todas las de ese oficio. Las habían visto trabajar con sus manos asquerosas, sus brujerías y sus métodos brutales para desprender al niño de la madre, y decidieron librar a Lin de tan funesta experiencia. La joven, sin embargo, no quería dar a luz frente a dos hombres, especialmente si uno de ellos era un *fan güey* de ojos desteñidos, quien ni siquiera podía hablar la lengua de los seres humanos. Le rogó a su marido que acudiera a la partera del barrio, porque la decencia más elemental le impedía separar las piernas delante de un diablo extranjero, pero Tao Chi'en, dispuesto siempre a complacerla, esta vez se mostró inflexible. Por último transaron en que él la atendería personalmente, mientras Ebanizer Hobbs permanecía en la habitación del lado para darle apoyo verbal, en caso de necesitarlo.

El primer anuncio del alumbramiento fue un ataque de asma que por poco le cuesta la vida a Lin. Se confundieron los esfuerzos por respirar con los del vientre por expeler a la criatura y tanto Tao Chi'en, con todo su amor y su ciencia, como Ebanizer Hobbs con sus textos de medicina, fueron impotentes para ayudarla. Diez horas más tarde, cuando los gemidos de la madre se habían reducido al áspero borboriteo de un ahogado y el crío no daba señales de nacer, Tao Chi'en salió volando a buscar a la comadrona y, a pesar de su repulsión, la trajo prácticamente a la rastra. Tal como Chi'en y Hobbs temían, la mujer resultó ser una vieja maloliente con la cual fue imposible intercambiar ni el menor conocimiento médico, porque lo suyo no era ciencia, sino larga experiencia y antiguo instinto. Empezó por apartar a los dos hombres de un empellón, prohibiéndoles asomarse por la cortina que separaba los dos aposentos. Tao Chi'en nunca supo lo ocurrido tras aquella cortina, pero se tranquilizó cuando oyó a Lin respirar sin ahogarse y gritar con fuerza. En las horas siguientes, mientras Ebanizer Hobbs dormía extenuado en un sillón y Tao Chi'en consultaba desesperadamente al espíritu de su maestro,

Lin trajo al mundo a una niña exangüe. Como se trataba de una criatura de sexo femenino, ni la comadrona ni el padre se preocuparon de revivirla, en cambio ambos se dieron a la tarea de salvar a la madre, quien iba perdiendo sus escasas fuerzas a medida que la sangre se escurría entre sus piernas.

Lin escasamente lamentó la muerte de la niña, como si adivinara que no le alcanzaría la vida para criarla. Se repuso con lentitud del mal parto y por un tiempo intentó ser otra vez la compañera alegre de los juegos nocturnos. Con la misma disciplina empleada en disimular el dolor de los pies, fingía entusiasmo por los apasionados abrazos de su marido. «El sexo es un viaje, un viaje sagrado», le decía a menudo, pero ya no tenía ánimo para acompañarlo. Tanto deseaba Tao Chi'en ese amor, que se las arregló para ignorar uno a uno los signos delatorios y seguir creyendo hasta el final que Lin era la misma de antes. Había soñado por años con hijos varones, pero ahora sólo pretendía proteger a su esposa de otra preñez. Sus sentimientos por Lin se habían transformado en una veneración que sólo a ella podía confesar; pensaba que nadie podría entender ese agobiante amor por una mujer, nadie conocía a Lin como él, nadie sabía de la luz que ella traía a su vida. Soy feliz, soy feliz, repetía para apartar las premoniciones funestas, que lo asaltaban apenas se descuidaba. Pero no lo era. Ya no se reía con la liviandad de antes y cuando estaba con ella apenas podía gozarla, salvo en algunos momentos perfectos del placer carnal, porque vivía observándola preocupado, siempre pendiente de su salud, consciente de su fragilidad, midiendo el ritmo de su aliento. Llegó a odiar sus *lirios dorados*, que al principio de su matrimonio besaba transportado por la exaltación del deseo. Ebanizer Hobbs era partidario de que Lin diera largos paseos al aire libre para fortalecer los pulmones y abrir el apetito, pero ella apenas lograba dar diez pasos sin desfallecer. Tao no podía quedarse junto a su mujer todo el tiempo, como sugería Hobbs, porque debía proveer para ambos. Cada instante separado de ella le parecía vida gastada en la infelicidad, tiempo robado al amor. Puso al servicio de su amada toda su farmacopea y los conocimientos adquiridos en muchos años de practicar medicina, pero un año después del parto Lin estaba convertida en la sombra de la muchacha alegre que antes fuera. Su marido intentaba hacerla reír, pero la risa les salía falsa a los dos.

Un día Lin ya no pudo salir de la cama. Se ahogaba, las fuerzas se le iban tosiendo sangre y tratando de aspirar aire. Se negaba a comer, salvo cucharaditas de sopa magra, porque el esfuerzo la agotaba. Dormía a sobresaltos en los escasos momentos en que la tos se calmaba. Tao Chi'en calculó que llevaba seis semanas respirando con un ronquido líquido, como si estuviera sumergida en agua. Al levantarla en brazos comprobaba cómo iba perdiendo peso y el alma se le encogía de terror. Tanto la vio sufrir, que su muerte debió llegar como un alivio, pero la madrugada fatídica en que amaneció abrazado junto al cuerpo helado de Lin, creyó morir también. Un grito largo y terrible, nacido del fondo mismo de la tierra, como un clamor de volcán, sacudió la casa y despertó al barrio. Llegaron los vecinos, abrieron a patadas la puerta y lo encontraron desnudo al centro de la habitación con su mujer en los brazos, aullando. Debieron separarlo a viva fuerza del cuerpo y dominarlo, hasta que llegó Ebanizer Hobbs y lo obligó a tragar una cantidad de láudano capaz de tumbar a un león.

Tao Chi'en se sumió en la viudez con una desesperación total. Hizo un altar con el retrato de Lin y algunas de sus pertenencias y pasaba horas contemplándolo desolado. Dejó de ver a sus pacientes y de compartir con Ebanizer Hobbs el estudio y la investigación, bases de su amistad. Le repugnaban los consejos del inglés, quien sostenía que «un clavo saca otro clavo» y lo mejor para reponerse del duelo era visitar los burdeles del puerto, donde podría escoger cuántas mujeres de pies deformes, como llamaba a los *lirios dorados*, se le antojaran. ¿Cómo podía sugerirle semejante aberración? No existía quien pudiera reemplazar a Lin, jamás amaría a otra, de eso Tao Chi'en estaba seguro. Sólo aceptaba de Hobbs en ese tiempo sus generosas botellas de whisky. Durante semanas pasó aletargado en el alcohol, hasta que se le acabó el dinero y poco a poco debió vender o empeñar sus posesiones, hasta que un día no pudo pagar la renta y tuvo que trasladarse a un hotel de baja estopa. Entonces recordó que era un *zhong yi* y volvió a trabajar, aunque cumplía a duras penas, con la ropa sucia, la trenza despelucada, mal afeitado. Como gozaba de buena reputación, los pacientes soportaron su aspecto de espantajo y sus errores de ebrio con la actitud resignada de los pobres, pero pronto dejaron de consultarlo. Tampoco Ebanizer Hobbs volvió a llamarlo para tratar los casos difíciles, porque perdió confianza en su criterio. Hasta entonces ambos se habían complementado con éxito: el inglés podía por primera vez practicar cirugía con audacia, gracias a las poderosas drogas y a las agujas de oro capaces de mitigar el dolor, reducir las hemorragias y acortar el tiempo de cicatrización, y el chino aprendía el uso del escalpelo y otros métodos de la ciencia europea. Pero con las manos tembleques y los ojos nublados por la intoxicación y las lágrimas, Tao Chi'en representaba un peligro, más que una ayuda.

En la primavera de 1847 el destino de Tao Chi'en nuevamente viró de súbito, tal como había ocurrido un par de veces en su vida. En la medida que perdía sus pacientes regulares y se extendía el rumor de su desprestigio como médico, debió concentrarse en los barrios más desesperados del puerto, donde nadie pedía sus referencias. Los casos eran de rutina: contusiones, navajazos y perforaciones de bala. Una noche Tao Chi'en fue llamado de urgencia a una taberna para coser a un marinero después de una monumental riña. Lo condujeron a la parte trasera del local, donde el hombre yacía inconsciente con la cabeza abierta como un melón. Su contrincante, un gigantesco noruego, había levantado una pesada mesa de madera y la había usado como garrote para defenderse de sus atacantes, un grupo de chinos dispuestos a darle una memorable golpiza. Se lanzaron en masa encima del noruego y lo hubieran hecho picadillo si no acuden en su ayuda varios marineros nórdicos, que bebían en el mismo local, y lo que comenzó como una discusión de jugadores borrachos, se convirtió en una batalla racial. Cuando llegó Tao Chi'en, quienes podían caminar habían desaparecido hacía mucho rato. El noruego se reintegró ileso a su nave escoltado por dos policías ingleses y los únicos a la vista eran el tabernero, la víctima agónica y el piloto, quien se las había arreglado para alejar a los policías. De haber sido un europeo, seguramente el herido habría terminado en el hospital británico, pero como se trataba de un asiático, las autoridades del puerto no se molestaron demasiado.

A Tao Chi'en le bastó una mirada para determinar que nada podía hacer por ese pobre diablo con el cráneo destrozado y los sesos a la vista. Así se lo explicó al piloto, un inglés barbudo y grosero.

–¡Condenado chino! ¿No puedes restregar la sangre y coserle la cabeza? –exigió.

–Tiene el cráneo partido, ¿para qué coserlo? Tiene derecho a morir en paz.

–¡No puede morirse! ¡Mi barco zarpa al amanecer y necesito a este hombre a bordo! ¡Es el cocinero!

–Lo siento –replicó Tao Chi'en con una respetuosa venia, procurando disimular el fastidio que aquel insensato *fan güey* le producía.

El piloto pidió una botella de ginebra e invitó a Tao Chi'en a beber con él. Si el cocinero estaba más allá de cualquier consuelo, bien podían tomar una copa en su nombre, dijo, para que después no viniera su jodido fantasma, maldito sea, a tironearles los pies por la noche. Se instalaron a pocos pasos del moribundo a emborracharse sin prisa. De vez en cuando Tao Chi'en se inclinaba para tomarle el pulso, calculando que no debían quedarle más de unos minutos de vida, pero el hombre resultó más resistente de lo esperado. Poca cuenta se daba el *zhong yi* de cómo el inglés le suministraba un vaso tras otro, mientras él apenas bebía del suyo. Pronto estaba mareado y ya no podía recordar por qué se encontraba en ese lugar. Una hora más tarde, cuando su paciente sufrió un par de convulsiones finales y expiró, Tao Chi'en no lo supo, porque había rodado por el suelo sin conocimiento.

Despertó a la luz de un mediodía refulgente, abrió los ojos con tremenda dificultad y apenas logró incorporarse un poco se vio rodeado de cielo y agua. Tardó un buen rato en darse cuenta que estaba de espaldas sobre un gran rollo de cuerdas en la cubierta de un barco. El golpe de las olas contra los costados de la nave repicaba en su cabeza como formidables campanazos. Creía escuchar voces y gritos, pero no estaba seguro de nada, igual podía encontrarse en el infierno. Logró ponerse de rodillas y avanzar a gatas un par de metros, cuando lo invadió la náusea y cayó de bruces. Pocos minutos más tarde sintió el garrotazo de un balde de agua fría en la cabeza y una voz dirigiéndose a él en cantonés. Levantó la vista y se encontró ante un rostro imberbe y simpático que lo saludaba con una gran sonrisa a la cual le faltaba la mitad de los dientes. Un segundo balde de agua de mar terminó de sacarlo del estupor. El joven chino que con tanto afán lo mojaba se agachó a su lado riéndose a gritos y dándose palmadas en los muslos, como si su patética condición tuviera una gracia irresistible.

-¿Dónde estoy? -logró balbucear Tao Chi'en.

-¡Bienvenido a bordo del *Liberty*! Vamos en dirección al oeste, según parece.

-¡Pero yo no quiero ir a ninguna parte! ¡Debo bajar de inmediato!

Nuevas carcajadas acogieron sus intenciones. Cuando por fin logró controlar su hilaridad, el hombre le explicó que había sido «contratado», tal como lo había sido él mismo un par de meses antes. Tao Chi'en sintió que iba a desmayarse. Conocía el método. Si faltaban hombres para completar una tripulación, se recurría a la práctica expedita de emborrachar o aturdir de un trancazo en la cabeza a los incautos para engancharlos contra su voluntad. La vida de mar era ruda y mal pagada, los accidentes, la malnutrición y las enfermedades hacían estragos, en cada viaje moría más de uno y los cuerpos iban a parar al fondo del océano sin que nadie volviera a acordarse de ellos. Además los capitanes solían ser unos déspotas, que no debían rendir cuentas a nadie y cualquier falta castigaban con azotes. En Shanghai había sido necesario llegar a un acuerdo de caballeros entre los capitanes para limitar los secuestros a hombres libres y no arrebatarse mutuamente a los marineros. Antes del acuerdo, cada vez que uno bajaba al puerto a echarse unos tragos al cuerpo, corría el riesgo de amanecer en otra nave. El piloto del *Liberty* decidió reemplazar al cocinero muerto por Tao Chi'en -a sus ojos todos los «amarillos» eran iguales y daba lo mismo uno u otro- y después de embriagarlo lo hizo trasladar a bordo. Antes que despertara estampó la huella de su dedo pulgar en un contrato, amarrándolo a su servicio por dos años. Lentamente la magnitud de lo ocurrido se perfiló en el cerebro embotado de Tao Chi'en. La idea de rebelarse no se le ocurrió, equivalía a un suicidio, pero se propuso desertar apenas tocaran tierra en cualquier punto del planeta.

El joven lo ayudó a ponerse de pie y a lavarse, luego lo condujo a la cala del barco, donde se alineaban los camarotes y las hamacas. Le asignó su lugar y un cajón para guardar sus pertenencias. Tao Chi'en creía haber perdido todo, pero vio su maleta con los instrumentos médicos sobre el entarimado de madera que sería su cama. El piloto había tenido la buena idea de salvarla. El dibujo de Lin, sin embargo, había quedado en su altar. Comprendió horrorizado que tal vez el espíritu de su mujer no podría ubicarlo en medio del océano. Los primeros días navegando fueron un suplicio de malestar, a ratos lo tentaba la idea de lanzarse por la borda y acabar sus sufrimientos de una vez por todas. Apenas pudo sostenerse de pie fue asignado a la rudimentaria cocina, donde los trastos colgaban de unos ganchos, golpeándose en cada vaivén con un barullo ensordecedor. Las provisiones frescas obtenidas en Hong Kong se agotaron rápidamente y pronto no hubo más que pescado y carne salada, frijoles, azúcar, manteca, harina agusanada y galletas tan añejas que a menudo debían partirlas a golpes de martillo. Todo alimento se regaba con salsa de soya. Cada marinero disponía de una pinta de aguardiente al día para pasar las penas y enjuagarse la boca, porque las encías inflamadas eran uno de los problemas de la vida de mar. Para la mesa del capitán Tao Chi'en contaba con huevos y mermelada inglesa, que debía proteger con su propia vida, como le indicaron. Las raciones estaban calculadas para durar la travesía si no surgían inconvenientes naturales, como tormentas que los desviaran de la ruta, o falta de viento que los paralizara, y se complementaban con pescado fresco atrapado en las redes por el camino. No se esperaba talento culinario de Tao Chi'en, su papel consistía en controlar los alimentos, el licor y el agua dulce asignados a cada hombre y luchar contra el deterioro y las ratas. Debía también cumplir con las tareas de limpieza y navegación como cualquier marinero.

A la semana comenzó a disfrutar del aire libre, el trabajo rudo y la compañía de aquellos hombres provenientes de los cuatro puntos cardinales, cada uno con sus historias, sus nostalgias y sus habilidades. En los momentos de descanso tocaban algún instrumento y contaban historias de fantasmas del mar y mujeres exóticas en puertos lejanos. Los tripulantes provenían de muchas partes, tenían diversas lenguas y costumbres, pero estaban unidos por algo parecido a la amistad. El aislamiento y la certeza de que se necesitaban unos a otros, convertía en camaradas a hombres que en tierra firme no se hubieran mirado. Tao Chi'en volvió a reírse, como no lo hacía desde antes de la enfermedad de Lin. Una mañana el piloto lo llamó para presentarlo personalmente al capitán John Sommers, a quien sólo había visto de lejos en la escotilla de mando. Se encontró ante un hombre alto, curtido por los vientos de muchas latitudes, con una barba oscura y ojos de acero. Se dirigió a él a través del piloto, quien hablaba algo de cantonés, pero él respondió en su inglés de libro, con el afectado acento aristocrático aprendido de Ebanizer Hobbs.

–¿Me dice míster Oglesby que eres alguna clase de curandero?

–Soy un *zhong yi*, un médico.

–¿Médico? ¿Cómo médico?

–La medicina china es varios siglos más antigua que la inglesa, capitán –sonrió suavemente Tao Chi'en, con las palabras exactas de su amigo Ebanizer Hobbs.

El capitán Sommers levantó las cejas en un gesto de cólera ante la insolencia de aquel hombrecillo, pero la verdad lo desarmó. Se echó a reír de buena gana.

–A ver, míster Oglesby, sirva tres vasos de brandy. Vamos a brindar con el doctor. Éste es un lujo muy raro. ¡Es la primera vez que llevamos nuestro propio médico a bordo!

Tao Chi'en no cumplió su propósito de desertar en el primer puerto que tocara el *Liberty*, porque no supo dónde ir. Regresar a su desesperada existencia de viudo en Hong Kong tenía tan poco sentido como seguir navegando. Aquí o allá daba lo mismo y al menos como marinero podría viajar y aprender los métodos de curar usados en otras partes del mundo. Lo único que realmente lo atormentaba era que en ese deambular de ola en ola, Lin tal vez no podría ubicarlo, por mucho que gritara su nombre a todos los vientos. En el primer puerto descendió como los demás con permiso para permanecer en tierra por seis horas, pero en vez de aprovecharlas en tabernas, se perdió en el mercado buscando especias y plantas medicinales por encargo del capitán. «Ya que tenemos un doctor, también necesitamos remedios», había dicho. Le dio una bolsa con monedas contadas y le advirtió que si pensaba escapar o engañarlo, lo buscaría hasta dar con él y le rebanaría el cuello con su propia mano, pues no había nacido todavía el hombre capaz de burlarse impunemente de él.

–¿Está claro, chino?

–Está claro, inglés.

–¡A mí me tratas de señor!

–Sí, señor –replicó Tao Chi'en bajando la vista, pues estaba aprendiendo a no mirar a los blancos a la cara.

Su primera sorpresa fue descubrir que China no era el centro absoluto del universo. Había otras culturas, más bárbaras, es cierto, pero mucho más poderosas. No imaginaba que los británicos controlaran buena parte del orbe, tal como no sospechaba que otros *fan güey* fueran dueños de extensas colonias en tierras lejanas repartidas en cuatro continentes, como se dio el trabajo de explicarle el capitán John Sommers el día en que le arrancó una muela infectada frente a las costas de África. Realizó la operación limpiamente y casi sin dolor gracias a una combinación de sus agujas de oro en las sienes y una pasta de clavo de olor y eucalipto aplicada en la encía. Cuando terminó y el paciente aliviado y agradecido pudo terminar su botella de licor, Tao Chi'en se atrevió a preguntarle adónde iban. Lo desconcertaba viajar a ciegas, con la línea difusa del horizonte entre un mar y un cielo infinitos como única referencia.

–Vamos hacia Europa, pero para nosotros nada cambia. Somos gente de mar, siempre en el agua. ¿Quieres volver a tu casa?

–No, señor.

–¿Tienes familia en alguna parte?

–No, señor.

–Entonces te da lo mismo si vamos para el norte o el sur, para el este o el oeste, ¿no es así?

–Sí, pero me gusta saber dónde estoy.

–¿Por qué?

–Por si me caigo al agua o nos hundimos. Mi espíritu necesitará ubicarse para volver a China, sino andará vagando sin rumbo. La puerta al cielo está en China.

–¡Las cosas que se te ocurren! –rió el capitán–. ¿Así es que para ir al Paraíso hay que morir en China? Mira el mapa, hombre. Tu país es el más grande, es cierto, pero hay mucho mundo fuera de China. Aquí está Inglaterra, es apenas una pequeña isla, pero si sumas nuestras colonias, verás que somos dueños de más de la mitad del globo.

–¿Cómo así?

–Igual como hicimos en Hong Kong: con guerra y con trampa.

Digamos que es una mezcla de poderío naval, codicia y disciplina. No somos superiores, sino más crueles y decididos. No estoy particularmente orgulloso de ser inglés y cuando tú hayas viajado tanto como yo, tampoco tendrás orgullo de ser chino.

Durante los dos años siguientes Tao Chi'en pisó tierra firme tres veces, una de las cuales fue en Inglaterra. Se perdió entre la muchedumbre grosera del puerto y anduvo por las calles de Londres observando las novedades con los ojos de un niño maravillado. Los *fan güey* estaban llenos de sorpresas, por una parte carecían del menor refinamiento y se comportaban como salvajes, pero por otra eran capaces de prodigiosa inventiva. Comprobó que los ingleses padecían en su país de la misma arrogancia y mala educación demostrada en Hong Kong: lo trataban sin respeto, nada sabían de cortesía o de etiqueta. Quiso tomar una cerveza, pero lo sacaron a empujones de la taberna: aquí no entran perros amarillos, le dijeron. Pronto se juntó con otros marineros asiáticos y encontraron un lugar regentado por un chino viejo donde pudieron comer, beber y fumar en paz. Oyendo las historias de los otros hombres, calculó cuánto le faltaba por aprender y decidió que lo primero era el uso de los puños y el cuchillo. De poco sirven los conocimientos si uno es incapaz de defenderse; el sabio maestro de acupuntura también había olvidado enseñarle aquel principio fundamental.

En febrero de 1849 el *Liberty* atracó en Valparaíso. Al día siguiente el capitán John Sommers lo llamó a su cabina y le entregó una carta.

–Me la dieron en el puerto, es para ti y viene de Inglaterra.

Tao Chi'en tomó el sobre, enrojeció y una enorme sonrisa le iluminó la cara.

–¡No me digas que es una carta de amor! –se burló el capitán.

–Mejor que eso –replicó, guardándola entre el pecho y la camisa. La carta sólo podía ser de su amigo Ebanizer Hobbs, la primera que le llegaba en los dos años que había pasado navegando.

–Has hecho un buen trabajo, Chi'en.

–Pensé que no le gusta mi comida, señor –sonrió Tao.

–Como cocinero eres un desastre, pero sabes de medicina. En dos años no se me ha muerto un solo hombre y nadie tiene escorbuto. ¿Sabes lo que eso significa?

–Buena suerte.

–Tu contrato termina hoy. Supongo que puedo emborracharte y hacerte firmar una extensión. Tal vez lo haría con otro, pero te debo algunos servicios y yo pago mis deudas. ¿Quieres seguir conmigo? Te aumentaré el sueldo.

–¿Adónde?

–A California. Pero dejaré este barco, me acaban de ofrecer un vapor, ésta es una oportunidad que he esperado por años. Me gustaría que vinieras conmigo.

Tao Chi'en había oído de los vapores y les tenía horror. La idea de unas enormes calderas llenas de agua hirviendo para producir vapor y mover una maquinaria infernal, sólo podía habérsele ocurrido a gente muy apresurada. ¿No era mejor viajar al ritmo de los vientos y las corrientes? ¿Para qué desafiar a la naturaleza? Corrían rumores de calderas que estallaban en alta mar, cocinando viva a la tripulación. Los pedazos de carne humana, hervidos como camarones, salían disparados en todas direcciones para alimento de peces, mientras las almas de aquellos desdichados, desintegradas en el destello de la explosión y los remolinos de vapor, jamás podían reunirse con sus antepasados. Tao Chi'en recordaba claramente el aspecto de su hermanita menor después que le cayó encima la olla con agua caliente, igual como recordaba sus horribles gemidos de dolor y las convulsiones de su muerte. No estaba dispuesto a correr tal riesgo.

El oro de California, que según decían estaba tirado por el suelo como peñascos, tampoco lo tentaba demasiado. Nada debía a John Sommers. El capitán era algo más tolerante que la mayoría de los *fan güey* y trataba a la tripulación con cierta ecuanimidad, pero no era su amigo y no lo sería jamás.

–No gracias, señor.

–¿No quieres conocer California? Puedes hacerte rico en poco tiempo y regresar a China convertido en un magnate.

–Sí, pero en un barco a vela.

–¿Por qué? Los vapores son más modernos y rápidos.

Tao Chi'en no intentó explicar sus motivos. Se quedó en silencio mirando el suelo con su gorro en la mano mientras el capitán terminaba de beber su whisky.

–No puedo obligarte –dijo al fin Sommers–. Te daré una carta de recomendación para mi amigo Vincent Katz, del bergantín *Emilia*, que también zarpa hacia California en los próximos días. Es un holandés bastante peculiar, muy religioso y estricto, pero es buen hombre y buen marino. Tu viaje será más lento que el mío, pero tal vez nos veremos en San Francisco y si estás arrepentido de tu decisión, siempre puedes volver a trabajar conmigo.

El capitán John Sommers y Tao Chi'en se dieron la mano por primera vez.

EL VIAJE

Encogida en su madriguera de la bodega, Eliza comenzó a morir. A la oscuridad y la sensación de estar emparedada en vida se sumaba el olor, una mezcolanza del contenido de los bultos y cajas, pescado salado en barriles y la rémora de mar incrustada en las viejas maderas del barco. Su buen olfato, tan útil para transitar por el mundo a ojos cerrados, se había convertido en un instrumento de tortura. Su única compañía era un extraño gato de tres colores, sepultado como ella en la bodega para protegerla de los ratones. Tao Chi'en le aseguró que se acostumbraría al olor y al encierro, porque a casi todo se habitúa el cuerpo en tiempos de necesidad, agregó que el viaje sería largo y no podría asomarse al aire libre nunca, así es que más le valía no pensar para no volverse loca. Tendría agua y comida, le prometió, de eso se encargaría él cuando pudiera bajar a la bodega sin levantar sospechas. El bergantín era pequeño, pero iba atestado de gente y sería fácil escabullirse con diversos pretextos.

–Gracias. Cuando lleguemos a California le daré el broche de turquesas...

–Guárdelo, ya me pagó. Lo necesitará. ¿Para qué va a California?

–A casarme. Mi novio se llama Joaquín. Lo atacó la fiebre del oro y se fue. Dijo que volvería, pero yo no puedo esperarlo.

Apenas la nave abandonó la bahía de Valparaíso y salió a alta mar, Eliza comenzó a delirar. Durante horas estuvo echada en la oscuridad como un animal en su propia porquería, tan enferma que no recordaba dónde se encontraba ni por qué, hasta que por fin se abrió la puerta de la bodega y Tao Chi'en apareció alumbrado por un cabo de vela, trayéndole un plato de comida. Le bastó verla para darse cuenta que la muchacha nada podía echarse a la boca. Dio la cena al gato, partió a buscar un balde con agua y regresó a limpiarla. Empezó por darle a beber una fuerte infusión de jengibre y aplicarle una docena de sus agujas de oro, hasta que se le calmó el estómago. Poca cuenta se dio Eliza cuando él la desnudó por completo, la lavó delicadamente con agua de mar, la enjuagó con una taza de agua dulce y le dio un masaje de pies a cabeza con el mismo bálsamo recomendado para temblores de malaria. Momentos después ella dormía, envuelta en su manta de Castilla con el gato a los pies, mientras Tao Chi'en en la cubierta enjuagaba su ropa en el mar, procurando no llamar la atención, aunque a esa hora los marineros descansaban. Los pasajeros recién embarcados iban tan mareados como Eliza, ante la indiferencia de los que llevaban tres meses viajando desde Europa y ya habían pasado por esa prueba.

En los días siguientes, mientras los nuevos pasajeros del *Emilia* se acostumbraban al vapuleo de las olas y establecían las rutinas necesarias para el resto de la travesía, en el fondo de la cala Eliza estaba cada vez más enferma. Tao Chi'en bajaba cuantas veces podía para darle agua y tratar de calmar las náuseas, extrañado de que en vez de disminuir, el malestar fuera en aumento. Intentó aliviarla con los recursos conocidos para esos casos y otros que improvisó a la desesperada, pero Eliza poco lograba mantener en el estómago y se estaba deshidratando. Le preparaba agua con sal y azúcar y se la daba a cucharaditas con infinita paciencia, pero pasaron dos semanas sin mejoría aparente y llegó un momento en que la joven tenía la piel suelta como un pergamino y ya no pudo levantarse para hacer los ejercicios que Tao le imponía. «Si no te mueves se entumece el cuerpo y se ofuscan las ideas», le repetía. El bergantín tocó brevemente los puertos de Coquimbo, Caldera, Antofagasta, Iquique y Arica y en cada oportunidad trató de convencerla que desembarcara y buscara la forma de volver a su casa, porque la veía debilitarse por momentos y estaba asustado.

Habían dejado atrás el puerto del Callao, cuando la situación de Eliza dio un vuelco fatal. Tao Chi'en había conseguido en el mercado una provisión de hojas de coca, cuya reputación medicinal conocía bien, y tres gallinas vivas que pensaba mantener escondidas para sacrificarlas de a una, pues la enferma necesitaba algo más suculento que las magras raciones del barco. Cocinó la primera en un caldo saturado de jengibre fresco y bajó decidido a darle la sopa a Eliza aunque fuera a viva fuerza. Encendió un farol de sebo de ballena, se abrió paso entre los bultos y se acercó al cuchitril de la muchacha, que estaba con los ojos cerrados y pareció no percibir su presencia. Bajo su cuerpo se extendía una gran mancha de sangre. El *zhong yi* lanzó una exclamación y se inclinó sobre ella, sospechando que la desdichada se las había arreglado para suicidarse. No podía culparla, en semejantes condiciones él hubiera hecho lo mismo, pensó. Le levantó la camisa, pero no había ninguna herida visible y al tocarla comprendió que aún estaba viva. La sacudió hasta que abrió los ojos.

–Estoy encinta –admitió ella por fin con un hilo de voz.

Tao Chi'en se agarró la cabeza a dos manos, perdido en una letanía de lamentos en el dialecto de su aldea natal, al cual no había recurrido en quince años: de haberlo sabido jamás la hubiera ayudado, cómo se le ocurría partir a California embarazada, estaba demente, lo que faltaba, un aborto, si se moría él estaba perdido, tamaño lío en que lo había metido, por tonto le pasa, cómo no adivinó la causa de su apuro por escapar de Chile. Agregó juramentos y maldiciones en inglés, pero ella había vuelto a desmayarse y se encontraba lejos de cualquier reproche. La sostuvo en sus brazos meciéndola como a un niño, mientras la rabia se le iba convirtiendo en una incontenible compasión. Por un instante se le ocurrió la idea de acudir al capitán Katz y confesarle todo el asunto, pero no podía predecir su reacción. Ese holandés luterano, que trataba a las mujeres de a bordo como si fueran apestadas, seguramente se pondría furioso al enterarse de que llevaba otra escondida y para colmo encinta y moribunda. ¿Y qué castigo reservaría para él? No, no podía decírselo a nadie. La única alternativa sería esperar que Eliza se despachara, si tal era su karma, y luego echar el cuerpo al mar junto con las bolsas de basura de la cocina. Lo más que podría hacer por ella, si la veía sufriendo demasiado, sería ayudarla a morir con dignidad.

Iba camino a la salida, cuando percibió en la piel una presencia extraña. Asustado, levantó el farol y vio con perfecta claridad en el círculo de trémula luz a su adorada Lin observándolo a poca distancia con esa expresión burlona en su rostro translúcido que constituía su mayor encanto. Llevaba su vestido de seda verde bordado con hilos dorados, el mismo que usaba para las grandes ocasiones, el cabello recogido en un sencillo moño sujeto con palillos de marfil y dos peonías frescas sobre las orejas. Así la había visto por última vez, cuando las mujeres del vecindario la vistieron antes de la ceremonia fúnebre. Tan real fue la aparición de su esposa en la bodega, que sintió pánico: los espíritus, por buenos que hubieran sido en vida, solían portarse cruelmente con los mortales. Trató de escapar hacia la puerta, pero ella le bloqueó el paso. Tao Chi'en cayó de rodillas, temblando, sin soltar el farol, su único asidero con la realidad. Intentó una oración para exorcizar a los diablos, en caso que hubieran tomado la forma de Lin para confundirlo, pero no pudo recordar las palabras y sólo un largo quejido de amor por ella y nostalgia por el pasado salió de sus labios. Entonces Lin se inclinó sobre él con su inolvidable suavidad, tan cerca que de haberse atrevido él hubiera podido besarla, y susurró que no había venido de tan lejos para meterle miedo, sino para recordarle los deberes de un médico honorable. También ella había estado a punto de irse en sangre como esa muchacha después de dar a luz a su hija y en esa ocasión él había sido capaz de salvarla. ¿Por qué no hacía lo mismo por aquella joven? ¿Qué le pasaba a su amado Tao? ¿Había perdido acaso su buen corazón y estaba convertido en una cucaracha? Una muerte prematura no era el karma de Eliza, le aseguró. Si una mujer está dispuesta a atravesar el mundo sepultada en un agujero de pesadilla para encontrar a su hombre, es porque tiene mucho *qi*.

–Debes ayudarla, Tao, si se muere sin ver a su amado nunca tendrá paz y su fantasma te perseguirá para siempre –le advirtió Lin antes de esfumarse.

–¡Espera! –suplicó el hombre extendiendo una mano para sujetarla, pero sus dedos se cerraron en el vacío.

Tao Chi'en quedó postrado en el suelo por largo rato, procurando recuperar el entendimiento, hasta que su corazón demente dejó de galopar y el tenue aroma de Lin se hubo disipado en la bodega. No te vayas, no te vayas, repitió mil veces, vencido de amor. Por fin pudo ponerse de pie, abrir la puerta y salir al aire libre.

Era una noche tibia. El océano Pacífico refulgía como plata con los reflejos de la luna y una brisa leve hinchaba las viejas velas del «Emilia». Muchos pasajeros ya se habían retirado o jugaban naipes en las cabinas, otros habían colgado sus hamacas para pasar la noche entre el desorden de máquinas, aperos de caballos y cajones que llenaban las cubiertas, y algunos se entretenían en la popa contemplando a los delfines juguetones en la estela de espuma de la nave. Tao Chi'en levantó los ojos hacia la inmensa bóveda del cielo, agradecido. Por primera vez desde su muerte, Lin lo visitaba sin timidez. Antes de iniciar su vida de marinero la había percibido cerca en varias ocasiones, sobre todo cuando se sumía en profunda meditación, pero entonces era fácil confundir la tenue presencia de su espíritu con su añoranza de viudo. Lin solía pasar por su lado rozándolo con sus dedos finos, pero él se quedaba con la duda de si sería ella realmente o sólo una creación de su alma atormentada. Momentos antes en la bodega, sin embargo, no tuvo dudas: el rostro de Lin se le había aparecido tan radiante y preciso como esa luna sobre el mar. Se sintió acompañado y contento, como en las noches remotas en que ella dormía acurrucada en sus brazos después de hacer el amor.

Tao Chi'en se dirigió al dormitorio de la tripulación, donde disponía de una angosta litera de madera, lejos de la única ventilación que se colaba por la puerta. Era imposible dormir en el aire enrarecido y la pestilencia de los hombres, pero no había tenido que hacerlo desde la salida de Valparaíso, porque el verano permitía echarse por el suelo en cubierta. Buscó su baúl, clavado al piso para protegerlo del vapuleo de las olas, se quitó la llave del cuello, abrió el candado y sacó su maletín y un frasco de láudano. Luego sustrajo sigilosamente una doble ración de agua dulce y buscó unos trapos de la cocina, que le servirían a falta de algo mejor.

Se encaminaba de vuelta a la bodega cuando lo atajó una mano sobre su brazo. Se volvió sorprendido y vio a una de las chilenas quien, desafiando la orden perentoria del capitán de recluirse después de la puesta del sol, había salido a seducir clientes. La reconoció al punto. De todas las mujeres a bordo, Azucena Placeres era la más simpática y la más atrevida. En los primeros días fue la única dispuesta a ayudar a los pasajeros mareados y también cuidó con esmero a un joven marinero que se cayó del mástil y se partió un brazo. Se ganó así el respeto incluso del severo capitán Katz, quien a partir de entonces hizo la vista gorda ante su indisciplina. Azucena prestaba gratis sus servicios de enfermera, pero quien se atreviera a poner una mano encima de sus firmes carnes debía pagar en dinero contante y sonante, porque no había que confundir el buen corazón con la estupidez, como decía. Éste es mi único capital y si no lo cuido estoy jodida, explicaba, dándose alegres palmadas en las nalgas. Azucena Placeres se dirigió a él con cuatro palabras comprensibles en cualquier lengua: chocolate, café, tabaco, brandy. Como siempre hacía al cruzarse con él, le explicó con gestos atrevidos su deseo de canjear cualquiera de aquellos lujos por sus favores, pero el *zhong yi* se desprendió de ella con un empujón y siguió su camino.

Buena parte de la noche estuvo Tao Chi'en junto a la afiebrada Eliza. Trabajó sobre ese cuerpo exhausto con los limitados recursos de su maletín, su larga experiencia y una vacilante ternura, hasta que ella expulsó un molusco sanguinolento. Tao Chi'en lo examinó a la luz del farol y pudo determinar sin lugar a dudas que se trataba de un feto de varias semanas y estaba completo. Para limpiar el vientre a fondo colocó sus agujas en los brazos y piernas de la joven, provocando fuertes contracciones. Cuando estuvo seguro de los resultados suspiró aliviado: sólo quedaba pedir a Lin que interviniera para evitar una infección. Hasta esa noche Eliza representaba para él un pacto comercial y al fondo de su baúl estaba el collar de perlas para probarlo. Era sólo una muchacha desconocida por la cual creía no sentir interés personal, una *fan güey* de pies grandes y temperamento aguerrido a quien le habría costado mucho conseguir un marido, pues no mostraba disposición alguna para agradar o para servir a un hombre, eso se podía ver. Ahora, malograda por un aborto, no podría casarse jamás. Ni siquiera el amante, quien por lo demás ya la había abandonado una vez, la desearía por esposa, en el caso improbable de encontrarlo algún día. Admitía que para ser extranjera Eliza no era del todo fea, al menos había un leve aire oriental en sus ojos alargados y tenía el pelo largo, negro y lustroso, como la orgullosa cola de un caballo imperial. Si hubiera tenido una diabólica cabellera amarilla o roja, como tantas que había visto desde su salida de China, tal vez no se hubiera acercado a ella; pero ni su buen aspecto ni la firmeza de su carácter la ayudarían, su mala suerte estaba echada, no había esperanza para ella: terminaría de prostituta en California. Había frecuentado a muchas de esas mujeres en Cantón y en Hong Kong. Debía gran parte de sus conocimientos médicos a los años practicando sobre los cuerpos de aquellas desventuradas maltratados por golpes, enfermedades y drogas. Varias veces durante esa larga noche pensó si no sería más noble dejarla morir, a pesar de las instrucciones de Lin, y salvarla así de un destino horrible, pero le había pagado por adelantado y debía cumplir su parte del trato, se dijo. No, no era ésa la única razón, concluyó, puesto que desde el comienzo había cuestionado sus propios motivos para embarcar a esa chica de polizón en el barco. El riesgo era inmenso, no estaba seguro de haber cometido tamaña imprudencia sólo por el valor de las perlas. Algo en la valiente determinación de Eliza lo había conmovido, algo en la fragilidad de su cuerpo y en el bravo amor que profesaba por su amante le recordaba a Lin...

Finalmente al amanecer Eliza dejó de sangrar. Se volaba de fiebre y tiritaba a pesar del calor insoportable de la bodega, pero tenía mejor pulso y respiraba tranquila en su sueño. Sin embargo, no estaba fuera de peligro. Tao Chi'en deseaba quedarse allí para vigilarla, pero calculó que faltaba poco para el amanecer y pronto repicaría la campana llamando a su turno para el trabajo. Se arrastró extenuado hasta la cubierta, se dejó caer de bruces sobre las tablas del piso y se durmió como una criatura, hasta que una amistosa patada de otro marinero lo despertó para recordarle sus obligaciones. Sumergió la cabeza en un balde de agua de mar para despercudirse y, aún aturdido, partió a la cocina a hervir la mazamorra de avena que constituía el desayuno a bordo. Todos la comían sin comentarios, incluso el sobrio capitán Katz, salvo los chilenos que protestaban en coro, a pesar de estar mejor apertrechados por haber sido los últimos en embarcarse. Los demás habían dado cuenta de sus provisiones de tabaco, alcohol y golosinas en los meses de navegación que soportaron antes de tocar Valparaíso. Se había corrido la voz que algunos chilenos eran aristócratas, por eso no sabían lavar sus propios calzoncillos o hervir agua para el té. Los que viajaban en la primera cámara llevaban sirvientes, a quienes pensaban utilizar en las minas de oro, porque la idea de ensuciarse las manos personalmente no se les pasaba por la mente. Otros preferían pagar a los marineros para que los atendieran, ya que las mujeres se negaron en bloque a hacerlo; podían ganar diez veces más recibiéndolos por diez minutos en la privacidad de su cabina, no había razón para pasar dos horas lavándoles la ropa. La tripulación y el resto de los pasajeros se burlaban de aquellos señoritos consentidos, pero nunca lo hacían de frente. Los chilenos tenían buenos modales, parecían tímidos y hacían alarde de gran cortesía y caballerosidad, pero bastaba la menor chispa para inflamarles la soberbia. Tao Chi'en procuraba no meterse con ellos. Esos hombres no disimulaban su desprecio por él y por dos viajeros negros embarcados en Brasil, quienes habían pagado su pasaje completo, pero eran los únicos que no disponían de camarote y no estaban autorizados a compartir la mesa con los demás. Prefería a las cinco humildes chilenas, con su sólido sentido práctico, su perenne buen humor y la vocación maternal que les afloraba en los momentos de emergencia.

Cumplió su jornada como un sonámbulo, con la mente puesta en Eliza, pero no tuvo un momento libre para verla hasta la noche. A media mañana los marineros lograron pescar un enorme tiburón, que agonizó sobre la cubierta dando terribles coletazos, pero nadie se atrevió a acercarse para ultimarlo a garrotazos. A Tao Chi'en, en su calidad de cocinero, le tocó vigilar la faena de descuerarlo, cortarlo en pedazos, cocinar parte de la carne y salar el resto, mientras los marineros lavaban la sangre de la cubierta con cepillos y los pasajeros celebraban el horrendo espectáculo con las últimas botellas de champaña, anticipando el festín de la cena. Guardó el corazón para la sopa de Eliza y las aletas para secarlas, porque valían una fortuna en el mercado de los afrodisíacos. A medida que pasaban las horas ocupado con el tiburón, Tao Chi'en imaginaba a Eliza muerta en la cala del barco. Sintió una tumultosa felicidad cuando pudo bajar y comprobó que aún estaba viva y parecía mejor. La hemorragia había cesado, el jarro de agua estaba vacío y todo indicaba que había tenido momentos de lucidez durante aquel largo día. Agradeció brevemente a Lin por su ayuda. La joven abrió los ojos con dificultad, tenía los labios secos y la cara arrebolada por la fiebre. La ayudó a incorporarse y le dio una fuerte infusión de *tangkuei* para reponer la sangre. Cuando estuvo seguro que la retenía en el estómago, le dio unos sorbos de leche fresca, que ella bebió con avidez. Reanimada, anunció que sentía hambre y pidió más leche. Las vacas que llevaban a bordo, poco acostumbradas a navegar, producían poco, estaban en los huesos y ya se hablaba de matarlas. A Tao

Chi'en la idea de beber leche le parecía asquerosa, pero su amigo Ebanizer Hobbs lo había advertido sobre sus propiedades para reponer la sangre perdida. Si Hobbs la usaba en la dieta de heridos graves, debía tener el mismo efecto en este caso, decidió.

–¿Me voy a morir, Tao?

–No todavía –sonrió él, acariciándole la cabeza.

–¿Cuánto falta para llegar a California?

–Mucho. No pienses en eso. Ahora debes orinar.

–No, por favor –se defendió ella.

–¿Cómo que no? ¡Tienes que hacerlo!

–¿Delante de ti?

–Soy un *zhong yi*. No puedes tener vergüenza conmigo. Ya he visto todo lo que hay por ver en tu cuerpo.

–No puedo moverme, no podré aguantar el viaje, Tao, prefiero morirme... –sollozó Eliza apoyándose en él para sentarse en la bacinilla.

–¡Ánimo, niña! Lin dice que tienes mucho *qi* y no has llegado tan lejos para morirte a medio camino.

–¿Quién?

–No importa.

Esa noche Tao Chi'en comprendió que no podía cuidarla solo, necesitaba ayuda. Al día siguiente, apenas las mujeres salieron de su cabina y se instalaron en la popa, como siempre hacían para lavar ropa, trenzarse el pelo y coser las plumas y mostacillas de los vestidos de su profesión, le hizo señas a Azucena Placeres para hablarle. Durante el viaje ninguna había usado sus atuendos de meretriz, se vestían con pesadas faldas oscuras y blusas sin adornos, calzaban chancletas, se arropaban por las tardes en sus mantos, se peinaban con dos trenzas a la espalda y no usaban maquillaje. Parecían un grupo de sencillas campesinas afanadas en labores domésticas. La chilena hizo un guiño de alegre complicidad a sus compañeras y lo siguió a la cocina. Tao Chi'en le entregó un gran trozo de chocolate, robado de la reserva de la mesa del capitán, y trató de explicarle su problema, pero ella nada entendía de inglés y él empezó a perder la paciencia. Azucena Placeres olió el chocolate y una sonrisa infantil iluminó su redonda cara de india. Tomó la mano del cocinero y se la puso sobre un seno, señalándole la cabina de las mujeres, desocupada a esa hora, pero él retiró su mano, cogió la de ella y la condujo a la trampa de acceso a la bodega. Azucena, entre extrañada y curiosa, se defendió débilmente, pero él no le dio oportunidad de negarse, abrió la trampa y la empujó por la escalerilla, siempre sonriendo para tranquilizarla. Durante unos instantes permanecieron en la oscuridad, hasta que encontró el farol colgado de una viga y pudo encenderlo. Azucena se reía: al fin ese chino estrafalario había entendido los términos del trato. Nunca lo había hecho con un asiático y tenía gran curiosidad por saber si su herramienta era como la de otros hombres, pero el cocinero no hizo ademán de aprovechar la privacidad, en cambio la arrastró por un brazo abriéndose camino por aquel laberinto de bultos. Ella temió que el hombre estuviera desquiciado y empezó a dar tirones para desprenderse, pero no la soltó, obligándola a avanzar hasta que el farol alumbró el cuchitril donde yacía Eliza.

–¡Jesús, María y José! –exclamó Azucena persignándose aterrada al verla.

–Dile que nos ayude –pidió Tao Chi'en a Eliza en inglés, sacudiéndola para que se reanimara.

Eliza demoró un buen cuarto de hora en traducir balbuceando las breves instrucciones de Tao Chi'en, quien había sacado el broche de turquesas del bolsito de las joyas y lo blandía ante los ojos de la temblorosa Azucena. El trato, le dijo, consistía en bajar dos veces al día a lavar a Eliza y darle de comer, sin que nadie se enterara. Si cumplía, el broche sería suyo en San Francisco, pero si decía una sola palabra a alguien, la degollaría. El hombre se había quitado el cuchillo del cinto y se lo pasaba ante la nariz, mientras en la otra mano enarbolaba el broche, de modo que el mensaje quedara bien claro.

–¿Entiendes?

–Dile a este chino desgraciado que entiendo y que guarde ese cuchillo, porque en un descuido me va a matar sin querer.

Durante un tiempo que pareció interminable, Eliza se debatió en los desvaríos de la fiebre, atendida por Tao Chi'en de noche y Azucena Placeres de día. La mujer aprovechaba la primera hora de la mañana y la de la siesta, cuando la mayoría de los pasajeros dormitaba, para escabullirse sigilosa a la cocina, donde Tao le entregaba la llave. Al principio bajaba a la bodega muerta de miedo, pero pronto su natural buena índole y el broche pudieron más que el susto. Empezó por refregar a Eliza con un trapo enjabonado hasta quitarle el sudor de la agonía, luego la obligaba a comer las papillas de leche con avena y los caldos de gallina con arroz reforzados con *tangkuei* que preparaba Tao Chi'en, le administraba las yerbas tal como él le ordenaba, y por propia iniciativa le daba una taza al día de infusión de *borraja*. Confiaba a ciegas en ese remedio para limpiar el vientre de un embarazo; *borraja* y una imagen de la Virgen del Carmen eran lo primero que ella y sus compañeras de aventura habían colocado en sus baúles de viaje, porque sin aquellas protecciones los caminos de California podían ser muy duros de recorrer. La enferma anduvo perdida en los espacios de la muerte hasta la mañana en que atracaron en el puerto de Guayaquil, apenas un caserío medio devorado por la exuberante vegetación ecuatorial, donde pocos barcos atracaban, salvo para negociar con frutos tropicales o café, pero el capitán Katz había prometido entregar unas cartas a una familia de misioneros holandeses. Esa correspondencia llevaba en su poder más de seis meses y no era hombre capaz de eludir un compromiso. La noche anterior, en medio de un calor de hoguera, Eliza sudó la calentura hasta la última gota, durmió soñando que trepaba descalza por la refulgente ladera de un volcán en erupción y despertó ensopada, pero lúcida y con la frente fresca. Todos los pasajeros, incluyendo las mujeres, y buena parte de la tripulación descendieron por unas horas a estirar las piernas, bañarse en el río y hartarse de fruta, pero Tao Chi'en se quedó en el barco para enseñar a Eliza a encender y fumar la pipa que él llevaba en su baúl. Tenía dudas sobre la forma de tratar a la muchacha, ésa era una de las ocasiones en que hubiera dado cualquier cosa por los consejos de su sabio maestro. Comprendía la necesidad de mantenerla tranquila para ayudarla a pasar el tiempo en la prisión de la bodega, pero había perdido mucha sangre y temía que la droga le aguara la que le quedaba. Tomó la decisión vacilando, después de suplicar a Lin que vigilara de cerca el sueño de Eliza.

–Opio. Te hará dormir, así el tiempo pasará rápido.

–¡Opio! ¡Esto produce locura!

–Tú estás loca de todos modos, no tienes mucho que perder –sonrió Tao.

–Quieres matarme, ¿verdad?

–Cierto. No me resultó cuando estabas desangrándote y ahora lo haré con opio.

–Ay, Tao, me da miedo...

–Mucho opio es malo. Poco es un consuelo y te voy a dar muy poco.

La joven no supo cuánto era mucho o poco. Tao Chi'en le daba a beber sus pócimas –*hueso de dragón* y *concha de ostra*– y le racionaba el opio para darle unas pocas horas de misericordiosa duermevela, sin permitirle que se perdiera por completo en un paraíso sin retorno. Pasó las semanas siguientes volando en otras galaxias, lejos de la madriguera insalubre donde su cuerpo yacía postrado, y despertaba sólo cuando bajaban a darle de comer, lavarla y obligarla a dar unos pasos en el estrecho laberinto de la bodega. No sentía el tormento de pulgas y piojos, tampoco el olor nauseabundo que al principio no podía tolerar, porque las drogas aturdían su prodigioso olfato. Entraba y salía de sus sueños sin control alguno y tampoco podía recordarlos, pero Tao Chi'en tenía razón: el tiempo pasó rápido. Azucena Placeres no entendía por qué Eliza viajaba en esas condiciones. Ninguna de ellas había pagado su pasaje, se habían embarcado con un contrato con el capitán, quien obtendría el importe del pasaje al llegar a San Francisco.

–Si los rumores son ciertos, en un solo día puedes echarte al bolsillo quinientos dólares. Los mineros pagan en oro puro. Llevan meses sin ver mujeres, estan desesperados. Habla con el capitán y págale cuando llegues –insistía en los momentos en que Eliza se incorporaba.

–No soy una de ustedes –replicaba Eliza aturdida en la dulce bruma de las drogas.

Por fin en un momento de lucidez Azucena Placeres consiguió que Eliza le confesara parte de su historia. Al punto la idea de ayudar a una fugitiva de amor se apoderó de la imaginación de la mujer y a partir de entonces cuidó a la enferma con mayor esmero. Ya no sólo cumplía con el trato de alimentarla y lavarla, también se quedaba junto a ella por el gusto de verla dormir. Si estaba despierta le contaba su propia vida y le enseñaba a rezar el rosario que, según decía, era la mejor forma de pasar las horas sin pensar y al mismo tiempo ganar el cielo sin mucho esfuerzo. Para una persona de su profesión, explicó, era un recurso inmejorable. Ahorraba rigurosamente una parte de sus ingresos para comprar indulgencias a la Iglesia, reduciendo así los días de purgatorio que debería pasar en la otra vida, aunque según sus cálculos, nunca serían suficientes para cubrir todos sus pecados. Transcurrieron semanas sin que Eliza supiera del día o la noche. Tenía la sensación vaga de contar a ratos con una presencia femenina a su lado, pero luego se dormía y despertaba confundida, sin saber si había soñado a Azucena Placeres o en verdad existía una mujercita de trenzas negras, nariz chata y pómulos altos, que parecía una versión joven de Mama Fresia.

El clima refrescó algo al dejar atrás Panamá, donde el capitán prohibió bajar a tierra por temor al contagio de fiebre amarilla, limitándose a enviar un par de marineros en un bote a buscar agua dulce, pues la poca que les quedaba se había vuelto pantano. Pasaron México y cuando el *Emilia* navegaba en las aguas del norte de California, entraron en la estación del invierno. El sofoco de la primera parte del viaje se transformó en frío y humedad; de las maletas surgieron gorros de piel, botas, guantes y refajos de lana. De vez en cuando el bergantín se cruzaban con otras naves y se saludaban de lejos, sin disminuir la marcha. En cada servicio religioso el capitán agradecía al cielo los vientos favorables, porque sabía de barcos desviados hasta las costas de Hawaii o más allá en busca de impulso para las velas. A los delfines juguetones se sumaron grandes ballenas solemnes acompañándolos por largos trechos. Al atardecer, cuando el agua se teñía de rojo con los reflejos de la puesta del sol, los inmensos cetáceos se amaban en un fragor de espuma dorada, llamándose unos a otros con profundos bramidos submarinos. Y a veces, en el silencio de la noche, tanto se acercaban al barco, que se podía oír con nitidez el rumor pesado y misterioso de sus presencias. Las provisiones frescas habían desaparecido y las raciones secas escaseaban; salvo jugar a las cartas y pescar, no había más diversiones. Los viajeros pasaban horas discutiendo los pormenores de las sociedades formadas para la aventura, algunas con estrictos reglamentos militares y hasta con uniformes, otras más relajadas. Todas consistían básicamente en unirse para financiar el viaje y el equipo, trabajar las minas, transportar el oro y luego repartirse las ganancias con equidad. Nada sabían del terreno o las distancias. Una de las sociedades estipulaba que cada noche los miembros debían regresar al barco, donde pensaban vivir durante meses, y depositar el oro del día en una caja fuerte. El capitán Katz les explicó que el *Emilia* no se alquilaba como hotel, porque él pensaba regresar a Europa lo antes posible, y las minas quedaban a cientos de millas del puerto, pero lo ignoraron. Llevaban cincuenta y dos días de viaje, la monotonía del agua infinita alteraba los nervios y las peleas estallaban al menor pretexto. Cuando un pasajero chileno estuvo a punto de descargar su trabuco sobre un marinero yanqui con quien Azucena Placeres coqueteaba demasiado, el capitán Vincent Katz confiscó las armas, incluso las navajas de afeitar, con la promesa de devolverlas a la vista de San Francisco. El único autorizado para manejar cuchillos fue el cocinero, quien tenía la ingrata tarea de matar uno a uno a los animales domésticos. Una vez que la última vaca fue a parar a las ollas, Tao Chi'en improvisó una elaborada ceremonia para obtener el perdón de los animales sacrificados y limpiarse de la sangre vertida, luego desinfectó su cuchillo, pasándolo varias veces por la llama de una antorcha.

Tan pronto la nave entró en las aguas de California, Tao Chi'en suspendió paulatinamente la yerbas tranquilizantes y el opio a Eliza, se dedicó a alimentarla y la obligó a hacer ejercicios para que pudiera salir de su encierro por sus propios pies. Azucena Placeres la jabonaba con paciencia y hasta improvisó la manera de lavarle el pelo con tacitas de agua, mientras le contaba de su triste vida de meretriz y su alegre fantasía de hacerse rica en California y volver a Chile convertida en una señora, con seis baúles de vestidos de reina y un diente de oro. Tao Chi'en dudaba de qué medio se valdría para desembarcar a Eliza, pero si había podido introducirla en un saco, seguramente podría emplear el mismo método para bajarla. Y una vez en tierra, la chica ya no era su responsabilidad. La idea de desprenderse definitivamente de ella le producía una mezcla de tremendo alivio y de incomprensible ansiedad.

Faltando pocas leguas para llegar a destino el *Emilia* fue bordeando la costa del norte de California. Según Azucena Placeres era tan parecida a la de Chile, que seguro habían andado en círculos como las langostas y estaban otra vez en Valparaíso. Millares de lobos marinos y focas se desprendían de las rocas y caían pesadamente al agua, en medio de la agobiante algazara de gaviotas y pelícanos. No se vislumbraba un alma en los acantilados, ni rastro de algún poblado, ni sombra de los indios que, según decían, habitaban esas regiones encantadas desde hacía siglos. Por fin se aproximaron a los farallones que anunciaban la cercanía de la Puerta de Oro, la famosa Golden Gate, umbral de la bahía de San Francisco. Una espesa bruma envolvió al barco como un manto, no se veía a medio metro de distancia y el capitán ordenó detener la marcha y echar el ancla por temor a estrellarse. Estaban muy cerca y la impaciencia de los pasajeros se había convertido en alboroto. Todos hablaban al mismo tiempo, preparándose para pisar tierra firme y salir disparados rumbo a los placeres en busca del tesoro. La mayoría de las sociedades para explotar las minas se había deshecho en los últimos días, el tedio de la navegación había creado enemigos entre quienes antes fueran socios y cada hombre pensaba sólo en sí mismo, sumido en propósitos de inmensa riqueza. No faltaron quienes declararon su amor a las prostitutas, dispuestos a pedir al capitán que los casara antes de desembarcar, porque oyeron que lo más escaso en aquellas tierras bárbaras eran las mujeres. Una de las peruanas aceptó la proposición de un francés, quien llevaba tanto tiempo en el mar que ya no recordaba ni su propio nombre, pero el capitán Vincent Katz se negó a celebrar la boda al enterarse que el hombre tenía esposa y cuatro hijos en Avignon. Las otras rechazaron de plano a los pretendientes, pues habían hecho tan penoso viaje para ser libres y ricas, dijeron, no para convertirse en sirvientas sin sueldo del primer pobretón que les propusiera casamiento.

El entusiasmo de los hombres se fue apaciguando a medida que pasaban las horas inmóviles, sumergidos en la lechosa irrealidad de la neblina. Por fin al segundo día se despejó súbitamente el cielo, pudieron levantar ancla y lanzarse con velas desplegadas a la última etapa del largo viaje. Pasajeros y tripulantes salieron a cubierta para admirar la estrecha apertura del Golden Gate, seis millas de navegación impulsados por el viento de abril, bajo un cielo diáfano. A ambos lados se alzaban cerros costaneros coronados de bosques, cortados como una herida por el trabajo eterno de las olas, atrás quedaba el océano Pacífico y al frente se extendía la espléndida bahía como un lago de aguas de plata. Una salva de exclamaciones saludó el fin de la ardua travesía y el principio de la aventura del oro para esos hombres y mujeres, así como para los veinte tripulantes, quienes decidieron en ese mismo instante abandonar la nave a su suerte y lanzarse ellos también a las minas. Los únicos impasibles fueron el capitán holandés Vincent Katz, quien permaneció en su puesto junto al timón sin revelar ni la menor emoción porque el oro no lo conmovía, sólo deseaba regresar a Amsterdam a tiempo para pasar la Navidad con su familia, y Eliza Sommers en el vientre del velero, quien no supo que habían llegado hasta muchas horas más tarde.

Lo primero que asombró a Tao Chi'en al entrar a la bahía, fue un bosque de mástiles a su derecha. Era imposible contarlos, pero calculó más de cien barcos abandonados en un desorden de batalla. Cualquier peón en tierra ganaba en un día más que un marinero en un mes de navegación; los hombres no sólo desertaban por el oro, también por la tentación de hacer dinero cargando sacos, horneando pan o forjando herraduras. Algunas embarcaciones vacías se alquilaban como bodegas o improvisados hoteles, otras se deterioraban cubiertas de algas marinas y nidos de gaviotas. Una segunda mirada reveló a Tao Chi'en la ciudad tendida como un abanico en las laderas de los cerros, un revoltijo de tiendas de campaña, cabañas de tablas y cartón y algunos edificios sencillos, pero de buena factura, los primeros en aquella naciente población. Después de botar el ancla acogieron al primer bote, que no fue de la capitanía del puerto, como supusieron, sino de un chileno presuroso por dar la bienvenida a sus compatriotas y recoger el correo. Era Feliciano Rodríguez de Santa Cruz, quien había cambiado su resonante nombre por Felix Cross, para que los yanquis pudieran pronunciarlo. A pesar de que varios viajeros eran sus amigos personales, nadie lo reconoció, porque del petimetre con levita y bigote engominado que habían visto por última vez en Valparaíso, nada quedaba; ante ellos apareció un cavernícola hirsuto, con la piel curtida de un indio, ropa de montañés, botas rusas hasta medio muslo y dos pistolones al cinto, acompañado por un negro de aspecto igualmente salvaje, también armado como un bandolero. Era un esclavo fugitivo que al pisar California se había convertido en hombre libre, pero como no fue capaz de soportar las penurias de la minería, prefirió ganarse la vida como matón a sueldo. Cuando Feliciano se identificó fue recibido con gritos de entusiasmo y llevado prácticamente en andas hasta la primera cámara, donde los pasajeros en masa le pidieron noticias. Su único interés consistía en saber si el mineral abundaba como decían, a lo cual replicó que había mucho más y produjo de su bolsa una sustancia amarilla en forma de caca aplastada y anunció que era una pepa de medio kilo de peso y estaba dispuesto a canjearla mano a mano por todo el licor de a bordo, pero no hubo trato porque sólo quedaban tres botellas, el resto había sido consumido en el viaje. La pepa había sido hallada, dijo, por los bravos mineros traídos de Chile, que ahora laboraban para él en los márgenes del Río Americano. Una vez que brindaron con la última reserva de alcohol y el chileno recibió las cartas de su mujer, procedió a informarles sobre cómo sobrevivir en esa región.

–Hace unos meses teníamos un código de honor y hasta los peores rufianes se comportaban con decencia. Se podía dejar el oro en una carpa sin vigilancia, nadie lo tocaba, pero ahora todo ha cambiado. Impera la ley de la selva, la única ideología es la codicia. No se separen de sus armas y anden en parejas o en grupos, esto es tierra de forajidos –explicó.

Varios botes habían rodeado la nave, tripulados por hombres que proponían a gritos diversos tratos, decididos a comprar cualquier cosa, pues en tierra la vendían en cinco veces su valor. Pronto los incautos viajeros descubrirían el arte de la especulación. En la tarde apareció el capitán del puerto acompañado de un agente de aduana y atrás dos botes con varios mexicanos y un par de chinos que se ofrecieron para trasladar la carga del barco al muelle. Cobraban una fortuna, pero no había alternativa. El capitán de puerto no demostró intención alguna de revisar pasaportes o averiguar la identidad de los pasajeros.

–¿Documentos? ¡Nada de eso! Han llegado al paraíso de la libertad. Aquí no existe el papel sellado –anunció.

Las mujeres, en cambio, le interesaron vivamente. Se vanagloriaba de ser el primero en catar a todas y cada una de las que desembarcaban en San Francisco, aunque no eran tantas como desearía. Contó que las primeras en aparecer por la ciudad, hacía ya varios meses, fueron recibidas por una muchedumbre de hombres eufóricos, que hicieron cola por horas para ocupar su turno a precio de oro en polvo, en pepitas, en monedas y hasta en lingotes. Se trataba de dos valientes muchachas yanquis, quienes habían hecho el viaje desde Boston cruzando al Pacífico por el Istmo de Panamá. Remataron sus servicios al mejor postor, ganando en un día los ingresos normales de un año. Desde entonces habían llegado más de quinientas, casi todas mexicanas, chilenas y peruanas, salvo unas cuantas norteamericanas y francesas, aunque su número resultaba insignificante comparado con la creciente invasión de hombres jóvenes y solos.

Azucena Placeres no oyó las noticias del yanqui, porque Tao Chi'en la llevó a la bodega apenas se enteró de la presencia del agente de aduana. No podría bajar a la muchacha en un saco al hombro de un estibador, como había subido, porque seguramente los bultos serían revisados. Eliza se sorprendió al verlo, ambos estaban irreconocibles: él lucía blusón y pantalones recién lavados, su apretada trenza brillaba como aceitada y se había afeitado cuidadosamente hasta el último pelo de la frente y la cara, mientras Azucena Placeres había cambiado su ropa de campesina por atuendos de batalla y llevaba un vestido azul con plumas en el escote, un peinado alto coronado por un sombrero y carmín en labios y mejillas.

–Terminó el viaje y aún estás viva, niña –le anunció alegremente. Pensaba prestar a Eliza uno de sus rumbosos vestidos y sacarla del barco como si fuera una más de su grupo, idea nada descabellada, pues seguramente ése sería su único oficio en tierra firme, como explicó.

–Vengo a casarme con mi novio –replicó Eliza por centésima vez.

–No hay novio que valga en este caso. Si para comer, hay que vender el poto, se vende. No puedes fijarte en detalles a estas alturas, niña.

Tao Chi'en las interrumpió. Si durante dos meses había siete mujeres a bordo, no podían bajar ocho, razonó. Se había fijado en el grupo de mexicanos y chinos que habían subido a bordo para descargar y que esperaba en cubierta las órdenes del capitán y del agente de aduana. Le indicó a Azucena que peinara el largo cabello de Eliza en una coleta como la suya, mientras él iba a buscar una muda de su propia ropa. Vistieron a la chica con unos pantalones, un blusón amarrado a la cintura con una cuerda y un sombrero de paja aparasolado. En esos dos meses chapoteando en los médanos del infierno, Eliza había perdido peso y se veía escuálida y pálida como papel de arroz. Con las ropas de Tao Chi'en, muy grandes para ella, parecía un niño chino desnutrido y triste. Azucena Placeres la envolvió en sus robustos brazos de lavandera y le plantó un beso emocionado en la frente. Le había tomado cariño y en el fondo se alegraba que tuviera un novio esperándola, porque no podía imaginarla sometida a las brutalidades de la vida que ella soportaba.

–Te ves como una lagartija –se rió Azucena Placeres.

–¿Y si me descubren?

–¿Qué es lo peor que puede pasar? Que Katz te obligue a pagar el pasaje. Puedes pagarlo con tus joyas, ¿no es para eso que las tienes? –opinó la mujer.

–Nadie debe saber que estás aquí. Así el capitán Sommers no te buscará en California –dijo Tao Chi'en.

–Si me encuentra, me llevará de vuelta a Chile.

–¿Para qué? De todos modos ya estás deshonrada. Los ricos no aguantan eso. Tu familia debe estar muy contenta de que hayas desaparecido, así no tendrán que echarte a la calle.

–¿Sólo eso? En China te matarían por lo que has hecho.

–Bueno, chino, no estamos en tu país. No asustes a la chiquilla. Puedes salir tranquila, Eliza. Nadie se fijará en ti. Estarán distraídos mirándome a mí –le aseguró Azucena Placeres, despidiéndose en un remolino de plumas azules, con el broche de turquesas prendido en el escote.

Así fue. Las cinco chilenas y las dos peruanas, en sus más exuberantes atuendos de conquista, fueron el espectáculo del día. Bajaron a los botes por escalas de cuerda, precedidas por siete afortunados marineros, quienes se habían rifado el privilegio de sostener sobre la cabeza las posaderas de las mujeres, en medio de un coro de rechiflas y aplausos de centenares de curiosos amontonados en el puerto para recibirlas. Nadie prestó atención a los mexicanos y a los chinos que, como una fila de hormigas, se pasaban los bultos de mano en mano. Eliza ocupó uno de los últimos botes junto a Tao Chi'en, quien anunció a sus compatriotas que el muchacho era sordomudo y un poco imbécil, así es que resultaba inútil intentar comunicarse con él.

ARGONAUTAS

Tao Chi'en y Eliza Sommers pusieron por primera vez los pies en San Francisco a las dos de la tarde de un martes de abril de 1849. Para entonces millares de aventureros habían pasado brevemente por allí rumbo a los placeres. Un viento pertinaz dificultaba la marcha, pero el día estaba despejado y pudieron apreciar el panorama de la bahía en su espléndida belleza. Tao Chi'en presentaba un aspecto estrambótico con su maletín de médico, del cual jamás se separaba, un atado a la espalda, sombrero de paja y un *sarape* de lanas multicolores comprado a uno de los cargadores mexicanos. En esa ciudad, sin embargo, la facha era lo de menos. A Eliza le temblaban las piernas, que no había usado en dos meses y se sentía tan mareada en tierra firme como antes lo había estado en el mar, pero la ropa de hombre le daba una libertad desconocida, nunca se había sentido tan invisible. Una vez que se repuso de la impresión de estar desnuda, pudo disfrutar de la brisa metiéndose por las mangas de la blusa y por los pantalones. Acostumbrada a la prisión de las enaguas, ahora respiraba a todo pulmón. A duras penas lograba cargar la pequeña maleta con los primorosos vestidos que Miss Rose había preparado con la mejor intención y al verla vacilando, Tao Chi'en se la quitó y se la puso al hombro. La manta de Castilla enrollada bajo el brazo pesaba tanto como la maleta, pero ella comprendió que no podía dejarla, sería su más preciada posesión por la noche. Con la cabeza baja, escondida bajo su sombrero de paja, avanzaba a tropezones en la pavorosa anarquía del puerto. El villorrio de Yerba Buena, fundado por una expedición española en 1769, contaba con menos de quinientos habitantes, pero apenas se corrió la voz del oro empezaron a llegar los aventureros. En pocos meses aquel pueblito inocente despertó con el nombre de San Francisco y su fama alcanzó hasta el último confín del mundo. No era todavía una verdadera ciudad, sino apenas un gigantesco campamento de hombres de paso.

La fiebre del oro no dejó a nadie indiferente: herreros, carpinteros, maestros, médicos, soldados, fugitivos de la ley, predicadores, panaderos, revolucionarios y locos mansos de variados pelajes habían dejado atrás familia y posesiones para cruzar medio mundo en pos de la aventura. «Buscan oro y por el camino pierden el alma», había repetido incansable el capitán Katz en cada uno de los breves oficios religiosos que imponía los domingos a los pasajeros y la tripulación del *Emilia*, pero nadie le hacía caso, ofuscados por la ilusión de una riqueza súbita capaz de cambiar sus vidas. Por primera vez en la historia el oro se encontraba tirado por el suelo sin dueño, gratis y abundante, al alcance de cualquiera resuelto a recogerlo. De las más lejanas orillas llegaban los argonautas: europeos escapando de guerras, pestes y tiranías; yanquis ambiciosos y corajudos; negros en pos de libertad; oregoneses y rusos vestidos con pieles, como indios; mexicanos, chilenos y peruanos; bandidos australianos; hambrientos campesinos chinos que arriesgaban la cabeza por violar la prohibición imperial de abandonar su patria. En los enlodados callejones de San Francisco se mezclaban todas las razas.

Las calles principales, trazadas como amplios semicírculos cuyos extremos tocaban la playa, estaban cortadas por otras rectas que descendían de los cerros abruptos y terminaban en el muelle, algunas tan empinadas y llenas de barro, que ni las mulas lograban treparlas. De repente soplaba un viento de tempestad, levantando torbellinos de polvo y arena, pero al poco rato el aire volvía a estar calmo y el cielo límpido. Ya existían varios edificios sólidos y docenas en construcción, incluso algunos que se anunciaban como futuros hoteles de lujo, pero el resto era un amasijo de viviendas provisorias, barracas, casuchas de planchas de hierro, madera o cartón, tiendas de lona y cobertizos de paja. Las lluvias del reciente invierno habían convertido el muelle en un pantano, los escasos vehículos se atascaban en el barro y se requerían tablones para cruzar las zanjas cubiertas de basura, millares de botellas rotas y otros desperdicios. No existían acequias ni alcantarillas y los pozos estaban contaminados; el cólera y la disentería causaban mortandad, salvo entre los chinos, que por costumbre tomaban té, y los chilenos, criados con el agua infecta de su país e inmunes, por lo tanto, a las bacterias menores. La heterogénea muchedumbre pululaba presa de una actividad frenética, empujando y tropezando con materiales de construcción, barriles, cajones, burros y carretones. Los cargadores chinos balanceaban sus cargas en los extremos de una pértiga, sin fijarse a quienes golpeaban al pasar; los mexicanos, fuertes y pacientes, se echaban a la espalda el equivalente a su propio peso y subían los cerros trotando; los malayos y los hawaianos aprovechaban cualquier pretexto para iniciar una pelea; los yanquis se metían a caballo en los improvisados negocios, despachurrando a quien se pusiera por delante; los californios nacidos en la región exhibían ufanos hermosas chaquetas bordadas, espuelas de plata y sus pantalones abiertos a los lados con doble hilera de botones de oro desde la cintura hasta las botas. El griterío de peleas o accidentes, contribuía al barullo de martillazos, sierras y picotas. Se oían tiros con aterradora frecuencia, pero nadie se alteraba por un muerto más o menos, en cambio el hurto de una caja de clavos atraía de inmediato a un grupo de indignados ciudadanos dispuestos a hacer justicia por sus manos. La propiedad era mucho más valiosa que la vida, cualquier robo superior a cien dólares se pagaba con la horca. Abundaban las casas de juego, los bares y los *saloons,* decorados con imágenes de hembras desnudas, a falta de mujeres de verdad. En las carpas se vendía de un cuanto hay, sobre todo licor y armas, a precios exuberantes porque nadie tenía tiempo de regatear. Los clientes pagaban casi siempre en oro sin detenerse a recoger el polvo que quedaba adherido a las pesas. Tao Chi'en decidió que la famosa *Gum San*, la Montaña Dorada de la cual tanto había oído hablar, era un infierno y calculó que a esos precios sus ahorros alcanzarían para muy poco. La bolsita de joyas de Eliza sería inútil, pues la única moneda aceptable era el metal puro.

Eliza se abría paso en la turba como mejor podía, pegada a Tao Chi'en y agradecida de su ropa de hombre, porque no se vislumbraban mujeres por parte alguna. Las siete viajeras del *Emilia* habían sido conducidas en andas a uno de los muchos *saloons*, donde sin duda ya empezaban a ganar los doscientos setenta dólares del pasaje que le debían al capitán Vincent Katz. Tao Chi'en había averiguado con los cargadores que la ciudad estaba dividida en sectores y cada nacionalidad ocupaba un vecindario. Le advirtieron que no se acercara al lado de los rufianes australianos, donde podían atacarlos por simple afán de diversión, y le señalaron la dirección de un amontonamiento de carpas y casuchas donde vivían los chinos. Hacia allá echó a andar.

-¿Cómo voy a encontrar a Joaquín en esta pelotera? -preguntó Eliza, sintiéndose perdida e impotente.

–Si hay barrio chino, debe haber barrio chileno. Búscalo.

–No pienso separarme de ti, Tao.

–En la noche yo vuelvo al barco –le advirtió él.

–¿Para qué? ¿No te interesa el oro?

Tao Chi'en apuró el paso y ella ajustó el suyo para no perderlo de vista. Así llegaron al barrio chino –*Little Canton*, como lo llamaban– un par de calles insalubres, donde él se sintió de inmediato como en su casa porque no se veía una sola cara de *fan güey*, el aire estaba impregnado de los olores deliciosos de la comida de su país y se oían varios dialectos, principalmente cantonés. Para Eliza, en cambio, fue como trasladarse a otro planeta, no entendía una sola palabra y le parecía que todo el mundo estaba furioso, porque gesticulaban a gritos. Allí tampoco vio mujeres, pero Tao le señaló un par de ventanucos con barrotes por donde asomaban unos rostros desesperados. Llevaba dos meses sin estar con una mujer y ésas lo llamaban, pero conocía demasiado bien los estragos de los males venéreos como para correr el riesgo con una de tan baja estopa. Eran muchachas campesinas compradas por unas monedas y traídas desde las más remotas provincias de China. Pensó en su hermana, vendida por su padre, y una oleada de náusea lo dobló en dos.

–¿Qué te pasa, Tao?

–Malos recuerdos... Esas muchachas son esclavas.

–¿No dicen que en California no hay esclavos?

Entraron a un restaurante, señalado con las tradicionales cintas amarillas. Había un largo mesón atestado de hombres que codo a codo devoraban de prisa. El ruido de los palillos contra las escudillas y la conversación a viva voz sonaban a música en los oídos de Tao Chi'en. Esperaron de pie en doble fila hasta que lograron sentarse. No era cosa de elegir, sino de aprovechar lo que cayera al alcance de la mano. Se requería pericia para atrapar el plato al vuelo antes que otro más avispado lo interceptara, pero Tao Chi'en consiguió uno para Eliza y otro para él. Ella observó desconfiada un líquido verdoso, donde flotaban hilachas pálidas y moluscos gelatinosos. Se jactaba de reconocer cualquier ingrediente por el olor, pero aquello ni siquiera le pareció comestible, tenía aspecto de agua de pantano con guarisapos, pero ofrecía la ventaja de no requerir palillos, podía sorberse directamente del tazón. El hambre pudo más que la sospecha y se atrevió a probarlo, mientras a su espalda una hilera de parroquianos impacientes la apuraba a gritos. El platillo resultó delicioso y de buena gana hubiera comido más, pero Tao Chi'en no le dio tiempo y cogiéndola de un brazo la sacó afuera. Ella lo siguió primero a recorrer las tiendas del barrio para reponer los productos medicinales de su maletín y hablar con el par de yerbateros chinos que operaban en la ciudad, y luego hasta un garito de juego, de los muchos que había en cada cuadra. Era éste un edificio de madera con pretensiones de lujo y decorado con pinturas de mujeres voluptuosas a medio vestir. El oro en polvo se pesaba para cambiarlo por monedas, a dieciséis dólares por onza, o simplemente se depositaba la bolsa completa sobre la mesa. Americanos, franceses y mexicanos constituían la mayoría de los clientes, pero también había aventureros de Hawaii, Chile, Australia y Rusia. Los juegos más populares eran el *monte* de origen mexicano, *lasquenet* y *vingt-et-un.* Como los chinos preferían el *fan tan* y arriesgaban apenas unos centavos, no eran bienvenidos a las mesas de juego caro. No se veía un solo negro jugando, aunque había algunos tocando música o sirviendo mesas; más tarde supieron que si entraban a los bares o garitos recibían un trago gratis y luego debían irse o los sacaban a tiros. Había tres mujeres en el salón, dos jóvenes mexicanas de grandes ojos chispeantes, vestidas de blanco y fumando un cigarrito tras otro, y una francesa con un apretado corsé y espeso maquillaje, algo madura y bonita. Recorrían las mesas incitando al juego y a la bebida y solían desaparecer con frecuencia del brazo de algún cliente tras una pesada cortina de brocado rojo. Tao Chi'en fue informado que cobraban una onza de oro por su compañía en el bar durante una hora y varios cientos de dólares por pasar la noche entera con un hombre solitario, pero la francesa era más cara y no trataba con chinos o negros.

Eliza, desapercibida en su papel de muchacho oriental, se sentó en un rincón, extenuada, mientras él conversaba con uno y otro averiguando detalles del oro y de la vida en California. A Tao Chi'en, protegido por el recuerdo de Lin, le resultaba más soportable la tentación de las mujeres que la del juego. El sonido de las fichas del *fan tan* y de los dados contra la superficie de las mesas lo llamaba con voz de sirena. La visión de las barajas de naipes en manos de los jugadores lo hacía sudar, pero se abstuvo, fortalecido por la convicción de que la buena suerte lo abandonaría para siempre si rompía su promesa. Años más tarde, después de múltiples aventuras, Eliza le preguntó a qué buena suerte se refería y él, sin pensarlo dos veces, respondió que a la de estar vivo y haberla conocido. Esa tarde se enteró que los placeres se encontraban en los ríos Sacramento, Americano, San Joaquín y en sus centenares de estuarios, pero los mapas no eran de fiar y las distancias tremendas. El oro fácil de la superficie empezaba a escasear. Cierto, no faltaban mineros afortunados que tropezaban con una pepa del tamaño de un zapato, pero la mayoría se conformaba con un puñado de polvo conseguido con un esfuerzo desmesurado. Mucho se hablaba del oro, le dijeron, pero poco del sacrificio para obtenerlo. Se necesitaba una onza diaria para hacer alguna ganancia, siempre que uno estuviera dispuesto a vivir como perro, porque los precios eran extravagantes y el oro se iba en un abrir y cerrar de ojos. En cambio los mercaderes y prestamistas se hacían ricos, como un paisano dedicado a lavar ropa, quien en pocos meses pudo construirse una casa de material sólido y ya estaba pensando regresar a China, comprar varias esposas y dedicarse a producir hijos varones, o el otro que prestaba dinero en un garito a diez por ciento de interés por hora, es decir, más de ochenta y siete mil por año. Le confirmaron historias fabulosas de pepas enormes, de polvo en abundancia mezclado con arena, de vetas en piedras de cuarzo, de mulas que desprendían un peñasco con las patas y debajo aparecía un tesoro, pero para hacerse rico se requería trabajo y suerte. A los yanquis les faltaba paciencia, no sabían trabajar en equipo, los vencía el desorden y la codicia. Mexicanos y chilenos sabían de minería, pero gastaban mucho; oregoneses y rusos perdían su tiempo peleando y bebiendo. Los chinos en cambio, sacaban provecho por pobre que fuera su pertenencia, porque eran frugales, no se embriagaban y laboraban como hormigas dieciocho horas sin descanso ni lamentos. Los *fan güey* se indignaban con el éxito de los chinos, le advirtieron, era necesario disimular, hacerse los tontos, no provocarlos, o si no lo pasaría tan mal como los orgullosos mexicanos. Sí, le informaron, existía un campamento de chilenos; quedaba algo apartado del centro de la ciudad, en la puntilla de la derecha, y se llamaba Chilecito, pero ya era muy tarde para aventurarse por esos lados sin más compañía que su hermano retardado.

–Yo vuelvo al barco –le anunció Tao Chi'en a Eliza cuando por fin salieron del garito.

–Me siento mareada, como si me fuera a caer.

–Has estado muy enferma. Necesitas comer bien y descansar.

–No puedo hacer esto sola, Tao. Por favor, no me dejes todavía...

–Tengo un contrato, el capitán me hará buscar.

–¿Y quién cumplirá la orden? Todos los barcos están abandonados. No queda nadie a bordo. Ese capitán podrá desgañitarse gritando y ninguno de sus marineros regresará.

¿Qué voy a hacer con ella? se preguntó Tao Chi'en en voz alta y en cantonés. Su trato terminaba en San Francisco, pero no se hallaba capaz de abandonarla a su suerte en ese lugar. Estaba atrapado, al menos hasta que ella estuviera más fuerte, se conectara con otros chilenos o diera con el paradero de su escurridizo enamorado. No sería difícil, supuso. Por confuso que pareciera San Francisco, para los chinos no había secretos en ninguna parte, bien podía esperar hasta el día siguiente y acompañarla a Chilecito. Había caído la oscuridad, dando al lugar un aspecto fantasmagórico. Las viviendas eran casi todas de lona y las lámparas en el interior las volvían transparentes y luminosas como diamantes. Las antorchas y fogatas en las calles y la música de los garitos de juego contribuían a la impresión de irrealidad. Tao Chi'en buscó hospedaje para pasar la noche y dio con un gran galpón de unos veinticinco metros de largo por ocho de ancho, fabricado de tablas y planchas metálicas rescatadas de los barcos encallados y coronado por un letrero de hotel. Adentro había dos pisos de literas elevadas, simples repisas de madera donde podía tenderse un hombre encogido, con un mesón al fondo donde se vendían licor. No existían ventanas y el único aire para respirar entraba por las ranuras entre las planchas de las paredes. Por un dólar se adquiría el derecho a pernoctar y había que traer su ropa de cama. Los primeros en llegar ocupaban las literas, los demás aterrizaban por el suelo, pero a ellos no les dieron una, aunque había desocupadas, porque eran chinos. Se echaron en el suelo de tierra con el bulto de ropa por almohada, el *sarape* y la manta de Castilla por único abrigo. Pronto se llenó de hombres de varias razas y cataduras, que se tendían unos junto a otros en apretadas filas, vestidos y con sus armas a la mano. La pestilencia de mugre, tabaco y efluvios humanos, más los ronquidos y las voces destempladas de los que se perdían en sus pesadillas, hacían difícil el sueño, pero Eliza estaba tan cansada que no supo cómo pasaron las horas. Despertó al amanecer tiritando de frío, acurrucada contra la espalda de Tao Chi'en, y entonces descubrió su aroma de mar. En el barco se confundía con el agua inmensa que los rodeaba, pero esa noche supo que era la fragancia peculiar del cuerpo de ese hombre. Cerró los ojos, se apretó más a él y pronto volvió a dormirse.

Al día siguiente ambos partieron en busca de Chilecito, que ella reconoció al punto porque una bandera chilena flameaba oronda en lo alto de un palo y porque la mayoría de los hombres llevaba los típicos sombreros *maulinos* en forma de cono. Eran alrededor de ocho o diez manzanas atiborradas de gente, incluso algunas mujeres y niños que habían viajado con los hombres, todos dedicados a algún oficio o negocio. Las viviendas eran tiendas de campaña, chozas y casuchas de tabla rodeadas por un revoltijo de herramientas y basura, también había restaurantes, improvisados hoteles y burdeles. Calculaban en un par de miles a los chilenos instalados el barrio, pero nadie los había contado y en realidad era sólo un lugar de paso para los recién llegados. Eliza se sintió feliz al escuchar la lengua de su país y ver un letrero en una harapienta tienda de lona anunciando *pequenes* y *chunchules*. Se acercó y, disimulando su acento chileno, pidió una ración de los segundos. Tao Chi'en se quedó mirando aquel extraño alimento, servido en un trozo de papel de periódico a falta de plato, sin saber qué diablos era. Ella le explicó que se trataba de tripas de cerdo fritas en grasa.

–Ayer yo me comí tu sopa china. Hoy tú te comes mis *chunchules* chilenos –le ordenó.

–¿Cómo es que hablan castellano, chinos? –inquirió el vendedor amablemente.

–Mi amigo no habla, sólo yo porque estuve en Perú –replicó Eliza.

–¿Y qué buscan por aquí?

–A un chileno, se llama Joaquín Andieta.

–¿Para qué lo buscan?

–Tenemos un mensaje para él. ¿Lo conoce?

–Por aquí ha pasado mucha gente en los últimos meses. Nadie se queda más de unos días, ligerito parten a los placeres. Algunos vuelven, otros no.

–¿Y Joaquín Andieta?

–No me acuerdo, pero voy a preguntar.

Eliza y Tao Chi'en se sentaron a comer a la sombra de un pino. Veinte minutos más tarde volvió el vendedor de comida acompañado de un hombre con aspecto de indio nortino, de piernas cortas y espaldas anchas, quien dijo que Joaquín Andieta había partido en dirección a los placeres de Sacramento hacía por lo menos un par de meses, aunque allí nadie se fijaba en calendarios ni llevaba la cuenta de las andanzas ajenas.

–Nos vamos para Sacramento, Tao –decidió Eliza apenas se alejaron de Chilecito.

–No puedes viajar todavía. Debes descansar un tiempo.

–Descansaré allá, cuando lo encuentre.

–Prefiero volver con el capitán Katz. California no es el lugar para mí.

–¿Qué pasa contigo? ¿Tienes sangre de horchata? En el barco no queda nadie, sólo ese capitán con su Biblia. ¡Todo el mundo anda buscando oro y tú piensas seguir de cocinero por un sueldo miserable!

–No creo en la fortuna fácil. Quiero una vida tranquila.

–Bueno, si no es el oro, habrá otra cosa que te interese...

–Aprender.

–¿Aprender qué? Ya sabes mucho.

–¡Me falta todo por aprender!

–Entonces has llegado al sitio perfecto. Nada sabes de este país. Aquí se necesitan médicos. ¿Cuántos hombres crees que hay en las minas? ¡Miles! Y todos necesitan un doctor. Ésta es la tierra de las oportunidades, Tao. Ven conmigo a Sacramento. Además, si no vienes conmigo no llegaré muy lejos...

Por un precio de ganga, dadas las funestas condiciones de la embarcación, Tao Chi'en y Eliza partieron rumbo al norte, recorriendo la extensa bahía de San Francisco. La barca iba repleta de viajeros con sus complicados equipajes de minería, nadie podía moverse en aquel reducido espacio atestado de cajones, herramientas, canastos y sacos con provisiones, pólvora y armas. El capitán y su segundo eran un par de yanquis de mala catadura, pero buenos navegantes y generosos con los escasos alimentos y hasta con sus botellas de licor. Tao Chi'en negoció con ellos el pasaje de Eliza y a él le permitieron canjear el costo del viaje por sus servicios de marinero. Los pasajeros, todos con sus pistolones al cinto, además de cuchillos o navajas, escasamente se dirigieron la palabra durante el primer día, salvo para insultarse por algún codazo o patada, inevitables en aquella apretura. Al amanecer del segundo día, después de una larga noche fría y húmeda anclados cerca de la orilla ante la imposibilidad de navegar a oscuras, cada cual se sentía rodeado de enemigos. Las barbas crecidas, la suciedad, la comida execrable, los mosquitos, el viento y la corriente en contra, contribuían a irritar los ánimos. Tao Chi'en, el único sin planes ni metas, aparecía perfectamente sereno y cuando no lidiaba con la vela admiraba el panorama extraordinario de la bahía. Eliza en cambio iba desesperada en su papel de muchacho sordomudo y tonto. Tao Chi'en la presentó brevemente como su hermano menor y logró acomodarla en un rincón más o menos protegido del viento, donde ella permaneció tan quieta y callada, que al poco rato nadie se acordaba de su existencia. Su manta de Castilla estilaba agua, tiritaba de frío y tenía las piernas dormidas, pero la fortalecía la idea de aproximarse por minutos a Joaquín. Se tocaba el pecho donde iban las cartas de amor y en silencio las recitaba de memoria. Al tercer día los pasajeros habían perdido buena parte de la agresividad y yacían postrados en sus ropas mojadas, algo borrachos y bastante desanimados.

La bahía resultó mucho más extensa de lo que habían supuesto, las distancias marcadas en sus patéticos mapas en nada se parecían a las millas reales, y cuando creyeron llegar a destino resultó que aún les faltaba por atravesar una segunda bahía, la de San Pablo. En las orillas se divisaban algunos campamentos y botes atestados de gente y mercadería, más allá los tupidos bosques. Tampoco allí concluía el viaje, debieron pasar por un torrentoso canal y entrar a una tercera bahía, la de Suisun, donde la navegación se hizo aún más lenta y difícil, y luego a un río angosto y profundo que los condujo hasta Sacramento. Estaban por fin cerca de la tierra donde se había encontrado la primera escama de oro. Aquel trocito insignificante, del tamaño de una uña de mujer, había provocado una incontrolable invasión, cambiando la faz de California y el alma de la nación norteamericana, como escribiría pocos años más tarde Jacob Todd, convertido en periodista. «Estados Unidos fue fundado por peregrinos, pioneros y modestos inmigrantes, con una ética de trabajo duro y valor ante la adversidad. El oro ha puesto en evidencia lo peor del carácter americano: la codicia y la violencia.»

El capitán de la embarcación les explicó que la ciudad de Sacramento había brotado de la noche a la mañana en el último año. El puerto estaba atestado de variadas embarcaciones, contaba con calles bien trazadas, casas y edificios de madera, comercios, una iglesia y un buen número de garitos, bares y burdeles, sin embargo parecía la escena de un naufragio, porque el suelo estaba sembrado de sacos, monturas, herramientas y toda suerte de basura dejada por los mineros apresurados por partir a los placeres. Grandes pajarracos negros volaban sobre los desperdicios y las moscas hacían nata. Eliza sacó la cuenta de que en un par de días podía recorrer el pueblo casa por casa: no sería muy difícil encontrar a Joaquín Andieta. Los pasajeros del lanchón, ahora animados y amistosos por la proximidad del puerto, compartían los últimos tragos de licor, se despedían con palmotazos y cantaban a coro algo sobre una tal Susana, ante el estupor de Tao Chi'en, quien no entendía tan súbita transformación. Desembarcó con Eliza antes que los demás, porque llevaban muy poco equipaje, y se dirigieron sin vacilar al sector de los chinos, donde consiguieron algo de comida y hospedaje bajo un toldo de lona encerada. Eliza no podía seguir las conversaciones en cantonés y lo único que deseaba era averiguar sobre su enamorado, pero Tao Chi'en le recordó que debía callarse y le pidió calma y paciencia. Esa misma noche al *zhong yi* le tocó componer el hombro zafado de un paisano, metiéndole el hueso de vuelta en su sitio, con lo cual se ganó de inmediato el respeto del campamento.

A la mañana siguiente partieron los dos en busca de Joaquín Andieta. Comprobaron que sus compañeros de viaje ya estaban listos para partir a los placeres; algunos habían conseguido mulas para transportar el equipaje, pero la mayoría iba a pie, dejando atrás buena parte de sus posesiones. Recorrieron el pueblo completo sin encontrar rastro de quien buscaban, pero unos chilenos creían acordarse de alguien con ese nombre que había pasado por allí uno o dos meses antes. Les aconsejaron seguir río arriba, donde tal vez darían con él, todo era cuestión de suerte. Un mes era una eternidad. Nadie llevaba la cuenta de quienes habían estado allí el día anterior, no importaban los nombres o los destinos ajenos. La única obsesión era el oro.

–¿Qué haremos ahora, Tao?

–Trabajar. Sin dinero nada se puede hacer –replicó él, echándose al hombro unos trozos de lona que encontró entre los restos abandonados.

–¡No puedo esperar! ¡Debo encontrar a Joaquín! Tengo algo de dinero.

–¿Reales chilenos? No servirán de mucho.

–¿Y las joyas que me quedan? Algo deben valer...

–Guárdalas, aquí valen poco. Hay que trabajar para comprar una mula. Mi padre iba de pueblo en pueblo curando. Mi abuelo también. Puedo hacer lo mismo, pero aquí las distancias son grandes. Necesito una mula.

–¿Una mula? Ya tenemos una: tú. ¡Qué testarudo eres!

–Menos testarudo que tú.

Juntaron palos y unas cuantas tablas, pidieron prestadas unas herramientas y armaron una vivienda con las lonas como techo, que resultó una casucha enclenque, pronta a desmoronarse con la primera ventisca, pero al menos los protegía del rocío de la noche y las lluvias primaverales. Se había corrido la voz de los conocimientos de Tao Chi'en y pronto acudieron pacientes chinos, quienes dieron fe del talento extraordinario de aquel *zhong yi,* después mexicanos y chilenos, por último algunos americanos y europeos. Al oír que Tao Chi'en era tan competente como cualquiera de los tres doctores blancos y cobraba menos, muchos vencieron su repugnancia contra los «celestiales» y decidieron probar la ciencia asiática. Algunos días Tao

Chi'en estaba tan ocupado, que Eliza debía ayudarlo. Le fascinaba ver sus manos delicadas y hábiles tomando los diversos pulsos en brazos y piernas, palpando el cuerpo de los enfermos como si los acariciara, insertando las agujas en puntos misteriosos que sólo él parecía conocer. ¿Cuántos años tenía ese hombre? Se lo preguntó una vez y él replicó que contando todas sus reencarnaciones, seguramente tenía entre siete y ocho mil. Al ojo Eliza le calculaba unos treinta, aunque en algunos momentos al reírse parecía más joven que ella. Sin embargo, cuando se inclinaba sobre un enfermo en concentración absoluta, adquiría la antigüedad de una tortuga; entonces resultaba fácil creer que llevaba muchos siglos a la espalda. Ella lo observaba admirada mientras él examinaba la orina de sus pacientes en un vaso y por el olor y el color era capaz de determinar ocultos males, o cuando estudiaba las pupilas con un lente de aumento para deducir qué faltaba o sobraba en el organismo. A veces se limitaba a colocar sus manos sobre el vientre o la cabeza del enfermo, cerraba los ojos y daba la impresión de perderse en un largo ensueño.

–¿Qué hacías? –le preguntaba después Eliza.

–Sentía su dolor y le pasaba energía. La energía negativa produce sufrimiento y enfermedades, la energía positiva puede curar.

–¿Y cómo es esa energía positiva, Tao?

–Es como el amor: caliente y luminosa.

Extraer balas y tratar heridas de cuchillo eran intervenciones rutinarias y Eliza perdió el horror de la sangre y aprendió a coser carne humana con la misma tranquilidad con que antes bordaba las sábanas de su ajuar. La práctica de cirugía junto al inglés Ebanizer Hobbs probó ser de gran utilidad para Tao Chi'en. En aquella tierra infectada de culebras venenosas no faltaban los picados, que llegaban hinchados y azules en hombros de sus camaradas. Las aguas contaminadas distribuían democráticamente el cólera, para el cual nadie conocía remedio, y otros males de síntomas escandalosos, pero no siempre fatales. Tao Chi'en cobraba poco, pero siempre por adelantado, porque en su experiencia un hombre asustado paga sin chistar, en cambio uno aliviado regatea. Cuando lo hacía se le presentaba su anciano preceptor con una expresión de reproche, pero él la desechaba. «No puedo darme el lujo de ser generoso en estas circunstancias, maestro», mascullaba. Sus honorarios no incluían anestesia, quien deseara el consuelo de drogas o las agujas de oro debía pagar extra. Hacía una excepción con los ladrones, quienes después de un somero juicio sufrían azotes o les cortaban las orejas: los mineros se jactaban de su justicia expedita y nadie estaba dispuesto a financiar y vigilar una cárcel.

-¿Por qué no cobras a los criminales? -le preguntó Eliza.

-Porque prefiero que me deban un favor -replicó él.

Tao Chi'en parecía dispuesto a establecerse. No se lo dijo a su amiga, pero no deseaba moverse para dar tiempo a Lin de encontrarlo. Su mujer no se había comunicado con él en varias semanas. Eliza, en cambio, contaba las horas, ansiosa por continuar viaje, y a medida que transcurrían los días la dominaban sentimientos encontrados por su compañero de aventuras. Agradecía su protección y la forma en que la cuidaba, pendiente de que se alimentara bien, abrigándola por las noches, administrándole sus yerbas y agujas para fortalecer el *qi*, como decía, pero la irritaba su calma, que confundía con falta de arrojo. La expresión serena y la sonrisa fácil de Tao Chi'en la cautivaban a ratos y en otros la molestaban. No entendía su absoluta indiferencia por tentar fortuna en las minas, mientras todos a su alrededor, especialmente sus compatriotas chinos, no pensaban en otra cosa.

–A ti tampoco te interesa el oro –replicó imperturbable, cuando ella se lo reprochó.

–¡Yo vine por otra cosa! ¿Por qué viniste tú?

–Porque era marinero. No pensaba quedarme hasta que tú me lo pediste.

–No eres marinero, eres médico.

–Aquí puedo volver a ser médico, al menos por un tiempo. Tenías razón, hay mucho que aprender en este lugar.

En eso andaba por esos días. Se puso en contacto con indígenas para averiguar sobre las medicinas de sus chamanes. Eran escuálidos grupos de indios vagabundos, cubiertos por mugrientas pieles de coyotes y andrajos europeos, quienes en la estampida del oro habían perdido todo. Iban de aquí para allá con sus mujeres cansadas y sus niños hambrientos, procurando lavar oro de los ríos en sus finos canastos de mimbre, pero apenas descubrían un lugar propicio, los echaban a tiros. Cuando los dejaban en paz, formaban sus pequeñas aldeas de chozas o tiendas y se instalaban por un tiempo, hasta que los obligaban a partir de nuevo. Se familiarizaron con el chino, lo recibían con muestras de respeto, porque lo consideraban un *medicine man* –hombre sabio– y les gustaba compartir sus conocimientos. Eliza y Tao Chi'en se sentaban con ellos en un círculo en torno a un hueco, donde cocinaban con piedras calientes una papilla de bellotas, o asaban semillas del bosque y saltamontes, que a Eliza le parecían deliciosos. Después fumaban, conversando en una mezcla de inglés, señales y las pocas palabras en la lengua nativa que habían aprendido. Por aquellos días desaparecieron misteriosamente unos mineros yanquis y aunque no encontraron los cuerpos, sus compañeros acusaron a los indios de asesinarlos y en represalia tomaron por asalto una aldea, hicieron cuarenta prisioneros entre mujeres y niños y como escarmiento ejecutaron a siete de los hombres.

–Si así tratan a los indios, que son dueños de esta tierra, seguro que a los chinos los tratan mucho peor, Tao. Tienes que hacerte invisible, como yo –dijo Eliza aterrada cuando se enteró de lo ocurrido.

Pero Tao Chi'en no tenía tiempo para aprender trucos de invisibilidad, estaba ocupado estudiando las plantas. Hacía largas excursiones a recolectar muestras para compararlas con las que se usaban en China. Alquilaba un par de caballos o caminaba millas a pie bajo un sol inclemente, llevando a Eliza de intérprete, para llegar a los ranchos de los mexicanos, que habían vivido por generaciones en esa región y conocían la naturaleza. Habían perdido California en la guerra contra los Estados Unidos hacía muy poco y esos grandes ranchos, que antes albergaban centenares de peones en un sistema comunitario, empezaban a desmoronarse. Los tratados entre los países quedaron en tinta y papel. Al comienzo los mexicanos, que sabían de minería, enseñaron a los recién llegados los procedimientos para obtener oro, pero cada día llegaban más forasteros a invadir el territorio que sentían suyo. En la práctica los gringos los despreciaban, tanto como a los de cualquier otra raza. Comenzó una persecución incansable contra los hispánicos, les negaban el derecho a explotar las minas porque no eran americanos, pero aceptaban como tales a convictos de Australia y aventureros europeos. Miles de peones sin trabajo tentaban suerte en la minería, pero cuando el hostigamiento de los gringos se volvía intolerable, emigraban hacia el sur o se convertían en malhechores. En algunas de las rústicas viviendas de las familias que quedaban, Eliza podía pasar un rato en compañía femenina, un lujo raro que le devolvía por escasos momentos la tranquila felicidad de los tiempos en la cocina de Mama Fresia. Eran la únicas ocasiones en que salía de su obligatorio mutismo y hablaba en su idioma. Esas madres fuertes y generosas, que trabajaban codo a codo con sus hombres en las tareas más pesadas y estaban curtidas por el esfuerzo y la necesidad, se conmovían ante aquel muchacho chino de aspecto tan frágil, maravilladas de que hablara español como una de ellas. Le entregaban gustosas los secretos de naturaleza usados por siglos para aliviar diversos males y, de paso, las recetas de sus sabrosos platos, que ella anotaba en sus cuadernos, segura de que tarde o temprano le serían valiosos. Entretanto el *zhong yi* encargó a San Francisco medicinas occidentales que su amigo Ebanizer Hobbs le había enseñado a usar en Hong Kong. También limpió un pedazo de terreno junto a la cabaña, lo cercó para defenderlo de los venados y plantó las yerbas básicas de su oficio.

–¡Por Dios, Tao! ¿Piensas quedarte aquí hasta que broten estas matas raquíticas? –clamaba Eliza exasperada al ver los tallos desmayados y la hojas amarillas, sin obtener por respuesta más que un gesto vago.

Sentía que cada día transcurrido la alejaba de su destino, que Joaquín Andieta se internaba más y más en aquella región desconocida, tal vez rumbo a las montañas, mientras ella perdía su tiempo en Sacramento haciéndose pasar por el hermano bobo de un curandero chino. Solía cubrir a Tao Chi'en con los peores epítetos, pero tenía la prudencia de hacerlo en castellano, tal como seguramente hacía él cuando se dirigía a ella en cantonés. Habían perfeccionado las señales para comunicarse delante de otros sin hablar y de tanto actuar juntos llegaron a parecerse tanto, que nadie dudaba de su parentesco. Si no los ocupaba algún paciente, salían a recorrer el puerto y las tiendas, haciendo amigos e indagando por Joaquín Andieta. Eliza cocinaba y pronto Tao Chi'en se acostumbró a sus platos, aunque de vez en cuando escapaba a los comederos chinos de la ciudad, donde podía engullir cuanto le cupiera en la barriga por un par de dólares, una ganga, teniendo en cuenta que una cebolla costaba un dólar. Ante otros se comunicaban por gestos, pero a solas lo hacían en inglés. A pesar de los ocasionales insultos en dos lenguas, pasaban la mayor parte del tiempo trabajando lado a lado como buenos camaradas y sobraban ocasiones de reírse. A él le sorprendía que con Eliza pudieran compartir el humor, a pesar de los tropiezos ocasionales del idioma y las diferencias culturales. Sin embargo, justamente esas diferencias le arrancaban carcajadas: no podía creer que una mujer hiciera y dijera tales barbaridades. La observaba con curiosidad e inconfesable ternura; solía enmudecer de admiración por ella, le atribuía el valor de un guerrero, pero cuando la veía flaquear le parecía una niña y lo vencía el deseo de protegerla. Aunque había aumentado algo de peso y tenía mejor color, todavía estaba débil, era evidente. Tan pronto se ponía el sol comenzaba a cabecear, se enrollaba en su manta y se dormía; él se acostaba a su lado. Se acostumbraron tanto a esas horas de intimidad respirando al unísono, que los cuerpos se acomodaban solos en el sueño y si uno se volvía, el otro lo hacía también, de modo que no se despegaban. A veces despertaban trabados en las mantas, enlazados. Si él lo hacía primero, gozaba esos instantes que le traían a la memoria las horas felices con Lin, inmóvil para que ella no percibiera su deseo. No sospechaba que a su vez Eliza hacía lo mismo, agradecida de esa presencia de hombre que le permitía imaginar lo que habría sido su vida con Joaquín Andieta, de haber tenido más suerte. Ninguno de los dos mencionaba jamás lo que ocurría por la noche, como si fuera una existencia paralela de la cual no tenían conciencia. Apenas se vestían, el encanto secreto de esos abrazos desaparecía por completo y volvían a ser dos hermanos. En raras ocasiones Tao Chi'en partía solo en misteriosas salidas nocturnas, de las cuales regresaba sigiloso. Eliza se abstenía de indagar porque podía olerlo: había estado con una mujer, incluso podía distinguir los perfumes dulzones de las mexicanas. Ella quedaba enterrada bajo su manta, temblando en la oscuridad y pendiente del menor sonido a su alrededor, con un cuchillo empuñado en la mano, asustada, llamándolo con el pensamiento. No podía justificar ese deseo de llorar que la invadía, como si hubiera sido traicionada. Comprendía vagamente que tal vez los hombres eran diferentes a las mujeres; por su parte no sentía necesidad alguna de sexo. Los castos abrazos nocturnos bastaban para saciar su ansia de compañía y ternura, pero ni siquiera al pensar en su antiguo amante experimentaba la ansiedad de los tiempos en el cuarto de los armarios. No sabía si en ella el amor y el deseo eran la misma cosa y al faltar el primero naturalmente no surgía el segundo, o si la larga enfermedad en el barco había destruido algo esencial en su cuerpo. Una vez se atrevió a preguntar a Tao Chi'en si acaso podría tener hijos, porque no había vuelto a menstruar en varios meses, y él le aseguró que apenas recuperara fuerza y salud retornaría a la normalidad, para eso le ponía sus agujas de acupuntura. Cuando su amigo se deslizaba silencioso a su lado después de sus escapadas, ella fingía dormir profundamente, aunque permanecía despierta por horas, ofendida por el olor de otra mujer entre ellos. Desde que desembarcaron en San Francisco, había vuelto al recato en el cual Miss Rose la crió. Tao Chi'en la había visto desnuda durante las semanas de travesía en barco y la conocía por dentro y por fuera, pero adivinó sus razones y tampoco hizo preguntas, salvo para indagar sobre su salud. Incluso cuando le colocaba las agujas tenía cuidado de no incomodar su pudor. No se desvestían en presencia del otro y tenían un acuerdo tácito para respetar la privacidad del hoyo que les servía de letrina detrás de la cabaña, pero lo demás se compartía, desde el dinero hasta la ropa. Muchos años más tarde, revisando las notas en su diario correspondientes a esa época, Eliza se preguntaba extrañada por qué ninguno de los dos reconocía la atracción indudable que sentían, por qué se refugiaban en el pretexto del sueño para tocarse y durante el día fingían frialdad. Concluyó que el amor con alguien de otra raza les parecía imposible, creían que no había lugar para una pareja como ellos en el mundo.

–Tú sólo pensabas en tu amante –le aclaró Tao Chi'en, quien para entonces tenía el pelo gris.

–Y tú en Lin.

–En China se pueden tener varias esposas y Lin siempre fue tolerante.

–También te repugnaban mis pies grandes –se burló ella.

–Cierto –replicó él con la mayor seriedad.

En junio se dejó caer un verano sin misericordia, los mosquitos se multiplicaron, las culebras salieron de sus huecos a pasearse impunes y las plantas de Tao Chi'en brotaron tan robustas como en la China. Las hordas de argonautas seguían llegando, cada vez más seguidas y numerosas. Como Sacramento era el puerto de acceso, no corrió la suerte de docenas de otro pueblos, que brotaban como callampas cerca de los yacimientos auríferos, prosperaban rápido y desaparecían de súbito apenas se acababa el mineral fácil. La ciudad crecía por minutos, se abrían nuevos almacenes y los terrenos ya no se regalaban, como al principio, se vendían tan caros como en San Francisco. Había un esbozo de gobierno y frecuentes asambleas para decidir detalles administrativos. Aparecieron especuladores, leguleyos, evangelistas, jugadores profesionales, bandoleros, madamas con sus chicas de vida alegre y otros heraldos del progreso y la civilización. Pasaban centenares de hombres inflamados de esperanza y ambición rumbo a los placeres, también otros agotados y enfermos que regresaban después de meses de arduo trabajo dispuestos a despilfarrar sus ganancias. El número de chinos aumentaba día a día y pronto había un par de bandas rivales. Estos *tongs* eran clanes cerrados, sus miembros se ayudaban unos a otros como hermanos en las dificultades de la vida diaria y el trabajo, pero también propiciaban corrupción y crimen. Entre los recién llegados había otro *zhong yi*, con quien Tao Chi'en pasaba horas de completa felicidad comparando tratamientos y citando a Confucio. Le recordaba a Ebanizer Hobbs, porque no se conformaba con repetir los tratamientos tradicionales, también buscaba alternativas novedosas.

–Debemos estudiar la medicina de los *fan güey*, la nuestra no es suficiente –le decía y él estaba plenamente de acuerdo, porque mientras más aprendía, mayor era la impresión de que nada sabía y no le alcanzaría la vida para estudiar todo lo que faltaba.

Eliza organizó un negocio de *empanadas* para vender a precio de oro, primero a los chilenos y luego también a los yanquis, quienes se aficionaron rápidamente a ellas. Empezó por hacerlas de carne de vaca, cuando podía comprarla a los rancheros mexicanos que arreaban ganado desde Sonora, pero como solía escasear, experimentó con venado, liebre, gansos salvajes, tortuga, salmón y hasta oso. Todo lo consumían agradecidos sus fieles parroquianos, porque la alternativa eran frijoles en tarro y cerdo salado, la dieta invariable de los mineros. Nadie disponían de tiempo para cazar, pescar o cocinar; no se conseguían verduras ni frutas y la leche era un lujo más raro que la champaña, sin embargo no faltaba harina, grasa y azúcar, también había nueces, chocolate, algunas especias, duraznos y ciruelas secas. Hacía tartas y galletas con el mismo éxito de las *empanadas*, también pan en un horno de barro que improvisó recordando el de Mama Fresia. Si conseguía huevos y tocino ponía un letrero ofreciendo desayuno, entonces los hombres hacían cola para sentarse a pleno sol ante un mesón destartalado. Esa sabrosa comida, preparada por un chino sordomudo, les recordaba los domingos familiares en sus casas, muy lejos de allí. El abundante desayuno de huevos fritos con tocino, pan recién horneado, tarta de fruta y café a destajo, costaba tres dólares. Algunos clientes, emocionados y agradecidos porque no habían probado nada parecido en muchos meses, depositaban otro dólar en el tarro de las propinas. Un día, a mediados del verano, Eliza se presentó ante Tao Chi'en con sus ahorros en la mano.

–Con esto podemos comprar caballos y partir –le anunció.

–¿Adónde?

–A buscar a Joaquín.

–Yo no tengo interés en encontrarlo. Me quedo.

–¿No quieres conocer este país? Aquí hay mucho por ver y aprender, Tao. Mientras yo busco a Joaquín, tú puedes adquirir tu famosa sabiduría.

–Mis plantas están creciendo y no me gusta andar de un lado a otro.

–Bien. Yo me voy.

–Sola no llegarás lejos.

–Veremos.

Esa noche durmieron cada uno en un extremo de la cabaña sin dirigirse la palabra. Al día siguiente Eliza salió temprano a comprar lo necesario para el viaje, tarea nada fácil en su papel de mudo, pero regresó a las cuatro de la tarde apertrechada de un caballo mexicano, feo y lleno de peladuras, pero fuerte. También compró botas, dos camisas, pantalones gruesos, guantes de cuero, un sombrero de ala ancha, un par de bolsas con alimentos secos, un plato, taza y cuchara de latón, una buena navaja de acero, una cantimplora para agua, una pistola y un rifle que no sabía cargar y mucho menos disparar. Pasó el resto de la tarde organizando sus bultos y cosiendo las joyas y el dinero que le quedaban en una faja de algodón, la misma que usaba para aplastarse los senos, bajo la cual siempre llevaba el atadito de cartas de amor. Se resignó a dejar la maleta con los vestidos, la enaguas y los botines que aún conservaba. Con su manta de Castilla improvisó una montura, tal como había visto hacer tantas veces en Chile; se quitó las ropas de Tao Chi'en usadas durante meses y se probó las recién adquiridas. Luego afiló la navaja en una tira de cuero y se cortó el cabello a la altura de la nuca. Su larga trenza negra quedó en el suelo como una culebra muerta. Se miró en un trozo de espejo roto y quedó satisfecha: con la cara sucia y las cejas engrosadas con un trazo de carbón, el engaño sería perfecto. En eso llegó Tao Chi'en de vuelta de una de sus tertulias con el otro *zhong yi* y por un momento no reconoció a ese vaquero armado que había invadido su propiedad.

–Mañana me voy, Tao. Gracias por todo, eres más que un amigo, eres mi hermano. Me harás mucha falta...

Tao Chi'en nada respondió. Al caer la noche ella se echó vestida en un rincón y él se sentó afuera en la brisa estival a contar las estrellas.

EL SECRETO

La tarde en que Eliza salió de Valparaíso escondida en la panza del *Emilia*, los tres hermanos Sommers cenaron en el Hotel Inglés invitados por Paulina, la esposa de Feliciano Rodríguez de Santa Cruz, y regresaron tarde a su casa en Cerro Alegre. No supieron de la desaparición de la muchacha hasta una semana más tarde, porque la imaginaban en la hacienda de Agustín del Valle, acompañada por Mama Fresia.

Al día siguiente John Sommers firmó su contrato como capitán del *Fortuna*, el flamante vapor de Paulina. Un sencillo documento con los términos del acuerdo cerró el trato. Les bastó verse una vez para sentir confianza y no disponían de tiempo para perder en minucias legales, el frenesí por llegar a California era el único interés. Chile entero andaba enredado en lo mismo, a pesar de los llamados a la prudencia publicados en los periódicos y repetidos en apocalípticas homilías en los púlpitos de las iglesias. Al capitán le tomó tan sólo unas horas tripular su vapor, porque las largas filas de postulantes afiebrados con la peste del oro daban vueltas por los muelles. Había muchos que pasaban la noche durmiendo por el suelo para no perder su puesto. Ante el estupor de otros hombres de mar, que no podía imaginar sus razones, John Sommers se negó a llevar pasajeros, de modo que su barco iba prácticamente vacío. No dio explicaciones. Tenía un plan de filibustero para evitar que sus marineros desertaran al llegar a San Francisco, pero lo mantuvo callado, porque de haberlo divulgado no habría conseguido uno solo. Tampoco notificó a la tripulación que antes de dirigirse al norte darían un insólito rodeo por el sur. Esperaba encontrarse en alta mar para hacerlo.

–Así es que usted se siente capaz de manejar mi vapor y controlar a la tripulación, ¿no es así, capitán? –le preguntó una vez más Paulina al pasarle el contrato para la firma.

–Sí señora, no tema por eso. Puedo zarpar en tres días.

–Muy bien. ¿Sabe qué hace falta en California, capitán? Productos frescos: fruta, verduras, huevos, buenos quesos, embutidos. Eso es lo que vamos a vender nosotros allá.

–¿Cómo? Llegaría todo podrido...

–Vamos a llevarlo en hielo –dijo ella imperturbable.

–¿En qué?

–Hielo. Usted irá primero al sur a buscar hielo. ¿Sabe dónde queda la laguna de San Rafael?

–Cerca de Puerto Aisén.

–Me alegra que conozca por esos lados. Me han dicho que allí hay un glaciar azul de lo más bonito. Quiero que me llene el *Fortuna* con pedazos de hielo. ¿Qué le parece?

–Disculpe, señora, me parece una locura.

–Exactamente. Por eso no se le ha ocurrido a nadie. Lleve toneles de sal gruesa, una buena provisión de sacos y me envuelve trozos bien grandes. ¡Ah! Me imagino que necesitará abrigar a sus hombres para que no se congelen. Y de paso, capitán, hágame el favor de no comentar esto con nadie, para que no nos roben la idea.

John Sommers se despidió de ella desconcertado. Primero creyó que la mujer estaba desquiciada, pero mientras más lo pensaba, más gusto le tomaba a esa aventura. Además, nada tenía que perder. Ella arriesgaba su ruina; él en cambio cobraba su sueldo aunque el hielo se hiciera agua por el camino. Y si aquel disparate daba resultado, de acuerdo al contrato él recibiría un bono nada despreciable. A la semana, cuando explotó la noticia de la desaparición de Eliza, él iba rumbo al glaciar con las calderas resollando y no se enteró hasta la vuelta, cuando recaló en Valparaíso para cargar los productos que Paulina había preparado para transportar en un nido de nieve prehistórica hasta California, donde su marido y su cuñado los venderían a muchas veces su valor. Si todo salía como planeaba, en tres o cuatro viajes del *Fortuna* ella tendría más dinero del que jamás soñó; había calculado cuánto demorarían otros empresarios en copiar su iniciativa y fastidiarla con la competencia. Y en cuanto a él, bueno también llevaba un producto que pensaba rematar al mejor postor: libros.

Cuando Eliza y su nana no regresaron a casa el día señalado, Miss Rose mandó al cochero con una nota para averiguar si la familia del Valle aún estaba en su hacienda y si Eliza se encontraba bien. Una hora más tarde apareció en su puerta la esposa de Agustín del Valle, muy alarmada. Nada sabía de Eliza, dijo. La familia no se había movido de Valparaíso porque su marido estaba postrado con un ataque de gota. No había visto a Eliza en meses. Miss Rose tuvo suficiente sangre fría para disimular: era un error suyo, se disculpó, Eliza estaba en casa de otra amiga, ella se confundió, le agradecía tanto que se hubiera molestado en venir personalmente... La señora del Valle no le creyó una palabra, como era de esperar, y antes que Miss Rose alcanzara a avisar a su hermano Jeremy en la oficina, la fuga de Eliza Sommers se había convertido en el comidillo de Valparaíso.

El resto del día se le fue a Miss Rose en llanto y a Jeremy Sommers en conjeturas. Al revisar el cuarto de Eliza encontraron la carta de despedida y la releyeron varias veces rastreando en vano alguna pista. Tampoco pudieron ubicar a Mama Fresia para interrogarla y recién entonces se dieron cuenta de que la mujer había trabajado para ellos por dieciocho años y no conocían su apellido. Nunca le habían preguntado de dónde provenía o si tenía familia. Mama Fresia, como los demás sirvientes, pertenecía al limbo impreciso de los fantasmas útiles.

–Valparaíso no es Londres, Jeremy. No pueden haber ido muy lejos. Hay que buscarlas.

–¿Te das cuenta del escándalo cuando empecemos a indagar entre las amistades?

–¡Qué más da lo que diga la gente! Lo único que importa es encontrar a Eliza pronto, antes de que se meta en líos.

–Francamente, Rose, si nos ha abandonado de esta manera, después de todo lo que hemos hecho por ella, es que ya anda en problemas.

–¿Qué quieres decir? ¿Qué clase de problemas? –preguntó Miss Rose aterrada.

–Un hombre, Rose. Es la única razón por la cual una muchacha comete una tontería de esta magnitud. Tú sabes eso mejor que nadie. ¿Con quién puede estar Eliza?

–No puedo imaginarlo.

Miss Rose podía imaginarlo perfectamente. Sabía quién era el responsable de ese tremendo descalabro: aquel tipo de aspecto fúnebre que llevó unos bultos a la casa meses atrás, el empleado de Jeremy. No sabía su nombre, pero iba a averiguarlo. No se lo dijo a su hermano, sin embargo, porque creyó que aún estaba a tiempo de rescatar a la muchacha de las trampas del amor contrariado. Recordaba con precisión de notario cada detalle de su propia experiencia con el tenor vienés, la zozobra de entonces estaba todavía a flor de piel. No lo amaba ya, es cierto, se lo había sacado del alma hacía siglos, pero bastaba murmurar su nombre para sentir una campana estrepitosa en el pecho. Karl Bretzner era la llave de su pasado y de su personalidad, el fugaz encuentro con él había determinado su destino y la mujer en que se había convertido. Si volviera a enamorarse como entonces, pensó, volvería a hacer lo mismo, aún sabiendo cómo esa pasión le torció la vida. Tal vez Eliza correría mejor suerte y el amor le saldría derecho; tal vez en su caso el amante era libre, no tenía hijos y una esposa engañada. Debía encontrar a la chica, confrontar al maldito seductor, obligarlos a casarse y luego presentar los hechos consumados a Jeremy, quien a la larga terminaría por aceptarlos. Sería difícil, dada la rigidez de su hermano cuando de honor se trataba, pero si la había perdonado a ella, también podría perdonar a Eliza. Persuadirlo sería su tarea. No había hecho el papel de madre durante tantos años para quedarse cruzada de brazos cuando su única hija cometía un error, resolvió.

Mientras Jeremy Sommers se encerraba en un silencio taimado y digno que, sin embargo, no lo protegió de los chismes desatados, Miss Rose se puso en acción. A los pocos días descubrió la identidad de Joaquín Andieta y, horrorizada, se enteró que se trataba nada menos que de un fugitivo de la justicia. Lo acusaban de haber embrollado la contabilidad de la *Compañía Británica de Importación y Exportación* y haber robado mercadería. Comprendió cuánto más grave de lo imaginado era la situación: Jeremy jamás aceptaría a semejante individuo en el seno de su familia. Peor aún, apenas pudiera echar el guante a su antiguo empleado seguramente lo mandaría a la cárcel, aunque para entonces fuera marido de Eliza. A menos que encuentre la forma de obligarlo a retirar los cargos contra esa sabandija y limpiarle el nombre por el bien de todos nosotros, masculló Miss Rose furiosa. Primero debía encontrar a los amantes, después vería cómo arreglaba lo demás. Se cuidó bien de mencionar su hallazgo y el resto de la semana se le fue haciendo indagaciones por aquí y por allá hasta que en la Librería Santos Tornero le mencionaron a la madre de Joaquín Andieta. Consiguió su dirección simplemente preguntando en las iglesias; tal como suponía, los sacerdotes católicos llevaban la cuenta de sus feligreses.

El viernes a mediodía se presentó ante la mujer. Iba llena de ínfulas, animada por justa indignación y dispuesta a decirle unas cuantas verdades, pero se fue desinflando a medida que avanzaba por las callejuelas torcidas de ese barrio, donde nunca había puesto los pies. Se arrepintió del vestido que había escogido, lamentó su sombrero demasiado adornado y sus botines blancos, se sintió ridícula. Golpeó la puerta confundida por un sentimiento de vergüenza, que se tornó en franca humildad cuando vio a la madre de Andieta. No había imaginado tanta devastación. Era una mujercita de nada, con ojos afiebrados y expresión triste. Le pareció una anciana, pero al mirarla bien comprendió que aún era joven y antes había sido bella, pero no cabía duda de que estaba enferma. La recibió sin sorpresa, acostumbrada a las señoras ricas que acudían a encargarle trabajos de costura y bordado. Se pasaban el dato unas a otras, no era extraño que una dama desconocida tocara su puerta. Esta vez se trataba de una extranjera, podía adivinarlo por ese vestido color de mariposas, ninguna chilena osaba vestirse así. La saludó sin sonreír y la hizo entrar.

–Siéntese, por favor, señora. ¿En qué puedo servirla?

Miss Rose se sentó en el borde de la silla que le ofrecía y no pudo articular palabra. Todo lo planeado se esfumó de su mente en un relámpago de compasión absoluta por esa mujer, por Eliza y por ella, mientras le corrían las lágrimas como un río, lavándole la cara y el alma. La madre de Joaquín Andieta, turbada, le tomó una mano entre las suyas.

–¿Qué le pasa, señora? ¿Puedo ayudarla?

Y entonces Miss Rose le contó a borbotones en su español de gringa que su única hija había desaparecido hacía más de una semana, estaba enamorada de Joaquín, se habían conocido meses atrás y desde entonces la muchacha no era la misma, andaba enardecida de amor, cualquiera podía verlo, menos ella que de tan egoísta y distraída no se había preocupado a tiempo y ahora era tarde porque los dos se habían fugado, Eliza había arruinado su vida tal como ella arruinó la suya. Y siguió enhebrando una cosa tras otras sin poder contenerse, hasta que le contó a esa extraña lo que nunca le había dicho a nadie, le habló de Karl Bretzner y sus amores huérfanos y los veinte años transcurridos desde entonces en su corazón dormido y en su vientre deshabitado. Lloró a raudales las pérdidas calladas a lo largo de su vida, las rabias ocultas por buena educación, los secretos cargados a la espalda como hierros de preso para mantener las apariencias y la ardiente juventud malgastada por la simple mala suerte de haber nacido mujer. Y cuando por fin se le acabó el aire de los sollozos, se quedó allí sentada sin entender qué le había pasado ni de dónde provenía ese diáfano alivio que empezaba a embargarla.

–Tome un poco de té –dijo la madre de Joaquín Andieta después de un larguísimo silencio, poniéndole una taza desportillada en la mano.

–Por favor, se lo ruego, dígame si Eliza y su hijo son amantes. ¿No estoy loca, verdad? –murmuró Miss Rose.

–Puede ser, señora. También Joaquín andaba desquiciado, pero nunca me dijo el nombre de la muchacha.

–Ayúdeme, debo encontrar a Eliza...

–Se lo aseguro, ella no está con Joaquín.

–¿Cómo puede saberlo?

–¿No dice que la niña desapareció hace sólo una semana? Mi hijo se fue en diciembre.

–¿Se fue, dice? ¿Adónde?

–No lo sé.

–La comprendo, señora. En su lugar yo también trataría de protegerlo. Sé que su hijo tiene problemas con la justicia. Le doy mi palabra de honor que lo ayudaré, mi hermano es el director de la *Compañía Británica* y hará lo que yo le pida. No diré a nadie dónde está su hijo, sólo quiero hablar con Eliza.

–Su hija y Joaquín no están juntos, créame.

–Sé que Eliza lo siguió.

–No puede haberlo seguido, señora. Mi hijo se fue a California.

El día en que el capitán John Sommers regresó a Valparaíso con el *Fortuna* cargado de hielo azul, encontró a sus hermanos esperándolo en el muelle, como siempre, pero le bastó ver sus caras para comprender que algo muy grave había sucedido. Rose estaba demacrada y apenas lo abrazó se echó a llorar sin control.

–Eliza ha desaparecido –le informó Jeremy con tanta ira que apenas podía modular las palabras.

Tan pronto como se encontraron solos, Rose le contó a John lo averiguado con la madre de Joaquín Andieta. En esos días eternos esperando a su hermano favorito y tratando de atar cabos sueltos, se había convencido de que la chica había seguido a su amante a California, porque seguramente ella habría hecho lo mismo. John Sommers pasó el día siguiente indagando en el puerto y así se enteró que Eliza no había adquirido un pasaje en barco alguno ni figuraba en las listas de viajeros, en cambio las autoridades habían registrado a un tal Joaquín Andieta embarcado en diciembre. Supuso que la muchacha podría haberse cambiado el nombre para despistar y volvió a hacer el mismo recorrido con su descripción detallada, mas nadie la había visto. Una joven, casi una niña, viajando sola o acompañada sólo por una india habría llamado de inmediato la atención, le aseguraron; además, muy pocas mujeres iban a San Francisco, sólo aquellas de vida liviana y de vez en cuando la esposa de un capitán o un comerciante.

–No puede haberse embarcado sin dejar huella, Rose –concluyó el capitán después de un recuento minucioso de sus pesquisas.

–¿Y Andieta?

–Su madre no te mintió. Aparece su nombre en una lista.

–Se apropió de unos productos de la *Compañía Británica.* Estoy segura que lo hizo sólo porque no podía financiar el viaje de otro modo. Jeremy no sospecha que el ladrón que anda buscando es el enamorado de Eliza y espero que no lo sepa nunca.

–¿No estás cansada de tantos secretos, Rose?

–¿Y qué quieres que haga? Mi vida está hecha de apariencias, no de verdades. Jeremy es como una piedra, lo conoces tan bien como yo. ¿Qué vamos a hacer respecto a la niña?

–Partiré mañana a California, el vapor ya está cargado. Si allá hay tan pocas mujeres como dicen, será fácil dar con ella.

–¡Eso no es suficiente, John!

–¿Se te ocurre algo mejor?

Esa noche a la hora de la cena Miss Rose insistió una vez más en la necesidad de movilizar todos los recursos disponibles para encontrar a la muchacha. Jeremy, quien se había mantenido marginado de la frenética actividad de su hermana, sin ofrecer un consejos o expresar sentimiento alguno, salvo fastidio por ser parte de un escándalo social, opinó que Eliza no merecía tanto alboroto.

–Este clima de histeria es muy desagradable. Sugiero que se calmen. ¿Para qué la buscan? Aunque la encuentren, no volverá a pisar esta casa –anunció.

–¿Eliza no significa nada para ti? –lo increpó Miss Rose.

–Ése no es el punto. Cometió una falta irrevocable y debe pagar las consecuencias.

–¿Como las he pagado yo durante casi veinte años?

Un silencio helado cayó en el comedor. Nunca habían hablado abiertamente del pasado y Jeremy ni siquiera sabía si John estaba al tanto de lo ocurrido entre su hermana y el tenor vienés, porque él se había cuidado bien de no decírselo.

–¿Qué consecuencias, Rose? Fuiste perdonada y acogida. No tienes nada que reprocharme.

–¿Por qué fuiste tan generoso conmigo y no puedes serlo también con Eliza?

–Porque eres mi hermana y mi deber es protegerte.

–¡Eliza es como mi hija, Jeremy!

–Pero no lo es. No tenemos obligación alguna con ella: no pertenece a esta familia.

–¡Sí pertenece! –gritó Miss Rose.

–¡Basta! –interrumpió el capitán dando un puñetazo sobre la mesa que hizo bailar los platos y las copas.

–Sí pertenece, Jeremy. Eliza es de nuestra familia –repitió Miss Rose sollozando con la cara entre las manos–. Es hija de John...

Entonces Jeremy escuchó de sus hermanos el secreto que habían guardado por dieciséis años. Ese hombre de pocas palabras, tan controlado que parecía invulnerable a la emoción humana, explotó por primera vez y todo lo callado en cuarenta y seis años de perfecta flema británica salió a borbotones, ahogándolo en un torrente de reproches, de rabia y de humillación, porque hay que ver qué tonto he sido, Dios mío, viviendo bajo el mismo techo en un nido de mentiras sin sospecharlo, convencido que mis hermanos son gente decente y reina la confianza entre nosotros, cuando lo que hay es una costumbre de patrañas, un hábito de falsedades, quién sabe cuántas cosas más me han ocultado sistemáticamente, pero esto es el colmo, por qué diablos no me lo dijeron, qué he hecho para que me traten como a un monstruo, para merecer que me manipulen de este modo, para que se aprovecharan de mi generosidad y al mismo tiempo me desprecien, porque no puede llamarse otra cosa si no desprecio esta forma de enredarme en embustes y excluirme, sólo me necesitan para pagar las cuentas, toda la vida había sido igual, desde que éramos niños ustedes se han burlado a mis espaldas...

Mudos, sin encontrar cómo justificarse, Rose y John, aguantaron el chapuzón y cuando a Jeremy se le agotó la cantaleta reinó un silencio largo en el comedor. Los tres estaban extenuados. Por primera vez en sus vidas se enfrentaban sin la máscara de las buenas maneras y la cortesía. Algo fundamental, que los había sostenido en el frágil equilibrio de una mesa de tres patas, parecía roto sin remedio; sin embargo a medida que Jeremy recuperaba el aliento, sus facciones volvieron a la expresión impenetrable y arrogante de siempre, mientras se acomodaba un mechón caído sobre la frente y la corbata torcida. Entonces Miss Rose se puso de pie, se acercó por detrás de la silla y le puso una mano en el hombro, el único gesto de intimidad que se atrevió a hacer, mientras sentía que el pecho le dolía de ternura por ese hermano solitario, ese hombre silencioso y melancólico que había sido como su padre y a quien no se había dado nunca el trabajo de mirar a los ojos. Sacó la cuenta de que en verdad nada sabía de él y que en toda su vida jamás lo había tocado.

Dieciséis años antes, la mañana del 15 de marzo de 1832, Mama Fresia salió al jardín y tropezó con una caja ordinaria de jabón de

Marsella cubierta con papel de periódico. Intrigada, se acercó a ver de qué se trataba y al levantar el papel descubrió una criatura recién nacida. Corrió a la casa dando gritos y un instante después Miss Rose se inclinaba sobre el bebé. Tenía entonces veinte años, era fresca y bella como un durazno, vestía un traje color topacio y el viento le alborotaba los cabellos sueltos, tal como Eliza la recordaba o la imaginaba. Las dos mujeres levantaron la caja y la llevaron a la salita de costura, donde quitaron los papeles y sacaron del interior a la niña mal envuelta en un chaleco de lana. No había permanecido a la intemperie por mucho rato, dedujeron, porque a pesar de la ventisca de la mañana su cuerpo estaba tibio y dormía plácida. Miss Rose ordenó a la india que fuera a buscar una manta limpia, sábanas y tijeras para improvisar pañales. Cuando Mama Fresia regresó, el chaleco había desaparecido y el bebé desnudo chillaba en brazos de Miss Rose.

–Reconocí el chaleco de inmediato. Yo misma se lo había tejido a John el año anterior. Lo escondí porque tú lo hubieras reconocido también –explicó a Jeremy.

–¿Quién es la madre de Eliza, John?

–No recuerdo su nombre...

–¡No sabes cómo se llama! ¿Cuántos bastardos has sembrado por el mundo? –exclamó Jeremy.

–Era una muchacha del puerto, una joven chilena, la recuerdo muy bonita. Nunca volví a verla y no supe que estaba encinta. Cuando Rose me mostró el chaleco, un par de años más tarde, me acordé que se lo había puesto a esa joven en la playa porque hacía frío y luego olvidé pedírselo. Tienes que entender, Jeremy, así es la vida de los marinos. No soy una bestia...

–Estabas ebrio.

–Es posible. Cuando comprendí que Eliza era mi hija, traté de ubicar a la madre, pero había desaparecido. Tal vez murió, no lo sé.

–Por alguna razón esa mujer decidió que nosotros debíamos criar a la niña, Jeremy, y nunca me he arrepentido de haberlo hecho. Le dimos cariño, una buena vida, educación. Tal vez la madre no podía darle nada, por eso nos trajo a Eliza envuelta en el chaleco, para que supiéramos quién era el padre –agregó Miss Rose.

–¿Eso es todo? ¿Un mugriento chaleco? ¡Eso no prueba absolutamente nada! Cualquiera puede ser el padre. Esa mujer se deshizo de la criatura con mucha astucia.

–Temía que reaccionaras así, Jeremy. Justamente por eso no te lo dije entonces –replicó su hermana.

Tres semanas después de despedirse de Tao Chi'en, Eliza estaba con cinco mineros lavando oro a orillas del Río Americano. No había viajado sola. El día en que salió de Sacramento se unió a un grupo de chilenos que partía hacia los placeres. Habían comprado cabalgaduras, pero ninguno sabía de animales y los rancheros mexicanos disfrazaron hábilmente la edad y los defectos de los caballos y las mulas. Eran unas bestias patéticas con las peladuras disimuladas con pintura y drogadas, que a las pocas horas de marcha perdieron ímpetu y arrastraban las patas cojeando. Llevaba cada jinete un cargamento de herramientas, armas y tiestos de latón, de modo que la triste caravana avanzaba a paso lento en medio de un estrépito de metales. Por el camino iban desprendiéndose de la carga, que quedaba desparramada junto a las cruces salpicadas en el paisaje para indicar a los difuntos. Ella se presentó con el nombre de Elías Andieta, recién llegado de Chile con el encargo de su madre de buscar a su hermano Joaquín y dispuesto a recorrer California de arriba abajo hasta cumplir con su deber.

–¿Cuántos años tienes, mocoso? –le preguntaron.

–Dieciocho.

–Pareces de catorce. ¿No eres muy joven para buscar oro?

–Tengo dieciocho y no ando buscando oro, sólo a mi hermano Joaquín –repitió.

Los chilenos eran jóvenes, alegres y todavía mantenían el entusiasmo que los había impulsado a salir de su tierra y aventurarse tan lejos, aunque empezaban a darse cuenta de que las calles no estaban empedradas de tesoros, como les habían contado. Al principio Eliza no les daba la cara y mantenía el sombrero encima de los ojos, pero pronto notó que los hombres poco se miran entre ellos. Asumieron que se trataba de un muchacho y no se les extrañó la forma de su cuerpo, su voz o sus costumbres. Ocupados cada uno de lo suyo, no se fijaron en que no orinaba con ellos y cuando tropezaban con un charco de agua para refrescarse, mientras ellos se desnudaban, ella se zambullía vestida y hasta con el sombrero puesto, alegando que así aprovechaba de lavar su ropa en el mismo baño. Por otra parte, la limpieza era lo de menos y a los pocos días estaba tan sucia y sudada como sus compañeros. Descubrió que la mugre empareja a todos en la misma abyección; su nariz de sabueso apenas distinguía el olor de su cuerpo del de los demás. La tela gruesa de los pantalones le raspaba las piernas, no tenía costumbre de cabalgar por largos trechos y al segundo día apenas podía dar un paso con las posaderas en carne viva, pero los otros también eran gente de ciudad y andaban tan adoloridos como ella. El clima seco y caliente, la sed, la fatiga y el asalto permanente de los mosquitos, les quitaron pronto el ánimo para la chacota. Avanzaban callados, con su sonajera de trastos, arrepentidos antes de empezar. Exploraron durante semanas tras un lugar propicio donde instalarse a buscar oro, tiempo que Eliza aprovechó para inquirir por Joaquín Andieta. Ni los indicios recogidos ni los mapas mal trazados servían de mucho y cuando alcanzaban un buen lavadero se encontraban con cientos de mineros llegados antes. Cada uno tenía derecho a reclamar cien pies cuadrados, marcaba su sitio trabajando a diario y dejando allí sus herramientas cuando se ausentaba, pero si se iba por más de diez días, otros podían ocuparlo y registrarlo a sus nombres. Los peores crímenes, invadir una pertenencia ajena antes del plazo y robar, se pagaban con la horca o con azotes, después de un juicio sumario en que los mineros hacían de jueces, jurado y verdugos. Por todos lados encontraron partidas de chilenos. Se reconocían por la ropa y el acento, se abrazaban entusiasmados, compartían el *mate,* el aguardiente y el *charqui,* se contaban en vívidos colores las mutuas desventuras y cantaban canciones nostálgicas bajo las estrellas, pero al día siguiente se despedían, sin tiempo para excesos de hospitalidad. Por el acento de lechuguinos y las conversaciones, Eliza dedujo que algunos eran señoritos de Santiago, currutacos medio aristócratas que pocos meses antes usaban levita, botas de charol, guantes de cabritilla y pelo engominado, pero en los placeres resultaba casi imposible diferenciarlos de los más rústicos patanes, con quienes trabajaban de igual a igual. Los remilgos y prejuicios de clase se hacían humo en contacto con la realidad brutal de las minas, pero no así el odio de razas, que al menor pretexto explotaba en peleas. Los chilenos, más numerosos y emprendedores que otros hispanos, atraían el odio de los gringos. Eliza se enteró que en San Francisco un grupo de australianos borrachos había atacado Chilecito, desencadenando una batalla campal. En los placeres funcionaban varias compañías chilenas que habían traído peones de los campos, inquilinos que por generaciones habían estado bajo un sistema feudal y trabajaban por un sueldo ínfimo y sin extrañarse de que el oro no fuese de quien lo encuentra, sino del patrón. A los ojos de los yanquis, eso era simple esclavitud. La leyes americanas favorecían a los individuos: cada propiedad se reducía al espacio que un hombre solo podía explotar. Las compañías chilenas burlaban la ley registrando los derechos a nombre de cada uno de los peones para abarcar más terreno.

Había blancos de varias nacionalidades con camisas de franela, pantalones metidos en las botas y un par de revólveres; chinos con sus chaquetas acolchadas y calzones amplios; indios con ruinosas chaquetas militares y el trasero pelado; mexicanos vestidos de algodón blanco y enormes sombreros; sudamericanos con ponchos cortos y anchos cinturones de cuero donde llevaban su cuchillo, el tabaco, la pólvora y el dinero; viajeros de las Islas Sandwich descalzos y con fajas de brillantes sedas; todos en una mezcolanza de colores, culturas, religiones y lenguas, con una sola obsesión común. A cada uno Eliza preguntaba por Joaquín Andieta y pedía que corrieran la voz de que su hermano Elías lo buscaba. Al internarse más y más en ese territorio, comprendía cuán inmenso era y cuán difícil sería encontrar a su amante en medio de cincuenta mil forasteros pululando de un lado a otro.

El grupo de extenuados chilenos decidió por fin instalarse. Habían llegado al valle del Río Americano bajo un calor de fragua, con sólo dos mulas y el caballo de Eliza, los demás animales habían sucumbido por el camino. La tierra estaba seca y partida, sin más vegetación que pinos y robles, pero un río claro y torrentoso bajaba a saltos por las piedras desde las montañas, atravesando el valle como un cuchillo. En ambas orillas había hileras y más hileras de hombres cavando y llenando baldes con la tierra fina, que luego arneaban en un artefacto parecido a la cuna de un infante. Trabajaban con la cabeza al sol, las piernas en el agua helada y la ropa empapada; dormían tirados por el suelo sin soltar sus armas, comían pan duro y carne salada, bebían agua contaminada por las centenares de excavaciones río arriba y licor tan adulterado, que a muchos les reventaba el hígado o se volvían locos. Eliza vio morir a dos hombres en pocos días, revolcándose de dolor y cubiertos del sudor espumoso del cólera y agradeció la sabiduría de Tao Chi'en, que no le permitía beber agua sin hervir. Por mucha que fuera la sed, ella esperaba hasta la tarde, cuando acampaban, para preparar té o *mate*. De vez en cuando se oían gritos de júbilo: alguien había encontrado una pepa de oro, pero la mayoría se contentaba con separar unos gramos preciosos entre toneladas de tierra inútil. Meses antes aún podían ver las escamas brillando bajo el agua límpida, pero ahora la naturaleza estaba trastornada por la codicia humana, el paisaje alterado con cúmulos de tierra y piedras, hoyos enormes, ríos y esteros desviados de sus cursos y el agua distribuida en incontables charcos, millares de troncos amputados donde antes había bosque. Para llegar al metal se necesitaba determinación de titanes.

Eliza no pretendía quedarse, pero estaba agotada y se encontró incapaz de continuar cabalgando sola a la deriva. Sus compañeros ocuparon un pedazo al final de la hilera de mineros, bastante lejos del pequeño pueblo que empezaba a emerger en el lugar, con su taberna y su almacén para satisfacer las necesidades primordiales. Sus vecinos eran tres oregoneses que trabajaban y bebían alcohol con descomunal resistencia y no perdieron tiempo en saludar a los recién llegados, por el contrario, les hicieron saber de inmediato que no reconocían el derecho de los *grasientos* a explotar el suelo americano. Uno de los chilenos los enfrentó con el argumento de que tampoco ellos pertenecían allí, la tierra era de los indios, y se habría armado camorra si no intervienen los demás a calmar los ánimos. El ruido era una continua algarabía de palas, picotas, agua, rocas rodando y maldiciones, pero el cielo era límpido y el aire olía a hojas de laurel. Los chilenos se dejaron caer por tierra muertos de fatiga, mientras el falso Elías Andieta armaba una pequeña fogata para preparar café y daba agua a su caballo. Por lástima, dio también a las pobres mulas, aunque no eran suyas, y descargó los bultos para que pudieran reposar. La fatiga le nublaba la vista y apenas podía con el temblor de las rodillas, comprendió que Tao Chi'en tenía razón cuando le advertía la necesidad de recuperar fuerzas antes de lanzarse en esa aventura. Pensó en la casita de tablas y lona en Sacramento, donde a esa hora él estaría meditando o escribiendo con un pincel y tinta china en su hermosa caligrafía. Sonrió, extrañada de que su nostalgia no evocara la tranquila salita de costura de Miss Rose o la tibia cocina de Mama Fresia. Cómo he cambiado, suspiró, mirando sus manos quemadas por el sol inclemente y llenas de ampollas.

Al otro día sus camaradas la mandaron al almacén a comprar lo indispensable para sobrevivir y una de aquellas cunas para arnear la tierra, porque vieron cuánto más eficiente era ese artilugio que sus humildes bateas. La única calle del pueblo, si así podía llamarse ese caserío, era un lodazal sembrado de desperdicios. El almacén, una cabaña de troncos y tablas, era el centro de la vida social en esa comunidad de hombres solitarios. Allí se vendía de un cuanto hay, se servía licor a destajo y algo de comida; por las noches, cuando acudían los mineros a beber, un violinista animaba el ambiente con sus melodías, entonces algunos hombres se colgaban un pañuelo en el cinturón, en señal de que asumían el papel de las damas, mientras los otros se turnaban para sacarlos a bailar. No había una sola mujer en muchas millas a la redonda, pero de vez en cuando pasaba un vagón tirado por mulas cargado de prostitutas. Las esperaban con ansias y las compensaban con generosidad. El dueño del almacén resultó ser un mormón locuaz y bondadoso, con tres esposas en Utah, que ofrecía crédito a quien se convirtiera a su fe. Era abstemio y mientras vendía licor predicaba contra el vicio de beberlo. Sabía de un tal Joaquín y el apellido le sonaba como Andieta, informó a Eliza cuando ella lo interrogó, pero había pasado por allí hacía un buen tiempo y no podía decir cuál dirección había tomado. Lo recordaba porque estuvo involucrado en una pelea entre americanos y españoles a propósito de una pertenencia. ¿Chilenos? Tal vez, sólo estaba seguro que hablaba castellano, podría haber sido mexicano, dijo, a él todos los *grasientos* le parecían iguales.

–¿Y qué pasó al final?

–Los americanos se quedaron con el predio y los otros se tuvieron que marchar. ¿Qué otra cosa podía pasar? Joaquín y otro hombre permanecieron aquí en el almacén dos o tres días. Puse unas mantas allí en un rincón y los dejé descansar hasta que se repusieran un poco, porque estaban muy golpeados. No eran mala gente. Me acuerdo de tu hermano, era un chico de pelo negro y ojos grandes, bastante guapo.

–El mismo –dijo Eliza, con el corazón disparado al galope.

TERCERA PARTE

1850-1853

EL DORADO

Llevaron al oso entre cuatro hombres, dos de cada lado tirando de las gruesas cuerdas, en medio de una turba enardecida. Lo arrastraron hasta el centro de la arena y lo ataron por una pata a un poste con una cadena de veinte pies y luego echaron quince minutos en desatarlo, mientras lanzaba arañazos y mordiscos con una ira de fin de mundo. Pesaba más de seiscientos kilos, tenía la piel color pardo oscuro, un ojo tuerto, varias peladuras y cicatrices de antiguas peleas en el lomo, pero era aún joven. Una baba espumosa cubría sus fauces de enormes dientes amarillos. Erguido sobre las patas traseras, dando manotazos inútiles con sus garras prehistóricas, recorría la multitud con su ojo bueno, tironeando desesperado de la cadena.

Era un villorrio surgido en pocos meses de la nada, construido por tránsfugas en un suspiro y sin ambición de durar. A falta de una arena de toros, como las que había en todos los pueblos mexicanos de California, contaban con un amplio círculo despejado que servía para la doma de caballos y para encerrar mulas, reforzado con tablas y provisto de galerías de madera para acomodar al público. Esa tarde de noviembre el cielo color acero amenazaba con lluvia, pero no hacía frío y la tierra estaba seca. Detrás de la empalizada, centenares de espectadores respondían a cada rugido del animal con un coro de burlas. Las únicas mujeres, media docena de jóvenes mexicanas con vestidos blancos bordados y fumando sus eternos cigarritos, eran tan conspicuas como el oso y también a ellas las saludaban los hombres con gritos de olé, mientras las botellas de licor y las bolsas de oro de las apuestas circulaban de mano en mano. Los tahúres, con trajes de ciudad, chalecos de fantasía, anchas corbatas y sombreros de copa, se distinguían entre la masa rústica y desgreñada. Tres músicos tocaban en sus violines las canciones favoritas y apenas atacaron con bríos «Oh Susana», himno de los mineros, un par de cómicos barbudos, pero vestidos de mujer, saltaron al ruedo y dieron una vuelta olímpica entre obscenidades y palmotazos, levantándose las faldas para mostrar piernas peludas y calzones con vuelos. El público los celebró con una generosa lluvia de monedas, y un estrépito de aplausos y carcajadas. Cuando se retiraron, un solemne toque de corneta y redoble de tambores anunció el comienzo de la lidia, seguido por un bramido de la multitud electrizada.

Perdida en la muchedumbre, Eliza seguía el espectáculo con fascinación y horror. Había apostado el escaso dinero que le quedaba, con la esperanza de multiplicarlo en los próximos minutos. Al tercer toque de corneta levantaron un portón de madera y un toro joven, negro y reluciente, entró resoplando. Por un instante reinó un silencio maravillado en las galerías y enseguida un ¡olé! a grito herido acogió al animal. El toro se detuvo desconcertado, la cabeza en alto, coronada por grandes cuernos sin limar, los ojos alertas midiendo las distancias, las pezuñas delanteras pateando la arena, hasta que un gruñido del oso captó su atención. Su contrincante lo había visto y estaba cavando a toda prisa un hoyo a pocos pasos del poste, donde se encogió, aplastado contra el suelo. A los alaridos del público el toro agachó la cerviz, tensionó los músculos y se lanzó a la carrera desprendiendo una nube de arena, ciego de cólera, resollando, echando vapor por la nariz y baba por el hocico. El oso lo estaba esperando. Recibió la primera cornada en el lomo, que abrió un surco sanguinolento en su gruesa piel, pero no logró moverlo ni una pulgada. El toro dio una vuelta al trote por el ruedo, confundido, mientras la turba lo azuzaba con insultos, enseguida volvió a cargar, tratando de levantar al oso con los cuernos, pero éste se mantuvo agachado y recibió el castigo sin chistar, hasta que vio su oportunidad y de un zarpazo certero le destrozó la nariz. Chorreando sangre, trastornado de dolor y perdido el rumbo, el animal comenzó a atacar con cabezazos ofuscados, hiriendo a su contrincante una y otra vez, sin lograr sacarlo del hoyo. De pronto el oso se alzó y lo cogió por el cuello en un abrazo terrible, mordiéndole la nuca. Durante largos minutos danzaron juntos en el círculo que permitía la cadena, mientras la arena se iba empapando de sangre y en las galerías retumbaba el bramido de los hombres. Por fin logró desprenderse, se alejó unos pasos, vacilando, con las patas flojas y su piel de brillante obsidiana teñida de rojo, hasta que dobló las rodillas y se fue de bruces. Entonces un clamor inmenso acogió la victoria del oso. Entraron dos jinetes al ruedo, dieron un tiro de fusil entre los ojos al vencido, lo lacearon por las patas traseras y se lo llevaron a la rastra. Eliza se abrió paso hacia la salida, asqueada. Había perdido sus últimos cuarenta dólares.

En los meses del verano y el otoño de 1849, Eliza cabalgó a lo largo de la Veta Madre de sur a norte, desde Mariposa hasta Downieville y luego de vuelta, siguiendo la pista cada vez más confusa de Joaquín Andieta por cerros abruptos, desde los lechos de los ríos hasta los faldeos de la Sierra Nevada. Al preguntar por él al principio, pocos recordaban a una persona con ese nombre o descripción, pero hacia finales del año su figura fue adquiriendo contornos reales y eso le daba fuerza a la joven para continuar su búsqueda. Había echado a correr el rumor de que su hermano Elías andaba tras él y en varias ocasiones durante esos meses el eco le devolvió su propia voz. Más de una vez, al inquirir por Joaquín, la identificaron como su hermano aún antes que alcanzara a presentarse. En esa región salvaje el correo llegaba de San Francisco con meses de atraso y los periódicos tardaban semanas, pero nunca fallaba la noticia de boca en boca. ¿Cómo Joaquín no había oído que lo buscaban? Al no tener hermanos, debía preguntarse quién era el tal Elías y si poseía una pizca de intuición podía asociar ese nombre con el suyo, pensaba; pero si no lo sospechaba, al menos sentiría curiosidad por averiguar quién se hacía pasar por su pariente. Por las noches apenas lograba dormir, embrollada en conjeturas y con la duda pertinaz de que el silencio de su amante sólo podía explicarse con su muerte o porque no deseaba ser encontrado. ¿Y si en verdad estaba escapando de ella, como había insinuado Tao Chi'en? Pasaba el día a caballo y dormía tirada por el suelo en cualquier parte, con su manta de Castilla por abrigo y sus botas por almohada, sin quitarse la ropa. La suciedad y el sudor habían dejado de molestarla, comía cuando podía, sus únicas precauciones eran hervir el agua para beber y no mirar a los gringos a los ojos.

Para entonces había más de cien mil argonautas y seguían llegando más, desparramados a lo largo de la Veta Madre, dando vuelta el mundo al revés, moviendo montañas, desviando ríos, destrozando bosques, pulverizando rocas, trasladando toneladas de arena y cavando hoyos descomunales. En los puntos donde había oro, el territorio idílico, que había permanecido inmutable desde el comienzo de los tiempos, estaba convertido en una pesadilla lunar. Eliza vivía extenuada, pero había recuperado las fuerzas y perdido el miedo. Volvió a menstruar cuando menos le convenía, porque resultaba difícil disimularlo en compañía de hombres, pero lo agradeció como un signo de que su cuerpo había por fin sanado. «Tus agujas de acupuntura me sirvieron bien, Tao. Espero tener hijos en el futuro» escribió a su amigo, segura que él entendería sin más explicaciones. Nunca se separaba de sus armas, aunque no sabía usarlas y esperaba no encontrarse ante la necesidad de hacerlo. Sólo una vez las disparó al aire para ahuyentar a unos muchachos indios que se acercaron demasiado y le parecieron amenazantes, pero si se hubiera batido con ellos habría salido muy mal parada, pues era incapaz de dar a un burro a cinco pasos de distancia. No había afinado la puntería, pero sí su talento para volverse invisible. Podía entrar a los pueblos sin llamar la atención, mezclándose con los grupos de latinos, donde un muchacho con su aspecto pasaba desapercibido. Aprendió a imitar el acento peruano y el mexicano a la perfección, así se confundía con uno de ellos cuando buscaba hospitalidad. También cambió su inglés británico por el americano y adoptó ciertas palabrotas indispensables para ser aceptada entre los gringos. Se dio cuenta que si hablaba como ellos la respetaban; lo importante era no dar explicaciones, decir lo menos posible, nada pedir, trabajar por su comida, enfrentar las provocaciones y aferrarse a una pequeña Biblia que había comprado en Sonora. Hasta los más rudos sentían una reverencia supersticiosa por ese libro. Se extrañaban ante ese muchacho imberbe con voz de mujer que leía las Sagradas Escrituras por las tardes, pero no se burlaban abiertamente, por el contrario, algunos se convertían en sus protectores, prontos a batirse a golpes con cualquiera que lo hiciera. En esos hombres solitarios y brutales, que habían salido en busca de fortuna como los héroes míticos de la antigua Grecia, sólo para verse reducidos a lo elemental, a menudo enfermos, entregados a la violencia y el alcohol, había un anhelo inconfesado de ternura y de orden. Las canciones románticas les humedecían los ojos, estaban dispuestos a pagar cualquier precio por un trozo de tarta de manzana que les ofrecía un instante de consuelo contra la nostalgia de sus hogares; daban largos rodeos para acercarse a una vivienda donde hubiera un niño y se quedaban contemplándolo en silencio, como si fuera un prodigio.

«No temas, Tao, no viajo sola, sería una locura», escribía Eliza a su amigo. «Hay que andar en grupos grandes, bien armados y alertas, porque en los últimos meses se han multiplicado las bandas de forajidos. Los indios son más bien pacíficos, aunque tienen un aspecto aterrador, pero a la vista de un jinete desvalido pueden quitarle sus más codiciadas posesiones: caballos, armas y botas. Me junto con otros viajeros: comerciantes que van de un pueblo a otro con sus productos, mineros en busca de nuevas vetas, familias de granjeros, cazadores, empresarios y agentes de propiedades que empiezan a invadir California, jugadores, pistoleros, abogados y otros canallas, que por lo general son los compañeros de viaje más entretenidos y generosos. También andan predicadores por estos caminos, son siempre jóvenes y parecen locos iluminados. Imagínate cuánta fe se requiere para viajar tres mil millas a través de praderas vírgenes con el fin de combatir vicios ajenos. Salen de sus pueblos pletóricos de fuerza y pasión, decididos a traer la palabra de Cristo a estos andurriales, sin preocuparse por los obstáculos y desdichas del camino porque Dios marcha a su lado. Llaman a los mineros "los adoradores del becerro de oro". Tienes que leer la Biblia, Tao, o nunca vas a entender a los cristianos. A esos pastores no los derrotan las vicisitudes materiales, pero muchos sucumben con el alma rota, impotentes ante la fuerza avasalladora de la codicia. Es reconfortante verlos cuando recién llegan, todavía inocentes, y es triste toparse con ellos cuando están desamparados por Dios, viajando penosamente de un campamento a otro, con un sol tremendo sobre sus cabezas y sedientos, predicando en plazas y tabernas ante una concurrencia indiferente, que los oye sin quitarse el sombrero y cinco minutos más tarde está embriagándose con mujerzuelas. Conocí a un grupo de artistas itinerantes, Tao, eran unos pobres diablos que se detenían en los pueblos para deleitar a la gente con pantomimas, canciones picarescas y comedias burdas. Anduve con ellos varias semanas y me incorporaron al espectáculo. Si conseguíamos un piano, yo tocaba, pero si no era la dama joven de la compañía y todo el mundo se maravillaba de lo bien que hacía el papel de mujer. Tuve que dejarlos porque la confusión me estaba enloqueciendo, ya no sabía si soy mujer vestida de hombre, hombre vestido de mujer o una aberración de la naturaleza.»

Hizo amistad con el cartero y cuando era posible cabalgaba con él, porque viajaba rápido y tenía contactos; si alguien podía encontrar a Joaquín Andieta sería él, pensaba. El hombre acarreaba el correo a los mineros y regresaba con las bolsas de oro para guardar en los bancos. Era uno de los muchos visionarios enriquecidos con la fiebre del oro sin haber tenido jamás una pala o una picota en las manos. Cobraba dos dólares y medio por llevar una carta a San Francisco y, aprovechando la ansiedad de los mineros por recibir noticias de sus casas, pedía una onza de oro por entregar las cartas que les llegaban. Ganaba una fortuna con ese negocio, le sobraban clientes y ninguno reclamaba por los precios, puesto que no había alternativa, no podían abandonar la mina para ir a buscar correspondencia o depositar sus ganancias a cien millas de distancia. Eliza también buscaba la compañía de Charley, un hombrecito lleno de historias, que competía con los arrieros mexicanos transportando mercadería en mulas. Aunque no temía ni al Diablo, siempre agradecía ser escoltado, porque necesitaba oídos para sus cuentos. Mientras más lo observaba, más segura estaba Eliza de que se trataba de una mujer vestida de hombre, como ella. Charley tenía la piel curtida por el sol, mascaba tabaco, juraba como un bandolero y no se separaba de sus pistolas ni de sus guantes, pero una vez alcanzó a verle las manos y eran pequeñas y blancas, como las de una doncella.

Se enamoró de la libertad. Había vivido entre cuatro paredes en casa de los Sommers, en un ambiente inmutable, donde el tiempo rodaba en círculos y la línea del horizonte apenas se vislumbraba a través de atormentadas ventanas; creció en la armadura impenetrable de las buenas maneras y las convenciones, entrenada desde siempre para complacer y servir, limitada por el corsé, las rutinas, las normas sociales y el temor. El miedo había sido su compañero: miedo a Dios y su impredecible justicia, a la autoridad, a sus padres adoptivos, a la enfermedad y la maledicencia, a lo desconocido y lo diferente, a salir de la protección de la casa y enfrentar los peligros de la calle; miedo de su propia fragilidad femenina, la deshonra y la verdad. La suya había sido una realidad almibarada, hecha de omisiones, silencios corteses, secretos bien guardados, orden y disciplina. Su aspiración había sido la virtud, pero ahora dudaba del significado de esa palabra. Al entregarse a Joaquín Andieta en el cuarto de los armarios había cometido una falta irreparable a los ojos del mundo, pero ante los suyos el amor todo lo justificaba. No sabía qué había perdido o ganado con esa pasión. Salió de Chile con el propósito de encontrar a su amante y convertirse en su esclava para siempre, creyendo que así apagaría la sed de sumisión y el anhelo recóndito de posesión, pero ya no se sentía capaz de renunciar a esas alas nuevas que comenzaban a crecerle en los hombros. Nada lamentaba de lo compartido con su amante ni se avergonzaba por esa hoguera que la trastornó, por el contrario, sentía que la hizo fuerte de golpe y porrazo, le dio arrogancia para tomar decisiones y pagar por ellas las consecuencias. No debía explicaciones a nadie, si cometió errores fue de sobra castigada con la pérdida de su familia, el tormento sepultada en la cala del barco, el hijo muerto y la incertidumbre absoluta del futuro. Cuando quedó encinta y se vio atrapada, escribió en su diario que había perdido el derecho a la felicidad, sin embargo en esos últimos meses cabalgando por el dorado paisaje de California, sintió que volaba como un cóndor. Despertó una mañana con el relincho de su caballo y la luz del amanecer en la cara, se vio rodeada de altivas secoyas, que como guardias centenarios habían velado su sueño, de suaves cerros y a la distancia altas cumbres moradas; entonces la invadió una dicha atávica jamás antes experimentada. Se dio cuenta que ya no tenía esa sensación de pánico siempre agazapada en la boca del estómago, como una rata lista para morderla. Los temores se habían diluido en la abrumadora grandiosidad de ese territorio. A medida que enfrentaba los riesgos, iba adquiriendo arrojo: le había perdido el miedo al miedo. «Estoy encontrando nuevas fuerzas en mí, que tal vez siempre tuve, pero no conocía porque hasta ahora no había necesitado ejercerlas. No sé en qué vuelta del camino se me perdió la persona que yo antes era, Tao. Ahora soy uno más de los incontables aventureros dispersos por las orillas de estos ríos translúcidos y los faldeos de estos montes eternos. Son hombres orgullosos, con sólo el cielo por encima de sus sombreros, que no se inclinan ante nadie porque están inventando la igualdad. Y yo quiero ser uno de ellos. Algunos caminan victoriosos con una bolsa de oro a la espalda y otros derrotados sólo cargan con desilusiones y deudas, pero todos se sienten dueños de sus destinos, de la tierra que pisan, del futuro, de su propia irrevocable dignidad. Después de conocerlos no puedo volver a ser una señorita como Miss Rose pretendía. Al fin entiendo a Joaquín, cuando robaba horas preciosas de nuestro amor para hablarme de libertad. De modo que era esto... Era esta euforia, esta luz, esta dicha tan intensa como la de los escasos momentos de amor compartido que puedo recordar. Te echo de menos, Tao. No hay con quien hablar de lo que veo, de lo que siento. No tengo un amigo en estas soledades y en mi papel de hombre me cuido mucho de lo que digo. Ando con el ceño fruncido, para que me crean bien macho. Es un fastidio ser hombre, pero ser mujer es un fastidio peor.»

Vagando de un lado a otro llegó a conocer el abrupto terreno como si hubiera nacido allí, podía ubicarse y calcular las distancias, distinguía las serpientes venenosas de las inocuas y los grupos hostiles de los amistosos, adivinaba el clima por la forma de las nubes y la hora por el ángulo de su sombra, sabía qué hacer si se le atravesaba un oso y cómo aproximarse a una cabaña aislada para no ser recibida a tiros. A veces se encontraba con jóvenes recién llegados arrastrando complicadas máquinas de minería cerro arriba, que por último quedaban abandonadas por inservibles, o se cruzaba con grupos de hombres afiebrados que bajaban de las sierras después de meses de trabajo inútil. No podía olvidar aquel cadáver picoteado por los pájaros colgando de un roble con un letrero de advertencia... En su peregrinaje vio americanos, europeos, kanakas, mexicanos, chilenos, peruanos, también largas filas de chinos silenciosos al mando de un capataz, que siendo de su misma raza, los trataba como siervos y les pagaba en migajas. Llevaban un atado a la espalda y botas en la mano, porque siempre habían usado zapatillas y no soportaban el peso en los pies. Era gente ahorrativa, vivían con nada y gastaban lo menos posible, compraban las botas grandes porque las suponían más valiosas y se pasmaban al comprobar que el precio era el mismo de las más pequeñas. A Eliza se le afinó el instinto para eludir el peligro. Aprendió a vivir al día sin hacer planes, como le había aconsejado Tao Chi'en. Pensaba en él a menudo y le escribía seguido, pero sólo podía enviarle las cartas cuando llegaba a un pueblo con servicio de correo a Sacramento. Era como lanzar mensajes en botellas al mar, porque no sabía si él continuaba viviendo en esa ciudad y la única dirección segura que poseía era del restaurante chino. Si hasta allí sus cartas llegaban, sin duda se las darían.

Le contaba del paisaje magnífico, del calor y la sed, de los cerros de curvas voluptuosas, los gruesos robles y esbeltos pinos, los ríos helados de aguas tan límpidas que se podía ver el oro brillando en sus lechos, los gansos salvajes graznando en el cielo, los venados y los grandes osos, de la vida ruda de los mineros y el espejismo de la fortuna fácil. Le decía lo que ambos ya sabían: que no valía la pena gastar la vida persiguiendo un polvo amarillo. Y adivinaba la respuesta de Tao: que tampoco tenía sentido gastarla persiguiendo un amor ilusorio, pero ella continuaba su marcha porque no podía detenerse. Joaquín Andieta empezaba a esfumarse, su buena memoria no alcanzaba a precisar con claridad los rasgos del amante, debía releer las cartas de amor para estar cierta de que en verdad él había existido, se habían amado y las noches en el cuarto de los armarios no eran un infundio de su imaginación. Así renovaba el tormento dulce del amor solitario. A Tao Chi'en describía la gente que iba conociendo por el camino, las masas de inmigrantes mexicanos instalados en Sonora, único pueblo donde correteaban niños por las calles, las humildes mujeres que solían acogerla en sus casas de adobe sin sospechar que era una de ellas, los miles de jóvenes americanos que acudían a los placeres ese otoño, después de haber cruzado por tierra el continente desde las costas del Atlántico hasta las del Pacífico. Calculaban en cuarenta mil los recién llegados, cada uno de ellos dispuesto a enriquecerse en un pestañear y volver triunfante a su pueblo. Se llamaban «los del 49», nombre que se hizo popular y fue adoptado también por quienes llegaron antes o después. Al este quedaron pueblos enteros sin hombres, habitados sólo por mujeres, niños y presos.

«Veo muy pocas mujeres en las minas, pero hay una cuantas con agallas suficientes para acompañar a sus maridos en esta vida de perros. Los niños se mueren de epidemias o accidentes, ellas los entierran, los lloran y siguen trabajando de sol a sol para impedir que la barbarie arrase con todo vestigio de decencia. Se arremangan las faldas y se meten al agua para buscar oro, pero algunas descubren que lavar ropa ajena u hornear galletas y venderlas es más productivo, así ganan más en una semana que sus compañeros partiéndose las espaldas en los placeres durante un mes. Un hombre solitario paga contento diez veces su valor por un pan amasado por manos femeninas, si yo trato de vender lo mismo vestida de Elías Andieta, me darán apenas unos centavos, Tao. Los hombres son capaces de caminar muchas millas para ver a una mujer de cerca. Una muchacha instalada tomando sol frente a una taberna en pocos minutos tendrá sobre sus rodillas una colección de bolsitas de oro, regalo de los hombres embobados ante la evocadora visión de unas faldas. Y los precios siguen subiendo, los mineros cada vez más pobres y los comerciantes cada vez más ricos. En un momento de desesperación pagué un dólar por un huevo y me lo comí crudo con un chorro de brandy, sal y pimienta, como me enseñó Mama Fresia: remedio infalible para la desolación. Conocí a un muchacho de Georgia, un pobre lunático, pero me dicen que no siempre fue así. A comienzos del año dio con una veta de oro y raspó de las rocas nueve mil dólares con una cuchara, pero los perdió en una tarde jugando al *monte*. Ay, Tao, no te imaginas las ganas que tengo de bañarme, preparar té y sentarme contigo a conversar. Me gustaría ponerme un vestido limpio y los pendientes que me regaló Miss Rose, para que alguna vez me veas bonita y no creas que soy un marimacho. Estoy anotando en mi diario lo que me sucede, así podré contarte los detalles cuando nos encontremos, porque de eso al menos estoy segura, volveremos a estar juntos un día. Pienso en Miss Rose y en cuán enojada estará conmigo, pero no puedo escribirle antes de encontrar a Joaquín, porque hasta ese momento nadie debe saber dónde estoy. Si Miss Rose sospechara las cosas que he visto y he oído, se moriría. Ésta es la tierra del pecado, diría Mr. Sommers, aquí no hay moral ni leyes, imperan los vicios del juego, el licor y los burdeles, pero para mí este país es una hoja en blanco, aquí puedo escribir mi nueva vida, convertirme en quien desee, nadie me conoce salvo tú, nadie sabe mi pasado, puedo volver a nacer. Aquí no hay señores ni sirvientes, sólo gente de trabajo. He visto antiguos esclavos que han juntado suficiente oro para financiar periódicos, escuelas e iglesias para los de su raza, combaten la esclavitud desde California. Conocí uno que compró la libertad de su madre; la pobre mujer llegó enferma y envejecida, pero ahora gana lo que quiere vendiendo comida, adquirió un rancho y va a la iglesia los domingos vestida de seda en coche con cuatro caballos. ¿Sabes que muchos marineros negros han desertado de los barcos, no sólo por el oro, sino porque aquí encuentran una forma única de libertad? Me acuerdo de las esclavas chinas que me mostraste en San Francisco asomadas tras unos barrotes, no puedo olvidarlas, me penan como ánimas. Por estos lados la vida de las prostitutas también es brutal, algunas se suicidan. Los hombres esperan horas para saludar con respeto a la nueva maestra, pero tratan mal a las muchachas de los *saloons*. ¿Sabes cómo las llaman? Palomas mancilladas. Y también los indios se suicidan, Tao. Los echan de todas partes, andan hambrientos y desesperados. Nadie los emplea, luego los acusan de vagabundos y los encadenan en trabajos forzados. Los alcaldes pagan cinco dólares por indio muerto, los matan por deporte y a veces les arrancan el cuero cabelludo. No faltan gringos que coleccionan esos trofeos y los exhiben colgados de sus monturas. Te gustará saber que hay chinos que se han ido a vivir con los indios. Parten lejos, a los bosques del norte, donde todavía hay caza. Quedan muy pocos búfalos en las praderas, dicen.»

Eliza salió de la pelea del oso sin dinero y con hambre, no había comido desde el día anterior y decidió que nunca más apostaría sus ahorros con el estómago vacío. Cuando ya no tuvo nada que vender, pasó un par de días sin saber cómo sobrevivir, hasta que salió en busca de trabajo y descubrió que ganarse la vida era más fácil de lo sospechado, en todo caso preferible a la tarea de conseguir a otro que pagara las cuentas. Sin un hombre que la proteja y la mantenga, una mujer está perdida, le había machacado Miss Rose, pero descubrió que no siempre era así. En su papel de Elías Andieta conseguía trabajos que también podría hacer en ropa de mujer. Emplearse de peón o de vaquero era imposible, no sabía usar una herramienta o un lazo y las fuerzas no le alcanzaban para levantar una pala o voltear a un novillo, pero había otras ocupaciones a su alcance. Ese día recurrió a la pluma, tal como tantas veces había hecho antes. La idea de escribir cartas fue un buen consejo de su amigo, el cartero. Si no podía hacerlo en una taberna, tendía su manta de Castilla al centro de una plaza, instalaba encima tintero y papel, luego pregonaba su oficio a voz en cuello. Muchos mineros escasamente podían leer de corrido o firmar sus nombres, no habían escrito una carta en sus vidas, pero todos esperaban el correo con una vehemencia conmovedora, era el único contacto con las familias lejanas. Los vapores del

Pacific Mail llegaban a San Francisco cada dos semanas con los sacos de la correspondencia y tan pronto se perfilaban en el horizonte, la gente corría a ponerse en fila ante la oficina del correo. Los empleados demoraban diez o doce horas en sortear el contenido de los sacos, pero a nadie le importaba esperar el día entero. Desde allí hasta las minas la correspondencia demoraba varias semanas más. Eliza ofrecía sus servicios en inglés y español, leía las cartas y las contestaba. Si al cliente apenas se le ocurrían dos frases lacónicas expresando que aún estaba vivo y saludos para los suyos, ella lo interrogaba con paciencia y añadía un cuento más florido hasta llenar por lo menos una página. Cobraba dos dólares por carta, sin fijarse en el largo, pero si le incorporaba frases sentimentales que al hombre jamás se le habrían ocurrido, solía recibir una buena propina. Algunos le traían cartas para que se las leyera y también las decoraba un poco, así el desdichado recibía el consuelo de unas palabras de cariño. Las mujeres, cansadas de esperar al otro lado del continente, solían escribir sólo quejas, reproches o un sartal de consejos cristianos, sin acordarse que sus hombres estaban enfermos de soledad. Un lunes triste llegó un *sheriff* a buscarla para que escribiera las últimas palabras de un preso condenado a muerte, un joven de Wisconsin acusado esa misma mañana de robar un caballo. Imperturbable, a pesar de sus diecinueve años recién cumplidos, dictó a Eliza: «Querida Mamá, espero que se encuentre bien cuando reciba esta noticia y le diga a Bob y a James que me van a ahorcar hoy. Saludos, Theodore.» Eliza trató de suavizar un poco el mensaje, para ahorrar un síncope a la desdichada madre, pero el *sheriff* dijo que no había tiempo para zalamerías. Minutos después varios honestos ciudadanos condujeron al reo al centro del pueblo, lo sentaron en un caballo con una cuerda al cuello, pasaron el otro extremo por la rama de un roble, luego dieron un golpe en las ancas al animal y Theodore quedó colgando sin más ceremonias. No era el primero que veía Eliza. Al menos ese castigo era rápido, pero si el acusado era de otra raza solía ser azotado antes de la ejecución y aunque ella se iba lejos, los gritos del condenado y la zalagarda de los espectadores la persiguían durante semanas.

Ese día se disponía a preguntar en la taberna si podía instalar su negocio de escribiente, cuando un alboroto llamó su atención. Justo cuando salía el público de la pelea del oso, por la única calle del pueblo entraban unos vagones tirados por mulas y precedidos por un chiquillo indio tocando un tambor. No eran vehículos comunes, las lonas estaban pintarrajeadas, de los techos colgaban flecos, pompones y lámparas chinas, las mulas iban decoradas como bestias de circo y acompañadas por una sonajera imposible de cencerros de cobre. Sentada al pescante del primer carruaje iba una mujerona de senos hiperbólicos, con ropa de hombre y una pipa de bucanero entre los dientes. El segundo vagón lo conducía un tipo enorme cubierto con unas pieles raídas de lobo, la cabeza afeitada, argollas en las orejas y armado como para ir a la guerra. Cada vagón llevaba otro a remolque, donde viajaba el resto de la comparsa, cuatro jóvenes ataviadas de ajados terciopelos y mustios brocados, tirando besos a la asombrada concurrencia. El estupor duró sólo un instante, tan pronto reconocieron los carromatos, una salva de gritos y tiros al aire animó la tarde. Hasta entonces las palomas mancilladas habían reinado sin competencia femenina, pero la situación cambió cuando en los nuevos pueblos se instalaron las primeras familias y los predicadores, que sacudían las conciencias con amenazas de condenación eterna. A falta de templos, organizaban servicios religiosos en los mismos *saloons* donde florecían los vicios. Se suspendía por una hora la venta de licor, se guardaban las barajas y se daban vuelta los cuadros lascivos, mientras los hombres recibían las amonestaciones del pastor por sus herejías y desenfrenos. Asomadas al balcón del segundo piso, las pindongas resistían filosóficamente el chapuzón, con el consuelo de que una hora más tarde todo volvería a su cauce normal. Mientras el negocio no decayera, poco importaba si quienes les pagaban por fornicar, luego las culparan por recibir la paga, como si el vicio no fuera de ellos, sino de quienes los tentaban. Así se establecía una clara frontera entre las mujeres decentes y las de vida airada. Cansadas de sobornar a las autoridades y soportar humillaciones, algunas partían con sus baúles a otra parte, donde tarde o temprano el ciclo se repetía. La idea de un servicio itinerante ofrecía la ventaja de eludir el asedio de las esposas y los religiosos, además se extendía el horizonte a las zonas más remotas, donde se cobraba el doble. El negocio prosperaba en buen clima, pero ya estaban a las puertas del invierno, pronto caería nieve y los caminos serían intransitables; ése era uno de los últimos viajes de la caravana.

Los vagones recorrieron la calle y se detuvieron a la salida del pueblo, seguidos por una procesión de hombres envalentonados por el alcohol y la pelea del oso. Hacia allá se dirigió también Eliza para ver de cerca la novedad. Comprendió que le faltarían clientes para su oficio epistolar, necesitaba encontrar otra forma de ganarse la cena. Aprovechando que el cielo estaba despejado, varios voluntarios se ofrecieron para desengachar las mulas y ayudar a bajar un aporreado piano, que instalaron sobre la yerba bajo las órdenes de la madama, a quien todos conocían por el nombre primoroso de Joe Rompehuesos. En un dos por tres despejaron un pedazo de terreno, colocaron mesas y aparecieron por encantamiento botellas de ron y pilas de tarjetas postales de mujeres en cueros. También dos cajones con libros en ediciones vulgares, que fueron anunciadas como «romances de alcoba con las escenas más calientes de Francia». Se vendían a diez dólares, un precio de ganga, porque con ellas podían excitarse cuantas veces quisieran y además prestarlas a los amigos, eran mucho más rentables que una mujer de verdad, explicaba la Rompehuesos, y para probarlo leyó un párrafo que el público escuchó en sepulcral silencio, como si se tratara de una revelación profética. Un coro de risotadas y chistes acogió el final de la lectura y en pocos minutos no quedó un solo libro en las cajas. Entretanto había caído la noche y debieron alumbrar la fiesta con antorchas. La madama anunció el precio exorbitante de las botellas de ron, pero bailar con las chicas costaba la cuarta parte. ¿Hay alguien que sepa tocar el condenado piano? preguntó. Entonces Eliza, a quien le crujían las tripas, avanzó sin pensarlo dos veces y se sentó frente al desafinado instrumento, invocando a Miss Rose. No había tocado en diez meses y no tenía buen oído, pero el entrenamiento de años con la varilla metálica en la espalda y los palmotazos del profesor belga acudieron en su ayuda. Atacó una de las canciones pícaras que Miss Rose y su hermano, el capitán, solían cantar a dúo en los tiempos inocentes de las tertulias musicales, antes que el destino diera un coletazo y su mundo quedara vuelto al revés. Asombrada, comprobó cuán bien recibida era su torpe ejecución. En menos de dos minutos surgió un rústico violín para acompañarla, se animó el baile y los hombres se arrebataban a las cuatro mujeres para dar carreras y trotes en la improvisada pista. El ogro de las pieles quitó el sombrero a Eliza y lo puso sobre el piano con un gesto tan resuelto, que nadie se atrevió a ignorarlo y pronto fue llenándose de propinas.

Uno de los vagones se usaba para todo servicio y dormitorio de la madama y su hijo adoptivo, el niño del tambor, en otro viajaban hacinadas las demás mujeres y los dos remolque estaban convertidos en alcobas. Cada uno, forrado con pañuelos multicolores, contenía un catre de cuatro pilares y baldaquín con colgajo de mosquitero, un espejo de marco dorado, juego de lavatorio y palangana de loza, alfombras persas desteñidas y algo apolilladas, pero aún vistosas, y palmatorias con velones para alumbrarse. Esta decoración teatral animaba a los parroquianos, disimulaba el polvo de los caminos y el estropicio del uso. Mientras dos de las mujeres bailaban al son de la música, las otras conducían a toda prisa su negocio en los carromatos. La madama, con dedos de hada para los naipes, no descuidaba las mesas de juego ni su obligación de cobrar los servicios de sus palomas por adelantado, vender ron y animar la parranda, siempre con la pipa entre los dientes. Eliza tocó las canciones que sabía de memoria y cuando se le agotaba el repertorio empezaba otra vez por la primera, sin que nadie notara la repetición, hasta que se le nubló la vista de fatiga. Al verla flaquear, el coloso anunció una pausa, recogió el dinero del sombrero y se lo metió a la pianista en los bolsillos, luego la tomó de un brazo y la llevó practicamente en vilo al primer vagón, donde le puso un vaso de ron en la mano. Ella lo rechazó con un gesto desmayado, beberlo en ayunas equivalía a un garrotazo en plena nuca; entonces él escarbó en el desorden de cajas y tiestos y produjo un pan y unos trozos de cebolla, que ella atacó temblando de anticipación. Cuando los hubo devorado levantó la vista y se encontró ante el tipo de las pieles observándola desde su tremenda altura. Lo iluminaba una sonrisa inocente con los dientes más blancos y parejos de este mundo.

–Tienes cara de mujer –le dijo y ella dio un respingo.

–Me llamo Elías Andieta –replicó, llevándose la mano a la pistola, como si estuviera dispuesta a defender su nombre de macho a tiros.

–Yo soy Babalú, el Malo.

–¿Hay un Babalú bueno?

–Había.

–¿Qué le pasó?

–Se encontró conmigo. ¿De dónde eres, niño?

–De Chile. Ando buscando a mi hermano. ¿No ha oído mentar a Joaquín Andieta?

–No he oído de nadie. Pero si tu hermano tiene los cojones bien puestos, tarde o temprano vendrá a visitarnos. Todo el mundo conoce a las chicas de Joe Rompehuesos.

NEGOCIOS

El capitán John Sommers ancló el *Fortuna* en la bahía de San Francisco, a suficiente distancia de la orilla como para que ningún valiente tuviera la audacia de lanzarse al agua y nadar hasta la costa. Había advertido a la tripulación que el agua fría y las corrientes despachaban en menos de veinte minutos, en caso que no lo hicieran los tiburones. Era su segundo viaje con el hielo y se sentía más seguro. Antes de entrar por el estrecho canal del Golden Gate hizo abrir varios toneles de ron, los repartió generosamente entre los marineros y cuando estuvieron ebrios, desenfundó un par de pistolones y los obligó a colocarse boca abajo en el suelo. El segundo de a bordo los encadenó con cepos en los pies, ante el desconcierto de los pasajeros embarcados en Valparaíso, que observaban la escena en la primera cubierta sin saber qué diablos ocurría. Entretanto desde el muelle los hermanos Rodríguez de Santa Cruz habían enviado una flotilla de botes para conducir a tierra a los pasajeros y la preciosa carga del vapor. La tripulación sería liberada para maniobrar el zarpe del barco en el momento del regreso, después de recibir más licor y un bono en monedas auténticas de oro y plata, por el doble de sus salarios. Eso no compensaba el hecho de que no podrían perderse tierra adentro en busca de las minas, como casi todos planeaban, pero al menos servía de consuelo. El mismo método había empleado en el primer viaje, con excelentes resultados; se jactaba de tener uno de los pocos barcos mercantes que no había sido abandonado en la demencia del oro. Nadie se atrevía a desafiar a ese pirata inglés, hijo de la puta madre y de Francis Drake, como lo llamaban, porque no les cabía duda alguna que era capaz de descargar sus trabucos en el pecho de cualquiera que se alzara.

En los muelles de San Francisco se apilaron los productos enviados por Paulina desde Valparaíso: huevos y quesos frescos, verduras y frutas del verano chileno, mantequilla, sidra, pescados y mariscos, embutidos de la mejor calidad, carne de vacuno y toda suerte de aves rellenas y condimentadas listas para cocinar. Paulina había encargado a las monjas pasteles coloniales de dulce de leche y tortas de milhojas, así como los guisos más populares de la cocina criolla, que viajaron congelados en las cámaras de nieve azul. El primer envío fue arrebatado en menos de tres días con una utilidad tan asombrosa, que los hermanos descuidaron sus otros negocios para concentrarse en el prodigio del hielo. Los trozos de témpano se derretían lentamente durante la navegación, pero quedaba mucho y a la vuelta el capitán pensaba venderlo a precio de usurero en Panamá. Fue imposible mantener callado el éxito apabullante del primer viaje y la noticia de que había unos chilenos navegando con pedazos de un glaciar a bordo corrió como pólvora. Pronto se formaron sociedades para hacer lo mismo con icebergs de Alaska, pero resultó imposible conseguir tripulantes y productos frescos capaces de competir con los de Chile y Paulina pudo continuar su intenso negocio sin rivales, mientras conseguía un segundo vapor para ampliar la empresa.

También las cajas de libros eróticos del capitán Sommers se vendieron en un abrir y cerrar de ojos, pero bajo un manto de discreción y sin pasar por las manos de los hermanos Rodríguez de Santa Cruz. El capitán debía evitar a toda costa que se levantaran voces virtuosas, como había ocurrido en otras ciudades, cuando la censura los confiscaba por inmorales y terminaban ardiendo en hogueras públicas. En Europa circulaban secretamente en ediciones de lujo entre señorones y coleccionistas, pero las mayores ganancias se obtenían de ediciones para consumo popular. Se imprimían en Inglaterra, donde se ofrecían clandestinamente por unos centavos, pero en California el capitán obtuvo cincuenta veces su valor. En vista del entusiasmo por esa clase de literatura, se le ocurrió incorporar ilustraciones, porque la mayoría de los mineros sólo leía títulos de periódicos. Las nuevas ediciones ya se estaban imprimiendo en Londres con dibujos vulgares, pero explícitos, que a fin de cuentas era lo único que interesaba.

Esa misma tarde John Sommers, instalado en el salón del mejor hotel de San Francisco, cenaba con los hermanos Rodríguez de Santa Cruz, quienes en pocos meses habían recuperado su aspecto de caballeros. Nada quedaba de los hirsutos cavernícolas que meses antes buscaban oro. La fortuna estaba allí mismo, en limpias transacciones que podían hacer en los mullidos sillones del hotel con un whisky en la mano, como gente civilizada y no como patanes, decían. A los cinco mineros chilenos traídos por ellos a fines de 1848, se habían sumado ochenta peones del campo, gente humilde y sumisa, que nada sabía de minas, pero aprendía rápido, acataba órdenes y no se sublevaba. Los hermanos los mantenían trabajando en las orillas del Río Americano al mando de leales capataces, mientras ellos se dedicaban al transporte y al comercio. Compraron dos embarcaciones para hacer la travesía de San Francisco a Sacramento y doscientas mulas para transportar mercadería a los placeres, que vendían directamente sin pasar por los almacenes. El esclavo fugitivo, quien antes hacía de guardaespalda, resultó un as para los números y ahora llevaba la contabilidad, también vestido de gran señor y con una copa y un cigarro en la mano, a pesar de los rezongos de los gringos, quienes apenas toleraban su color, pero no tenían más recurso que negociar con él.

–Su señora manda decir que en el próximo viaje del *Fortuna* se viene con los niños, las criadas y el perro. Dice que vaya pensando dónde se instalarán, porque no piensa vivir en un hotel –le comunicó el capitán a Feliciano Rodríguez de Santa Cruz.

–¡Qué idea tan descabellada! La explosión del oro se acabará de repente y esta ciudad volverá a ser el villorrio que fue dos años atrás. Ya hay signos de que el mineral ha disminuido, se acabaron esos hallazgos de pepas como peñascos. ¿Y a quién le importará California cuando se termine?

–Cuando vine por primera vez esto parecía un campamento de refugiados, pero se ha convertido en una ciudad como Dios manda. Francamente, no creo que desaparezca de un soplido, es la puerta del Oeste por el Pacífico.

–Eso dice Paulina en su carta.

–Sigue el consejo de tu mujer, Feliciano, mira que tiene ojo de lince –interrumpió su hermano.

–Además no habrá modo de detenerla. En el próximo viaje ella viene conmigo. No olvidemos que es la patrona del *Fortuna* –sonrió el capitán.

Les sirvieron ostras frescas del Pacífico, uno de los pocos lujos gastronómicos de San Francisco, tórtolas rellenas con almendras y peras confitadas del cargamento de Paulina, que el hotel compró de inmediato. El vino tinto también provenía de Chile y la champaña de Francia. Se había corrido la voz de la llegada de los chilenos con el hielo y se llenaron todos los restaurantes y hoteles de la ciudad con parroquianos ansiosos por regalarse con las delicias frescas antes que se agotaran. Estaban encendiendo los puros para acompañar el café y el brandy, cuando John Sommers sintió un palmotazo en el hombro que por poco le tumba el vaso. Al volverse se encontró frente a Jacob Todd, a quien no había visto desde hacía más de tres años, cuando lo desembarcó en Inglaterra, pobre y humillado. Era la última persona que esperaba ver y demoró un instante en reconocerlo, porque el falso misionero de antaño parecía una caricatura de yanqui. Había perdido peso y pelo, dos largas patillas le enmarcaban la cara, vestía un traje a cuadros algo estrecho para su tamaño, botas de culebra y un incongruente sombrero blanco de Virginia, además asomaban lápices, libretas y hojas de periódico por los cuatro bolsillos de su chaqueta. Se abrazaron como viejos camaradas. Jacob Todd llevaba cinco meses en San Francisco y escribía artículos de prensa sobre la fiebre del oro, que se publicaban regularmente en Inglaterra y también en Boston y Nueva York. Había llegado gracias a la intervención generosa de Feliciano Rodríguez de Santa Cruz, quien no había echado en saco roto el servicio que debía al inglés. Como buen chileno, nunca olvidaba un favor –tampoco una ofensa– y al enterarse de sus cuitas en Inglaterra, le mandó dinero, pasaje y una nota explicando que California era lo más lejos que se podía ir antes de empezar a volver por el otro lado. En 1845 Jacob Todd había descendido del barco del capitán John Sommers con renovada salud y pleno de energía, dispuesto a olvidar el bochornoso incidente en Valparaíso y dedicarse en cuerpo y alma a implantar en su país la comunidad utópica con la cual tanto había soñado. Llevaba su gruesa libreta, amarillenta por el uso y el aire de mar, repleta de anotaciones. Hasta el menor detalle de la comunidad había sido estudiado y planeado, estaba seguro de que muchos jóvenes –los viejos no interesaban– abandonarían sus fatigosas existencias para unirse a la hermandad ideal de hombres y mujeres libres, bajo un sistema de absoluta igualdad, sin autoridades, policías ni religión. Los candidatos potenciales para el experimento resultaron mucho más tercos de entendimiento de lo que supuso, pero al cabo de unos meses contaba con dos o tres dispuestos a intentarlo. Sólo faltaba un mecenas para financiar el costoso proyecto, se requería un terreno amplio, porque la comunidad pretendía vivir alejada de las aberraciones del mundo y debía satisfacer todas sus necesidades. Todd había iniciado conversaciones con un lord algo desquiciado, quien disponía de una inmensa propiedad en Irlanda, cuando el rumor del escándalo en Valparaíso lo alcanzó en Londres, acosándolo como un perro tenaz sin darle respiro. También allí se le cerraron las puertas y perdió a los amigos, los discípulos y el noble lo repudiaron y el sueño de la utopía se fue al diablo. Una vez más Jacob Todd intentó encontrar consuelo en el alcohol y de nuevo se sumió en el atolladero de los malos recuerdos. Vivía como una rata en una pensión de mala muerte, cuando le llegó el mensaje salvador de su amigo. No lo pensó dos veces. Se cambió el apellido y se embarcó hacia los Estados Unidos, dispuesto a iniciar un nuevo y flamante destino. Su único propósito era enterrar la vergüenza y vivir en anonimato hasta que surgiera la oportunidad de reavivar su idílico proyecto. Lo primordial sería conseguir un empleo; su pensión se había reducido y los tiempos gloriosos del ocio estaban terminando. Al llegar a Nueva York se presentó a un par de periódicos ofreciéndose como corresponsal en California y luego hizo el viaje al Oeste por el Istmo de Panamá, porque no le dio el coraje para hacerlo por el Estrecho de Magallanes y volver a pisar Valparaíso, donde la vergüenza lo esperaba intacta y la hermosa Miss Rose volvería a oír su nombre mancillado. En California su amigo Feliciano Rodríguez de Santa Cruz lo ayudó a instalarse y conseguir empleo en el diario más antiguo de San Francisco. Jacob Todd, ahora convertido en Jacob Freemont, se puso a trabajar por primera vez en su existencia, descubriendo pasmado que le gustaba hacerlo. Recorría la región escribiendo sobre cuanto asunto captaba su atención, incluyendo las masacres de indios, los inmigrantes provenientes de todos los rincones del planeta, la especulación desenfrenada de los mercaderes, la justicia rápida de los mineros y el vicio generalizado. Uno de sus reportajes por poco le cuesta la vida. Describió con eufemismos, pero con perfecta claridad, la forma en que operaban algunos garitos con dados marcados, naipes aceitados, licor adulterado, drogas, prostitución y la práctica de intoxicar con alcohol a las mujeres hasta dejarlas inconscientes, para vender por un dólar el derecho a violarlas a cuantos hombres desearan participar en la diversión. «Todo esto amparado por las mismas autoridades que debieran combatir tales vicios», escribió como conclusión. Le cayeron encima los gangsters, el jefe de la policía y los políticos, debió hacerse humo por un par de meses hasta que se enfriaran los ánimos. A pesar del tropiezo, sus artículos aparecían regularmente y se estaba convirtiendo en una voz respetada. Tal como le dijo a su amigo John Sommers: buscando el anonimato estaba encontrando la celebridad.

Al finalizar la cena Jacob Freemont invitó a sus amigos a la función del día: una china que se podía observar, pero no tocar. Se llamaba Ah Toy y se había embarcado en un clíper con su marido, un comerciante de edad provecta que tuvo el buen gusto de morirse en alta mar y dejarla libre. Ella no perdió tiempo en lamentos de viuda y para animar el resto de la travesía se convirtió en amante del capitán, quien resultó ser un hombre generoso. Al bajar en San Francisco, rozagante y enriquecida, notó las miradas de lascivia que la seguían y tuvo la brillante idea de cobrar por ellas. Alquiló dos cuartos, perforó agujeros en la pared divisoria y por una onza de oro vendía el privilegio de mirarla. Los amigos siguieron a Jacob Freemont de buen humor y con unos cuantos dólares de soborno pudieron saltarse la fila y entrar entre los primeros. Los condujeron a una habitación estrecha, saturada de humo de tabaco, donde se apretujaba una docena de hombres con la nariz pegada a la pared. Se asomaron por los incómodos agujeros, sintiéndose como escolares ridículos, y vieron en el otro cuarto a una hermosa joven vestida con un kimono de seda abierto en ambos lados de la cintura a los pies. Debajo estaba desnuda. Los espectadores rugían ante cada uno de los lánguidos movimientos que revelaban parte de su delicado cuerpo. John Sommers y los hermanos Rodríguez de Santa Cruz se doblaban de risa, sin poder creer que la necesidad de mujeres fuera tan agobiante. Allí se separaron y el capitán con el periodista fueron a tomar una última copa. Después de escuchar el recuento de los viajes y aventuras de Jacob, el capitán decidió confiar en él.

–¿Se acuerda de Eliza, la niña que vivía con mis hermanos en Valparaíso?

–Perfectamente.

–Escapó de la casa hace casi un año y tengo buenas razones para creer que está en California. He tratado de encontrarla, pero nadie ha oído de ella o de alguien con su descripción.

–Las únicas mujeres que han llegado solas aquí son prostitutas.

–No sé cómo vino, en caso que lo haya hecho. El único dato es que partió en busca de su enamorado, un joven chileno de nombre Joaquín Andieta...

–¡Joaquín Andieta! Lo conozco, fue mi amigo en Chile.

–Es un fugitivo de la justicia. Lo acusan de robo.

–No lo creo. Andieta era un joven muy noble. En realidad tenía tanto orgullo y sentido del honor, que resultaba difícil acercarse a él. ¿Y me dice que Eliza y él están enamorados?

–Sólo sé que él se embarcó para California en diciembre de 1848. Dos meses más tarde desapareció la niña. Mi hermana cree que vino siguiendo a Andieta, aunque no puedo imaginar cómo lo hizo sin dejar rastro. Como usted se mueve por los campamentos y los pueblos del norte, tal vez logre averiguar algo...

–Haré lo que pueda, capitán.

–Mis hermanos y yo se lo agradeceremos eternamente, Jacob.

Eliza Sommers se quedó con la caravana de Joe Rompehuesos, donde tocaba el piano y se repartían las propinas a medias con la madama. Compró un cancionero de música americana y otro de latina para animar las veladas y en horas ociosas, que eran muchas, enseñaba a leer al niño indio, ayudaba en las múltiples tareas cotidianas y cocinaba. Como decían los de la comparsa: jamás habían comido mejor. Con la misma carne seca, frijoles y tocino de siempre, preparaba sabrosos platos creados en el entusiasmo del momento; compraba condimentos mexicanos y los agregaba a las recetas chilenas de Mama Fresia con deliciosos resultados; hacía tartas sin más ingredientes que grasa, harina y fruta en conserva, pero si conseguía huevos y leche su inspiración se elevaba a celestiales cumbres gastronómicas. Babalú, el Malo, no era partidario de que los hombres cocinaran, pero era el primero en devorar los banquetes del joven pianista y optó por callarse los comentarios sarcásticos. Acostumbrado a montar guardia durante la noche, el gigante dormía a pierna suelta gran parte del día, pero apenas el tufillo de las cacerolas alcanzaba sus narices de dragón, despertaba de un salto y se instalaba cerca de la cocina a vigilar. Sufría de un apetito insaciable y no había presupuesto capaz de llenar su grandiosa barriga. Antes de la llegada del Chilenito, como llamaban al falso Elías Andieta, su dieta básica consistía en animales que lograba cazar, partía a lo largo, aliñaba con un puñado de sal gruesa y colocaba sobre las brasas hasta carbonizarlos. Así podía tragar un venado en un par de días. En contacto con la cocina del pianista se le refinó el paladar, salía de caza a diario, escogía las presas más delicadas y se las entregaba limpias y descueradas.

Por los caminos Eliza encabezaba la caravana montada en su robusto jamelgo, que a pesar del triste aspecto resultó tan noble como un alazán de pura sangre, con el rifle inútil atravesado en la montura y el niño del tambor en la grupa. Se sentía tan cómoda en ropa de hombre que se preguntaba si alguna vez podría vestirse nuevamente de mujer. De una cosa estaba segura: no se pondría un corsé ni para el día de su casamiento con Joaquín Andieta. Si llegaban a un río, las mujeres aprovechaban para juntar agua en barriles, lavar ropa y bañarse; ésos eran los momentos más difíciles para ella, debía inventar pretextos cada vez más rebuscados para asearse sin testigos.

Joe Rompehuesos era una fornida holandesa de Pennsylvania, quien encontró su destino en la inmensidad del Oeste. Tenía talento de ilusionista para los naipes y los dados, el juego con trampa la apasionaba. Se había ganado la vida apostando hasta que se le ocurrió montar el negocio de las chicas y recorrer la Veta Madre «buscando oro», como llamaba a esa forma de practicar la minería. Estaba segura que el joven pianista era homosexual y por lo mismo le tomó un cariño similar al que sentía por el indiecito. No permitía que sus chicas le hicieran burla o Babalú lo llamara con sobrenombres: no era culpa del pobre muchacho haber nacido sin pelos en la barba y con ese aspecto de alfeñique, igual como no era suya haber nacido hombre en cuerpo de mujer. Eran cuchufletas que se le ocurrían a Dios para joder no más. Había comprado el niño por treinta dólares a unos vigilantes yanquis, que habían exterminado al resto de la tribu. Entonces tenía cuatro o cinco años, era apenas un esqueleto con la panza llena de gusanos, pero a los pocos meses de alimentarlo a la fuerza y domarle las rabietas para que no destrozara cuanto caía en sus manos ni se diera de cabezazos contra las ruedas de los vagones, la criatura creció un palmo y apareció su verdadera naturaleza de guerrero: era estoico, hermético y paciente. Lo llamó Tom Sin Tribu, para que no se le olvidara el deber de la venganza. «El nombre es inseparable del ser», decían los indios y Joe así lo creía, por eso había inventado su propio apellido.

Las palomas mancilladas de la caravana eran dos hermanas de Missouri, quienes habían hecho el largo viaje por tierra y por el camino perdieron a sus familias; Esther, una joven de dieciocho años, escapada de su padre, un fanático religioso que la azotaba; y una hermosa mexicana, hija de padre gringo y madre india, quien pasaba por blanca y había aprendido cuatro frases en francés para despistar a los distraídos, porque según el mito popular, las francesas eran más expertas. En aquella sociedad de aventureros y rufianes también había una aristocracia racial; los blancos aceptaban a las mestizas color canela, pero despreciaban cualquier mezcla con negro. Las cuatro mujeres agradecían la suerte de haberse encontrado con Joe Rompehuesos. Esther era la única sin experiencia anterior, pero las otras habían trabajado en San Francisco y conocían la mala vida. No les habían tocado salones de alta categoría, sabían de golpes, enfermedades, drogas y la maldad de los alcahuetes, habían contraído incontables infecciones, aguantado remedios brutales y tantos abortos que habían quedado estériles, pero lejos de lamentarlo, lo consideraban una bendición. De aquel mundo de infamias, Joe las había rescatado llevándoselas lejos. Después las sostuvo en el largo martirio de la abstinencia para quitarles la adicción al opio y al alcohol.

Las mujeres le pagaron con una lealtad de hijas, porque además las trataba con justicia y no les robaba. La presencia tremebunda de Babalú desalentaba a clientes violentos y borrachos odiosos, comían bien y los vagones itinerantes les parecían un buen aliciente para la salud y el ánimo. En esas inmensidades de cerros y bosques se sentían libres. Nada fácil ni romántico existía en sus vidas, pero habían ahorrado un poco de dinero y podían irse, si así lo deseaban, sin embargo no lo hacían porque ese pequeño grupo humano era lo más parecido a una familia que tenían.

También las chicas de Joe Rompehuesos estaban convencidas de que el joven Elías Andieta, esmirriado y con voz aflautada, era marica. Eso les daba tranquilidad para desvestirse, lavarse y hablar cualquier tema en su presencia, como si fuera una de ellas. La aceptaron con tal naturalidad, que Eliza solía olvidar su papel de hombre, aunque Babalú se encargaba de recordárselo. Había asumido la tarea de convertir a ese pusilánime en un varón y lo observaba de cerca, dispuesto a corregirlo cuando se sentaba con las piernas juntas o sacudía su corta melena en un gesto nada viril. Le enseñó a limpiar y engrasar sus armas, pero perdió la paciencia tratando de afinarle la puntería: cada vez que apretaba el gatillo, su alumno cerraba los ojos. No se impresionaba por la Biblia de Elías Andieta, por el contrario, sospechaba que la usaba para justificar sus ñoñerías y era de opinión que si el muchacho no pensaba convertirse en un maldito predicador para qué demonios leía sandeces, mejor se dedicaba a los libros cochinos, a ver si se le ocurrían algunas ideas de macho. Escasamente era capaz de firmar su nombre y leía a duras penas, pero no lo admitía ni muerto. Decía que le fallaba la vista y no alcanzaba a ver bien las letras, aunque podía dar un tiro entre los ojos a una liebre despavorida a cien metros de distancia. Solía pedir al Chilenito que leyera en voz alta los periódicos atrasados y los libros eróticos de la

Rompehuesos, no tanto por las partes cochinas como por el romance, que siempre lo conmovía. Se trataban invariablemente de amores incendiarios entre un miembro de la nobleza europea y una plebeya, o veces al revés: una dama aristócratica perdía el seso por un hombre rústico, pero honesto y orgulloso. En estos relatos las mujeres eran siempre bellas y los galanes incansables en su ardor. El telón de fondo era una seguidilla de bacanales, pero a diferencia de otras novelitas pornográficas de diez centavos que se vendían por allí, éstas tenían argumento. Eliza leía en voz alta sin manifestar sorpresa, como si viniera de vuelta de los peores vicios, mientras a su alrededor Babalú y tres de las palomas escuchaban pasmados. Esther no participaba en esas sesiones, porque le parecía mayor pecado describir aquellos actos que cometerlos. A Eliza le ardían las orejas, pero no podía menos que reconocer la inesperada elegancia con que esas porquerías estaban escritas: algunas frases le recordaban el estilo impecable de Miss Rose. Joe Rompehuesos, a quien la pasión carnal en ninguna de sus formas interesaba en lo más mínimo y por lo mismo esas lecturas la aburrían, cuidaba personalmente que ni una palabra de aquello hiriera las inocentes orejas de Tom Sin Tribu. Lo estoy criando para jefe indio, no para alcahuete de putas, decía, y en su afán de hacerlo macho tampoco permitía que el chiquillo la llamara abuela.

–¡Yo no soy abuela de nadie, carajo! Yo soy la Rompehuesos, ¿me has entendido, condenado mocoso?

–Sí, abuela.

Babalú, el Malo, un ex-convicto de Chicago, había atravesado a pie el continente mucho antes de la fiebre del oro. Hablaba lenguas de indios y había hecho de un cuanto hay para ganarse la vida, desde fenómeno en un circo ambulante, donde tan pronto levantaba un caballo por encima de su cabeza, como arrastraba con los dientes un vagón cargado de arena, hasta estibador en los muelles de San Francisco. Allí fue descubierto por la Rompehuesos y se empleó en la caravana. Podía hacer el trabajo de varios hombres y con él no se necesitaba más protección. Juntos podían espantar a cualquier número de contrincantes, como lo demostraron en más de una ocasión.

–Tienes que ser fuerte o te demolerán, Chilenito –aconsejaba a Eliza–. No creas que yo he sido siempre como me ves. Antes yo era como tú, enclenque y medio pánfilo, pero me puse a levantar pesas y mírame los músculos. Ahora nadie se atreve conmigo.

–Babalú, tú mides más de dos metros y pesas como una vaca. ¡Nunca voy a ser como tú!

–El tamaño nada tiene que ver, hombre. Son los cojones los que cuentan. Siempre fui grande, pero igual se reían de mí.

–¿Quién se burlaba de ti?

–Todo el mundo, hasta mi madre, que en paz descanse. Te voy a decir algo que nadie sabe...

–¿Sí?

–¿Te acuerdas de Babalú, el Bueno?... Ése era yo antes. Pero desde hace veinte años soy Babalú, el Malo, y me va mucho mejor.

PALOMAS MANCILLADAS

En diciembre el invierno descendió de súbito a los faldeos de la sierra y millares de mineros debieron abandonar sus pertenencias para trasladarse a los pueblos en espera de la primavera. La nieve cubrió con un manto piadoso el vasto terreno horadado por aquellas hormigas codiciosas y el oro que aún quedaba volvió a descansar en el silencio de las naturaleza. Joe Rompehuesos condujo su caravana a uno de los pequeños pueblos recién nacidos a lo largo de la Veta Madre, donde alquiló un galpón para invernar. Vendió las mulas, compró una gran batea de madera para el baño, una cocina, dos estufas, unas piezas de tela ordinaria y botas rusas para su gente, porque con la lluvia y el frío eran indispensables. Puso a todos a raspar la mugre del galpón y hacer cortinas para separar cuartos, instaló las camas con baldaquino, los espejos dorados y el piano. Enseguida partió en visita de cortesía a las tabernas, el almacén y la herrería, centros de la actividad social. A modo de periódico, el pueblo contaba con una hoja de noticias hecha en una vetusta imprenta que había atravesado el continente a la rastra, de la cual se valió Joe para anunciar discretamente su negocio. Además de sus muchachas, ofrecía botellas del mejor ron de Cuba y Jamaica, como lo llamaba, aunque en verdad era un brebaje de caníbales capaz de torcer el rumbo del alma, libros «calientes» y un par de mesas de juego. Los clientes acudieron con prontitud. Había otro burdel, pero siempre la novedad era bienvenida. La madama del otro establecimiento declaró una guerra solapada de calumnias contra sus rivales, pero se abstuvo de enfrentar abiertamente al dúo formidable de la Rompehuesos y Babalú, el Malo. En el galpón se retozaba detrás de las improvisadas cortinas, se bailaba al son del piano y se jugaban sumas considerables bajo la custodia de la patrona, quien no aceptaba peleas ni más trampas que las suyas bajo su techo. Eliza vio hombres perder en un par de noches la ganancia de meses de esfuerzo titánico y llorar en el pecho de las chicas que habían ayudado a esquilmarlos.

Al poco tiempo los mineros tomaron afecto a Joe. A pesar de su aspecto de corsario, la mujer tenía un corazón de madre y ese invierno las circunstancias lo pusieron a prueba. Se desencadenó una epidemia de disentería que tumbó a la mitad de la población y mató a varios. Apenas se enteraba de que alguien estaba en trance de muerte en alguna cabaña lejana, Joe pedía prestado un par de caballos en la herrería y se iba con Babalú a socorrer al desgraciado. Solía acompañarlos el herrero, un cuáquero formidable que desaprobaba el negocio de la mujerona, pero estaba siempre dispuesto a ayudar al prójimo. Joe hacía de comer para el enfermo, lo limpiaba, le lavaba la ropa y lo consolaba releyendo por centésima vez las cartas de su familia lejana, mientras Babalú y el herrero despejaban la nieve, buscaban agua, cortaban leña y la apilaba junto a la estufa. Si el hombre estaba muy mal, Joe lo envolvía en mantas, lo atravesaba como un saco en su cabalgadura y se lo llevaba a su casa, donde las mujeres lo cuidaban con vocación de enfermeras, contentas ante la oportunidad de sentirse virtuosas. No podían hacer mucho, fuera de obligar a los pacientes a beber litros de té azucarado para que no se secaran por completo, mantenerlos limpios, abrigados y en reposo, con la esperanza de que la cagantina no les vaciara el alma y la fiebre no les cocinara los sesos. Algunos morían y el resto demoraba semanas en volver al mundo. Joe era la única que se daba maña para desafiar el invierno y acudir a las cabañas más aisladas, así le tocó descubrir cuerpos convertidos en estatuas de cristal. No todos eran víctimas de enfermedad, a veces el tipo se había dado un tiro en la boca porque no podía más con el retortijón de tripas, la soledad y el delirio. En un par de ocasiones Joe debió cerrar su negocio, porque tenía el galpón sembrado de petates por el suelo y sus palomas no daban a basto cuidando pacientes. El *sheriff* del pueblo temblaba cuando ella aparecía con su pipa holandesa y su apremiante vozarrón de profeta a exigir ayuda. Nadie podía negársela. Los mismos hombres que con sus tropelías dieron mal nombre al pueblo, se colocaban mansamente a su servicio. No contaban con nada parecido a un hospital, el único médico estaba agobiado y ella asumía con naturalidad la tarea de movilizar recursos cuando se trataba de una emergencia. Los afortunados a quienes salvaba la vida se convertían en sus devotos deudores y así tejió ese invierno la red de contactos que habría de sostenerla durante el incendio.

El herrero se llamaba James Morton y era uno de esos escasos ejemplares de hombre bueno. Sentía un amor seguro por la humanidad completa, incluso sus enemigos ideológicos, a quienes consideraba errados por ignorancia y no por intrínseca maldad. Incapaz de una vileza, no podía imaginarla en el prójimo, prefería creer que la perversidad ajena era una desviación del carácter, remediable con la luz de la piedad y el afecto. Venía de una larga estirpe de cuáqueros de Ohio, donde había colaborado con sus hermanos en una cadena clandestina de solidaridad con los esclavos fugitivos para esconderlos y llevarlos a los estados libres y a Canadá. Sus actividades atrajeron la ira de los esclavistas y una noche cayó sobre la granja una turba y le prendió fuego, mientras la familia observaba inmóvil, porque fiel a su fe no podía tomar armas contra sus semejantes. Los Morton debieron abandonar su tierra y se dispersaron, pero se mantenían en estrecho contacto porque pertenecían a la red humanitaria de los abolicionistas. A James buscar oro no le parecía un medio honorable de ganarse la existencia, porque nada producía y tampoco prestaban servicios. La riqueza envilece el alma, complica la existencia y engendra infelicidad, sostenía. Además el oro era un metal blando, inútil para fabricar herramientas; no lograba entender la fascinación que ejercía en los demás. Alto, fornido, con una tupida barba color avellana, ojos celestes y gruesos brazos marcados por incontables quemaduras, era la reencarnación del dios Vulcano iluminado por el resplandor de su forja. En el pueblo había sólo tres cuáqueros, gente de trabajo y familia, siempre contentos de su suerte, los únicos que no juraban, eran abstemios y evitaban los burdeles. Se reunían regularmente para practicar su fe sin aspavientos, predicando con el ejemplo, mientras esperaban con paciencia la llegada de un grupo de amigos que venía del Este a engrosar su comunidad. Morton frecuentaba el galpón de la Rompehuesos para ayudar con las víctimas de la epidemia y allí conoció a Esther. Iba a visitarla y le pagaba por el servicio completo, pero sólo se sentaba a su lado a conversar. No podía comprender por qué ella había escogido esa clase de vida.

–Entre los azotes de mi padre y esto, prefiero mil veces la vida que tengo ahora.

–¿Por qué te golpeaba?

–Me acusaba de provocar lujuria e incitar al pecado. Creía que Adán todavía estaría en el Paraíso si Eva no lo hubiera tentado. Tal vez tenía razón, ya ves cómo me gano la vida...

–Hay otros trabajos, Esther.

–Éste no es tan malo, James. Cierro los ojos y no pienso en nada. Son sólo unos minutos y pasan rápido.

A pesar de las vicisitudes de su profesión, la joven mantenía la frescura de sus veinte años y había un cierto encanto en su manera discreta y silenciosa de comportarse, tan diferente a la de sus compañeras. Nada tenía de coqueta, era rellena, con un rostro plácido de ternera y firmes manos de campesina. Comparada con las otras palomas, resultaba la menos agraciada, pero su piel era luminosa y su mirada suave. El herrero no supo cuándo empezó a soñar con ella, a verla en las chispas de la fragua, en la luz del metal caliente y en el cielo despejado, hasta que no pudo seguir ignorando esa materia algodonosa que le envolvía el corazón y amenazaba con sofocarlo. Peor desgracia que enamorarse de una mujerzuela no podía ocurrirle, sería imposible de justificarlo ante los ojos de Dios y su comunidad. Decidido a vencer aquella tentación con sudor, se encerraba en la herrería a trabajar como un demente. Algunas noches se oían los feroces golpes de su martillo hasta la madrugada.

Apenas tuvo una dirección fija, Eliza escribió a Tao Chi'en al restaurante chino de Sacramento, dándole su nuevo nombre de Elías Andieta y pidiéndole consejo para combatir la disentería, porque el único remedio que conocía contra el contagio era un trozo de carne cruda atado al ombligo con una faja de lana roja, como hacía Mama Fresia en Chile, pero no estaba dando los resultados esperados. Lo echaba de menos dolorosamente; a veces amanecía abrazada a Tom Sin Tribu imaginando en la confusión de la duermevela que era Tao Chi'en, pero el olor a humo del niño la devolvía a la realidad. Nadie tenía aquella fresca fragancia de mar de su amigo. La distancia que los separaba era corta en millas, pero la inclemencia del clima volvía la ruta ardua y peligrosa. Se le ocurrió acompañar al cartero para seguir buscando a Joaquín Andieta, como había hecho en otras ocasiones, pero esperando una oportunidad apropiada fueron pasando semanas. No sólo el invierno se atravesaba en sus planes. En esos días había explotado la tensión entre los mineros yanquis y los chilenos al sur de la Veta Madre. Los gringos, hartos de la presencia de extranjeros, se juntaron para expulsarlos, pero los otros resistieron, primero con sus armas y luego ante un juez, quien reconoció sus derechos. Lejos de intimidar a los agresores, la orden del juez sirvió para enardecerlos, varios chilenos terminaron en la horca o lanzados por un despeñadero y los sobrevivientes debieron huir. En respuesta se formaron bandas dedicadas al asalto, tal como hacían muchos mexicanos. Eliza comprendió que no podía arriesgarse, bastaba su disfraz de muchacho latino para ser acusada de cualquier crimen inventado.

A finales de enero de 1850 cayó una de las peores heladas que se había visto por esos lados. Nadie se atrevía a salir de sus casas, el pueblo parecía muerto y durante más de diez días no acudió un solo cliente al galpón. Hacía tanto frío que el agua en las palanganas amanecía sólida, a pesar de las estufas siempre encendidas, y algunas noches debieron meter el caballo de Eliza al interior de la casa para salvarlo de la suerte de otros animales, que amanecían presos en bloques de hielo. Las mujeres dormían de a dos por cama y ella lo hacía con el niño, con quien había desarrollado un cariño celoso y feroz, que él devolvía con taimada constancia. La única persona de la compañía que podía competir con Eliza en el afecto del chiquillo era la Rompehuesos. «Un día voy a tener un hijo fuerte y valiente como Tom Sin Tribu, pero mucho más alegre. Esta criatura no se ríe nunca» le contaba a Tao Chi'en en las cartas. Babalú, el Malo, no sabía dormir de noche y pasaba las largas horas de oscuridad paseando de un extremo a otro del galpón con sus botas rusas, sus aporreadas pieles y una manta sobre los hombros. Dejó de afeitarse la cabeza y lucía una corta pelambrera de lobo igual a la de su chaqueta. Esther le había tejido un gorro de lana color amarillo patito, que lo cubría hasta las orejas y le daba un aire de monstruoso bebé. Fue él quien sintió unos débiles golpes aquella madrugada y tuvo el buen criterio de distinguirlos del ruido del temporal. Entreabrió la puerta con su pistolón en la mano y encontró un bulto tirado en la nieve. Alarmado llamó a Joe y entre los dos, luchando con el viento para que no arrancara la puerta de cuajo, lograron arrastrarlo al interior. Era un hombre medio congelado.

No fue fácil reanimar al visitante. Mientras Babalú lo friccionaba e intentaba echarle brandy por la boca, Joe despertó a las mujeres, animaron el fuego de las estufas y pusieron a calentar agua para llenar la bañera, donde lo sumergieron hasta que poco a poco fue reviviendo, perdió el color azul y pudo articular unas palabras. Tenía la nariz, los pies y las manos quemados por el hielo. Era un campesino del estado mexicano de Sonora, que había venido como millares de sus compatriotas a los placeres de California, dijo. Se llamaba Jack, nombre gringo que sin duda no era el suyo, pero tampoco los demás en esa casa usaban sus nombres verdaderos. En las horas siguientes estuvo varias veces en el umbral de la muerte, pero cuando parecía que ya nada se podía hacer por él, regresaba del otro mundo y tragaba unos chorros de licor. A eso de las ocho, cuando por fin amainó el temporal, Joe ordenó a Babalú que fuera a buscar al doctor. Al oírla el mexicano, quien permanecía inmóvil y respiraba a gorgoritos como un pez, abrió los ojos y lanzó un ¡no! estrepitoso, asustándolos a todos. Nadie debía saber que estaba allí, exigió con tal ferocidad, que no se atrevieron a contradecirlo. No fueron necesarias muchas explicaciones: era evidente que tenía problemas con la justicia y ese pueblo con su horca en la plaza era el último del mundo donde un fugitivo desearía buscar asilo. Sólo la crueldad del temporal pudo obligarlo a acercarse por allí. Eliza nada dijo, pero para ella la reacción del hombre no fue una sorpresa: olía a maldad.

A los tres días Jack había recuperado algo de sus fuerzas, pero se le cayó la punta de la nariz y empezaron a gangrenársele dos dedos de una mano. Ni así lograron convencerlo de la necesidad de acudir al médico; prefería pudrirse de a poco que acabar ahorcado, dijo. Joe Rompehuesos reunió a su gente en el otro extremo del galpón y deliberaron en cuchicheos: debían cortarle los dedos. Todos los ojos se volvieron hacia Babalú, el Malo.

–¿Yo? ¡Ni de vaina!

–¡Babalú, hijo de la chingada, déjate de mariconerías! –exclamó Joe furiosa.

–Hazlo tú, Joe, yo no sirvo para eso.

–Si puedes destazar un venado, bien puedes hacer esto. ¿Qué son un par de miserables dedos?

–Una cosa es un animal y otra muy distinta es un cristiano.

–¡No lo puedo creer! ¡Este hijo de la gran puta, con permiso de ustedes, muchachas, no es capaz de hacerme un favor insignificante como éste! ¡Después de todo lo que he hecho por ti, desgraciado!

–Disculpa, Joe. Nunca he hecho daño a un ser humano...

–¡Pero de qué estás hablando! ¿No eres un asesino acaso? ¿No estuviste en prisión?

–Fue por robar ganado –confesó el gigante a punto de llorar de humillación.

–Yo lo haré –interrumpió Eliza, pálida, pero firme.

Se quedaron mirándola incrédulos. Hasta Tom Sin Tribu les parecía más apto para realizar la operación que el delicado Chilenito.

–Necesito un cuchillo bien afilado, un martillo, aguja, hilo y unos trapos limpios.

Babalú se sentó en el suelo con su cabezota entre las manos, horrorizado, mientras las mujeres preparaban lo necesario en respetuoso silencio. Eliza repasó lo aprendido junto a Tao Chi'en cuando extraían balas y cosían heridas en Sacramento. Si entonces pudo hacerlo sin pestañear, igual podría hacerlo ahora, decidió. Lo más importante, según su amigo, era evitar hemorragias e infecciones. No lo había visto hacer amputaciones, pero cuando curaban a los infortunados que llegaba sin orejas, comentaba que en otras latitudes cortaban manos y pies por el mismo delito. «El hacha del verdugo es rápida, pero no deja tejido para cubrir el muñón del hueso», había dicho Tao Chi'en. Le explicó las lecciones del doctor Ebanizer Hobbs, quien tenía práctica con heridos de guerra y le había enseñado cómo hacerlo. Menos mal en este caso son sólo dedos, concluyó Eliza.

La Rompehuesos saturó de licor al paciente hasta dejarlo inconsciente, mientras Eliza desinfectaba el cuchillo calentándolo al rojo. Hizo sentar a Jack en una silla, le mojó la mano en una palangana con whisky y luego se la puso al borde de la mesa con los dedos malos separados. Murmuró una de las oraciones mágicas de Mama Fresia y cuando estuvo lista hizo una señal silenciosa a las mujeres para que sujetaran al paciente. Apoyó el cuchillo sobre los dedos y le dio un golpe certero de martillo, hundiendo la hoja, que rebanó limpiamente los huesos y quedó clavada en la mesa. Jack lanzó un alarido desde el fondo del vientre, pero estaba tan intoxicado que no se dio cuenta cuando ella lo cosía y Esther lo vendaba. En pocos minutos el suplicio había terminado. Eliza se quedó mirando los dedos amputados y tratando de dominar las arcadas, mientras las mujeres acostaban a Jack en uno de los petates. Babalú, el Malo, quien había permanecido lo más lejos posible del espectáculo, se acercó tímidamente, con su gorro de bebé en la mano.

–Eres todo un hombre, Chilenito –murmuró, admirado.

En marzo Eliza cumplió calladamente dieciocho años, mientras esperaba que tarde o temprano apareciera su Joaquín en la puerta, tal como haría cualquier hombre en cien millas a la redonda, como sostenía Babalú. Jack, el mexicano, se repuso en pocos días y se escabulló de noche sin despedirse de nadie, antes que cicatrizaran sus dedos. Era un tipo siniestro y se alegraron cuando se fue. Hablaba muy poco y estaba siempre en ascuas, desafiante, listo para atacar ante la menor sombra de una provocación imaginada. No dio muestras de agradecimiento por los favores recibidos, al contrario, cuando despertó de la borrachera y supo que le habían amputado los dedos de disparar, se lanzó en una retahíla de maldiciones y amenazas, jurando que el hijo de perra que le había malogrado la mano iba a pagarlo con su propia vida. Entonces a Babalú se le agotó la paciencia. Lo cogió como un muñeco, lo levantó a su altura, le clavó los ojos y le dijo con la voz suave que usaba cuando estaba a punto de estallar.

–Ése fui yo: Babalú, el Malo. ¿Hay algún problema?

Apenas se le pasó la fiebre, Jack quiso aprovechar a las palomas para darse un gusto, pero lo rechazaron en coro: no estaban dispuestas a darle nada gratis y él tenía los bolsillos vacíos, como habían comprobado cuando lo desvistieron para meterlo en la bañera la noche en que apareció congelado. Joe Rompehuesos se dio el trabajo de explicarle que si no le cortan los dedos habría perdido el brazo o la vida, así es que más le valía agradecer al cielo haber caído bajo su techo. Eliza no permitía que Tom Sin Tribu se acercara al tipo y ella sólo lo hacía para pasarle la comida y cambiar los vendajes, porque el olor de la maldad le molestaba como una presencia tangible. Tampoco Babalú podía soportarlo y mientras estuvo en la casa se abstuvo de hablarle. Consideraba a esas mujeres como sus hermanas y se ponía frenético cuando Jack se insinuaba con comentarios obscenos. Ni en caso de extrema necesidad se le habría ocurrido utilizar los servicios profesionales de sus compañeras, para él equivalía a cometer incesto, si su naturaleza lo apremiaba iba a los locales de la competencia y le había advertido al Chilenito que debía hacer lo mismo, en el caso improbable que se curara de sus malas costumbres de señorita.

Mientras servía un plato de sopa a Jack, Eliza se atrevió finalmente a interrogarlo sobre Joaquín Andieta.

–¿Murieta? –preguntó él, desconfiado.

–Andieta.

–No lo conozco.

–Tal vez se trata del mismo –sugirió Eliza.

–¿Qué quieres con él?

–Es mi hermano. Vine desde Chile para encontrarlo.

–¿Cómo es tu hermano?

–No muy alto, con el pelo y los ojos negros, la piel blanca, como yo, pero no nos parecemos. Es delgado, musculoso, valiente y apasionado. Cuando habla todos se callan.

–Así es Joaquín Murieta, pero no es chileno, es mexicano.

–¿Está seguro?

–Seguro no estoy de nada, pero si veo a Murieta le diré que lo buscas.

A la noche siguiente se fue y no supieron más de él, pero dos semanas más tarde encontraron en la puerta del galpón una bolsa con dos libras de café. Poco después Eliza la abrió para preparar el desayuno y vio que no era café, sino oro en polvo. Según Joe Rompehuesos podía provenir de cualquiera de los mineros enfermos que ellas habían cuidado durante ese período, pero Eliza tuvo la corazonada de que Jack la había dejado como una forma de pago. Ese hombre no estaba dispuesto a deber un favor a nadie. El domingo supieron que el *sheriff* estaba organizando una partida de vigilantes para buscar al asesino de un minero: lo habían encontrado en su cabaña, donde pasaba solo el invierno, con nueve puñaladas en el pecho y los ojos reventados. No había ni rastro de su oro y por la brutalidad del crimen echaron la culpa a los indios. Joe Rompehuesos no quiso verse en líos, enterró las dos libras de oro debajo de un roble y dio instrucciones perentorias a su gente de cerrar la boca y no mencionar ni por broma al mexicano de los dedos cortados ni la bolsa de café. En los dos meses siguientes los vigilantes mataron media docena de indios y se olvidaron del asunto, porque tenían entre manos otros problemas más urgentes, y cuando el jefe de la tribu apareció dignamente a pedir explicaciones, también lo despacharon. Indios, chinos, negros o mulatos no podían atestiguar en un juicio contra un blanco. James Morton y los otros tres cuáqueros del pueblo fueron los únicos que se atrevieron a enfrentar a la muchedumbre dispuesta al linchamiento. Se plantaron sin armas formando un círculo en torno al condenado, recitando de memoria los pasajes de la Biblia que prohibían matar a un semejante, pero la turba los apartó a empujones.

Nadie supo del cumpleaños de Eliza y por lo tanto no lo celebraron, pero de todos modos esa noche del 15 de marzo fue memorable para ella y los demás. Los clientes habían vuelto al galpón, las palomas estaban siempre ocupadas, el Chilenito aporreaba el piano con sincero entusiasmo y Joe sacaba cuentas optimistas. El invierno no había sido tan malo, después de todo, lo peor de la epidemia estaba pasando y no quedaban enfermos en los petates. Esa noche había una docena de mineros bebiendo a conciencia, mientras afuera el viento arrancaba de cuajo las ramas de los pinos. A eso de las once se desató el infierno. Nadie pudo explicar cómo comenzó el incendio y Joe siempre sospechó de la otra madama. Las maderas prendieron como petardos y en un instante empezaron a arder las cortinas, los chales de seda y los colgajos de la cama. Todos escaparon ilesos, incluso alcanzaron a echarse unas mantas encima y Eliza cogió al vuelo la caja de lata que contenía sus preciosas cartas. Las llamas y el humo envolvieron rápidamente el local y en menos de diez minutos ardía como una antorcha, mientras las mujeres a medio vestir, junto a sus mareados clientes, observaban el espectáculo en total impotencia. Entonces Eliza echó una mirada contando a los presentes y se dio cuenta horrorizada que faltaba Tom Sin Tribu. El niño había quedado durmiendo en la cama que ambos compartían. No supo cómo le arrebató una cobija a Esther de los hombros, se cubrió la cabeza y corrió atravesando de un empellón el delgado tabique de madera ardiendo, seguida por Babalú, quien intentaba detenerla a gritos sin entender por qué se lanzaba al fuego. Encontró al chico de pie en la humareda, con los ojos despavoridos, pero perfectamente sereno. Le tiró la manta encima y trató de levantarlo en brazos, pero era muy pesado y un acceso de tos la dobló en dos. Cayó de rodillas empujando a Tom para que corriera hacia afuera, pero él no se movió de su lado y los dos habrían quedado reducidos a ceniza si Babalú no aparece en ese instante para coger uno en cada brazo como si fueran paquetes y salir con ellos a la carrera en medio de la ovación de quienes esperaban afuera.

–¡Condenado muchacho! ¡Qué hacías allí adentro! –reprochaba Joe al indiecito mientras lo abrazaba, lo besaba y le daba cachetazos para que respirara.

Gracias a que el galpón quedaba aislado, no ardió medio pueblo, como señaló después el *sheriff,* quien tenía experiencia en incendios porque ocurrían con demasiada frecuencia por esos lados. Al resplandor acudió una docena de voluntarios encabezados por el herrero a combatir las llamas, pero ya era tarde y sólo pudieron rescatar el caballo de Eliza, del cual nadie se había acordado en la pelotera de los primeros minutos y todavía estaba amarrado en su cobertizo, loco de terror. Joe Rompehuesos perdió esa noche cuanto poseía en el mundo y por primera vez la vieron flaquear. Con el niño en los brazos presenció la destrucción, sin poder contener las lágrimas, y cuando sólo quedaron tizones humeantes escondió la cara en el pecho enorme de Babalú, a quien se le habían chamuscado cejas y pestañas. Ante la debilidad de esa madraza, a quien creían invulnerable, las cuatro mujeres rompieron a llorar a coro en un racimo de enaguas, cabelleras alborotadas y carnes temblorosas. Pero la red de solidaridad comenzó a funcionar aún antes que se apagaran las llamas y en menos de una hora había alojamiento disponible para todos en varias casas del pueblo y uno de los mineros, a quien Joe salvó de la disentería, inició una colecta. El Chilenito, Babalú y el niño –los tres varones de la comparsa– pasaron la noche en la herrería. James Morton colocó dos colchones con gruesas cobijas junto a la forja siempre caliente y sirvió un espléndido desayuno a sus huéspedes, preparado con esmero por la esposa del predicador que los domingos denunciaba a grito abierto el ejercicio descarado del vicio, como llamaba a las actividades de los dos burdeles.

–No es el momento para remilgos, estos pobres cristianos están tiritando –dijo la esposa del reverendo cuando se presentó en la herrería con su guiso de liebre, una jarra de chocolate y galletas de canela.

La misma señora recorrió el pueblo pidiendo ropa para las palomas, que seguían en enaguas, y la respuesta de las otras damas fue generosa. Evitaban pasar frente al local de la otra madama, pero habían tenido que relacionarse con Joe Rompehuesos durante la epidemia y la respetaban. Así fue como las cuatro pindongas anduvieron un buen tiempo vestidas de señoras modestas, tapadas del cuello hasta los pies, hasta que pudieron reponer sus atuendos rumbosos. La noche del incendio la esposa del pastor quiso llevarse a Tom Sin Tribu a su casa, pero el niño se aferró del cuello de Babalú y no hubo poder humano capaz de arrancarlo de allí. El gigante había pasado horas insomne, con el Chilenito acurrucado en uno de su brazos y el niño en el otro, bastante picado por las miradas sorprendidas del herrero.

–Sáquese esa idea de la cabeza, hombre. No soy maricón –farfulló indignado, pero sin soltar a ninguno de los dos durmientes.

La colecta de los mineros y la bolsa de café enterrada bajo el roble sirvieron para instalar a los damnificados en una casa tan cómoda y decente, que Joe Rompehuesos pensó renunciar a su compañía itinerante y establecerse allí. Mientras otros pueblos desaparecían cuando los mineros se movilizaban hacia nuevos lavaderos, éste crecía, se afirmaba e incluso pensaban cambiarle el nombre por uno más digno. Cuando terminara el invierno volverían a subir hacia los faldeos de la sierra nuevas oleadas de aventureros y la otra madama se estaba preparando. Joe Rompehuesos sólo contaba con tres chicas, porque era evidente que el herrero pensaba arrebatarle a Esther, pero ya vería cómo se las arreglaba. Había ganado cierta consideración con su obras de compasión y no deseaba perderla: por primera vez en su agitada existencia se sentía aceptada en una comunidad. Eso era mucho más de lo que tuvo entre holandeses en Pennsylvania y la idea de echar raíces no estaba del todo mal a su edad. Al enterarse de esos planes, Eliza decidió que si Joaquín Andieta –o Murieta– no aparecía en la primavera, tendría que despedirse de sus amigos y seguir buscándolo.

DESILUSIONES

A finales del otoño Tao Chi'en recibió la última carta de Eliza, que había pasado de mano en mano durante varios meses siguiendo su rastro hasta San Francisco. Había dejado Sacramento en abril. El invierno en esa ciudad se le hizo eterno, sólo lo sostuvieron las cartas de Eliza, que llegaban esporádicamente, la esperanza de que el espíritu de Lin lo ubicara y su amistad con el otro *zhong yi*. Había conseguido libros de medicina occidental y asumía encantado la paciente tarea de traducirlos línea por línea a su amigo, así ambos absorbían al mismo tiempo esos conocimientos tan diferentes a los suyos. Se enteraron que en Occidente poco se sabía de plantas fundamentales, de prevenir enfermedades o del *qi*, la energía del cuerpo no se mencionaba en esos textos, pero estaban mucho más avanzados en otros aspectos. Con su amigo pasaba días comparando y discutiendo, pero el estudio no fue suficiente consuelo; le pesaba tanto el aislamiento y la soledad, que abandonó su casucha de tablas y su jardín de plantas medicinales y se trasladó a vivir en un hotel de chinos, donde al menos oía su lengua y comía a su gusto. A pesar de que sus clientes eran muy pobres y a menudo los atendía gratis, había ahorrado dinero. Si Eliza regresara se instalarían en una buena casa, pensaba, pero mientras estuviera solo el hotel bastaba. El otro *zhong yi* planeaba encargar una joven esposa a China e instalarse definitivamente en los Estados Unidos, porque a pesar de su condición de extranjero, allí podía tener mejor vida que en su país. Tao Chi'en lo advirtió contra la vanidad de los *lirios dorados,* especialmente en América, donde se caminaba tanto y los *fan güey* se burlarían de una mujer con pies de muñeca. «Pídale al agente que le traiga una esposa sonriente y sana, todo lo demás no importa», le aconsejó, pensando en el breve paso por este mundo de su inolvidable Lin y en cuanto más feliz hubiera sido con los pies y los pulmones fuertes de Eliza. Su mujer andaba perdida, no sabía ubicarse en esa tierra extraña. La invocaba en sus horas de meditación y en sus poesías, pero no volvió a aparecer ni siquiera en sus sueños. La última vez que estuvo con ella fue aquel día en la bodega del barco, cuando ella lo visitó con su vestido de seda verde y las peonías en el peinado para pedirle que salvara a Eliza, pero eso había sido a la altura del Perú y desde entonces había pasado tanta agua, tierra y tiempo, que Lin seguramente vagaba confundida. Imaginaba al dulce espíritu buscándolo en ese vasto continente desconocido sin lograr ubicarlo. Por sugerencia del *zhong yi* mandó pintar un retrato de ella a un artista recién llegado de Shanghai, un verdadero genio del tatuaje y el dibujo, quien siguió sus precisas instrucciones, pero el resultado no hacía justicia a la transparente hermosura de Lin. Tao Chi'en formó un pequeño altar con el cuadro, frente al cual se sentaba a llamarla. No entendía por qué la soledad, que antes consideraba una bendición y un lujo, ahora le resultaba intolerable. El peor inconveniente de sus años de marinero había sido la falta de un espacio privado para la quietud o el silencio, pero ahora que lo tenía deseaba compañía. Sin embargo la idea de encargar una novia le parecía un disparate. Una vez antes los espíritus de sus antepasados le habían conseguido una esposa perfecta, pero tras esa aparente buena fortuna había una maldición oculta. Conoció el amor correspondido y ya nunca más volverían los tiempos de la inocencia, cuando cualquier mujer con pies pequeños y buen carácter le parecía suficiente. Se creía condenado a vivir del recuerdo de Lin, porque ninguna otra podría ocupar su lugar con dignidad. No deseaba una sirvienta o una concubina. Ni siquiera la necesidad de tener hijos para que honraran su nombre y cuidaran su tumba le servía de aliciente. Trató de explicárselo a su amigo, pero se enredó en el lenguaje, sin palabras en su vocabulario para expresar ese tormento. La mujer es una criatura útil para el trabajo, la maternidad y el placer, pero ningún hombre culto e inteligente pretendería hacer de ella su compañera, le había dicho su amigo la única vez que le confió sus sentimientos. En China bastaba echar una mirada alrededor para entender tal razonamiento, pero en América las relaciones entre esposos parecían diferentes. De partida, nadie tenía concubinas, al menos abiertamente. Las pocas familias de *fan güey* que Tao Chi'en había conocido en esa tierra de hombres solos, le resultaban impenetrables. No podía imaginar cómo funcionaban en la intimidad, dado que aparentemente los maridos consideraban a sus mujeres como iguales. Era un misterio que le interesaba explorar, como tantos otros en ese extraordinario país.

Las primeras cartas de Eliza llegaron al restaurante y como la comunidad china conocía a Tao Chi'en, no tardaron en entregárselas. Esas largas cartas, llenas de detalles, eran su mejor compañía. Recordaba a Eliza sorprendido de su añoranza, porque nunca pensó que la amistad con una mujer fuera posible y menos con una de otra cultura. La había visto casi siempre en ropas masculinas, pero le parecía totalmente femenina y le extrañaba que los demás aceptaran su aspecto sin hacer preguntas. «Los hombres no miran a los hombres y las mujeres creen que soy un chico afeminado» le había escrito ella en una carta. Para él, en cambio, era la muchacha vestida de blanco a quien quitó el corsé en una casucha de pescadores en Valparaíso, la enferma que se entregó sin reservas a sus cuidados en la bodega del barco, el cuerpo tibio pegado al suyo en las noches heladas bajo un techo de lona, la voz alegre canturreando mientras cocinaba y el rostro de expresión grave cuando lo ayudaba a curar a los heridos. Ya no la veía como una niña, sino como una mujer, a pesar de sus huesitos de nada y su cara infantil. Pensaba en cómo cambió al cortarse el cabello y se arrepentía de no haber guardado su trenza, idea que se le ocurrió entonces, pero la descartó como una forma bochornosa de sentimentalismo. Al menos ahora podría tenerla en sus manos para invocar la presencia de esa amiga singular. En su práctica de meditación nunca dejaba de enviarle energía protectora para ayudarla a sobrevivir las mil muertes y desgracias posibles que procuraba no formular, porque sabía que quien se complace en pensar en lo malo, acaba por convocarlo. A veces soñaba con ella y amanecía sudando, entonces echaba la suerte con sus palitos del I Chin para ver lo invisible. En los ambiguos mensajes Eliza aparecía siempre en marcha hacia la montaña, eso lo tranquilizaba un poco.

En setiembre de 1850 le tocó participar en una ruidosa celebración patriótica cuando California se convirtió en otro Estado de la Unión. La nación americana abarcaba ahora todo el continente, desde el Atlántico hasta el Pacífico. Para entonces la fiebre del oro empezaba a transformarse en una inmensa desilusión colectiva y Tao veía masas de mineros debilitados y pobres, aguardando turno para embarcarse de vuelta a sus pueblos. Los periódicos calculaban en más de noventa mil los que retornaban. Ya no desertaban los marineros, por el contrario, no alcanzaban las naves para llevarse a todos los que deseaban partir. Uno de cada cinco mineros había muerto ahogado en los ríos, de enfermedad o de frío; muchos perecían asesinados o se daban un balazo en la sien. Todavía llegaban extranjeros, embarcados con meses de anterioridad, pero el oro ya no estaba al alcance de cualquier audaz con una batea, una pala y un par de botas, el tiempo de los héroes solitarios estaba terminando y en su lugar se instalaban poderosas compañías provistas de máquinas capaces de partir montañas con chorros de agua. Los mineros trabajaban a sueldo y los que se hacían ricos eran los empresarios, tan ávidos de fortuna súbita como los aventureros del 49, pero mucho más astutos, como aquel sastre judío de apellido Levy, que fabricaba pantalones de tela gruesa con doble costura y remaches metálicos, uniforme obligado de los trabajadores. Mientras muchos se marchaban, los chinos, en cambio, seguían llegando como silenciosas hormigas. A menudo Tao Chi'en traducía los periódicos en inglés para su amigo, el *zhong yi,* a quien le gustaban especialmente los artículos de un tal Jacob Freemont, porque coincidían con sus propias opiniones:

«Millares de argonautas regresan a sus casas derrotados, pues no han conseguido el Vellocino de Oro y su Odisea se ha tornado en tragedia, pero muchos otros, aunque pobres, se quedan porque ya no pueden vivir en otra parte. Dos años en esta tierra salvaje y hermosa transforman a los hombres. Los peligros, la aventura, la salud y la fuerza vital que se gozan en California no se encuentran en ningún lugar. El oro cumplió su función: atrajo a los hombres que están conquistando este territorio para convertirlo en la Tierra Prometida. Eso es irrevocable...», escribía Freemont.

Para Tao Chi'en, sin embargo, vivían en un paraíso de codiciosos, gente materialista e impaciente cuya obsesión era enriquecerse a toda prisa. No había alimento para el espíritu y en cambio prosperaban la violencia y la ignorancia. De esos males derivaban todos los demás, estaba convencido. Había visto mucho en sus veintisiete años y no se consideraba mojigato, pero le chocaba la debacle de las costumbres y la impunidad del crimen. Un lugar así estaba destinado a sucumbir en la ciénaga de sus propios vicios, sostenía. Había perdido la esperanza de encontrar en América la paz tan ansiada, definitivamente no era un lugar para un aspirante a sabio. ¿Por qué entonces lo atraía de tal modo? Debía evitar que esa tierra lo embrujara, tal como ocurría a cuantos la pisaban; pretendía regresar a Hong Kong o visitar a su amigo Ebanizer Hobbs en Inglaterra para estudiar y practicar juntos. En los años transcurridos desde que fuera secuestrado a bordo del *Liberty*, había escrito varias cartas al médico inglés, pero como andaba navegando, no obtuvo respuesta por mucho tiempo, hasta que al fin en Valparaíso, en febrero de 1849, el capitán John Sommers recibió una carta suya y se la entregó. En ella su amigo le contaba que estaba dedicado a la cirugía en Londres, aunque su verdadera vocación eran las enfermedades mentales, un campo novedoso apenas explorado por la curiosidad científica.

En *Dai Fao,* la «ciudad grande», como llamaban los chinos a San Francisco, planeaba trabajar durante un tiempo y luego embarcarse rumbo a China, en caso que Ebanizer Hobbs no respondiera pronto a su última carta. Le asombró ver cómo había cambiado San Francisco en poco más de un año. En vez del fragoroso campamento de casuchas y tiendas que había conocido, lo recibió una ciudad con calles bien trazadas y edificios de varios pisos, organizada y próspera, donde por todas partes se levantaban nuevas viviendas. Un incendio monstruoso había destruido varias manzanas tres meses antes, todavía se veían restos de edificios carbonizados, pero aún no habían enfriado las brasas cuando ya estaban todos martillo en mano reconstruyendo. Había hoteles de lujo con varandas y balcones, casinos, bares y restaurantes, coches elegantes y una muchedumbre cosmopolita, mal vestida y mal agestada, entre la cual sobresalían los sombreros de copa de unos pocos dandis. El resto eran tipos barbudos y embarrados, con aire de truhanes, pero allí nadie era lo que parecía, el estibador del muelle podía ser un aristócrata latinoamericano y el cochero un abogado de Nueva York. Al minuto de conversación con cualquiera de esos tipos patibularios se podía descubrir a un hombre educado y fino, quien al menor pretexto sacaba del bolsillo una sobada carta de su mujer para mostrarla con lágrimas en los ojos. Y también ocurría al revés: el petimetre acicalado escondía un cabrón bajo el traje bien cortado. No le tocó ver escuelas en su trayecto por el centro, en cambio vio niños que trabajaban como adultos cavando hoyos, transportando ladrillos, arreando mulas y lustrando botas, pero apenas soplaba la ventolera del mar corrían a encumbrar volantines. Más tarde se enteró que muchos eran huérfanos y vagaban por las calles en pandillas hurtando comida para sobrevivir. Todavía escaseaban las mujeres y cuando alguna pisaba airosa la calle, el tráfico se detenía para dejarla pasar. Al pie del cerro Telegraph, donde había un semáforo con banderas para señalar la procedencia de los barcos que entraban a la bahía, se extendía un barrio de varias cuadras en el cual no faltaban mujeres: era la zona roja, controlada por los rufianes de Australia, Tasmania y Nueva Zelandia. Tao Chi'en había oído de ellos y sabía que no era un lugar donde un chino pudiera aventurarse solo después de la puesta de sol. Atisbando las tiendas vio que el comercio ofrecía los mismos productos que había visto en Londres. Todo llegaba por mar, incluso un cargamento de gatos para combatir las ratas, que se vendieron uno a uno como artículos de lujo. El bosque de mástiles de los barcos abandonados en la bahía estaba reducido a una décima parte, porque muchos habían sido hundidos para rellenar el terreno y construir encima o estaban convertidos en hoteles, bodegas, cárceles y hasta un asilo para locos, donde iban a morir los infortunados que se perdían en los delirios irremediables del alcohol. Hacía mucha falta, porque antes ataban a los lunáticos a los árboles.

Tao Chi'en se dirigió al barrio chino y comprobó que los rumores eran ciertos: sus compatriotas habían construido una ciudad completa en el corazón de San Francisco, donde se hablaba mandarín y cantonés, los avisos estaban escritos en chino y sólo chinos había por todas partes: la ilusión de encontrarse en el Celeste Imperio era perfecta. Se instaló en un hotel decente y se dispuso a practicar su oficio de médico por el tiempo necesario para juntar algo más de dinero, porque tenía un largo viaje por delante. Sin embargo algo ocurrió que echaría por tierra sus planes y lo retendría en esa ciudad. «Mi karma no era encontrar paz en un monasterio de las montañas, como a veces soñé, sino pelear una guerra sin tregua y sin fin» concluyó muchos años más tarde, cuando pudo mirar su pasado y ver con claridad los caminos recorridos y los que le faltaban por recorrer. Meses después recibió la última carta de Eliza en un sobre muy manoseado.

Paulina Rodríguez de Santa Cruz descendió del *Fortuna* como una emperatriz, rodeada de su séquito y con un equipaje de noventa y tres baúles. El tercer viaje del capitán John Sommers con el hielo había sido un verdadero tormento para él, el resto de los pasajeros y la tripulación. Paulina hizo saber a todo el mundo que el barco era suyo y para probarlo contradecía al capitán y daba órdenes arbitrarias a los marineros. Ni siquiera tuvieron el alivio de verla mareada, porque su estómago de elefanta resistió la navegación sin más consecuencias que un incremento del apetito. Sus hijos solían perderse en los vericuetos de la nave, a pesar de que las nanas que no les quitaban los ojos de encima, y cuando eso sucedía sonaban las alarmas a bordo y debían detener la marcha, porque la desesperada madre chillaba que habían caído al agua. El capitán procuraba explicarle con la máxima delicadeza que si ése era el caso había que resignarse, ya se los habría tragado el Pacífico, pero ella mandaba echar los botes de salvamento al mar. Las criaturas aparecían tarde o temprano y al cabo de unas cuantas horas de tragedia podían proseguir el viaje. En cambio su antipático perro faldero resbaló un día y cayó al océano delante de varios testigos, que se quedaron mudos. En el muelle de San Francisco la aguardaba su marido y su cuñado con una fila de coches y carretas para transportar a la familia y los baúles. La nueva residencia construida para ella, una elegante casa victoriana, había llegado en cajas de Inglaterra con las piezas numeradas y un plano para armarla; también importaron el papel mural, muebles, arpa, piano, lámparas y hasta figuras de porcelana y cuadros bucólicos para decorarla. A Paulina no le gustó. Comparada con su mansión de los mármoles en Chile parecía una casita de muñecas que amenazaba con desmoronarse cuando se apoyaba en la pared, pero por el momento no había alternativa. Le bastó una mirada a la efervescente ciudad para darse cuenta de sus posibilidades.

–Aquí nos vamos a instalar, Feliciano. Los primeros en llegar se convierten en aristocracia a la vuelta de los años.

–Eso ya lo tienes en Chile, mujer.

–Yo sí, pero tú no. Créeme, ésta será la ciudad más importante del Pacífico.

–¡Formada por canallas y putas!

–Exactamente. Son los más ansiosos de respetabilidad. No habrá nadie más respetable que la familia Cross. Lástima que los gringos no puedan pronunciar tu verdadero apellido. Cross es nombre de fabricante de quesos. Pero en fin, supongo que no se puede tener todo...

El capitán John Sommers se dirigió al mejor restaurante de la ciudad, dispuesto a comer y beber bien para olvidar las cinco semanas en compañía de esa mujer. Traía varios cajones con las nuevas ediciones ilustradas de libros eróticos. El éxito de los anteriores había sido estupendo y esperaba que su hermana Rose recuperara el ánimo para la escritura. Desde la desaparición de Eliza se había sumido en la tristeza y no había vuelto a coger la pluma. También a él le había cambiado el humor. Me estoy poniendo viejo, carajo, decía, al sorprenderse perdido en nostalgias inútiles. No había tenido tiempo de gozar a esa hija suya, de llevársela a Inglaterra, como había planeado; tampoco alcanzó a decirle que era su padre. Estaba harto de engaños y misterios. Ese negocio de los libros era otro de los secretos familiares. Quince años antes, cuando su hermana le confesó que a espaldas de Jeremy escribía impúdicas historias para no morirse de aburrimiento, se le ocurrió publicarlas en Londres, donde el mercado del erotismo había prosperado, junto con la prostitución y los clubes de flagelantes, a medida que se imponía la rígida moral victoriana. En una remota provincia de Chile, sentada ante un coqueto escritorio de madera rubia, sin más fuente de inspiración que los recuerdos mil veces aumentados y perfeccionados de un único amor, su hermana producía novela tras novela firmadas por «una dama anónima». Nadie creía que esas ardientes historias, algunas con un toque evocativo del Marqués de Sade, ya clásicas en su género, fueran escritas por una mujer. A él tocaba la tarea de llevar los manuscritos al editor, vigilar las cuentas, cobrar las ganancias y depositarlas en un banco en Londres para su hermana. Era su manera de pagarle el favor inmenso que le había hecho al recoger a su hija y callarse la boca. Eliza... No podía recordar a la madre, si bien de ella debió heredar sus rasgos físicos, de él tenía sin duda el ímpetu por la aventura. ¿Dónde estaría? ¿Con quién? Rose insistía en que había partido a California tras un amante, pero mientras más tiempo pasaba, menos lo creía. Su amigo Jacob Todd –Freemont, ahora– que había hecho de la búsqueda de Eliza una misión personal, aseguraba que nunca pisó San Francisco.

Freemont se encontró con el capitán para cenar y luego lo invitó a un espectáculo frívolo en uno de los garitos de baile de la zona roja. Le contó que Ah Toy, la china que habían vislumbrado por unos agujeros en la pared, tenía ahora una cadena de burdeles y un «salón» muy elegante, donde se ofrecían las mejores chicas orientales, algunas de apenas once años, entrenadas para satisfacer todos los caprichos, pero no era allí donde irían, sino a ver las danzarinas de un harén de Turquía, dijo. Poco después fumaban y bebían en un edificio de dos pisos decorado con mesones de mármol, bronces pulidos y cuadros de ninfas mitológicas perseguidas por faunos. Mujeres de varias razas atendían a la clientela, servían licor y manejaban las mesas de juego, bajo la mirada vigilante de chulos armados y vestidos con estridente afectación. A ambos costados del salón principal, en recintos privados, se apostaba fuerte. Allí se reunían los tigres del juego para arriesgar millares en una noche: políticos, jueces, comerciantes, abogados y criminales, todos nivelados por la misma manía. El espectáculo oriental resultó un fiasco para el capitán, quien había visto la auténtica danza del vientre en Istambul y adivinó que esas torpes muchachas seguramente pertenecían a la última partida de pindongas de Chicago recién arribadas a la ciudad. La concurrencia, compuesta en su mayoría por rústicos mineros incapaces de ubicar Turquía en un mapa, enloquecieron de entusiasmo ante esas odaliscas apenas cubiertas por unas falditas de cuentas. Aburrido, el capitán se dirigió a una de las mesas de juego, donde una mujer repartía con increíble destreza las cartas del *monte.* Se le acercó otra y cogiéndolo del brazo le sopló una invitación al oído.

Se volvió a mirarla. Era una sudamericana rechoncha y vulgar, pero con una expresión de genuina alegría. Iba a despedirla, porque planeaba pasar el resto de la noche en uno de los salones caros, donde había estado en cada una de sus visitas anteriores a San Francisco, cuando sus ojos se fijaron en el escote. Entre los pechos llevaba un broche de oro con turquesas.

–¡De dónde sacaste eso! –gritó cogiéndola por los hombros con dos zarpas.

–¡Es mío! Lo compré –balbuceó aterrada.

–¡Dónde! –y siguió zamarreándola hasta que se acercó uno de los matones.

–¿Le pasa algo, míster? –amenazó el hombre.

El capitán hizo seña de que quería a la mujer y se la llevó prácticamente en vilo a uno de los cubículos del segundo piso. Cerró la cortina y de una sola bofetada en la cara la lanzó de espaldas sobre la cama.

–Me vas a decir de dónde sacaste ese broche o te voy a volar todos los dientes, ¿está bien claro?

–No lo robé, señor, se lo juro. ¡Me lo dieron!

–¿Quién te lo dio?

–No me va a creer si se lo digo...

–¡Quién!

–Una chica, hace tiempo, en un barco...

Y Azucena Placeres no tuvo más remedio que contarle a ese energúmeno que el broche se lo había dado un cocinero chino, en pago por atender a una pobre criatura que se estaba muriendo por un aborto en la cala de un barco en medio del océano Pacífico. A medida que hablaba, la furia del capitán se transformaba en horror.

–¿Qué pasó con ella? –preguntó John Sommers con la cabeza entre las manos, anonadado.

–No lo sé, señor.

–Por lo que más quieras, mujer, dime qué fue de ella –suplicó él, poniéndole en la falda un fajo de billetes.

–¿Quién es usted?

–Soy su padre.

–Murió desangrada y echamos el cuerpo al mar. Se lo juro, es la verdad –replicó Azucena Placeres sin vacilar, porque pensó que si esa desventurada había cruzado medio mundo escondida en un hoyo como una rata, sería una imperdonable canallada de su parte lanzar al padre tras su huella.

Eliza pasó el verano en el pueblo, porque entre una cosa y otra, fueron pasando los días. Primero a Babalú, el Malo, le dio un ataque fulminante de disentería, que produjo pánico, porque la epidemia se suponía controlada. Desde hacía meses no había casos que lamentar, salvo el fallecimiento de un niño de dos años, la primera criatura que nacía y moría en ese lugar de paso para advenedizos y aventureros. Ese chico puso un sello de autenticidad al pueblo, ya no era un campamento alucinado con una horca como único derecho a figurar en los mapas, ahora contaba con un cementerio cristiano y la pequeña tumba de alguien cuya vida había transcurrido allí. Mientras el galpón estuvo convertido en hospital se salvaron milagrosamente de la peste, porque Joe no creía en contagios, decía que todo es cuestión de suerte: el mundo está lleno de pestes, unos las agarran y otros no. Por lo mismo no tomaba precauciones, se dio el lujo de ignorar las advertencias de sentido común del médico y sólo a regañadientes hervía a veces el agua de beber. Al trasladarse a una casa hecha y derecha todos se sintieron seguros; si no se habían enfermado antes, menos sucedería ahora. A los pocos días de caer Babalú, les tocó a la Rompehuesos, las chicas de Missouri y la bella mexicana. Sucumbieron con una cagantina repugnante, calenturas de fritanga y tiritones incontrolables, que en el caso de Babalú remecían la casa. Entonces se presentó James Morton, vestido de domingo, a pedir formalmente la mano de Esther.

–Ay, hijo, no podías haber elegido un peor momento –suspiró la Rompehuesos, pero estaba demasiado enferma para oponerse y dio su consentimiento entre lamentos.

Esther repartió sus cosas entre sus compañeras, porque nada quiso llevar a su nueva vida, y se casó ese mismo día sin muchas formalidades, escoltada por Tom Sin Tribu y Eliza, los únicos sanos de la compañía. Una doble fila de sus antiguos clientes se formó a ambos lados de la calle cuando pasó la pareja, disparando tiros al aire y vitoreándolos. Se instaló en la herrería, determinada a convertirla en hogar y a olvidar el pasado, pero se daba maña para acudir a diario a visitar la casa de Joe, llevando comida caliente y ropa limpia para los enfermos. Sobre Eliza y Tom Sin Tribu recayó la ingrata tarea de cuidar a los demás habitantes de la casa. El doctor del pueblo, un joven de Philadelphia que llevaba meses advirtiendo que el agua estaba contaminada con desperdicios de los mineros río arriba sin que nadie le diera boleto, declaró el recinto de Joe en cuarentena. Las finanzas se fueron al diablo y no pasaron hambre gracias a Esther y los regalos anónimos que aparecían misteriosamente en la puerta: un saco de frijoles, unas libras de azúcar, tabaco, bolsitas de oro en polvo, unos dólares de plata. Para ayudar a sus amigos, Eliza recurrió a lo aprendido de Mama Fresia en su infancia y de Tao Chi'en en Sacramento, hasta que por fin uno a uno fueron recuperándose, aunque anduvieron durante un buen tiempo trastabillantes y confundidos. Babalú, el Malo, fue quien más padeció, su corpachón de cíclope no estaba acostumbrado a la mala salud, adelgazó y las carnes le quedaron colgando de tal manera que hasta sus tatuajes perdieron la forma.

En esos días salió en el periódico local una breve noticia sobre un bandido chileno o mexicano, no había certeza, llamado Joaquín Murieta, quien estaba adquiriendo cierta fama a lo largo y ancho de la Veta Madre. Para entonces imperaba la violencia en la región del oro. Desilusionados al comprender que la fortuna súbita, como un milagro de burla, sólo había tocado a muy pocos, los americanos acusaban a los extranjeros de codiciosos y de enriquecerse sin contribuir a la prosperidad del país. El licor los enardecía y la impunidad para aplicar castigos a su amaño les daba una sensación irracional de poder. Jamás se condenaba a un yanqui por crímenes contra otras razas, peor aún, a menudo un reo blanco podía escoger su propio jurado. La hostilidad racial se convirtió en odio ciego. Los mexicanos no admitían la pérdida de su territorio en la guerra ni aceptaban ser expulsados de sus ranchos o de las minas. Los chinos soportaban calladamente los abusos, no se iban y continuaban explotando el oro con ganancias de pulga, pero con tan infinita tenacidad que gramo a gramo amasaban riqueza. Millares de chilenos y peruanos, que habían sido los primeros en llegar cuando estalló la fiebre del oro, decidieron regresar a sus países, porque no valía la pena perseguir sus sueños en tales condiciones. Ese año 1850, la legislatura de California aprobó un impuesto a la minería diseñado para proteger a los blancos. Negros e indios quedaron fuera, a menos que trabajaran como esclavos, y los forasteros debían pagar veinte dólares y renovar el registro de su pertenencia mensualmente, lo cual en la práctica resultaba imposible. No podían abandonar los placeres para viajar durante semanas a las ciudades a cumplir con la ley, pero si no lo hacían el *sheriff* ocupaba la mina y la entregaba a un americano. Los encargados de hacer efectivas las medidas eran designados por el gobernador y cobraban sus sueldos del impuesto y las multas, método perfecto para estimular la corrupción. La ley sólo se aplicaba contra extranjeros de piel oscura, a pesar de que los mexicanos tenían derecho a la ciudadanía americana, según el tratado que puso fin a la guerra en 1848. Otro decreto acabó de rematarlos: la propiedad de sus ranchos, donde habían vivido por generaciones, debía ser ratificada por un tribunal en San Francisco. El procedimiento demoraba años y costaba una fortuna, además los jueces y alguaciles eran a menudo los mismos que se habían apoderado de los predios. En vista de que la justicia no los amparaba, algunos se colocaron fuera de ella, asumiendo a fondo el papel de malhechores. Quienes antes se contentaban con robar ganado, ahora atacaban a mineros y viajeros solitarios. Ciertas bandas se hicieron célebres por su crueldad, no sólo robaban a sus víctimas, también se divertían torturándolas antes de asesinarlas. Se hablaba de un bandolero particularmente sanguinario, a quien se le atribuía, entre otros delitos, la muerte espantosa de dos jóvenes americanos. Encontraron sus cuerpos atados a un árbol con huellas de haber sido usados como blanco para lanzar cuchillos; también les habían cortado la lengua, reventado los ojos y arrancado la piel antes de abandonarlos vivos para que murieran lentamente. Llamaban al criminal Jack Tres-Dedos y se decía que era la mano derecha de Joaquín Murieta.

Sin embargo, no todo era salvajismo, también se desarrollaban las ciudades y brotaban pueblos nuevos, se instalaban familias, nacían periódicos, compañías de teatro y orquestas, construían bancos, escuelas y templos, trazaban caminos y mejoraban las comunicaciones. Había servicio de diligencias y el correo se repartía con regularidad. Iban llegando mujeres y florecía una sociedad con aspiración de orden y moral, ya no era la debacle de hombres solos y prostitutas del comienzo, se procuraba implantar la ley y volver a la civilización olvidada en el delirio del oro fácil. Al pueblo le pusieron un nombre decoroso en una solemne ceremonia con banda de música y desfile, a la cual asistió Joe Rompehuesos vestida de mujer por primera vez y respaldada por toda su compañía. Las esposas recién llegadas hacían respingos ante las «caras pintadas», pero como Joe y sus chicas habían salvado la vida de tantos durante la epidemia, pasaban por alto sus actividades. En cambio contra el otro burdel desataron una guerra inútil, porque todavía había una mujer por cada nueve hombres. A fines del año James Morton dio la bienvenida a cinco familias de cuáqueros, que cruzaron el continente en vagones tirados por bueyes y no venían por el oro, sino atraídos por la inmensidad de aquella tierra virgen.

Eliza ya no sabía qué pista seguir. Joaquín Andieta se había perdido en la confusión de esos tiempos y en su lugar comenzaba a perfilarse un bandido con la misma descripción física y un nombre parecido, pero que a ella le resultaba imposible identificar con el noble joven a quien amaba. El autor de las cartas apasionadas, que guardaba como su único tesoro, no podía ser el mismo a quien se atribuían crímenes tan feroces. El hombre de sus amores jamás se habría asociado con un desalmado como Jack Tres-Dedos, creía, pero la certeza se le hacía agua en las noches cuando Joaquín se le aparecía con mil máscaras diferentes, trayéndole mensajes contradictorios. Despertaba temblando, acosada por los delirantes espectros de sus pesadillas. Ya no podía entrar y salir a voluntad de los sueños, como le había enseñado en la infancia Mama Fresia, ni descifrar visiones y símbolos, que le quedaban rodando en la cabeza con una sonajera de piedras arrastradas por el río. Escribía incansable en su diario con la esperanza de que al hacerlo las imágenes adquirieran algún significado. Releía las cartas de amor letra a letra, buscando signos aclaratorios, pero el resultado era sólo más perplejidad. Esas cartas constituían la única prueba de la existencia de su amante y se aferraba a ellas para no trastornarse por completo. La tentación de sumergirse en la apatía, como una forma de escapar al tormento de seguir buscando, solía ser irresistible. Dudaba de todo: de los abrazos en el cuarto de los armarios, de los meses enterrada en la bodega del barco, del niño que se le fue en sangre.

Fueron tantos los problemas financieros provocados por el casamiento de Esther con el herrero, que privó a la compañía de un cuarto de sus ingresos de un solo golpe, y por las semanas que pasaron los demás postrados por la disentería, que Joe estuvo a punto de perder la casita, pero la idea de ver a sus palomas trabajando para la competencia le daba ínfulas para seguir luchando contra la adversidad. Habían pasado por el infierno y ella no podía empujarlas de vuelta a esa vida, porque muy a pesar suyo, les había tomado cariño. Siempre se había considerado un grave error de Dios, un hombre metido a la fuerza en un cuerpo de mujer, por lo mismo no entendía esa especie de instinto maternal que le había brotado cuando menos le convenía. Cuidaba a Tom Sin Tribu celosamente, pero le gustaba señalar que lo hacía «como un sargento». Nada de mimos, no estaban en su carácter, y además el niño debía hacerse fuerte como sus antepasados; los melindres sólo servían para jorobar la virilidad, advertía a Eliza cuando la encontraba con el chiquillo en los brazos contándole cuentos chilenos. Esa ternura nueva por sus palomas resultaba un serio inconveniente y para colmo ellas se daban cuenta y habían empezado a llamarla «madre». El apodo le reventaba, se los había prohibido, pero no le hacían caso. «Tenemos una relación comercial, carajo. No puedo ser más clara: mientras trabajen tendrán ingresos, techo, comida y protección, pero el día que se enfermen, se me pongan flojas o les salgan arrugas y canas ¡adiós! Nada más fácil que reemplazarlas, el mundo está lleno de mujerzuelas», mascullaba. Y entonces, de repente, llegaba a enredarle la existencia ese sentimiento dulzón, que ninguna alcahueta en su sano juicio podía permitirse. «Estas vainas te pasan por ser buena gente» se burlaba Babalú, el Malo. Y así era, porque mientras ella había gastado un tiempo precioso cuidando enfermos que ni siquiera conocía de nombre, la otra madama del pueblo no admitió a nadie con la peste cerca de su local. Joe estaba cada vez más pobre, mientras la otra había engordado, tenía el pelo teñido de rubio y un amante ruso diez años más joven, con músculos de atleta y un diamante incrustado en un diente, había ampliado el negocio y los fines de semana los mineros se alineaban ante su puerta con el dinero en una mano y el sombrero en la otra, pues ninguna mujer, por muy bajo que hubiera descendido, toleraba el sombrero puesto. Definitivamente no había futuro en esa profesión, sostenía Joe: la ley no las amparaba, Dios las había olvidado y por delante sólo se vislumbraba vejez, pobreza y soledad. Se le ocurrió la idea de dedicarse a lavar ropa y hacer tartas para vender, manteniendo siempre el negocio de las mesas de juego y los libros cochinos, pero sus chicas no estaban dispuestas a ganarse la vida en labores tan rudas y mal pagadas.

–Este es un oficio de mierda, niñas. Cásense, estudien para maestras, ¡hagan algo con sus vidas y no me jodan más! –suspiraba tristemente.

También Babalú, el Malo, estaba cansado de hacer de chulo y guardaespaldas. La vida sedentaria lo aburría y la Rompehuesos había cambiado tanto, que poco sentido tenía seguir trabajando juntos. Si ella había perdido entusiasmo por la profesión, ¿qué le quedaba a él? En los momentos desesperados confiaba en el Chilenito y los dos se entretenían haciendo planes fantásticos para emanciparse: iban a montar un espectáculo ambulante, hablaban de comprar un oso y entrenarlo en el boxeo para ir de pueblo en pueblo desafiando a los bravos a batirse a puñetes con el animal. Babalú andaba tras la aventura y Eliza pensaba que era buen pretexto para viajar acompañada en busca de Joaquín Andieta. Fuera de cocinar y tocar el piano no había mucha actividad donde la Rompehuesos, también a ella el ocio la ponía de mal humor. Deseaba recuperar la libertad inmensa de los caminos, pero se había encariñado con esa gente y la idea de separarse de Tom Sin Tribu le partía el corazón. El niño ya leía de corrido y escribía aplicadamente, porque Eliza lo había convencido de que cuando creciera debía estudiar para abogado y defender los derechos de los indios, en vez de vengar a los muertos a balazos, como pretendía Joe. «Así serás un guerrero mucho más poderoso y los gringos te tendrán miedo», le decía. Aún no se reía, pero en un par de ocasiones, cuando se instalaba a su lado para que ella le rascara la cabeza, se había dibujado la sombra de una sonrisa en su rostro de indio enojado.

Tao Chi'en se presentó en la casa de Joe Rompehuesos a las tres de la tarde de un miércoles de diciembre. Abrió la puerta Tom Sin Tribu, lo hizo pasar a la sala, desocupada a esa hora, y se fue a llamar a las palomas. Poco después se presentó la bella mexicana en la cocina, donde el Chilenito amasaba el pan, para anunciar que había un chino preguntando por Elías Andieta, pero ella estaba tan distraída con el trabajo y el recuerdo de los sueños de la noche anterior, donde se confundían mesas de lotería y ojos reventados, que no le prestó atención.

–Te digo que hay un chino esperándote –repitió la mexicana y entonces el corazón de Eliza dio una patada de mula en su pecho.

–¡Tao! –gritó y salió corriendo.

Pero al entrar a la sala se encontró frente a un hombre tan diferente, que tardó unos segundos en reconocer a su amigo. Ya no tenía su coleta, llevaba el pelo corto, engominado y peinado hacia atrás, usaba unos lentes redondos con marco metálico, traje oscuro con levita, chaleco de tres botones y pantalones aflautados. En un brazo sostenía un abrigo y un paraguas, en la otra mano un sombrero de copa.

–¡Dios mío, Tao! ¿Qué te pasó?

–En América hay que vestirse como los americanos –sonrió él.

En San Francisco lo habían atacado tres matones y antes que alcanzara a desprender su cuchillo del cinto, lo aturdieron de un trancazo por el gusto de divertirse a costa de un «celestial». Al despercudirse se encontró tirado en un callejón, embadurnado de inmundicias, con su coleta mochada y envuelta en torno al cuello. Entonces tomó la decisión de mantener el cabello corto y vestirse como los *fan güey*. Su nueva figura destacaba en la muchedumbre del barrio chino, pero descubrió que lo aceptaban mucho mejor afuera y abrían las puertas de lugares que antes le estaban vedados. Era posiblemente el único chino con tal aspecto en la ciudad. La trenza se consideraba sagrada y la decisión de cortársela probaba el propósito de no volver a China e instalarse de firme en América, una imperdonable traición al emperador, la patria y los antepasados. Sin embargo, su traje y su peinado también causaban cierta maravilla, pues indicaban que tenía acceso al mundo de los americanos. Eliza no podía quitarle los ojos de encima: era un desconocido con quien tendría que volver a familiarizarse desde un principio. Tao Chi'en se inclinó varias veces en su saludo habitual y ella no se atrevió a obedecer el impulso de abrazarlo que le quemaba la piel. Había dormido lado a lado con él muchas veces, pero jamás se habían tocado sin la excusa del sueño.

–Creo que me gustabas más cuando eras chino de arriba abajo, Tao. Ahora no te conozco. Déjame que te huela –le pidió.

No se movió, turbado, mientras ella lo olisqueaba como un perro a su presa, reconociendo por fin la tenue fragancia de mar, el mismo olor confortante del pasado. El corte de pelo y la ropa severa lo hacían verse mayor, ya no tenía ese aire de soltura juvenil de antes. Había adelgazado y parecía más alto, los pómulos se marcaban en su rostro liso. Eliza observó su boca con placer, recordaba perfectamente su sonrisa contagiosa y sus dientes perfectos, pero no la forma voluptuosa de sus labios. Notó una expresión sombría en su mirada, pero pensó que era efecto de los lentes.

–¡Qué bueno es verte, Tao! –y se le llenaron los ojos de lágrimas.

–No pude venir antes, no tenía tu dirección.

–También me gustas ahora. Pareces un sepulturero, pero uno guapo.

–A eso me dedico ahora, a sepulturero –sonrió él–. Cuando me enteré que vivías en este lugar, pensé que se habían cumplido los pronósticos de Azucena Placeres. Decía que tarde o temprano acabarías como ella.

–Te expliqué en la carta que me gano la vida tocando el piano.

–¡Increíble!

–¿Por qué? Nunca me has oído, no toco tan mal. Y si pude pasar por un chino sordomudo, igual puedo pasar por un pianista chileno.

Tao Chi'en se echó a reír sorprendido, porque era la primera vez que se sentía contento en meses.

–¿Encontraste a tu enamorado?

–No. Ya no sé dónde buscarlo.

–Tal vez no merece que lo encuentres. Ven conmigo a San Francisco.

–No tengo nada que hacer en San Francisco...

–¿Y aquí? Ya comenzó el invierno, en un par de semanas los caminos serán intransitables y este pueblo estará aislado.

–Es muy aburrido ser tu hermanito bobo, Tao.

–Hay mucho que hacer en San Francisco, ya lo verás, y no tienes que vestirte de hombre, ahora se ven mujeres por todas partes.

–¿En qué quedaron tus planes de volver a China?

–Postergados. No puedo irme todavía.

SING SONG GIRLS

En el verano de 1851 Jacob Freemont decidió entrevistar a Joaquín Murieta. Los bandoleros y los incendios eran los temas de moda en California, mantenían a la gente aterrada y a la prensa ocupada. El crimen se había desatado y era conocida la corrupción de la policía, compuesta en su mayoría por malhechores más interesados en amparar a sus compinches que a la población. Después de otro violento incendio, que destruyó buena parte de San Francisco, se creó un Comité de Vigilantes formado por furibundos ciudadanos y encabezado por el inefable Sam Brannan, el mormón que en 1848 regó la noticia del descubrimiento de oro. Las compañías de bomberos corrían arrastrando con cuerdas los carros de agua cerro arriba y cerro abajo, pero antes de llegar a un edificio, el viento había impulsado las llamas al del lado. El fuego comenzó cuando los *galgos* australianos ensoparon de keroseno la tienda de un comerciante, que se negó a pagarles protección, y luego le atracaron una antorcha. Dada la indiferencia de las autoridades, el Comité decidió actuar por cuenta propia. Los periódicos clamaban: «¿Cuántos crímenes se han cometido en esta ciudad en un año? ¿Y quién ha sido ahorcado o castigado por ellos? ¡Nadie! ¿Cuántos hombres han sido baleados y apuñalados, aturdidos y golpeados y a quién se ha condenado por eso? No aprobamos el linchamiento, pero ¿quién puede saber lo que el público indignado hará para protegerse?» Linchamientos, ésa fue exactamente la solución del público. Los vigilantes se lanzaron de inmediato a la tarea y colgaron al primer sospechoso. Los miembros del Comité aumentaban día a día y actuaban con tal frenético entusiasmo, que por primera vez los forajidos se cuidaban de actuar a plena luz del sol. En ese clima de violencia y venganza, la figura de Joaquín Murieta iba en camino a convertirse en un símbolo. Jacob Freemont se encargaba de atizar el fuego de su celebridad; sus artículos sensacionalistas habían creado un héroe para los hispanos y un demonio para los yanquis. Le atribuía una banda numerosa y el talento de un genio militar, decía que peleaba una guerra de escaramuzas contra la cual las autoridades resultaban impotentes. Atacaba con astucia y velocidad, cayendo sobre sus víctimas como una maldición y desapareciendo enseguida sin dejar rastro, para surgir poco después a cien millas de distancia en otro golpe de tan insólita audacia, que sólo podía explicarse con artes de magia. Freemont sospechaba que eran varios individuos y no uno solo, pero se cuidaba de decirlo, eso habría descalabrado la leyenda. En cambio tuvo la inspiración de llamarlo «el Robin Hood de California», con lo cual prendió de inmediato una hoguera de controversia racial. Para los yanquis Murieta encarnaba lo más detestable de los *grasientos;* pero se suponía que los mexicanos lo escondían, le daban armas y suministraban provisiones, porque robaba a los yanquis para ayudar a los de su raza. En la guerra habían perdido los territorios de Texas, Arizona, Nuevo México, Nevada, Utah, medio Colorado y California; para ellos cualquier atentado contra los gringos era un acto de patriotismo. El gobernador advirtió al periódico contra la imprudencia de transformar en héroe a un criminal, pero el nombre ya había inflamado la imaginación del público. A Freemont le llegaban docenas de cartas, incluso la de una joven de Washington dispuesta a navegar medio mundo para casarse con el bandido, y la gente lo detenía en la calle para preguntarle detalles del famoso Joaquín Murieta. Sin haberlo visto nunca, el periodista lo describía como un joven de viril estampa, con las facciones de un noble español y coraje de torero. Había tropezado sin proponérselo con una mina más productiva que muchas a lo largo de la Veta Madre. Se le ocurrió entrevistar al tal Joaquín, si el tipo realmente existía, para escribir su biografía y si fuera un fábula, el tema daba para una novela. Su trabajo como autor consistiría simplemente en escribirla en un tono heroico para gusto del populacho. California necesitaba sus propios mitos y leyendas, sostenía Freemont, era un Estado recién nacido para los americanos, quienes pretendían borrar de un plumazo la historia anterior de indios, mexicanos y californios. Para esa tierra de espacios infinitos y de hombres solitarios, tierra abierta a la conquista y la violación, ¿qué mejor héroe que un bandido? Colocó lo indispensable en una maleta, se apertrechó de suficientes cuadernos y lápices y partió en busca de su personaje. Los riesgos no se le pasaron por la mente, con la doble arrogancia de inglés y de periodista se creía protegido de cualquier mal. Por lo demás, ya se viajaba con cierta comodidad, existían caminos y servicio regular de diligencia conectando los pueblos donde pensaba realizar su investigación, no era como antes, cuando recién comenzó su labor de reportero e iba a lomo de mula abriéndose paso en la incertidumbre de cerros y bosques, sin más guía que unos mapas demenciales con los cuales se podía andar en círculos para siempre. En el trayecto pudo ver los cambios en la región. Pocos se habían enriquecido con el oro, pero gracias a los aventureros llegados por millares, California se civilizaba. Sin la fiebre del oro la conquista del Oeste habría tardado un par de siglos, anotó el periodista en su cuaderno.

Temas no le faltaban, como la historia de aquel joven minero, un chico de dieciocho años que después de pasar penurias durante un largo año, logró juntar diez mil dólares que necesitaba para regresar a Oklahoma y comprar una granja para sus padres. Bajaba hacia Sacramento por los faldeos de la Sierra Nevada en un día radiante, con la bolsa de su tesoro colgada a la espalda, cuando lo sorprendió un grupo de desalmados mexicanos o chilenos, no era seguro. Sólo se sabía con certeza que hablaban español, porque tuvieron el descaro de dejar un letrero en esa lengua, garabateado con un cuchillo sobre un trozo de madera: «mueran los yanquis». No se contentaron con darle una golpiza y robarle, lo ataron desnudo a un árbol y lo untaron con miel. Dos días más tarde, cuando lo encontró una patrulla, estaba alucinando. Los mosquitos le habían devorado la piel.

Freemont puso a prueba su talento para el periodismo morboso con el trágico fin de Josefa, una bella mexicana empleada en un salón de baile. El periodista entró al pueblo de Downieville el Día de la Independencia, y se encontró en medio de la celebración encabezada por un candidato a senador y regada con un río de alcohol. Un minero ebrio se había introducido a viva fuerza en la habitación de Josefa y ella lo había rechazado clavándole su cuchillo de monte medio a medio en el corazón. A la hora en que llegó Jacob Freemont el cuerpo yacía sobre una mesa, cubierto con una bandera americana, y una muchedumbre de dos mil fanáticos enardecidos por el odio racial exigía la horca para Josefa. Impasible, la mujer fumaba su cigarrito como si el griterío no le incumbiera, con su blusa blanca manchada de sangre, recorriendo los rostros de los hombres con abismal desprecio, consciente de la incendiaria mezcla de agresión y deseo sexual que en ellos provocaba. Un médico se atrevió a hablar en su favor, explicando que había actuado en defensa propia y que al ejecutarla también mataban al niño en su vientre, pero la multitud lo hizo callar amenazándolo con colgarlo también. Tres doctores aterrados fueron llevados a viva fuerza para examinar a Josefa y los tres opinaron que no estaba encinta, en vista de lo cual el improvisado tribunal la condenó en pocos minutos. «Matar a estos *grasientos* a tiros no está bien, hay que darles un juicio justo y ahorcarlos con toda la majestad de la ley», opinó uno de los miembros del jurado. A Freemont no le había tocado ver un linchamiento de cerca y pudo describir en exaltadas frases cómo a las cuatro de la tarde quisieron arrastrar a Josefa hacia el puente, donde habían preparado el ritual de la ejecución, pero ella se sacudió altiva y avanzó sola hacia el patíbulo. La bella subió sin ayuda, se amarró las faldas en torno a los tobillos, se colocó la cuerda al cuello, se acomodó las negras trenzas y se despidió con un valiente «adiós señores», que dejó al periodista perplejo y a los demás avergonzados. «Josefa no murió por culpable, sino por mexicana. Es la primera vez que linchan a una mujer en California. ¡Qué desperdicio, cuando hay tan pocas!», escribió Freemont en su artículo.

Siguiendo las huellas de Joaquín Murieta descubrió pueblos establecidos, con escuela, biblioteca, templo y cementerio; otros sin más signos de cultura que un burdel y una cárcel. *Saloons* había en cada uno, eran los centros de la vida social. Allí se instalaba Jacob Freemont indagando y así fue construyendo con algunas verdades y un montón de mentiras la trayectoria –o la leyenda– de Joaquín Murieta. Los taberneros lo pintaban como un español maldito, vestido de cuero y terciopelo negro, con grandes espuelas de plata y un puñal al cinto, montado en el alazán más brioso que jamás habían visto. Decían que entraba impunemente con una sonajera de espuelas y su séquito de bandoleros, colocaba sus dólares de plata sobre el mesón y ordenaba una ronda de tragos para cada parroquiano. Nadie se atrevía a rechazar el vaso, hasta los hombres más corajudos bebían callados bajo la mirada relampagueante del villano. Para los alguaciles, en cambio, nada había de rumboso en el personaje, se trataba sólo de un vulgar asesino capaz de las peores atrocidades, que había logrado escabullirse de la justicia porque lo protegían los *grasientos.* Los chilenos lo creían uno de ellos, nacido en un lugar llamado Quillota, decían que era leal con sus amigos y jamás olvidaba pagar los favores recibidos, por lo mismo era buena política ayudarlo; pero los mexicanos juraban que provenía del estado de Sonora y era un joven educado, de antigua y noble familia, convertido en malhechor por venganza. Los tahúres lo consideraban experto en *monte,* pero lo evitaban porque tenía una suerte loca en las barajas y un puñal alegre que ante la menor provocación aparecía en su mano. Las prostitutas blancas se morían de curiosidad, pues se rumoreaba que aquel mozo, guapo y generoso, poseía una incansable pinga de potro; pero las hispanas no lo esperaban: Joaquín Murieta solía darles propinas inmerecidas, puesto que jamás utilizaba sus servicios, permanecía fiel a su novia, aseguraban. Lo describían de mediana estatura, cabello negro y ojos brillantes como tizones, adorado por su banda, irreductible ante la adversidad, feroz con sus enemigos y gentil con las mujeres. Otros sostenían que tenía el aspecto grosero de un criminal nato y una cicatriz pavorosa le atravesaba la cara; de buenmozo, hidalgo o elegante, nada tenía. Jacob Freemont fue seleccionando las opiniones que se ajustaban mejor a su imagen del bandido y así fue reflejándolo en sus escritos, siempre con suficiente ambigüedad como para retractarse en caso de que alguna vez se topara cara a cara con su protagonista. Anduvo de alto a bajo durante los cuatro meses del verano sin encontrarlo por parte alguna, pero con las diversas versiones construyó una fantástica y heroica biografía. Como no quiso admitirse derrotado, en sus artículos inventaba breves reuniones entre gallos y medianoche, en cuevas de las montañas y en claros del bosque. Total ¿quién iba a contradecirlo? Hombres enmascarados lo conducían a caballo con los ojos vendados, no podía identificarlos pero hablaban español, decía. La misma fervorosa elocuencia que años antes empleaba en Chile para describir a unos indios patagones en Tierra del Fuego, donde nunca había puesto los pies, ahora le servía para sacar de la manga a un bandolero imaginario. Se fue enamorando del personaje y acabó convencido de que lo conocía, que los encuentros clandestinos en las cuevas eran reales y que el fugitivo en persona le había encargado la misión de escribir sus proezas, porque se consideraba el vengador de los españoles oprimidos y alguien debía asumir la tarea de dar a él y a su causa el lugar correspondiente en la naciente historia de California. De periodismo había poco, pero de literatura había suficiente para la novela que Jacob Freemont planeaba escribir ese invierno.

Al llegar a San Francisco un año antes, Tao Chi'en se dedicó a establecer los contactos necesarios para ejercer su oficio de *zhong yi* por unos meses. Tenía algo de dinero, pero pensaba triplicarlo rápidamente. En Sacramento la comunidad china contaba con unos setecientos hombres y nueve o diez prostitutas, pero en San Francisco habían miles de clientes potenciales. Además, tantos barcos cruzaban constantemente el océano, que algunos caballeros enviaban sus camisas a lavar a Hawaii o a China porque en la ciudad no había agua corriente, eso le permitía encargar sus yerbas y remedios a Cantón sin ninguna dificultad. En esa ciudad no estaría tan aislado como en Sacramento, allí practicaban varios médicos chinos con quienes podría intercambiar pacientes y conocimientos. No planeaba abrir su propio consultorio, porque se trataba de ahorrar, pero podía asociarse con otro *zhong yi* ya establecido. Una vez que se hubo instalado en un hotel, partió a recorrer el barrio, que había crecido en todas direcciones como un pulpo. Ahora era una ciudadela con edificios sólidos, hoteles, restaurantes, lavanderías, fumaderos de opio, burdeles, mercados y fábricas. Donde antes sólo se ofrecían artículos de pacotilla, se alzaban tiendas de antigüedades orientales, porcelanas, esmaltes, joyas, sedas y marfiles. Allí acudían los ricos comerciantes, no sólo chinos, también americanos que compraban para vender en otras ciudades. Se exhibía la mercadería en abigarrado desorden, pero las mejores piezas, aquellas dignas de entendidos y coleccionistas, no estaban expuestas a la vista, se mostraban en la trastienda sólo a los clientes serios. En cuartos ocultos algunos locales albergaban garitos donde se daban cita jugadores audaces. En esas mesas exclusivas, lejos de la curiosidad del público y el ojo de las autoridades, se apostaban sumas extravagantes, se hacían negocios turbios y se ejercía el poder. El gobierno de los americanos nada controlaba entre los chinos, que vivían en su propio mundo, en su lengua, con sus costumbres y sus antiquísimas leyes. Los «celestiales» no eran bienvenidos en ninguna parte, los gringos los consideraban los más abyectos entre los indeseables extranjeros que invadían California y no les perdonaban que prosperaran. Los explotaban como podían, los agredían en la calle, les robaban, les quemaban las tiendas y las casas, los asesinaban con impunidad, pero nada amilanaba a los chinos. Operaban cinco *tongs* que se repartían a la población; todo chino al llegar se incorporaba a una de estas hermandades, única forma de protección, de conseguir trabajo y de asegurar que a su muerte el cuerpo sería repatriado a China. Tao Chi'en, quien había eludido asociarse a un *tong,* ahora debió hacerlo y escogió el más numeroso, donde se afiliaba la mayoría de los cantoneses. Pronto lo pusieron en contacto con otros *zhong yi* y le revelaron las reglas del juego. Antes que nada, silencio y lealtad: lo que sucedía en el barrio quedaba confinado a sus calles. Nada de recurrir a la policía, ni siquiera en caso de vida o muerte; los conflictos se resolvían dentro de la comunidad, para eso estaban los *tongs*. El enemigo común eran siempre los *fan güey*. Tao Chi'en se encontró de nuevo prisionero de las costumbres, las jerarquías y las restricciones de sus tiempos en Cantón. En un par de días no quedaba nadie sin conocer su nombre y empezaron a llegarle más clientes de los que podía atender. No necesitaba buscar un socio, decidió entonces, podía abrir su propio consultorio y hacer dinero en menos tiempo del imaginado. Alquiló dos cuartos en los altos de un restaurante, uno para vivir y otro para trabajar, colgó un letrero en la ventana y contrató a un joven ayudante para pregonar sus servicios y recibir a los pacientes. Por primera vez utilizó el sistema del doctor Ebanizer Hobbs para seguir la pista de los enfermos. Hasta entonces confiaba en su memoria y su intuición, pero dado el creciente número de clientes, inició un archivo para anotar el tratamiento de cada cual.

Una tarde a comienzos del otoño se presentó su ayudante con una dirección anotada en un papel y la demanda de presentarse lo antes posible. Terminó de atender a la clientela del día y partió. El edificio de madera, de dos pisos, decorado con dragones y lámparas de papel, quedaba en pleno centro del barrio. Sin mirar dos veces supo que se trataba de un burdel. A ambos lados de la puerta había ventanucos con barrotes, donde asomaban rostros infantiles llamando en cantonés: «Entre aquí y haga lo que quiera con niña china muy bonita.» Y repetían en un inglés imposible, para beneficio de visitantes blancos y marineros de todas las razas: «dos por mirar, cuatro por tocar, seis por hacerlo», a tiempo que mostraban unos pechitos de lástima y tentaban a los pasantes con gestos obscenos que, viniendo de aquellas criaturas, eran una trágica pantomima. Tao Chi'en las había visto muchas veces, pasaba a diario por esa calle y los maullidos de las *sing song girls* lo perseguían, recordándole a su hermana. ¿Qué sería de ella? Tendría veintitrés años, en el caso improbable de seguir viva, pensaba. Las prostitutas más pobres entre las pobres empezaban muy temprano y rara vez alcanzaban los dieciocho años; a los veinte, si habían tenido la mala suerte de sobrevivir, ya eran ancianas. El recuerdo de esa hermana perdida le impedía recurrir a los establecimientos chinos; si el deseo no lo dejaba en paz, buscaba mujeres de otras razas. Le abrió la puerta una vieja siniestra con el pelo renegrido y las cejas pintadas con dos rayas a carbón, que lo saludó en cantonés. Una vez aclarado que pertenecían al mismo *tong,* lo condujo al interior. A lo largo de un corredor maloliente vio los cubículos de las muchachas, algunas estaban atadas a las camas con cadenas en los tobillos. En la penumbra del pasillo se cruzó con dos hombres, que salían ajustándose los pantalones. La mujer lo llevó por un laberinto de pasajes y escaleras, atravesaron la manzana completa y descendieron por unos carcomidos escalones hacia la oscuridad. Le indicó que esperara y por un rato que le pareció interminable, aguardó en la negrura de aquel agujero, oyendo en sordina el ruido de la calle cercana. Sintió un chillido débil y algo le rozó un tobillo, lanzó una patada y creyó haberle dado a un animal, tal vez una rata. Volvió la vieja con una vela, y lo guió por otros pasillos tortuosos hasta una puerta cerrada con candado. Sacó la llave del bolsillo y forcejéo con la cerradura hasta abrirlo. Levantó la vela y alumbró un cuarto sin ventanas, donde por único mueble había una litera de tablas a pocas pulgadas del suelo. Una oleada fétida les dio en la cara y debieron cubrirse la nariz y la boca para entrar. Sobre la litera había un pequeño cuerpo encogido, un tazón vacío y una lámpara de aceite apagada.

–Revísela –le ordenó la mujer.

Tao Chi'en volteó el cuerpo y comprobó que ya estaba rígido.

Era una niña de unos trece años, con dos patacones de rouge en las mejillas, los brazos y las piernas marcados de cicatrices. Por toda vestidura llevaba una delgada camisa. Era evidente que estaba en los huesos, pero no había muerto de hambre o de enfermedad.

–Veneno –determinó sin vacilar.

–¡No me diga! –rió la mujer, como si hubiera oído la cosa más graciosa.

Tao Chi'en debió firmar un papel declarando que la muerte se debía a causas naturales. La vieja se asomó al pasillo, dio un par de golpes en un pequeño gong y pronto apareció un hombre, metió el cadáver en un saco, se lo echó al hombro y se lo llevó sin decir palabra, mientras la alcahueta colocaba veinte dólares en la mano del *zhong yi*. Luego lo condujo por otros laberintos y lo depositó finalmente ante una puerta. Tao Chi'en se encontró en otra calle y le costó un buen rato ubicarse para regresar a su vivienda.

Al día siguiente volvió a la misma dirección. Allí estaban otra vez las niñas con sus caras pintarrajeadas y sus ojos dementes, llamando en dos idiomas. Diez años antes en Cantón había comenzado su práctica de medicina con prostitutas, las había utilizado como carne de alquiler y de experimentación para las agujas de oro de su maestro de acupuntura, pero nunca se había detenido a pensar en sus almas. Las consideraba una de las inevitables desgracias del universo, uno más de aquellos errores de la Creación, seres ignominiosos que sufrían para pagar las faltas de vidas anteriores y limpiar su karma. Sentía lástima por ellas, pero no se le había ocurrido que su suerte podía modificarse. Aguardaban el infortunio en sus cubículos sin alternativa, tal como las gallinas lo hacían en las jaulas del mercado, era su destino. Así era el desorden del mundo. Había pasado por esa calle mil veces sin fijarse en los ventanucos, en los rostros tras los barrotes o en las manos asomadas. Tenía una noción vaga de su condición de esclavas, pero en China las mujeres más o menos lo eran todas, las más afortunadas de sus padres, maridos o amantes, otras de patrones bajo los cuales servían de sol a sol y muchas eran como esas niñas. Esa mañana, sin embargo, no las vio con la misma indiferencia, porque algo había cambiado en él.

La noche anterior no había intentado dormir. Al salir del burdel se dirigió a un baño público, donde se remojó largamente para desprenderse de la energía oscura de sus enfermos y de la tremenda desazón que lo agobiaba. Al llegar a su vivienda despidió al ayudante y preparó té de jazmín, para purificarse. No había comido en muchas horas, pero no era ese el momento de hacerlo Se desnudó, encendió incienso y una vela, se arrodilló con la frente en el suelo y dijo una oración por el alma de la muchacha muerta. Enseguida se sentó a meditar durante horas en completa inmovilidad, hasta que logró separarse del bullicio de la calle y los olores del restaurante y pudo sumirse en el vacío y silencio de su propio espíritu. No supo cuánto rato permaneció abstraído llamando y llamando a Lin, hasta que por fin el delicado fantasma lo escuchó en la misteriosa inmensidad que habitaba y lentamente fue encontrando el camino, acercándose con la ligereza de un suspiro, primero casi imperceptible y poco a poco más sustancial, hasta que él sintió con nitidez su presencia. No percibió a Lin entre las paredes del cuarto, sino dentro de su propio pecho, instalada al centro mismo de su corazón en calma. Tao Chi'en no abrió los ojos ni se movió. Durante horas permaneció en la misma postura, separado de su cuerpo, flotando en un espacio luminoso en perfecta comunicación con ella. Al amanecer, una vez que ambos estuvieron seguros de que no volverían a perderse de vista, Lin se despidió con suavidad. Entonces llegó el maestro de acupuntura, sonriente e irónico, como en sus mejores tiempos, antes que lo golpearan los desvaríos de la senilidad, y se quedó con él, acompañándolo y contestando sus preguntas, hasta que salió el sol, despertó el barrio y se oyeron los golpecitos discretos del ayudante en la puerta. Tao Chi'en se levantó, fresco y renovado, como después de un apacible sueño, se vistió y fue a abrir la puerta.

–Cierre el consultorio. No atenderé pacientes hoy, tengo otras cosas que hacer –anunció al ayudante.

Ese día las averiguaciones de Tao Chi'en cambiaron el rumbo de su destino. Las niñas tras los barrotes provenían de China, recogidas en la calle o vendidas por sus propios padres con la promesa de que irían a casarse a la Montaña Dorada. Los agentes las seleccionaban entre las más fuertes y baratas, no entre las más bellas, salvo si se trataba de encargos especiales de clientes ricos, quienes las adquirían como concubinas. Ah Toy, la astuta mujer que inventara el espectáculo de los agujeros en la pared para ser atisbada, se había convertido en la mayor importadora de carne joven de la ciudad. Para su cadena de establecimientos compraba a las chicas en la pubertad, porque resultaba más fácil domarlas y de todos modos duraban poco. Se estaba haciendo famosa y muy rica, sus arcas reventaban y había comprado un palacete en China para retirarse en la vejez. Se ufanaba de ser la madama oriental mejor relacionada, no sólo entre chinos, sino también entre americanos influyentes. Entrenaba a sus chicas para sonsacar información y así conocía los secretos personales, las maniobras políticas y las debilidades de los hombres en el poder. Si le fallaban los sobornos recurría al chantaje. Nadie se atrevía a desafiarla, porque desde el gobernador para abajo tenían tejado de vidrio. Los cargamentos de esclavas entraban por el muelle de San Francisco sin tropiezos legales y a plena luz del mediodía. Sin embargo, ella no era la única traficante, el vicio era de los negocios más rentables y seguros de California, tanto como las minas de oro. Los gastos se reducían al mínimo, las niñas eran baratas y viajaban en la cala de los barcos en grandes cajones acolchados. Así sobrevivían durante semanas, sin saber adónde iban ni por qué, sólo veían la luz del sol cuando les tocaba recibir lecciones de su oficio. Durante la travesía los marineros se encargaban de entrenarlas y al desembarcar en San Francisco ya habían perdido hasta el último trazo de inocencia. Algunas morían de disentería, cólera o deshidratación; otras lograban saltar al agua en los momentos en que las subían a cubierta para lavarlas con agua de mar. Las demás quedaban atrapadas, no hablaban inglés, no conocían esa nueva tierra, no tenían a quién recurrir. Los agentes de inmigración recibían soborno, hacían la vista gorda ante el aspecto de las chicas y sellaban sin leer los falsos papeles de adopción o de matrimonio. En el muelle las recibía una antigua prostituta, a quien el oficio había dejado una piedra negra en lugar del corazón. Las conducía arreándolas con una varilla, como ganado, por pleno centro de la ciudad, ante los ojos de quien quisiera mirar. Apenas cruzaban el umbral del barrio chino desaparecían para siempre en el laberinto subterráneo de cuartos ocultos, corredores falsos, escaleras torcidas, puertas disimuladas y paredes dobles, donde los policías jamás incursionaban, porque cuanto allí ocurría era «cosa de amarillos», una raza de pervertidos con la cual no había necesidad de meterse, opinaban.

En un enorme recinto bajo tierra, llamado por ironía «Sala de la Reina», las niñas enfrentaban su suerte. Las dejaban descansar una noche, las bañaban, les daban de comer y a veces las obligaban a tragar una taza de licor para aturdirlas un poco. A la hora del remate las llevaban desnudas a un cuarto atestado de compradores de todas las cataduras imaginables, quienes las manoseaban, les inspeccionaban los dientes, les metían los dedos donde les daba la gana y finalmente hacían sus ofertas. Algunas se remataban para los burdeles de más categoría o para los harenes de los ricos; las más fuertes solían ir a parar a manos de fabricantes, mineros o campesinos chinos, para quienes trabajarían por el resto de sus breves existencias; la mayoría se quedaba en los cubículos del barrio chino. Las viejas les enseñaban el oficio: debían aprender a distinguir el oro del bronce, para que no las estafaran en el pago, atraer a los clientes y complacerlos sin quejarse, por humillantes o dolorosas que fueran sus exigencias. Para dar a la transacción un aire de legalidad, firmaban un contrato que no podían leer, vendiéndose por cinco años, pero estaba bien calculado para que nunca pudieran librarse. Por cada día de enfermedad se le agregaban dos semanas a su tiempo de servicio y si intentaban escapar se convertían en esclavas para siempre. Vivían hacinadas en cuartos sin ventilación, divididos por una cortina gruesa, cumpliendo como galeotes hasta morir. Allí se dirigió Tao Chi'en aquella mañana, acompañado por los espíritus de Lin y de su maestro de acupuntura. Una adolescente vestida apenas con una blusa lo llevó de la mano tras la cortina, donde había un jergón inmundo, estiro la mano y le dijo que pagara primero. Recibió los seis dólares, se echó de espaldas y abrió las piernas con los ojos fijos en el techo. Tenía las pupilas muertas y respiraba con dificultad; él comprendió que estaba drogada. Se sentó a su lado, le bajó la camisa e intentó acariciarle la cabeza, pero ella lanzó un chillido y se encogió mostrando los dientes dispuesta a morderlo. Tao Chi'en se apartó, le habló largamente en cantonés, sin tocarla, hasta que la letanía de su voz la fue calmando, mientras observaba los magullones recientes. Por fin ella empezó a contestar a sus preguntas con más gestos que palabras, como si hubiera perdido el uso del lenguaje, y así se enteró de algunos detalles de su cautiverio. No pudo decirle cuánto tiempo llevaba allí, porque medirlo resultaba un ejercicio inútil, pero no debía ser mucho, porque aún recordaba a su familia en China con lastimosa precisión.

Cuando Tao Chi'en calculó que los minutos de su turno tras la cortina habían terminado, se retiró. En la puerta aguardaba la misma vieja que lo había recibido la noche anterior, pero no dio muestras de reconocerlo. De allí se fue a preguntar en tabernas, salas de juego, fumaderos de opio y por último partió a visitar a otros médicos del barrio, hasta que poco a poco pudo encajar las piezas de aquel puzzle. Cuando las pequeñas *sing song girls* estaban demasiado enfermas para seguir sirviendo, las conducían al «hospital», como llamaban los cuartos secretos donde había estado la noche anterior, y allí las dejaban con una taza de agua, un poco de arroz y una lámpara con aceite suficiente para unas horas. La puerta volvía abrirse unos días más tarde, cuando entraban a comprobar la muerte. Si las encontraban vivas, se encargaban de despacharlas: ninguna volvía a ver la luz del sol. Llamaron a Tao Chi'en porque el *zhong yi* habitual estaba ausente.

La idea de ayudar a las muchachas no fue suya, le diría nueve meses más tarde a Eliza, sino de Lin y su maestro de acupuntura.

–California es un estado libre, Tao, no hay esclavos. Acude a las autoridades americanas.

–La libertad no alcanza para todos. Los americanos son ciegos y sordos, Eliza. Esas niñas son invisibles, como los locos, los mendigos y los perros.

–¿Y a los chinos tampoco les importa?

–A algunos sí, como yo, pero nadie está dispuesto a arriesgar la vida desafiando a las organizaciones criminales. La mayoría considera que si durante siglos en China se ha practicado lo mismo, no hay razón para criticar lo que pasa aquí.

–¡Qué gente tan cruel!

–No es crueldad. Simplemente la vida humana no es valiosa en mi país. Hay mucha gente y siempre nacen más niños de los que se pueden alimentar.

–Pero para ti esas niñas no son desechables, Tao...

–No. Lin y tú me han enseñado mucho sobre las mujeres.

–¿Qué vas a hacer?

–Debí hacerte caso cuando me decías que buscara oro, ¿te acuerdas? Si fuera rico las compraría.

–Pero no lo eres. Además todo el oro de California no alcanzaría para comprar a cada una de ellas. Hay que impedir ese tráfico.

–Eso es imposible, pero si me ayudas puedo salvar algunas...

Le contó que en los últimos meses había logrado rescatar once muchachas, pero sólo dos habían sobrevivido. Su fórmula era arriesgada y poco efectiva, pero no podía imaginar otra. Se ofrecía para atenderlas gratis cuando estaban enfermas o embarazadas, a cambio de que le entregaran a las agonizantes. Sobornaba a las mujeronas para que lo llamaran cuando llegaba el momento de mandar a una *sing song girl* al «hospital», entonces se presentaba con su ayudante, colocaban la moribunda en una parihuela y se la llevaban. «Para experimentos», explicaba Tao Chi'en, aunque muy rara vez le hacían preguntas. La chica ya nada valía y la extravagante perversión de ese doctor les ahorraba el problema de deshacerse de ella. La transacción beneficiaba a ambas partes. Antes de llevarse a la enferma, Tao Chi'en entregaba un certificado de muerte y exigía que le devolvieran el contrato de servicio firmado por la muchacha, para evitar reclamos. En nueve casos las jóvenes estaban más allá de cualquier forma de alivio y su papel había sido simplemente sostenerlas en sus últimas horas, pero dos habían sobrevivido.

–¿Qué hiciste con ellas? –preguntó Eliza.

–Las tengo en mi pieza. Están todavía débiles y una parece medio loca, pero se repondrán. Mi ayudante quedó cuidándolas mientras yo venía a buscarte.

–Ya veo.

–No puedo tenerlas más tiempo encerradas.

–Tal vez podamos mandarlas de vuelta a sus familias en China...

–¡No! Volverían a la esclavitud. En este país pueden salvarse, pero no sé cómo.

–Si las autoridades no ayudan, la gente buena lo hará. Vamos a recurrir a las iglesias y a los misioneros.

–No creo que a los cristianos les importen esas niñas chinas.

–¡Qué poca confianza tienes en el corazón humano, Tao!

Eliza dejó a su amigo tomando té con la Rompehuesos, envolvió uno de sus panes recién horneados y se fue a visitar al herrero. Encontró a James Morton con medio cuerpo desnudo, un delantal de cuero y un trapo amarrado en la cabeza, sudando ante la forja. Adentro hacía un calor insoportable, olía a humo y metal caliente. Era un galpón de madera con suelo de tierra y una doble puerta, que invierno y verano permanecía abierta durante las horas de trabajo. Al frente se alzaba un gran mesón para atender a los clientes y más atrás la fragua. De las paredes y vigas del techo colgaban instrumentos del oficio, herramientas y herraduras fabricadas por Morton. En la parte posterior, una escala de mano daba acceso al altillo que servía de dormitorio, protegido de los ojos de los clientes con una cortina de osnaburgo encerada. Abajo el mobiliario consistía en una tinaja para bañarse y una mesa con dos sillas; la única decoración eran una bandera americana en la pared y tres flores silvestres en un vaso sobre la mesa. Esther planchaba una montaña de ropa bamboleando una enorme barriga y bañada de transpiración, pero levantaba las pesadas planchas a carbón canturreando. El amor y el embarazo la habían embellecido y un aire de paz la iluminaba como un halo.

Lavaba ropa ajena, trabajo tan arduo como el de su marido con el yunque y el martillo. Tres veces a la semana cargaba una carretela con ropa sucia, iba al río y pasaba buena parte del día de rodillas jabonando y cepillando. Si había sol, secaba la ropa sobre las piedras, pero a menudo debía regresar con todo mojado, enseguida venía la faena de almidonar y planchar. James Morton no había logrado que desistiera de su brutal empeño, ella no quería que su bebé naciera en ese lugar y ahorraba cada centavo para trasladar su familia a una casa del pueblo.

–¡Chilenito! –exclamó y fue a recibir a Eliza con un apretado abrazo–. Hace tiempo que no me vienes a visitar.

–¡Qué linda estás, Esther! En realidad vengo a ver a James –dijo pasándole el pan.

El hombre soltó sus herramientas, se secó el sudor con un paño y llevó a Eliza al patio, donde se les reunió Esther con tres vasos de limonada. La tarde estaba fresca y el cielo nublado, pero todavía no se anunciaba el invierno. El aire olía a paja recién cortada y a tierra húmeda.

JOAQUÍN

En el invierno de 1852 los habitantes del norte de California comieron duraznos, albaricoques, uvas, maíz tierno, sandías y melones, mientras en Nueva York, Washington, Boston y otras importantes ciudades americanas la gente se resignaba a la escasez de la temporada. Los barcos de Paulina transportaban desde Chile las delicias del verano en el hemisferio sur, que llegaban intactas en sus lechos de hielo azul. Ese negocio estaba resultando mucho mejor que el oro de su marido y su cuñado, a pesar de que ya nadie pagaba tres dólares por un durazno ni diez por una docena de huevos. Los peones chilenos, instalados por los hermanos Rodríguez de Santa Cruz en los placeres, habían sido diezmados por los gringos. Les quitaron la producción de meses, ahorcaron a los capataces, flagelaron y cortaron las orejas a varios y expulsaron al resto de los lavaderos. El episodio había salido en los periódicos, pero los espeluznantes detalles los contó un niño de ocho años, hijo de uno de los capataces, a quien le tocó presenciar el suplicio y la muerte de su padre. Los barcos de Paulina también traían compañías de teatro de Londres, ópera de Milán y zarzuelas de Madrid, que se presentaban brevemente en Valparaíso y luego continuaban viaje al norte. Los boletos se vendían con meses de anterioridad y los días de función la mejor sociedad de San Francisco, emperifollada con sus atuendos de gala, se daba cita en los teatros, donde debía sentarse codo a codo con rústicos mineros en ropa de trabajo. Los barcos no regresaban vacíos: llevaban harina americana a Chile y viajeros curados de la fantasía del oro, que volvían tan pobres como partieron.

En San Francisco se veía de todo menos viejos; la población era joven, fuerte, ruidosa y saludable. El oro había atraído a una legión de aventureros de veinte años, pero la fiebre había pasado y, tal como predijo Paulina, la ciudad no había retornado a su condición de villorrio, por el contrario, crecía con aspiraciones de refinamiento y cultura. Paulina estaba en su salsa en ese ambiente, le gustaba el desenfado, la libertad y la ostentación de esa naciente sociedad, exactamente opuesta a la mojigatería de Chile. Pensaba encantada en la rabieta que sufriría su padre si tuviera que sentarse a la mesa con un advenedizo corrupto convertido en juez y una francesa de dudoso pelaje acicalada como una emperatriz. Se había criado entre los gruesos muros de adobe y ventanas enrejadas de la casa paterna, mirando hacia el pasado, pendiente de la opinión ajena y de los castigos divinos; en California ni el pasado ni los escrúpulos contaban, la excentricidad era bienvenida y la culpa no existía, si se ocultaba la falta. Escribía cartas a sus hermanas, sin mucha esperanza de que pasaran la censura del padre, para contarles de aquel país extraordinario, donde era posible inventarse una nueva vida y volverse millonario o mendigo en un abrir y cerrar de ojos. Era la tierra de las oportunidades, abierta y generosa. Por la puerta del Golden Gate entraban masas de seres que llegaban escapando de la miseria o la violencia, dispuestos a borrar el pasado y trabajar. No era fácil, pero sus descendientes serían americanos. La maravilla de ese país era que todos creían que sus hijos tendrían una vida mejor. «La agricultura es el verdadero oro de California, la vista se pierde en los inmensos potreros sembrados, todo crece con ímpetu en este suelo bendito. San Francisco se ha transformado en una ciudad estupenda, pero no ha perdido el carácter de puesto fronterizo, que a mí me encanta. Sigue siendo cuna de librepensadores, visionarios, héroes y rufianes. Viene gente de las más remotas orillas, por las calles se oyen cien lenguas, se huele la comida de cinco continentes, se ven todas las razas» escribía. Ya no era un campamento de hombres solos, habían llegado mujeres y con ellas cambió la sociedad. Eran tan indomables como los aventureros que acudieron en busca del oro; para cruzar el continente en vagones tirados por bueyes se requería un espíritu robusto y esas pioneras lo tenían. Nada de damas melindrosas como su madre y hermanas, allí imperaban las amazonas como ella. Día a día demostraban su temple, compitiendo incansables y tenaces con los más bravos; nadie las calificaba de sexo débil, los hombres las respetaban como iguales. Trabajaban en oficios vedados para ellas en otras partes: buscaban oro, se empleaban de vaqueras, arreaban mulas, cazaban bandidos por la recompensa, regentaban garitos de juegos, restaurantes, lavanderías y hoteles. «Aquí las mujeres pueden ser dueñas de su tierra, comprar y vender propiedades, divorciarse si les da la real gana. Feliciano tiene que andar con mucho cuidado, porque a la primera bribonada que me haga, lo dejo solo y pobre», se burlaba en las cartas Paulina. Y agregaba que California tenía lo mejor de lo peor: ratas, pulgas, armas y vicios.

«Uno viene al Oeste para escapar del pasado y empezar de nuevo, pero nuestras obsesiones nos persiguen, como el viento», escribía Jacob Freemont en el periódico. Él era un buen ejemplo, porque de poco le sirvió cambiar de nombre, convertirse en reportero y vestirse de yanqui, seguía siendo el mismo. El embuste de las misiones en Valparaíso había quedado atrás, pero ahora estaba fraguando otro y sentía, como antes, que su creación se apoderaba de él e iba sumiéndose irrevocablemente en sus propias flaquezas. Sus artículos sobre Joaquín Murieta se habían convertido en la obsesión de la prensa. Surgían cada día testimonios ajenos confirmando sus palabras; docenas de individuos aseguraban haberlo visto y lo describían igual al personaje de su invención. Freemont ya no estaba seguro de nada. Deseaba no haber escrito jamás esas historias y por momentos le tentaba retractarse públicamente, confesar sus falsedades y desaparecer, antes de que todo el asunto se saliera de madre y le cayera encima como un vendaval, tal como había ocurrido en Chile, pero no tenía valor para hacerlo. El prestigio se le había ido a la cabeza y andaba mareado de celebridad.

La historia que Jacob Freemont había ido construyendo tenía las características de un novelón. Contaba que Joaquín Murieta había sido un joven recto y noble, que trabajaba honestamente en los placeres de Stanislau en compañía de su novia. Al enterarse de su prosperidad, unos americanos lo atacaron, le quitaron el oro, lo golpearon y luego violaron a su novia ante su vista. No le quedó a la infortunada pareja más camino que la huida y partieron rumbo al norte, lejos de los lavaderos de oro. Se instalaron como granjeros a cultivar un idílico pedazo de tierra rodeado de bosques y atravesado por un límpido estero, decía Freemont, pero tampoco allí les duró la paz, porque nuevamente llegaron los yanquis a arrebatarles lo suyo y debieron buscar otra forma de subsistir. Poco después Joaquín Murieta apareció en Calaveras convertido en jugador de *monte,* mientras su novia preparaba la fiesta del matrimonio en casa de sus padres en Sonora. Sin embargo, estaba escrito que el joven no descansaría en parte alguna. Lo acusaron de robar un caballo y sin más trámite un grupo de gringos lo ató a un árbol y lo azotó bárbaramente en medio de la plaza. La afrenta pública fue más de lo que un joven orgulloso podía soportar y el corazón se le dio vuelta. Poco después encontraron a un yanqui cortado en trozos, como un pollo para guisar, y una vez que juntaron los restos reconocieron a uno de los hombres que había degradado a Murieta con el látigo. En las semanas siguientes fueron cayendo uno a uno los demás participantes, cada uno torturado y muerto de alguna forma novedosa. Tal como decía Jacob Freemont en sus artículos: jamás se había visto tanta crueldad en aquella tierra de gente cruel. En los dos años siguientes el nombre del bandido aparecía por todos lados. Su banda robaba ganado y caballos, asaltaba las diligencias, atacaba a los mineros en los placeres y a los viajeros en los caminos, desafiaba a los alguaciles, mataba a cuanto americano pillaba descuidado y se burlaba impunemente de la justicia. A Murieta se le atribuían todos los desmanes y crímenes impunes de California. El terreno se prestaba para ocultarse, abundaban la pesca y la caza entre bosques y más bosques, cerros y hondanadas, altos pastizales donde un jinete podía cabalgar por horas sin dejar huella, cuevas profundas para guarecerse, pasos secretos en las montañas para despistar a los perseguidores. Las partidas de hombres que salían a buscar a los malhechores volvían con las manos vacías o perecían en el intento. Todo eso contaba Jacob Freemont, embrollado en su retórica, y a nadie se le ocurría exigir nombres, fechas o lugares.

Eliza Sommers llevaba dos años en San Francisco trabajando junto a Tao Chi'en. En ese tiempo partió dos veces, durante los veranos, a buscar a Joaquín Andieta con el mismo método de antes: uniéndose a otros viajeros. La primera vez se fue con la idea de viajar hasta encontrarlo o hasta que comenzara el invierno, pero a los cuatro meses regresó extenuada y enferma. En el verano de 1852 se marchó de nuevo, pero después de repetir el mismo recorrido anterior y visitar a Joe Rompehuesos, instalada definitivamente en su papel de abuela de Tom Sin Tribu, y a James y Esther, que esperaban su segundo hijo, volvió al cabo de cinco semanas porque no pudo soportar la angustia de alejarse de Tao Chi'en. Estaban tan cómodos en las rutinas, hermanados en el trabajo y cercanos en espíritu como un viejo matrimonio. Ella coleccionaba cuanto se publicaba sobre Joaquín Murieta y lo memorizaba, tal como hacía en su niñez con las poesías de Miss Rose, pero prefería ignorar las referencias a la novia del bandido. «Inventaron a esa muchacha para vender periódicos, ya sabes cómo le fascina al público el romance», explicaba a Tao Chi'en. En un mapa quebradizo trazaba los pasos de Murieta con determinación de navegante, pero los datos disponibles eran vagos y contradictorios, las rutas se cruzaban como la tela de una araña desquiciada, sin conducir a parte alguna. Aunque al principio había rechazado la posibilidad de que su Joaquín fuera el mismo de los espeluznantes atracos, pronto se convenció de que el personaje calzaba perfectamente con el joven de sus recuerdos. También él se rebelaba contra el abuso y tenía la obsesión de ayudar a los desvalidos. Tal vez no era Joaquín Murieta quien torturaba a sus víctimas, sino sus secuaces, como aquel Jack Tres-Dedos, de quien se podía creer cualquier atrocidad.

Seguía en ropa de hombre, porque le servía para la invisibilidad, tan necesaria en la misión de disparate con las *sing song girls* en que la había matriculado Tao Chi'en. Hacía tres años y medio que no se ponía un vestido y nada sabía de Miss Rose, Mama Fresia o su tío John; le parecían mil años persiguiendo una quimera cada vez más improbable. El tiempo de los abrazos furtivos con su amante había quedado muy atrás, no estaba segura de sus sentimientos, no sabía si continuaba esperándolo por amor o por soberbia. A veces transcurrían semanas sin acordarse de él, distraída con el trabajo, pero de pronto la memoria le lanzaba un zarpazo y la dejaba temblando. Entonces miraba a su alrededor desconcertada, sin ubicarse en ese mundo al cual había ido a parar. ¿Qué hacía en pantalones y rodeada de chinos? Necesitaba hacer un esfuerzo para sacudirse la confusión y recordar que se encontraba allí por la intransigencia del amor. Su misión no consistía de ninguna manera en secundar a Tao Chi'en, pensaba, sino buscar a Joaquín, para eso había venido de muy lejos y lo haría, aunque fuera sólo para decirle cara a cara que era un tránsfuga maldito y le había arruinado la juventud. Por eso había partido las tres veces anteriores, sin embargo, le fallaba la voluntad para intentarlo de nuevo. Se plantaba resuelta ante Tao Chi'en para anunciarle su determinación de continuar su peregrinaje, pero las palabras se le atascaban como arena en la boca. Ya no podía abandonar a ese extraño compañero que le había tocado en suerte.

–¿Qué harás si lo encuentras? –le había preguntado una vez Tao Chi'en.

–Cuando lo vea sabré si todavía lo quiero.

–¿Y si nunca lo encuentras?

–Viviré con la duda, supongo.

Había notado unas cuantas canas prematuras en las sienes de su amigo. A veces la tentación de hundir los dedos en esos fuertes cabellos oscuros o la nariz en su cuello para oler de cerca su tenue aroma oceánico, se tornaba insoportable, pero ya no tenían la excusa de dormir por el suelo enrollados en una manta y las oportunidades de tocarse eran nulas. Tao trabajaba y estudiaba demasiado; ella podía adivinar cuán cansado debía estar, aunque siempre se presentaba impecable y mantenía la calma aún en los momentos más críticos. Sólo trastabillaba cuando volvía de un remate trayendo del brazo a una muchacha aterrorizada. La examinaba para ver en qué condiciones se encontraba y se la entregaba con las instrucciones necesarias, luego se encerraba durante horas. «Está con Lin», concluía Eliza, y un dolor inexplicable se le clavaba en un lugar recóndito del alma. En verdad lo estaba. En el silencio de la meditación Tao Chi'en procuraba recuperar la estabilidad perdida y desprenderse de la tentación del odio y la ira. Poco a poco iba despojándose de recuerdos, deseos y pensamientos, hasta sentir que su cuerpo se disolvía en la nada. Dejaba de existir por un tiempo, hasta reaparecer transformado en un águila, volando muy alto sin esfuerzo alguno, sostenido por un aire frío y límpido que lo elevaba por encima de las más altas montañas. Desde allí podía ver abajo vastas praderas, bosques interminables y ríos de plata pura. Entonces alcanzaba la armonía perfecta y resonaba con el cielo y la tierra como un fino instrumento. Flotaba entre nubes lechosas con sus soberbias alas extendidas y de pronto la sentía con él. Lin se materializaba a su lado, otra águila espléndida suspendida en el cielo infinito.

–¿Dónde está tu alegría, Tao? –le preguntaba.

–El mundo está lleno de sufrimiento, Lin.

–El sufrimiento tiene un propósito espiritual.

–Esto es sólo dolor inútil.

–Acuérdate que el sabio es siempre alegre, porque acepta la realidad.

–¿Y la maldad, hay que aceptarla también?

–El único antídoto es el amor. Y a propósito: ¿cuándo volverás a casarte?

–Estoy casado contigo.

–Yo soy un fantasma, no podré visitarte toda tu vida, Tao. Es un esfuerzo inmenso venir cada vez que me llamas, ya no pertenezco en tu mundo. Cásate o te convertirás en un viejo antes de tiempo. Además, si no practicas las doscientas veintidós posturas del amor, se te olvidarán –se burlaba con su inolvidable risa cristalina.

Los remates eran mucho peores que sus visitas al «hospital». Existían tan pocas esperanzas de ayudar a las muchachas agonizantes, que si ocurría era un milagroso regalo, en cambio sabía que por cada chica que compraba en un remate, quedaban docenas libradas a la infamia. Se torturaba imaginando cuántas podría rescatar si fuera rico, hasta que Eliza le recordaba aquellas que salvaba. Estaban unidos por un delicado tejido de afinidades y secretos compartidos, pero también separados por mutuas obsesiones. El fantasma de Joaquín Andieta se iba alejando, en cambio el de Lin era perceptible como la brisa o el sonido de las olas en la playa. A Tao Chi'en le bastaba invocarla y ella acudía, siempre risueña, como había sido en vida. Sin embargo, lejos de ser una rival de Eliza, se había convertido en su aliada, aunque la muchacha aún no lo sabía. Fue Lin la primera en comprender que esa amistad se parecía demasiado al amor y cuando su marido la rebatió con el argumento de que no había lugar en China, en Chile ni en parte alguna para una pareja así, ella volvió a reír.

–No digas tonterías, el mundo es grande y la vida es larga. Todo es cuestión de atreverse.

–No puedes imaginarte lo que es el racismo, Lin, siempre viviste entre los tuyos. Aquí a nadie le importa lo que hago o lo que sé, para los americanos soy sólo un asqueroso chino pagano y Eliza es una *grasienta.* En Chinatown soy un renegado sin coleta y vestido de yanqui. No pertenezco en ningún lado.

–El racismo no es una novedad, en China tú y yo pensábamos que los *fan güey* eran todos salvajes.

–Aquí sólo respetan el dinero y por lo visto yo nunca tendré suficiente.

–Estás equivocado. También respetan a quien se hace respetar. Míralos a los ojos.

–Si sigo ese consejo me darán un tiro en cualquier esquina.

–Vale la pena probarlo. Te quejas demasiado, Tao, no te reconozco. ¿Dónde está el hombre valiente que amo?

Tao Chi'en debía admitir que se sentía atado a Eliza por infinitos hilos delgados, fáciles de cortar uno a uno, pero como estaban entrelazados, formaban cuerdas irrompibles. Se conocían hacía pocos años, pero ya podían mirar hacia el pasado y ver el largo camino lleno de obstáculos que habían recorrido juntos. Las similitudes habían ido borrando las diferencias de raza. «Tienes cara de china bonita», le había dicho él en un descuido. «Tienes cara de chileno buenmozo», contestó ella al punto. Formaban una extraña pareja en el barrio: un chino alto y elegante, con un insignificante muchacho español. Fuera de Chinatown, sin embargo, pasaban casi desapercibidos en la variopinta multitud de San Francisco.

–No puedes esperar a ese hombre para siempre, Eliza. Es una forma de locura, como la fiebre del oro. Deberías darte un plazo –le dijo Tao un día.

–¿Y qué hago con mi vida cuando termine el plazo?

–Puedes volver a tu país.

–En Chile una mujer como yo es peor que una de tus *sing song girls*. ¿Regresarías tú a China?

–Era mi único propósito, pero empieza a gustarme América. Allá vuelvo a ser el Cuarto Hijo, aquí estoy mejor.

–Yo también. Si no encuentro a Joaquín me quedo y abro un restaurante. Tengo lo que se necesita: buena memoria para las recetas, cariño por los ingredientes, sentido del gusto y el tacto, instinto para los aliños...

–Y modestia –se rió Tao Chi'en.

–¿Por qué voy a ser modesta con mi talento? Además tengo olfato de perro. De algo ha de servirme esta buena nariz: me basta oler un plato para saber qué contiene y hacerlo mejor.

–No te resulta con la comida china...

–¡Ustedes comen cosas extrañas, Tao! El mío sería un restaurante francés, el mejor de la ciudad.

–Te propongo un trato, Eliza. Si dentro de un año no encuentras a ese Joaquín, te casas conmigo –dijo Tao Chi'en y ambos se rieron.

A partir de esa conversación algo cambió entre los dos. Se sentían incómodos si se encontraban solos y aunque deseaban estarlo, empezaron a evitarse. El anhelo de seguirla cuando se retiraba a su cuarto a menudo torturaba a Tao Chi'en, pero lo detenía una mezcla de timidez y respeto. Calculaba que mientras ella estuviera prendida del recuerdo del antiguo amante, no debía acercársele, pero tampoco podía continuar haciendo equilibrio en una cuerda floja por tiempo indefinido. La imaginaba en su cama, contando las horas en el silencio expectante de la noche, también desvelada de amor, pero no por él, sino por otro. Conocía tan bien su cuerpo, que podía dibujarlo en detalle hasta el lunar más secreto, aunque no la había visto desnuda desde la época en que la cuidó en el barco. Discurría que si se enfermara tendría un pretexto de tocarla, pero luego se avergonzaba de semejante pensamiento. La risa espontánea y la discreta ternura que antes brotaban a cada rato entre ellos, fueron reemplazadas por una apremiante tensión. Si por casualidad se rozaban, se apartaban turbados; estaban conscientes de la presencia o la ausencia del otro; el aire parecía cargado de presagios y anticipación. En vez de sentarse a leer o escribir en suave complicidad, se despedían apenas terminaba el trabajo en el consultorio. Tao Chi'en partía a visitar enfermos postrados, se reunía con otros *zhong yi* para discutir diagnósticos y tratamientos o se encerraba a estudiar textos de medicina occidental. Cultivaba la ambición de obtener un permiso para ejercer medicina legalmente en California, proyecto que sólo compartía con Eliza y los espíritus de Lin y su maestro de acupuntura. En China un *zhong yi* comenzaba como aprendiz y luego seguía solo, por eso la medicina permanecía inmutable por siglos, usando siempre los mismos métodos y remedios. La diferencia entre un buen practicante y uno mediocre era que el primero poseía intuición para diagnosticar y el don de aliviar con sus manos. Los doctores occidentales, sin embargo, hacían estudios muy exigentes, permanecían en contacto entre ellos y estaban al día con nuevos conocimientos, disponían de laboratorios y morgues para experimentación y se sometían al desafío de la competencia. La ciencia lo fascinaba, pero su entusiasmo no tenía eco en su comunidad, apegada a la tradición. Vivía pendiente de los más recientes adelantos y compraba cuanto libro y revista sobre esos temas caía en sus manos. Era tanta su curiosidad por lo moderno, que debió escribir en la pared el precepto de su venerable maestro: «De poco sirve el conocimiento sin sabiduría y no hay sabiduría sin espiritualidad.» No todo es ciencia, se repetía, para no olvidarlo. En todo caso, necesitaba la ciudadanía americana, muy difícil de obtener para alguien de su raza, pero sólo así podría quedarse en ese país sin ser siempre un marginal, y necesitaba un diploma, así podría hacer mucho bien, pensaba. Los *fan güey* nada sabían de acupuntura o de las yerbas usadas en Asia durante siglos, a él lo consideraban una especie de curandero brujo y era tal el desprecio por otras razas, que los dueños de esclavos en la plantaciones del sur llamaban al veterinario cuando se enfermaba un negro. No era diferente su opinión sobre los chinos, pero existían algunos doctores visionarios que habían viajado o leído sobre otras culturas y se interesaban en las técnicas y las mil drogas de la farmacopea oriental. Continuaba en contacto con Ebanizer Hobbs en Inglaterra y en las cartas ambos solían lamentar la distancia que los separaba. «Venga a Londres, doctor Chi'en, y haga una demostración de acupuntura en el *Royal Medical Society*, los dejaría boquiabiertos, se lo aseguro», le escribía Hobbs. Tal como decía, si combinaran los conocimientos de ambos podrían resucitar a los muertos.

UNA PAREJA INUSITADA

Las heladas del invierno mataron de pulmonía a varias *sing song girls* en el barrio chino, sin que Tao Chi'en lograra salvarlas. Un par de veces lo llamaron cuando aún estaban vivas y alcanzó a llevárselas, pero fallecieron en sus brazos delirando de fiebre pocas horas más tarde. Para entonces los discretos tentáculos de su compasión se extendían a lo largo y ancho de Norteamérica, desde San Francisco hasta Nueva York, desde el Río Grande hasta Canadá, pero tan descomunal esfuerzo era apenas un grano de sal en aquel océano de desdicha. Le iba bien en su práctica de medicina y lo que lograba ahorrar o conseguía mediante la caridad de algunos ricos clientes, lo destinaba a comprar a las criaturas más jóvenes en los remates. En ese submundo ya lo conocían: tenía reputación de degenerado. No habían visto salir con vida a ninguna de las muchachitas que adquiría «para sus experimentos», como decía, pero a nadie le importaba lo que sucedía tras su puerta. Como *zhong yi* era el mejor, mientras no hiciera escándalo y se limitara a esas criaturas, que de todos modos eran poco más que animales, lo dejaban en paz. A las preguntas curiosas, su leal ayudante, el único que podía dar alguna información, se limitaba a explicar que los extraordinarios conocimientos de su patrón, tan útiles para sus pacientes, provenían de sus misteriosos experimentos. Para entonces Tao Chi'en se había trasladado a una buena casa entre dos edificios en el límite de Chinatown, a pocas cuadras de la plaza de la Unión, donde tenía su clínica, vendía sus remedios y escondía a las chicas hasta que pudieran viajar. Eliza había aprendido los rudimentos necesarios de chino para comunicarse a un nivel primario, el resto lo improvisaba con pantomima, dibujos y unas cuantas palabras de inglés. El esfuerzo valía la pena, eso era mucho mejor que hacerse pasar por el hermano sordomudo del doctor. No podía escribir ni leer chino, pero reconocía las medicinas por el olor y para más seguridad marcaba los frascos con un código de su invención. Siempre había un buen número de pacientes esperando turno para las agujas de oro, las yerbas milagrosas y el consuelo de la voz de Tao Chi'en. Más de alguno se preguntaba cómo ese hombre tan sabio y afable podía ser el mismo que coleccionaba cadáveres y concubinas infantiles, pero como no se sabía con certeza en qué consistían sus vicios, la comunidad lo respetaba. No tenía amigos, es cierto, pero tampoco enemigos. Su buen nombre escapaba los confines de Chinatown y algunos doctores americanos solían consultarlo cuando sus conocimientos resultaban inútiles, siempre con gran sigilo, pues habría sido una humillación pública admitir que un «celestial» tuviera algo que enseñarles. Así le tocó atender a ciertos personajes importantes de la ciudad y conocer a la célebre Ah Toy.

La mujer lo hizo llamar al enterarse que había aliviado a la esposa de un juez. Sufría de una sonajera de castañuelas en los pulmones, que a ratos amenazaba con asfixiarla. El primer impulso de Tao Chi'en fue negarse, pero luego lo venció la curiosidad de verla de cerca y comprobar por sí mismo la leyenda que la rodeaba. A sus ojos era una víbora, su enemiga personal. Conociendo lo que Ah Toy significaba para él, Eliza le puso en el maletín arsénico suficiente para despachar a un par de bueyes.

–Por si acaso... –explicó.

–Por si acaso ¿qué?

–Imagínate que esté muy enferma. No querrás que sufra, ¿verdad? A veces hay que ayudar a morir...

Tao Chi'en se rió de buena gana, pero no retiró el frasco de su maletín. Ah Toy lo recibió en uno de sus «pensionados» de lujo, donde el cliente pagaba mil dólares por sesión, pero se iba siempre satisfecho. Además, tal como sostenía ella: «Si necesita preguntar el precio, este lugar no es para usted.» Una criada negra en uniforme almidonado le abrió la puerta y lo condujo a través de varias salas, donde deambulaban hermosas jóvenes vestidas de seda. Comparadas con sus hermanas menos afortunadas, vivían como princesas, comían tres veces al día y se daban baños diarios. La casa, un verdadero museo de antigüedades orientales y artilugios americanos, olía a tabaco, perfumes rancios y polvo. Eran las tres de la tarde, pero las gruesas cortinas permanecían cerradas, en esos cuartos no entraba jamás una brisa fresca. Ah Toy lo recibió en un pequeño escritorio atiborrado de muebles y jaulas de pájaros. Resultó más pequeña, joven y bella de lo imaginado. Estaba cuidadosamente maquillada, pero no llevaba joyas, vestía con sencillez y no usaba las uñas largas, indicio de fortuna y ocio. Se fijó en sus pies minúsculos enfundados en zapatillas blancas. Tenía la mirada penetrante y dura, pero hablaba con una voz acariciante que le recordó a Lin. Maldita sea, suspiró Tao Chi'en, derrotado a la primera palabra. La examinó impasible, sin revelar su repugnancia ni turbación, sin saber qué decirle, porque reprocharle su tráfico no sólo era inútil, también peligroso y podía llamar la atención sobre sus propias actividades. Le recetó *mahuang* para el asma y otros remedios para enfriar el hígado, advirtiéndole secamente que mientras viviera encerrada tras esos cortinajes fumando tabaco y opio, sus pulmones seguirían gimiendo. La tentación de dejarle el veneno, con la instrucción de tomar una cucharita al día, lo rozó como una mariposa nocturna y se estremeció, confundido ante ese instante de duda, porque hasta entonces creía que no le alcanzaba la ira para matar a nadie. Salió de prisa, seguro de que en vista de sus rudas maneras, la mujer no volvería a llamarlo.

–¿Bueno? –preguntó Eliza al verlo llegar.

–Nada.

–¡Cómo nada! ¿Ni siquiera tenía un poquito de tuberculosis? ¿No se morirá?

–Todos vamos a morir. Ésta se morirá de vieja. Es fuerte como un búfalo.

–Así es la gente mala.

Por su parte, Eliza sabía que se encontraba ante una bifurcación definitiva en su camino y la dirección escogida determinaría el resto de su vida. Tao Chi'en tenía razón: debía darse un plazo. Ya no podía ignorar la sospecha de haberse enamorado del amor y estar atrapada en el trastorno de una pasión de leyenda, sin asidero alguno en la realidad. Trataba de recordar los sentimientos que la impulsaron a embarcarse en esa tremenda aventura, pero no lo lograba. La mujer en que se había convertido, poco tenía en común con la niña enloquecida de antes. Valparaíso y el cuarto de los armarios pertenecían a otro tiempo, a un mundo que iba desapareciendo en la bruma. Se preguntaba mil veces por qué anheló tanto pertenecer en cuerpo y espíritu a Joaquín Andieta, cuando en verdad nunca se sintió totalmente feliz en sus brazos, y sólo podía explicarlo porque fue su primer amor. Estaba preparada cuando él apareció a descargar unos bultos en su casa, el resto fue cosa del instinto. Simplemente obedeció al más poderoso y antiguo llamado, pero eso había ocurrido hacía una eternidad a siete mil millas de distancia. Quién era ella entonces y qué vio en él, no podía decirlo, pero sabía que su corazón ya no andaba por esos rumbos. No sólo se había cansado de buscarlo, en el fondo prefería no encontrarlo, pero tampoco podía continuar aturdida por las dudas. Necesitaba una conclusión de esa etapa para iniciar en limpio un nuevo amor.

A finales de noviembre no soportó más la zozobra y sin decir palabra a Tao Chi'en fue al periódico a hablar con el célebre Jacob Freemont. La hicieron pasar a la sala de redacción, donde trabajaban varios periodistas en sus escritorios, rodeados de un desorden apabullante. Le señalaron una pequeña oficina tras una puerta vidriada y hacia allá se encaminó. Se quedó de pie frente a la mesa, esperando que ese gringo de patillas rojas levantara la vista de sus papeles. Era un individuo de mediana edad, con la piel pecosa y un dulce aroma a velas. Escribía con la mano izquierda, tenía la frente apoyada en la derecha y no se le veía la cara, pero entonces, por debajo del aroma a cera de abejas, ella percibió un olor conocido que le trajo a la memoria algo remoto e impreciso de la infancia. Se inclinó un poco hacia él, olisqueando con disimulo, en el instante mismo en que el periodista alzó la cabeza. Sorprendidos, quedaron mirándose a una distancia incómoda y por fin ambos se echaron hacia atrás. Por su olor ella lo reconoció, a pesar de los años, los lentes, las patillas y la vestimenta de yanqui. Era el eterno pretendiente de Miss Rose, el mismo inglés que acudía puntual a las tertulias de los miércoles en Valparaíso. Paralizada, no pudo escapar.

–¿Qué puedo hacer por ti, muchacho? –preguntó Jacob Todd quitándose los lentes para limpiarlos con su pañuelo.

La perorata que había preparado se le borró a Eliza de la cabeza. Se quedó con la boca abierta y el sombrero en la mano, segura de que si ella lo había reconocido, él también; pero el hombre se colocó cuidadosamente los lentes y repitió la pregunta sin mirarla.

–Es por Joaquín Murieta... –balbuceó y la voz le salió más aflautada que nunca.

–¿Tienes información sobre el bandido? –se interesó el periodista de inmediato.

–No, no... Al contrario, vengo a preguntarle por él. Necesito verlo.

–Tienes un aire familiar, muchacho... ¿acaso nos conocemos?

–No lo creo, señor.

–¿Eres chileno?

–Sí.

–Yo viví en Chile hace algunos años. Bonito país. ¿Para qué quieres ver a Murieta?

–Es muy importante.

–Me temo que no puedo ayudarte. Nadie sabe su paradero.

–¡Pero usted ha hablado con él!

–Sólo cuando Murieta me llama. Se pone en contacto conmigo cuando quiere que alguna de sus hazañas aparezcan en el diario. No tiene nada de modesto, le gusta la fama.

–¿En qué idioma se entiende usted con él?

–Mi español es mejor que su inglés.

–Dígame, señor, ¿tiene acento chileno o mexicano?

–No sabría decirlo. Te repito, muchacho, no puedo ayudarte –replicó el periodista poniéndose de pie para dar término a ese interrogatorio, que empezaba a molestarle.

Eliza se despidió brevemente y él se quedó pensando con un aire de perplejidad mientras la veía alejarse en el barullo de la sala de redacción. Ese joven le parecía conocido, pero no lograba ubicarlo. Varios minutos más tarde, cuando su visitante se había retirado, se acordó del encargo del capitán John Sommers y la imagen de la niña Eliza pasó como un relámpago por su memoria. Entonces relacionó el nombre del bandido con el de Joaquín Andieta y entendió por qué ella lo buscaba. Ahogó un grito y salió corriendo a la calle, pero la joven había desaparecido.

El trabajo más importante de Tao Chi'en y Eliza Sommers comenzaba en las noches. En la oscuridad disponían de los cuerpos de las infortunadas que no podían salvar y llevaban a las demás al otro extremo de la ciudad, donde sus amigos cuáqueros. Una a una las niñas salían del infierno para lanzarse a ciegas a una aventura sin retorno. Perdían la esperanza de regresar a China o reencontrarse con sus familias, algunas no volvían a hablar en su lengua ni a ver otro rostro de su raza, debían aprender un oficio y trabajar duramente por el resto de sus vidas, pero cualquier cosa resultaba un paraíso comparado con la vida anterior. Las que Tao conseguía rematar se adaptaban mejor. Habían viajado en cajones y habían sido sometidas a la lascivia y brutalidad de los marineros, pero todavía no estaban completamente quebradas y mantenían cierta capacidad de redención. Las otras, libradas en el último instante de la muerte en el «hospital», nunca perdían el miedo que, como una enfermedad de la sangre, las quemaría por dentro hasta el último día. Tao Chi'en esperaba que con el tiempo aprendieran al menos a sonreír de vez en cuando. Apenas recuperaban sus fuerzas y entendían que nunca más tendrían que someterse a un hombre por obligación, pero siempre serían fugitivas, las conducían al hogar de sus amigos abolicionistas, parte del *underground railroad*, como llamaban a la organización clandestina dedicada a socorrer a los esclavos evadidos, a la cual también pertenecía el herrero James Morton y sus hermanos. Recibían a los refugiados provenientes de estados esclavistas y los ayudaban a instalarse en California, pero en este caso debían operar en dirección contraria, sacando a las niñas chinas de California para llevarlas lejos de los traficantes y las pandillas criminales, buscarles un hogar y alguna forma de ganarse la vida. Los cuáqueros asumían los riesgos con fervor religioso: para ellos se trataba de inocentes mancilladas por la maldad humana, que Dios había puesto en su camino como prueba. Las acogían de tan buena gana, que a menudo ellas reaccionaban con violencia o terror; no sabían recibir afecto, pero la paciencia de esas buenas gentes iba poco a poco venciendo su resistencia. Les enseñaban unas cuantas frases indispensables en inglés, les daban una idea de las costumbres americanas, les mostraban un mapa para que supieran al menos dónde se encontraban, y trataban de iniciarlas en algún oficio, mientras esperaban que llegara Babalú, el Malo, a buscarlas.

El gigante había encontrado al fin la mejor forma de dar buen uso a sus talentos: era un viajero incansable, gran trasnochador y amante de la aventura. Al verlo aparecer, las *sing song girls* corrían despavoridas a esconderse y se requería mucha persuasión de parte de sus protectores para tranquilizarlas. Babalú había aprendido una canción en chino y tres trucos de malabarismo, que utilizaba para deslumbrarlas y mitigar el espanto del primer encuentro, pero no renunciaba por ningún motivo a sus pieles de lobo, su cráneo rapado, sus aros de filibustero y su formidable armamento. Se quedaba un par de días, hasta convencer a sus protegidas de que no era un demonio y no intentaba devorarlas, enseguida partía con ellas de noche. Las distancias estaban bien calculadas para llegar al amanecer a otro refugio, donde descansaban durante el día. Se movilizaban a caballo; un coche resultaba inútil, porque buena parte del trayecto se hacía a campo abierto, evitando los caminos. Había descubierto que era mucho más seguro viajar en la oscuridad, siempre que uno supiera ubicarse, porque los osos, las culebras, los forajidos y los indios dormían, como todo el mundo. Babalú las dejaba a salvo en manos de otros miembros de la vasta red de la libertad. Terminaban en granjas de Oregón, lavanderías en Canadá, talleres de artesanía en México, otras se empleaban como sirvientas de familia y no faltaban algunas que se casaban. Tao Chi'en y Eliza solían recibir noticias por medio de James Morton, quien seguía la pista de cada fugitivo rescatado por su organización. De vez en cuando les llegaba un sobre de algún lugar remoto y al abrirlo hallaban un papel con un nombre mal garabateado, unas flores secas o un dibujo, entonces se felicitaban porque otra de las *sing song girls* se había salvado.

A veces a Eliza le tocaba compartir por algunos días su habitación con una niña recién rescatada, pero tampoco ante ella revelaba su condición de mujer, que sólo Tao conocía. Disponía de la mejor pieza de la casa al fondo del consultorio de su amigo. Era un aposento amplio con dos ventanas que daban a un pequeño patio interior, donde cultivaban plantas medicinales para el consultorio y yerbas aromáticas para cocinar. Fantaseaban a menudo con cambiarse a una casa más grande y tener un verdadero jardín, no sólo para fines prácticos, sino también para recreo de la vista y regocijo de la memoria, un lugar donde crecieran las más bellas plantas de China y de Chile y hubiera una glorieta para sentarse a tomar té por las tardes y admirar la salida del sol sobre la bahía en las madrugadas. Tao Chi'en había notado el afán de Eliza por convertir la casa en un hogar, el esmero con que limpiaba y ordenaba, su constancia para mantener discretos ramos de flores frescas en cada habitación. No había tenido antes ocasión de apreciar tales refinamientos; creció en total pobreza, en la mansión del maestro de acupuntura faltaba una mano de mujer para convertirla en hogar y Lin era tan frágil, que no le alcanzaban las fuerzas para ocuparse de tareas domésticas. Eliza, en cambio, tenía el instinto de los pájaros para hacer nido. Invertía en acomodar la casa parte de lo que ganaba tocando el piano un par de noches a la semana en un *saloon* y vendiendo *empanadas* y tortas en el barrio de los chilenos. Así había adquirido cortinas, un mantel de damasco, tiestos para la cocina, platos y copas de porcelana. Para ella las buenas maneras en que se había criado eran esenciales, convertía en una ceremonia la única comida al día que compartían, presentaba los platos con primor y enrojecía de satisfacción cuando él celebraba sus afanes. Los asuntos cuotidianos parecían resolverse solos, como si de noche espíritus generosos limpiaran el consultorio, pusieran al día los archivos, entraran discretamente a la habitación de Tao Chi'en para lavar su ropa, pegar sus botones, cepillar sus trajes y cambiar el agua de las rosas sobre su mesa.

–No me agobies de atenciones, Eliza.

–Dijiste que los chinos esperan que las mujeres los sirvan.

–Eso es en China, pero yo nunca tuve esa suerte... Me estás malcriando.

–De eso se trata. Miss Rose decía que para dominar a un hombre hay que acostumbrarlo a vivir bien y cuando se porta mal, el castigo consiste en suprimir los mimos.

–¿No se quedó soltera Miss Rose?

–Por decisión propia, no por falta de oportunidades.

–No pienso portarme mal, pero después ¿cómo viviré solo?

–Nunca vivirás solo. No eres del todo feo y siempre habrá una mujer de pies grandes y mal carácter dispuesta a casarse contigo –replicó y él se echó a reír encantado.

Tao había comprado muebles finos para el aposento de Eliza, el único de la casa decorado con cierto lujo. Paseando juntos por Chinatown, ella solía admirar el estilo de los muebles tradicionales chinos. «Son muy hermosos, pero pesados. El error es poner demasiados», decía. Le regaló una cama y un armario de madera oscura tallada y después ella eligió una mesa, sillas y un biombo de bambú. No quiso una colcha de seda, como se usaría en China, sino una de aspecto europeo, de lino blanco bordado con grandes almohadones del mismo material.

–¿Estás seguro que quieres hacer este gasto, Tao?

–Estás pensando en las *sing song girls*...

–Sí.

–Tú misma has dicho que todo el oro de California no podría comprarlas a todas. No te preocupes, tenemos suficiente.

Eliza retribuía de mil formas sutiles: discreción para respetar su silencio y sus horas de estudio, esmero en secundarlo en el consultorio, valor en la tarea de rescate de las niñas. Sin embargo, para Tao Chi'en el mejor regalo era el invencible optimismo de su amiga, que lo obligaba a reaccionar cuando las sombras amenazaban con envolverlo por completo. «Si andas triste pierdes fuerza y no puedes ayudar a nadie. Vamos a dar un paseo, necesito oler el bosque. Chinatown huele a salsa de soya» y se lo llevaba en coche a las afueras de la ciudad. Pasaban el día al aire libre correteando como muchachos, esa noche él dormía como un bendito y despertaba de nuevo vigoroso y alegre.

El capitán John Sommers atracó en el puerto de Valparaíso el 15 de marzo de 1853, agotado con el viaje y las exigencias de su patrona, cuyo capricho más reciente consistía en acarrear a remolque desde el sur de Chile un trozo de glaciar del tamaño de un barco ballenero. Se le había ocurrido fabricar sorbetes y helados para la venta, en vista de que los precios de las verduras y frutas habían bajado mucho desde que empezó a prosperar la agricultura en California. El oro había atraído a un cuarto de millón de inmigrantes en cuatro años, pero la bonanza estaba pasando. A pesar de ello, Paulina Rodríguez de Santa Cruz no pensaba moverse más de San Francisco. Había adoptado en su fiero corazón a esa ciudad de heroicos advenedizos, donde aún no existían las clases sociales. Ella misma supervisaba la construcción de su futuro hogar, una mansión en la punta de un cerro con la mejor vista de la bahía, pero esperaba su cuarto hijo y quería tenerlo en Valparaíso, donde su madre y sus hermanas la mimarían hasta el vicio. Su padre había sufrido una oportuna apoplejía, que le dejó medio cuerpo paralizado y el cerebro reblandecido. La invalidez no cambió el carácter de Agustín del Valle, pero le metió el susto de la muerte y, naturalmente, del infierno. Partir al otro mundo con una ristra de pecados mortales a la espalda no era buena idea, le había repetido incansable su pariente, el obispo. Del mujeriego y rajadiablo que fuera, nada quedaba, no por arrepentimiento, sino porque su cuerpo machucado era incapaz de esos trotes. Oía misa diaria en la capilla de su casa y soportaba estoico las lecturas de los Evangelios y los inacabables rosarios que su mujer recitaba. Nada de eso, sin embargo, lo volvió más benigno con sus inquilinos y empleados. Seguía tratando a su familia y al resto del mundo como un déspota, pero parte de la conversión fue un súbito e inexplicable amor por Paulina, la hija ausente. Se le olvidó que la había repudiado por escapar del convento para casarse con aquel hijo de judíos, cuyo nombre no podía recordar porque no era un apellido de su clase. Le escribió llamándola su favorita, la única heredera de su temple y su visión para los negocios, suplicándole que volviera al hogar, porque su pobre padre deseaba abrazarla antes de morir. ¿Es cierto que el viejo está muy mal?, preguntó Paulina, esperanzada, en una carta a sus hermanas. Pero no lo estaba y seguramente viviría muchos años jorobando a los demás desde su sillón de lisiado. En todo caso, al capitán Sommers le tocó transportar en ese viaje a su patrona con sus chiquillos malcriados, las sirvientas irremediablemente mareadas, el cargamento de baúles, dos vacas para la leche de los niños y tres perritos falderos con cintas en las orejas, como los de las cortesanas francesas, que reemplazaron al chucho ahogado en alta mar durante el primer viaje. Al capitán la travesía le pareció eterna y lo espantaba la idea de que dentro de poco debería conducir a Paulina y su circo de vuelta a San Francisco. Por primera vez en su larga vida de navegante pensó retirarse a pasar en tierra firme el tiempo que le quedaba en este mundo. Su hermano Jeremy lo aguardaba en el muelle y lo condujo a la casa, disculpando a Rose, que sufría de migraña.

–Ya sabes, siempre se enferma para el cumpleaños de Eliza. No ha podido reponerse de la muerte de la muchacha –explicó.

–De eso quiero hablarles –replicó el capitán.

Miss Rose no supo cuánto amaba a Eliza hasta que le faltó, entonces sintió que la certeza del amor maternal le llegaba demasiado tarde. Se culpaba por los años en que la quiso a medias, con un cariño arbitrario y caótico; las veces que se olvidaba de su existencia, demasiado ocupada en sus frivolidades, y cuando se acordaba descubría que la chiquilla había estado en el patio con las gallinas durante una semana. Eliza había sido lo más parecido a una hija que jamás tendría; por casi diecisiete años fue su amiga, su compañera de juegos, la única persona en el mundo que la tocaba. A Miss Rose le dolía el cuerpo de pura y simple soledad. Echaba de menos los baños con la niña, cuando chapoteaban felices en el agua aromatizada con hojas de menta y romero. Pensaba en las manos pequeñas y hábiles de Eliza lavándole el cabello, masajeándole la nuca, puliéndole las uñas con un trozo de gamuza, ayudándola a peinarse. Por las noches se quedaba esperando, con el oído atento a los pasos de la muchacha trayéndole su copita de licor anisado. Ansiaba sentir una vez más en la frente su beso de buenas noches. Miss Rose ya no escribía y suspendió por completo las tertulias musicales que antes constituían el eje de su vida social. La coquetería también se le pasó y estaba resignada a envejecer sin gracia, «a mi edad sólo se espera de una mujer que tenga dignidad y huela bien», decía. Ningún vestido nuevo salió de sus manos en esos años, seguía usando los mismos de antes y ni cuenta se daba de que ya no estaban a la moda. La salita de costura permanecía abandonada y hasta la colección de bonetes y sombreros languidecía en cajas, porque había optado por el manto negro de las chilenas para salir a la calle. Ocupaba sus horas releyendo a los clásicos y tocando piezas melancólicas en el piano. Se aburría con determinación y método, como un castigo. La ausencia de Eliza se convirtió en buen pretexto para llevar luto por las penas y pérdidas de sus cuarenta años de vida, sobre todo la falta de amor. Eso lo sentía como una espina bajo la uña, un constante dolor en sordina. Se arrepentía de haberla criado en la mentira; no podía entender por qué inventó la historia de la cesta con las sábanas de batista, la improbable mantita de visón y las monedas de oro, cuando la verdad habría sido mucho más reconfortante. Eliza tenía derecho a saber que el adorado tío John era en realidad su padre, que ella y Jeremy eran sus tíos, que pertenecía a la familia Sommers y no era una huérfana recogida por caridad. Recordaba horrorizada cuando la arrastró hasta el orfelinato para darle un susto, ¿qué edad tenía entonces? Ocho o diez, una criatura. Si pudiera empezar de nuevo sería una madre muy diferente... De partida, la habría apoyado cuando se enamoró, en vez de declararle la guerra; si lo hubiera hecho, Eliza estaría viva, suspiraba, era culpa suya que al huir encontrara la muerte. Debió acordarse de su propio caso y entender que a las mujeres de su familia el primer amor las trastornaba. Lo más triste era no tener con quién hablar de ella, porque también Mama Fresia había desaparecido y su hermano Jeremy apretaba los labios y salía de la habitación si la mencionaba. Su pesadumbre contaminaba todo a su alrededor, en los últimos cuatro años la casa tenía un aire denso de mausoleo, la comida había decaído tanto, que ella se alimentaba de té con galletas inglesas. No había conseguido una cocinera decente y tampoco la había buscado con mucho ahínco. La limpieza y el orden la dejaban indiferente; faltaban flores en los jarrones y la mitad de las plantas del jardín languidecían por falta de cuidado. Durante cuatro inviernos las cortinas floreadas del verano colgaban en la sala sin que nadie se diera el trabajo de cambiarlas al final de la temporada.

Jeremy no hacía reproches a su hermana, comía cualquier mazamorra que le pusieran por delante y nada decía cuando sus camisas aparecían mal planchadas y sus trajes sin cepillar. Había leído que las mujeres solteras solían sufrir peligrosas perturbaciones. En Inglaterra habían desarrollado una cura milagrosa para la histeria, que consistía en cauterizar con hierros al rojo ciertos puntos, pero aquellos adelantos no habían llegado a Chile, donde todavía se empleaba agua bendita para esos males. En todo caso, era un asunto delicado, difícil de mencionar ante Rose. No se le ocurría cómo consolarla, el hábito de discreción y silencio entre ellos era muy antiguo. Procuraba complacerla con regalos comprados de contrabando en los barcos, pero nada sabía de mujeres y llegaba con objetos horrendos que pronto desaparecían al fondo de los armarios. No sospechaba cuántas veces su hermana se acercó cuando él fumaba en su sillón, a punto de desplomarse a sus pies, apoyar la cabeza en sus rodillas y llorar hasta nunca acabar, pero en el último instante retrocedía asustada, porque entre ellos cualquier palabra de afecto sonaba como ironía o imperdonable sentimentalismo. Tiesa y triste, Rose mantenía las apariencias por disciplina, con la sensación de que sólo el corsé la sostenía y al quitárselo se desmoronaba en pedazos. De su alborozo y sus travesuras nada quedaba; tampoco de sus atrevidas opiniones, sus gestos de rebeldía o su impertinente curiosidad. Se había convertido en lo que más temía: una solterona victoriana. «Es el cambio, a esta edad las mujeres se desequilibran» opinó el boticario alemán y le recetó valeriana para los nervios y aceite de hígado de bacalao para la palidez.

El capitán John Sommers reunió a sus hermanos en la biblioteca para contarles la noticia.

–¿Se acuerdan de Jacob Todd?

–¿El tipo que nos estafó con el cuento de las misiones en Tierra del Fuego? –preguntó Jeremy Sommers.

–El mismo.

–Estaba enamorado de Rose, si mal no recuerdo –sonrió Jeremy, pensando que al menos se habían librado de tener aquel mentiroso por cuñado.

–Se cambió el nombre. Ahora se llama Jacob Freemont y está convertido en periodista en San Francisco.

–¡Vaya! De manera que es cierto que en los Estados Unidos cualquier truhán puede empezar de nuevo.

–Jacob Todd pagó su falta de sobra. Me parece espléndido que exista un país que ofrece una segunda oportunidad.

–¿Y el honor no cuenta?

–El honor no es lo único, Jeremy.

–¿Hay algo más?

–¿Qué nos importa Jacob Todd? Supongo que no nos has reunido para hablar de él, John –balbuceó Rose tras su pañuelo empapado en perfume de vainilla.

–Estuve con Jacob Todd, Freemont, mejor dicho, antes de embarcarme. Me aseguró que vio a Eliza en San Francisco.

Miss Rose creyó que por primera vez en su vida iba a desmayarse. Sintió el corazón disparado, las sienes a punto de explotarle y una oleada de sangre en la cara. No pudo articular ni una palabra, sofocada.

–¡A ese hombre nada se le puede creer! Nos dijiste que una mujer juró haber conocido a Eliza a bordo de un barco en 1849 y no tenía dudas de que había muerto –alegó Jeremy Sommers paseándose a grandes trancos por la biblioteca.

–Cierto, pero era una mujerzuela y tenía el broche de turquesas que yo le regalé a Eliza. Pudo haberlo robado y mintió para protegerse. ¿Qué razón tendría Jacob Freemont para engañarme?

–Ninguna, sólo que es farsante por naturaleza.

–Basta, por favor –suplicó Rose, haciendo un colosal esfuerzo por sacar la voz–. Lo único que importa es que alguien vio a Eliza, que no está muerta, que podemos encontrarla.

–No te hagas ilusiones, querida. ¿No ves que éste es un cuento fantástico? Será un golpe terrible para ti comprobar que es una falsa noticia –la previno Jeremy.

John Sommers les dio los pormenores del encuentro entre Jacob Freemont y Eliza, sin omitir que la chica estaba vestida de hombre y tan cómoda en su ropa, que el periodista no dudó que se trataba de un muchacho. Agregó que partieron ambos al barrio chileno a preguntar por ella, pero no sabían qué nombre usaba y nadie pudo, o quiso, darles su paradero. Explicó que Eliza sin duda fue a California a reunirse con su enamorado, pero algo salió mal y no se encontraron, puesto que el propósito de su visita a Jacob Freemont fue averiguar sobre un pistolero de nombre parecido.

–Debe ser él. Joaquín Andieta es un ladrón. De Chile salió escapando de la justicia –masculló Jeremy Sommers.

No había sido posible ocultarle la identidad del enamorado de

Eliza. Miss Rose también debió confesarle que solía visitar a la madre de Joaquín Andieta para averiguar noticias y que la desdichada mujer, cada vez más pobre y enferma, estaba convencida de que su hijo había muerto. No había otra explicación para su largo silencio, sostenía. Había recibido una carta de California, fechada en febrero de 1849, una semana después de su llegada, en la cual le anunciaba sus planes de partir a los placeres y reiteraba su promesa de escribirle cada quince días. Luego nada más: había desaparecido sin dejar huellas.

–¿No les parece extraño que Jacob Todd reconociera a Eliza fuera de contexto y vestida de hombre? –preguntó Jeremy Sommers–. Cuando la conoció era una chiquilla. ¿Cuántos años hace de eso? Por lo menos seis o siete. ¿Cómo podía imaginar que Eliza estaba en California? Esto es absurdo.

–Hace tres años yo le conté lo que sucedió y él me prometió buscarla. Se la describí en detalle, Jeremy. Por lo demás, a Eliza nunca le cambió mucho la cara; cuando se fue todavía parecía una niña. Jacob Freemont la buscó por un buen tiempo, hasta que le dije que posiblemente había muerto. Ahora me prometió volver a intentarlo, incluso piensa contratar a un detective. Espero traerles noticias más concretas en el próximo viaje.

–¿Por qué no olvidamos este asunto de una vez por todas? –suspiró Jeremy.

–¡Porque es mi hija, hombre, por Dios! –exclamó el capitán.

–¡Yo iré a California a buscar a Eliza! –interrumpió Miss Rose, poniéndose de pie.

–¡Tú no irás a ninguna parte! –explotó su hermano mayor.

Pero ella ya había salido. La noticia fue una inyección de sangre nueva para Miss Rose. Tenía la certeza absoluta de que encontraría a su hija adoptiva y por primera vez en cuatro años existía una razón para continuar viviendo. Descubrió admirada que sus antiguas fuerzas estaban intactas, agazapadas en algún lugar secreto de su corazón, listas para servirle como la habían servido antes. El dolor de cabeza desapareció por encanto, transpiraba y sus mejillas estaban rojas de euforia cuando llamó a las criadas para que la acompañaran al cuarto de los armarios a buscar maletas.

En mayo de 1853 Eliza leyó en el periódico que Joaquín Murieta y su secuaz, Jack Tres-Dedos, atacaron un campamento de seis pacíficos chinos, los ataron por las coletas y los degollaron; después dejaron las cabezas colgando de un árbol, como racimo de melones. Los caminos estaban tomados por los bandidos, nadie andaba seguro por esa región, había que movilizarse en grupos numerosos y bien armados. Asesinaban mineros americanos, aventureros franceses, buhoneros judíos y viajeros de cualquier raza, pero en general no atacaban a indios ni mexicanos, de ellos se encargaban los gringos. La gente aterrorizada trancaba puertas y ventanas, los hombres vigilaban con los rifles cargados y las mujeres se escondían, porque ninguna quería caer en manos de Jack Tres-Dedos. De Murieta, en cambio, se decía que jamás maltrataba a una mujer y en más de una ocasión salvó a una joven de ser mancillada por los facinerosos de su pandilla. Las posadas negaban hospedaje a los viajeros, porque temían que uno de ellos fuera Murieta. Nadie lo había visto en persona y las descripciones se contradecían, aunque los artículos de Freemont habían ido creando una imagen romántica del bandido, que la mayor parte de los lectores aceptaba como verdadera. En Jackson se formó el primer grupo de voluntarios para dar caza a la banda, pronto había compañías de vengadores en cada pueblo y se desató una cacería humana sin precedentes. Nadie que hablara español estaba libre de sospecha, en pocas semanas hubo más linchamientos apresurados de los que hubo en los cuatro años anteriores. Bastaba hablar español para convertirse en enemigo público y echarse encima la ira de los *sheriffs* y alguaciles. El colmo de la burla fue cuando la banda de Murieta huía de una partida de soldados americanos, que les iba pisando los talones, y se desvió brevemente para atacar un campamento de chinos. Los soldados llegaron segundos después y encontraron a varios muertos y a otros agonizando. Decían que Joaquín Murieta se ensañaba con los asiáticos porque rara vez se defendían, aunque estuvieran armados; tanto lo temían los «celestiales» que su sólo nombre producía una estampida de pánico entre ellos. Sin embargo, el rumor más persistente era que el bandido estaba armando un ejército y, en complicidad con ricos rancheros mexicanos de la región, pensaba provocar una revuelta, sublevar a la población española, masacrar a los americanos y devolver California a México o convertirla en república independiente.

Ante el clamor popular, el gobernador firmó un decreto autorizando al capitán Harry Love y un grupo de veinte voluntarios para dar caza a Joaquín Murieta en un plazo de tres meses. Se le asignó un sueldo de ciento cincuenta dólares al mes a cada hombre, lo cual no era mucho, teniendo en cuenta que debían financiar sus caballos, armas y provisiones, pero a pesar de ello, la compañía estaba lista para ponerse en camino en menos de una semana. Había una recompensa de mil dólares por la cabeza de Joaquín Murieta. Tal como señaló Jacob Freemont en el periódico, se condenaba a un hombre a muerte sin conocer su identidad, sin haber probado sus crímenes y sin jucio, la misión del capitán Love equivalía a un linchamiento. Eliza sintió una mezcla de terror y alivio, que no supo explicar. No deseaba que esos hombres mataran a Joaquín, pero tal vez eran los únicos capaces de encontrarlo; sólo pretendía salir de la incertidumbre, estaba cansada de dar manotazos a las sombras. De todos modos, era poco probable que el capitán Love tuviera éxito donde tantos otros habían fracasado, Joaquín Murieta parecía invencible. Decían que sólo una bala de plata podía matarlo, porque le habían vaciados dos pistolas a quemarropa en el pecho y seguía galopando por la región de Calaveras.

–Si esa bestia es tu enamorado, más vale que nunca lo encuentres –opinó Tao Chi'en, cuando ella le mostró los recortes de los periódicos coleccionados por más de un año.

–Creo que no lo es...

–¿Cómo sabes?

En sueños veía a su antiguo amante con el mismo traje gastado y las camisas deshilachadas, pero limpias y bien planchadas, de los tiempos en que se amaron en Valparaíso. Aparecía con su aire trágico, sus ojos intensos y su olor a jabón y sudor fresco, la tomaba de la manos como entonces y le hablaba enardecido de la democracia. A veces yacían juntos sobre el montón de cortinas en el cuarto de los armarios, lado a lado, sin tocarse, completamente vestidos, mientras a su alrededor crujían las maderas azotadas por el viento del mar. Y siempre, en cada sueño, Joaquín tenía una estrella de luz en la frente.

–¿Y eso qué significa? –quiso saber Tao Chi'en.

–Ningún hombre malo tiene luz en la frente.

–Es sólo un sueño, Eliza.

–No es uno, Tao, son muchos sueños...

–Entonces estás buscando al hombre equivocado.

–Tal vez, pero no he perdido el tiempo –replicó ella, sin dar más explicaciones.

Por primera vez en cuatro años volvía a tener conciencia de su cuerpo, relegado a un plano insignificante desde el instante en que

Joaquín Andieta se despidió de ella en Chile, aquel funesto 22 de diciembre de 1848. En su obsesión por encontrar a ese hombre renunció a todo, incluso su feminidad. Temía haber perdido por el camino su condición de mujer para convertirse en un raro ente asexuado. Algunas veces, cabalgando por cerros y bosques, expuesta a la inclemencia de todos los vientos, recordaba los consejos de Miss Rose, que se lavaba con leche y jamás permitía un rayo de sol sobre su piel de porcelana, pero no podía detenerse en semejantes consideraciones. Soportaba el esfuerzo y el castigo porque no tenía alternativa. Consideraba su cuerpo, como sus pensamientos, su memoria o su sentido del olfato, parte inseparable de su ser. Antes no entendía a qué se refería Miss Rose cuando hablaba del alma, porque no lograba diferenciarla de la unidad que ella era, pero ahora empezaba a vislumbrar su naturaleza. Alma era la parte inmutable de sí misma. Cuerpo, en cambio, era esa bestia temible que después de años invernando despertaba indómita y llena de exigencias. Venía a recordarle el ardor del deseo que alcanzó a saborear brevemente en el cuarto de los armarios. Desde entonces no había sentido verdadera urgencia de amor o de placer físico, como si esa parte de ella hubiera permanecido profundamente dormida. Lo atribuyó al dolor de haber sido abandonada por su amante, al pánico de verse encinta, a su paseo por los laberintos de la muerte en el barco, al trauma del aborto. Estuvo tan machucada, que el terror de verse otra vez en tales circunstancias fue más fuerte que el ímpetu de la juventud. Pensaba que por el amor se pagaba un precio demasiado alto y era mejor evitarlo por completo, pero algo se le había dado vuelta por dentro en los últimos dos años junto a Tao Chi'en y de pronto el amor, como el deseo, le parecía inevitable. La necesidad de vestirse de hombre empezaba a pesarle como una carga. Recordaba la salita de costura, donde seguro en esos momentos Miss Rose estaría haciendo otro de sus primorosos vestidos, y la abrumaba una oleada de nostalgia por aquellas delicadas tardes de su infancia, por el té de las cinco en las tazas que Miss Rose había heredado de su madre, por las correrías comprando frivolidades de contrabando en los barcos. ¿Y qué sería de Mama Fresia? La veía refunfuñando en la cocina, gorda y tibia, olorosa a albahaca, siempre con un cucharón en la mano y una olla hirviendo sobre la estufa, como una afable hechicera. Sentía una añoranza apremiante por esa complicidad femenina de antaño, un deseo perentorio de sentirse mujer nuevamente. En su habitación no había un espejo grande para observar a aquella criatura femenina que luchaba por imponerse. Quería verse desnuda. A veces despertaba al amanecer afiebrada por sueños impetuosos en que a la imagen de Joaquín Andieta con una estrella en la frente, se sobreponían otras visiones surgidas de los libros eróticos que antes leía en voz alta a las palomas de la Rompehuesos. En aquel entonces lo hacía con notable indiferencia, porque esas descripciones nada evocaban en ella, pero ahora venían a penarle en sueños como lúbricos espectros. A solas en su hermoso aposento de muebles chinos, aprovechaba la luz del amanecer filtrándose débilmente por las ventanas para dedicarse a la arrobada exploración de sí misma. Se despojaba del pijama, miraba con curiosidad las partes de su cuerpo que alcanzaba a ver y recorría a tientas las otras, como hacía años atrás en la época en que descubría el amor. Comprobaba que había cambiado poco. Estaba más delgada, pero también parecía más fuerte. Las manos estaban curtidas por el sol y el trabajo, pero el resto era tan claro y liso como lo recordaba. Le parecía pasmoso que después de tanto tiempo aplastados bajo una faja, todavía tuviera los mismos pechos de antes, pequeños y firmes, con los pezones como garbanzos. Se soltaba la melena, que no se había cortado en cuatro meses y peinaba en una apretada cola en la nuca, cerraba los ojos y agitaba la cabeza con placer ante el peso y la textura de animal vivo de su pelo. Le sorprendía esa mujer casi desconocida, con curvas en los muslos y en las caderas, con cintura breve y un vello crespo y áspero en el pubis, tan diferente al cabello liso y elástico de la cabeza. Levantaba un brazo para medir su extensión, apreciar su forma, ver de lejos sus uñas; con la otra mano palpaba su costado, el relieve de las costillas, la cavidad de la axila, el contorno del brazo. Se detenía en los puntos más sensibles de la muñeca y el doblez del codo, preguntándose si Tao sentiría las mismas cosquillas en las mismas partes. Tocaba su cuello, dibujaba las orejas, el arco de las cejas, la línea de los labios; recorría con un dedo el interior de la boca y luego se lo llevaba a los pezones, que se erguían al contacto de la saliva caliente. Pasaba con firmeza las manos por sus nalgas, para aprender su forma, y luego con liviandad, para sentir la tersura de la piel. Se sentaba en su cama y se palpaba desde los pies hasta las ingles, sorprendida de la casi imperceptible pelusa dorada que había aparecido sobre sus piernas. Abría los muslos y tocaba la misteriosa hendidura de su sexo, mórbida y húmeda; buscaba el capullo del clítoris, centro mismo de sus deseos y confusiones, y al rozarlo acudía de inmediato la visión inesperada de Tao Chi'en. No era Joaquín Andieta, de cuyo rostro escasamente podía acordarse, sino su fiel amigo quien venía a nutrir sus febriles fantasías con una mezcla irresistible de abrazos ardientes, de suave ternura y de risa compartida. Después se olía las manos, maravillada de ese poderoso aroma de sal y frutas maduras que emanaba de su cuerpo.

Tres días después de que el gobernador pusiera precio a la cabeza de Joaquín Murieta, ancló en el puerto de San Francisco el vapor *Northener* con doscientos setenta y cinco sacos de correo y Lola Montez.

Era la cortesana más famosa de Europa, pero ni Tao Chi'en ni Eliza habían oído jamás su nombre. Estaban en el muelle por casualidad, habían ido a buscar una caja de medicinas chinas que traía un marinero desde Shanghai. Creyeron que la causa del tumulto de carnaval era el correo, nunca se había recibido un cargamento tan abundante, pero los petardos de fiesta los sacaron de su error. En esa ciudad acostumbrada a toda suerte de prodigios, se había juntado una multitud de hombres curiosos por ver a la incomparable Lola Montez, quien había viajado por el Istmo de Panamá precedida por el redoble de tambores de su fama. Descendió del bote en brazos de un par de afortunados marineros, que la depositaron en tierra firme con reverencias dignas de una reina. Y ésa era exactamente la actitud de aquella célebre amazona mientras recibía los vítores de sus admiradores. La batahola cogió a Eliza y Tao Chi'en de sorpresa, porque no sospechaban el linaje de la bella, pero rápidamente los espectadores los pusieron al día. Se trataba de una irlandesa, plebeya y bastarda, que se hacía pasar por una noble bailarina y actriz española. Danzaba como un ganso y de actriz sólo tenía una inmoderada vanidad, pero su nombre convocaba imágenes licenciosas de grandes seductoras, desde Dalila hasta Cleopatra, y por eso acudían a aplaudirla delirantes muchedumbres. No iban por su talento, sino para comprobar de cerca su perturbadora malignidad, su legendaria hermosura y su fiero temperamento. Sin más talento que desfachatez y audacia, llenaba teatros, gastaba como un ejército, coleccionaba joyas y amantes, sufría epopéyicas rabietas, había declarado la guerra a los jesuitas y salido expulsada de varias ciudades, pero su máxima hazaña consistía en haber roto el corazón de un rey. Ludwig I de Baviera fue un buen hombre, avaro y prudente durante sesenta años, hasta que ella le salió al paso, le dio un par de vueltas mortales y lo dejó convertido en un pelele. El monarca perdió el juicio, la salud y el honor, mientras ella esquilmaba las arcas reales de su pequeño reino. Todo lo que quiso se lo dio el enamorado Ludwig, incluso un título de condesa, mas no pudo conseguir que sus súbditos la aceptaran. Los pésimos modales y descabellados caprichos de la mujer provocaron el odio de los ciudadanos de Munich, quienes terminaron por lanzarse en masa a la calle para exigir la expulsión de la querida del rey. En vez de desaparecer calladamente, Lola enfrentó a la turba armada con una fusta para caballos y la habrían hecho picadillo si sus fieles sirvientes no la meten a viva fuerza en un coche para colocarla en la frontera. Desesperado, Ludwig I abdicó al trono y se dispuso a seguirla al exilio, pero sin corona, poder ni cuenta bancaria, de poco servía el caballero y la beldad simplemente lo plantó.

–Es decir, no tiene más mérito que la mala fama –opinó Tao Chi'en.

Un grupo de irlandeses desengancharon los caballos del coche de Lola, se colocaron en sus lugares y la arrastraron hasta su hotel por calles tapizadas de pétalos de flores. Eliza y Tao Chi'en la vieron pasar en gloriosa procesión.

–Es lo único que faltaba en este país de locos –suspiró el chino, sin una segunda mirada para la bella.

Eliza siguió el carnaval por varias cuadras, entre divertida y admirada, mientras a su alrededor estallaban cohetes y tiros al aire. Lola Montez llevaba el sombrero en la mano, tenía el cabello negro partido al centro con rizos sobre las orejas y ojos alucinados de un color azul nocturno, vestía una falda de terciopelo obispal, blusa con encajes en el cuello y los puños y una chaqueta corta de torero recamada de mostacillas. Tenía una actitud burlona y desafiante, plenamente consciente de que encarnaba los deseos más primitivos y secretos de los hombres y simbolizaba lo más temido por los defensores de la moral; era un ídolo perverso y el papel le encantaba. En el entusiasmo del momento alguien le lanzó un puñado de oro en polvo, que quedó adherido a sus cabellos y a su ropa como un aura. La visión de esa joven mujer, triunfante y sin miedo, sacudió a Eliza. Pensó en Miss Rose, como hacía cada vez más a menudo, y sintió una oleada de compasión y ternura por ella. La recordó azorada en su corsé, la espalda recta, la cintura estrangulada, transpirando bajo sus cinco enaguas, «siéntate con las piernas juntas, camina derecha, no te apures, habla bajito, sonríe, no hagas morisquetas porque te llenarás de arrugas, cállate y finje interés, a los hombres les halaga que las mujeres los escuchen». Miss Rose con su olor a vainilla, siempre complaciente... Pero también la recordó en la bañera, apenas cubierta por una camisa mojada, los ojos brillantes de risa, el cabello alborotado, las mejillas rojas, libre y contenta, cuchicheando con ella, «una mujer puede hacer lo que quiera, Eliza, siempre que lo haga con discreción». Sin embargo, Lola Montez lo hacía sin la menor prudencia; había vivido más vidas que el más bravo aventurero y lo hacía hecho desde su altiva condición de hembra bien plantada. Esa noche Eliza llegó a su cuarto pensativa y abrió sigilosamente la maleta de sus vestidos, como quien comete una falta. La había dejado en Sacramento cuando partió en persecusión de su amante la primera vez, pero Tao Chi'en la había guardado con la idea de que algún día el contenido podría servirle. Al abrirla, algo cayó al suelo y comprobó sorprendida que era su collar de perlas, el precio que había pagado a Tao Chi'en por introducirla al barco. Se quedó largo rato con las perlas en la mano, conmovida. Sacudió los vestidos y los puso sobre su cama, estaban arrugados y olían a sótano. Al día siguiente los llevó a la mejor lavandería de Chinatown.

–Voy a escribir una carta a Miss Rose, Tao –anunció.

–¿Por qué?

–Es como mi madre. Si yo la quiero tanto, seguro ella me quiere igual. Han pasado cuatro años sin noticias, debe creer que estoy muerta.

–¿Te gustaría verla?

–Claro, pero eso es imposible. Voy a escribir sólo para tranquilizarla, pero sería bueno que ella pudiera contestarme, ¿te importa que le dé esta dirección?

–Quieres que tu familia te encuentre... –dijo él y se le quebró la voz.

Ella se quedó mirándolo y se dio cuenta que nunca había estado tan cerca de alguien en este mundo, como en ese instante lo estaba de Tao Chi'en. Sintió a ese hombre en su propia sangre, con tal antigua y feroz certeza, que se maravilló del tiempo transcurrido a su lado sin advertirlo. Lo echaba de menos, aunque lo veía todos los días. Añoraba los tiempos despreocupados en que fueron buenos amigos, entonces todo parecía más fácil, pero tampoco deseaba volver atrás. Ahora había algo pendiente entre ellos, algo mucho más complejo y fascinante que la antigua amistad.

Sus vestidos y enaguas habían regresado de la lavandería y estaban sobre su cama, envueltos en papel. Abrió la maleta y sacó sus medias blancas y sus botines, pero dejó el corsé. Sonrió ante la idea de que nunca se había vestido de señorita sin ayuda, luego se puso las enaguas y se probó uno a uno los vestidos para elegir el más apropiado para la ocasión. Se sentía forastera en esa ropa, se enredó con las cintas, los encajes y los botones, necesitó varios minutos para abrocharse los botines y encontrar el equilibrio debajo de tantas enaguas, pero con cada prenda que se ponía iba conquistando sus dudas y afirmando su deseo de volver a ser mujer. Mama Fresia la había prevenido contra el albur de la feminidad, «te cambiará el cuerpo, se te nublarán las ideas y cualquier hombre podrá hacer contigo lo que le venga gana», decía, pero ya no la asustaban esos riesgos.

Tao Chi'en había terminado de atender al último enfermo del día. Estaba en mangas de camisa, se había quitado la chaqueta y la corbata, que siempre usaba por respeto a sus pacientes, de acuerdo al consejo de su maestro de acupuntura. Transpiraba, porque todavía no se ponía el sol y ése había sido uno de los pocos días calientes del mes de julio. Pensó que nunca se acostumbraría a los caprichos del clima en San Francisco, donde el verano tenía cara de invierno. Solía amanecer un sol radiante y a la pocas horas entraba una espesa neblina por el Golden Gate o se dejaba caer el viento del mar. Estaba colocando las agujas en alcohol y ordenando sus frascos de medicinas, cuando entró Eliza. El ayudante había partido y en esos días no tenían ninguna *sing song girl* a su cargo, estaban solos en la casa.

–Tengo algo para ti, Tao –dijo ella.

Entonces él levantó la vista y de la sorpresa se le cayó el frasco de las manos. Eliza llevaba un elegante vestido oscuro con cuello de encaje blanco. La había visto sólo dos veces con ropa femenina cuando la conoció en Valparaíso, pero no había olvidado su aspecto de entonces.

–¿Te gusta?

–Siempre me gustas –sonrió él, quitándose los lentes para admirarla de lejos.

–Éste es mi vestido de domingo. Me lo puse porque quiero hacerme un retrato. Toma, esto es para ti –y le pasó una bolsa.

–¿Qué es?

–Son mis ahorros... para que compres otra niña, Tao. Pensaba ir a buscar a Joaquín este verano, pero no lo haré. Ya sé que jamás lo encontraré.

–Parece que todos vinimos buscando algo y encontramos otra cosa.

–¿Qué buscabas tú?

–Conocimiento, sabiduría, ya no me acuerdo. En cambio encontré a las *sing song girls* y mira el descalabro en que estoy metido.

–¡Qué poco romántico eres, hombre por Dios! Por galantería debes decir que también me encontraste a mí.

–Te habría encontrado de todos modos, eso estaba predestinado.

–No me vengas con el cuento de la reencarnación...

–Exacto. En cada encarnación volveremos a encontrarnos hasta resolver nuestro karma.

–Suena espantoso. En todo caso, no volveré a Chile, pero tampoco seguiré ocultándome, Tao. Ahora quiero ser yo.

–Siempre has sido tú.

–Mi vida está aquí. Es decir, si tú quieres que te ayude...

–¿Y Joaquín Andieta?

–Tal vez la estrella en la frente significa que está muerto. ¡Imagínate! Hice este tremendo viaje en balde.

–Nada es en balde. En la vida no se llega a ninguna parte, Eliza, se camina no más.

–Lo que hemos caminado juntos no ha estado mal. Acompáñame, voy a hacerme un retrato para enviar a Miss Rose.

–¿Puedes hacerte otro para mí?

Se fueron a pie y de la mano a la plaza de la Unión, donde se habían instalado varias tiendas de fotografía, y escogieron la más vistosa. En la ventana se exhibía una colección de imágenes de los aventureros del 49: un joven de barba rubia y expresión determinada, con el pico y la pala en los brazos; un grupo de mineros en mangas de camisa, la vista fija en la cámara, muy serios; chinos a la orilla de un río; indios lavando oro con cestas de fino tejido; familias de pioneros posando junto a sus vagones. Los daguerrotipos se habían puesto de moda, eran el vínculo con los seres lejanos, la prueba de que vivieron la aventura del oro. Decían que en las ciudades del Este muchos hombres que jamás estuvieron en California, se retrataban con herramientas de minero. Eliza estaba convencida de que el extraordinario invento de la fotografía había destronado definitivamente a los pintores, que rara vez daban con el parecido.

–Miss Rose tiene un retrato suyo con tres manos, Tao. Lo pintó un artista famoso, pero no me acuerdo el nombre.

–¿Con tres manos?

–Bueno, el pintor le puso dos, pero ella le agregó otra. Su hermano Jeremy casi se muere al verlo.

Deseaba poner su daguerrotipo en un fino marco de metal dorado y terciopelo rojo, para el escritorio de Miss Rose. Llevaba las cartas de Joaquín Andieta para perpetuarlas en la fotografía antes de destruirlas. Por dentro la tienda parecía las bambalinas de un pequeño teatro, había telones de glorietas floridas y lagos con garzas, columnas griegas de cartón, guirnaldas de rosas y hasta un oso embalsamado. El fotógrafo resultó ser un hombrecillo apurado que hablaba a tropezones y caminaba a saltos de rana sorteando los trastos de su estudio. Una vez acordados los detalles, instaló a Eliza ante una mesa con las cartas de amor en la mano y le colocó una barra metálica en la espalda con un soporte para el cuello, bastante parecida a la que le ponía Miss Rose durante las lecciones de piano.

–Es para que no se mueva. Mire la cámara y no respire.

El hombrecillo desapareció detrás de un trapo negro, un instante después un fogonazo blanco la cegó y un olor a chamusquina la hizo estornudar. Para el segundo retrato dejó de lado las cartas y pidió a Tao Chi'en que la ayudara a ponerse el collar de perlas.

Al día siguiente Tao Chi'en salió muy temprano a comprar el periódico, como siempre hacía antes de abrir la oficina, y vio los titulares a seis columnas: habían matado a Joaquín Murieta. Regresó a la casa con el diario apretado contra el pecho, pensando cómo se lo diría a Eliza y cómo lo recibiría ella.

Al amanecer del 24 de julio, después de tres meses de cabalgar por California dando palos de ciego, el capitán Harry Love y sus veinte mercenarios llegaron al valle de Tulare. Para entonces ya estaban hartos de perseguir fantasmas y correr tras pistas falsas, el calor y los mosquitos los tenían de pésimo talante y empezaban a odiarse unos a otros. Tres meses de verano cabalgando al garete por esos cerros secos con un sol hirviente sobre la cabeza era mucho sacrificio para la paga recibida. Habían visto en los pueblos los avisos ofreciendo mil dólares de recompensa por la captura del bandido. En varios habían garabateado debajo: «yo pago cinco mil», firmado por Joaquín Murieta. Estaban haciendo el ridículo y sólo quedaban tres días para que se cumpliera el plazo estipulado; si regresaban con las manos vacías, no verían un céntimo de los mil dólares del gobernador. Pero ése debió ser su día de buena suerte, porque justamente cuando ya perdían la esperanza, tropezaron con un grupo de siete desprevenidos mexicanos acampando bajo unos árboles.

Más tarde el capitán diría que llevaban trajes y aperos de gran lujo y tenían los más finos corceles, razón de más para despertar su recelo, por eso se acercó a exigirles que se identificaran. En vez de obedecer, los sospechosos corrieron intempestivamente a sus caballos, pero antes de que lograran montar fueron rodeados por los guardias de Love. El único que ignoró olímpico a los atacantes y avanzó hacia su caballo como si no hubiera oído la advertencia fue quien parecía el jefe. Sólo llevaba un cuchillo de monte en el cinto, sus armas colgaban de la montura, pero no las alcanzó porque el capitán le puso su pistola en la frente. A pocos pasos los otros mexicanos observaban atentos, listos para acudir en ayuda de su jefe al primer descuido de los guardias, diría Love en su informe. De pronto hicieron un desesperado intento de fuga, tal vez con la intención de distraer a los guardias, mientras su jefe montaba de un salto formidable en su brioso alazán y huía rompiendo filas. No llegó muy lejos, sin embargo, porque un tiro de fusil hirió al animal, que rodó por tierra vomitando sangre. Entonces el jinete, que no era otro que el célebre Joaquín Murieta, sostuvo el capitán Love, echó a correr como un gamo y no les quedó otra alternativa que vaciar sus pistolas sobre el pecho del bandido.

–No disparen más, ya han hecho su trabajo –dijo antes de caer lentamente, vencido por la muerte.

Ésa era la versión dramatizada de la prensa y no había quedado ningún mexicano vivo para contar su versión de los hechos. El valiente capitán Harry Love procedió a cortar de un sablazo la cabeza del supuesto Murieta. Alguien se fijó que otra de las víctimas tenía una mano deforme y asumieron de inmediato que se trataba de Jack Tres-Dedos, de modo que también lo decapitaron y de paso le rebanaron la mano mala. Partieron los veinte guardias al galope rumbo al próximo pueblo, que quedaba a varias millas de distancia, pero hacía un calor de infierno y la cabeza de Jack Tres-Dedos estaba tan perforada a balazos que empezó a desmigajarse y la tiraron por el camino. Perseguido por las moscas y el mal olor, el capitán Harry Love comprendió que debía preservar los despojos o no llegaría con ellos a San Francisco a cobrar su merecida recompensa, así es que los puso en sendos frascos de ginebra. Fue recibido como un héroe: había librado a California del peor bandido de su historia. Pero el asunto no era del todo claro, señaló Jacob

Freemont en su reportaje, la historia olía a confabulación. De partida, nadie podía probar que los hechos ocurrieron como decían Harry Love y sus hombres, y resultaba algo sospechoso que después de tres meses de infructuosa búsqueda, cayeran siete mexicanos justo cuando el capitán más los necesitaba. Tampoco había quien pudiera identificar a Joaquín Murieta; él se presentó a ver la cabeza y no pudo asegurar que fuera la del bandido que conoció, aunque había cierto parecido, dijo.

Durante semanas exhibieron en San Francisco los despojos del presunto Joaquín Murieta y la mano de su abominable secuaz Jack Tres-Dedos, antes de llevarlas en viaje triunfal por el resto de California. Las colas de curiosos daban vuelta a la manzana y no quedó nadie sin ver de cerca tan siniestros trofeos. Eliza fue de las primeras en presentarse y Tao Chi'en la acompañó, porque no quiso que pasara sola por semejante prueba, a pesar de que había recibido la noticia con pasmosa calma. Después de una eterna espera al sol, llegó finalmente su turno y entraron al edificio. Eliza se aferró a la mano de Tao Chi'en y avanzó decidida, sin pensar en el río de sudor que le empapaba el vestido y el temblor que le sacudía los huesos. Se encontraron en una sala sombría, mal alumbrada por cirios amarillos que despedían un hálito sepulcral. Paños negros cubrían las paredes y en un rincón habían instalado a un esforzado pianista, quien machacaba unos acordes fúnebres con más resignación que verdadero sentimiento. Sobre una mesa, también cubierta de trapos de catafalco, habían instalado los dos frascos de vidrio. Eliza cerró los ojos y se dejó conducir por Tao Chi'en, segura de que los golpes de tambor de su corazón acallaban los acordes del piano. Se detuvieron, sintió la presión de la mano de su amigo en la suya, aspiró una bocanada de aire y abrió los ojos.

Miró la cabeza por unos segundos y enseguida se dejó arrastrar hacia afuera.

–¿Era él? –preguntó Tao Chi'en.

–Ya estoy libre... –replicó ella sin soltarle la mano.